KUANG
LIU

狂流 严英秀◎著

时代出版传媒股份有限公司
安徽文艺出版社

严英秀，藏族，甘肃省舟曲县人。中国作家协会会员，甘肃省作家协会副主席。出版中短篇小说集《纸飞机》《严英秀的小说》《芳菲歇》《一直很安静》等，散文集《就连河流都不能带她回家》《走出巴颜喀拉》以及文学评论集《照亮你的灵魂》等。曾获国内多种小说、评论奖。大学教授，现居兰州。

KUANG
LIU

狂流

严英秀 ◎ 著

时代出版传媒股份有限公司
安徽文艺出版社

图书在版编目（ＣＩＰ）数据

狂流/严英秀著.--合肥：安徽文艺出版社,2022.5
ISBN 978-7-5396-7355-4

Ⅰ.①狂… Ⅱ.①严… Ⅲ.①长篇小说－中国－当代 Ⅳ.①I247.5

中国版本图书馆CIP数据核字(2021)第263862号

出 版 人：姚　巍
责任编辑：姚爱云　　　　　　　　装帧设计：张诚鑫

出版发行：安徽文艺出版社　　www.awpub.com
地　　址：合肥市翡翠路1118号　邮政编码：230071
营 销 部：(0551)63533889
印　　制：安徽新华印刷股份有限公司　　(0551)65859551

开本：880×1230　1/32　印张：13.5　字数：300千字
版次：2022年5月第1版
印次：2022年5月第1次印刷
定价：68.00元

(如发现印装质量问题，影响阅读，请与出版社联系调换)

版权所有，侵权必究

楔　　子

　　五月的江城,河流两岸的风已是暖洋洋的。一路不停步地走到城北的山坡上,彭歆的额上渗出了微微的汗珠。他感慨地说,到底年岁不饶人啊,果儿你看,我跟不上你的步伐了。

　　一片空旷的高地,简直就要装不下快溢出去的富丽春色。桃、李、山樱都已花事荼蘼,满枝的新绿蓄势待发,油亮亮的。山楂却正开到了最好的时候,满树汪洋恣肆的花朵让人倏地感到一种通体的清凉,仿若与一场纷纷的白雪迎面相遇。

　　走过山楂树,沿着一条蔷薇花环绕的小径,便是姐姐的墓了。

　　墓碑前,栀子花,白花瓣,静静开着。

　　四下一片静寂,鸟声在树间啁啾,听得见江水拍岸的哗哗声。卫红,你睡在这么美的地方……也罢! 也罢! 彭歆叹息着,好像耗尽了气力。他弓下背,慢慢坐到了姐姐的墓碑前。他的手,颤抖着抚过姐姐的名字。

　　姐姐的花岗岩石墓碑上,留着的不是家人的名字。"何卫红老师之墓,江城一中全体师生立",两行简单的字,字字千斤,镌刻出了一个为人师的女子短暂一生的不朽重量。

　　彭歆的泪慢慢流下来了:卫红,我来看你了……

　　何果儿跪在彭歆身边,默默地拔去地上新长的草苗,默默地铺开姐姐爱吃的一溜小吃点,默默地听他向她讲述:卫红,我竟是一次又一次地负了你,我过去那样让你受伤,谁知和果儿的事情又因为我处理不妥,让你难过。但我再也不能当面求得你的原谅了!卫红,我……

何果儿禁不住向彭歆看去,他的眼角有深深的皱褶,他的发间渗出了斑斑点点的灰白,但他眼睛里的悲伤是清澈的、真切的。她伸手扶他起来:你不要坐地上太久,受潮呢。她的泪滴到了彭歆的衣袖上,她终于唤声"彭哥哥"!

彭哥哥,过去的事永远地过去了。你身体健康,家庭和美,就是姐姐的心愿,也是、也是我这么多年的心愿。

一声"彭哥哥",恍若隔世。彭歆看着何果儿,又转头看向墓碑。一阵风从山的那面吹过来,从波涛汹涌的江面上吹过来,卷过他和她,卷过花草深处的她。不可逆转的浩荡岁月,呼呼地从他们中间走过。

一条红纱巾,何果儿从包里掏出来,双手捧着,郑重地交给了彭歆。阳光洒下来,无数个闪亮的点聚焦在纱巾上,那纱巾的红便成了一种无与伦比的璀璨至极的红,火一般映亮了他。这是怎样的红啊,沧海桑田,时光已旧,人已阴阳两隔,连一座城都生生换了模样,它却还是那新鲜的、让人战栗的流泪的红,最初的,再也不会褪色的红。

彭歆凝视着红纱巾,凝视着果儿替他和长眠地下的那个人珍存了一辈子的红。许久,他松开了手,红纱巾哗地展开,在猎猎的风里飘荡开去,像一面断了线的风筝,飘向更高的山,更远的风。

渐渐地,它成了目光穷尽处一缕缭绕不绝的红色的云。

一朵燃烧的云。

一

　　果儿第一次见顾哥哥,就觉得他好。顾哥哥名叫顾一鸣,果儿觉得他的名字也好。语文课上,刚学了成语"一鸣惊人",再听这名字,就觉得亲切。所以,当姐姐说果儿你要支持我时,果儿重重地点了头,嗯。

　　顾哥哥正式登门了。果儿一诺千金,立即开始以实际行动支持。她本来在家门口一边玩一边等着公社的邮递员张伯伯。张伯伯前天送来了二哥的信,今天他要来取妈妈给二哥的回信。但张伯伯还没到,顾哥哥就先来了。果儿赶紧回家,把顾哥哥让进屋,洗好杯子泡上了茶。家里有两样茶:爸爸喝云南沱茶,妈妈喝茉莉花茶。果儿自己喜欢茉莉花的味道,便给顾哥哥泡了花茶。小心端过去时,顾哥哥赶紧起身接住,连声说,可别烫着手,果儿。果儿迎着他感激的目光,笑吟吟地答,没事儿,哥哥。你要是不喜欢喝茶,我去给你冲白糖水。

　　要是不喜欢喝茶,就冲白糖水。妈妈平时就是这么待客的。此刻,她正坐在里屋床上,狠狠地瞪着替她当家做主的果儿。但一副花门帘挡在中间,她其实只是瞪着门帘下不时露出的一双小小的殷勤的脚。那脚上是紫红色灯芯绒面的布鞋,鞋帮上绣着一对漂亮的白蝴蝶。这鞋都穿半年了,白蝴蝶还像是在雨后的清晨刚刚飞上花枝一般鲜活。果儿就是这么手脚乖巧、心细、爱干净,李会计家的燕子可就不一样了。李会计只要得空,手就不停地纳着鞋底,可燕子脚上永远没一处齐整。妈妈最得意这一点了。但此刻,那白蝴蝶的翅羽一下一下扑闪着人心中的火。

妈妈一直躲在里屋。墙上的大挂钟敲了六下了,往常这时候,爸爸也该回家了。也许今天,他得了信儿,知道顾哥哥来了,就故意避在公社办公室。姐姐一会儿出去到院里提水,一会儿又拿起毛衣针织两下。在妈妈的耳根子下面,她根本不敢和顾哥哥说任何话。她偶尔瞟一眼同样忐忑的他,随即又把求助的目光投向果儿。

果儿说,姐,你做晚饭吧,爸爸快下班了,妈吃完了也要去上夜班呢。姐姐如获大赦,立即起身问,那做啥饭呢?果儿说,你又不是不知道,妈晚上这一顿得吃汤面,你照常去和面吧。不过,今天留哥哥在家里吃饭,咱还得添一道菜,我去后院拔莴笋,你拿点腊肉出来,再泡点冬菇。顾哥哥站起来,紧着摆手,不要,不要麻烦了!不必添什么菜的,吃汤面就好。果儿说,哥哥,你就别客气了,以后也都是一家人了。姐姐和顾哥哥的脸一齐飞红了。他们看着果儿,像看着一个胸有成竹、力挽狂澜的大将。

但果儿的威风很快就被镇压了。门帘一挑,妈妈出来了。妈妈先喝住了果儿,何果儿,你一个毛孩子,装什么机灵,逞什么能!谁让你掺和大人的事了?你拔个鬼的莴笋!去,到燕子家玩去,我喊你时再回来。果儿不走,她噘着嘴站到姐姐身边。风暴就要降临了,她可不能临阵脱逃,让姐姐孤立无援。妈妈说,你不走,是吧？那你给我听清楚了，以后你姐姐的事要是往岔路处走一步，我先打断你的腿！顾哥哥叫，阿姨。妈妈这才面对着顾哥哥说，这个小伙子，你也走吧。不是我们何家抠门，不留你一顿饭，而是你根本就不该进我们家门。我不能和我这糊涂姑娘一样，明知事情不成，还拉拉扯扯。我今儿明告你，我们不会把女儿嫁给你。要是她用过你的，吃过你的，你说个数儿，我一分不少还给你。至于欠你的情，你就担待一回，放过她吧。我这当妈的，向你赔不是了。

顾哥哥讷讷的，阿姨，看您说到哪儿去了。他的脸唰地红了，然后又白了。果儿不忍看他，便偷偷瞟姐姐。姐姐早就靠在窗户上抹泪儿了。妈妈说，大丫你甭哭，哭解决不了问题。快送人走吧，把话说清楚。姐姐啜泣着顶过来，哭怎么了？你连我哭一下都不准了？顾哥哥转过身对姐姐说，阿姨说得对，哭解决不了问题，你别哭了。我先走，明后天再来拜访叔叔阿姨。妈妈提高了音调，小伙子，听点劝好不好？你还拜访个啥劲！今儿一走，就别来二回，大家都好好的，别弄到撕破脸。顾哥哥一边抬脚走，一边说，阿姨，我还是要来的。妈妈拎起桌上顾哥哥拿来的罐头、糕点，追着喊，你把东西拿回去，我们家不能收你的东西。这下，顾哥哥再也不出声了，他弓着腰，一溜烟跑了。

妈妈颓然地靠在门框上，她说，大丫，你追追他，把东西还给他。姐姐吸着鼻子恨恨道，你自己追，自己还。妈妈又说，果儿，那你去。你跑得快，你把东西还给他。果儿看一眼抽抽搭搭的姐姐，便犟着脖子对妈妈说，要去你去，反正我不去！干吗还呢？哥哥买这些东西，是想让咱们吃的。话音未落，后脑勺上冷不防就挨了火

6

辣辣的大巴掌,妈妈骂,他是你哪门子的哥哥?你倒东一声西一声叫得怪亲的,想跟着你姐翻天是不是?你这胳膊肘朝外拐的小白眼狼,别说这个罐头、糕点不能吃,就是能吃,也不让你吃!我嘴里省下的全喂给你了,身上能挤的都挤给你吃了,你这还没长成人呢,就开始跟着你这个没良心的姐挖爹妈的墙脚了!

果儿的眼泪扑腾扑腾掉下来。她在家里是娇娇女,爸爸、妈妈、大哥、二哥、姐姐都极宠她,但果儿从不恃宠而骄,大家都说她是一个懂事的孩子。所以,一般情况下果儿不挨打,要是果儿挨了打,说明家里大人的情绪遭遇到了非常情况。就像此刻,妈妈打果儿就是打给姐姐看的。果然,姐姐一看,抽泣声立马变成了明目张胆的哭声。她扑到里屋的床上,很大声地、不管不顾地把委屈、抗议和不屈服的意思都表达出来。

姐姐哭,果儿就不敢再哭了。她揉揉自己的后脑勺,悄悄去厨房生火,洗菜。不一会儿,妈妈沉着脸进来,系上围裙做晚饭。她瞄都不瞄果儿一眼,只是一声比一声更长地叹着气。果儿有点同情妈妈了。但姐姐的哭声呜呜咽咽地传过来,果儿不知道应该更同情谁。她心里乱,青菜嫩嫩的叶子都被掐断扔掉了。为什么大人一定要把事情弄得这么复杂?姐姐觉得顾哥哥好,要嫁顾哥哥,爸爸、妈妈干吗偏不让嫁呢?他们说顾哥哥的父母都是农民,家庭条件差。姐姐说,家庭条件差怎么了?我是嫁他这个人,又不是嫁他的家庭条件。果儿思前想后,还是同意姐姐的观点。对啊,主要是看人。人不好,家庭条件好有什么用呢?先前上门提亲的那几个小伙子,妈妈说他们都是双职工子弟,有两个的爸爸还在县里做官。可姐姐看不上他们,姐姐对果儿悄悄说过,拿着三套涤卡、的确良布料来的那一个,脸白、手白,白得像女人,穿得精精巧巧的,走路还扭屁股,也像女人。提着好烟好酒登门的那一个,小眼睛骨碌碌转,一看就知道不是什么好货色。你说,这些人能嫁吗?果儿听姐姐这么说,脑子里使劲回想那几个人的模样,却不太想得起来了。她似懂非懂,但姐姐说,果儿你说说看,就算他们的家庭条件好到天上去了,这样的人能嫁吗?果儿坚决地摇头,不能嫁。姐姐说,这就对了,根本不能嫁。过一会儿,她又补充说,关键是他们还没文化。他们都是自己考不上学,让父母托关系安排工作的。

这就很让果儿鄙视了。果儿家可是镇上有名的知识分子家庭呢。爸爸是大学毕业生,妈妈也上过正儿八经的卫校。爱知识,学文化,是何家的家风。大哥当过知青,恢复高考后成为全县第一批大学生,毕业后到大城市工作成家了。二哥调皮,一门心思要参军,但当兵后不忘父训,成功地考取了军校,成了军官,也在部队娶上了媳妇。因为俩儿子都在外地,姐姐师范毕业后便回父母身边当了老师。姐姐当了老师,还天天读书,记笔记。她常说,自己有一桶水,才能给学生倒出一勺水。教了四年书,她就拿回来三张优秀教师的奖状。果儿很以自己的父母哥姐为荣,这些光荣的家事一件件记在心里。妈妈说,你光说你哥姐能干不行啊,你是爸妈最小的孩子,只有你争气了,咱家才算是真的好了,现在就看你的了。果儿当然知道这个道理。每次学校放假,成绩单一交到父母的手里,笑容就会从他们脸上迸出来。学习好,有文化,这就是真本事。爸爸说,有了真本事,不靠天不靠地也不靠父母,走到哪里,人都能挺直腰杆吃一碗饭。

可现在,说到姐姐的婚事了,爸妈为什么就会中意那些没有真本事靠父母混饭吃的干部子弟,而要执意反对顾哥哥?顾哥哥在红星一中教数学课,他肯定是有真本事的人了,可爸妈怎么就忘了自己说过的话?

果儿第一次对父母生出了失望。姐姐倒反过来劝导她,你还小,好多事你还不懂,所以无法理解爸妈。他们有他们的考虑,他们也是为我好。

姐姐说,我知道爸妈是为我好,怕我以后受穷受苦。但他们也不想想,现在都八十年代了,我们新一代青年怎么会放弃自己的理想,重复腐朽堕落的享乐思想呢?什么三转一响,什么二十四条腿二十五条腿的,我才不稀罕呢!

姐姐说,你别信爸妈眼下这赶尽杀绝的样子,其实我不怕他们,我知道他们快撑不住了。他们本来心里矛盾得很,只要你、我、顾一鸣三个人团结一致,坚持下去,他们马上就要投降了。

姐姐说,果儿,你知道吗?我们不光是三个人在战斗,大哥、大嫂、二哥、二嫂也在帮我们呢。就昨天一天,爸妈就收到了大哥的两封信,二哥的一封信、一个电话。啊,二哥来电话了?果儿一下子兴奋得跳起来。去年春节,二哥从部队打来电话,给爸妈拜过年以后,二哥点名要和果儿说话,果儿好紧张啊!她虽然经常看爸爸和公社里的叔叔们摇电话讲电话,自己却是平生第一次拿话筒。她听到二哥在叫她,果果!果果,你长高了吗?长胖些了吗?语文数学考了多少?六一儿童节表演了什么节目?唱的什么歌?果儿憋红了脸,好半天说不出一个字。电话里的二哥那么真切,又那么遥远。妈妈直催果儿,你快说话呀,部队上的长途电话可金贵呢!果儿这才开口,只叫了声二哥哥,二哥的声音就哽咽了,果果,哥哥很想你。然后话筒就被爸爸抓去了。爸爸又给二哥讲了一套戒骄戒躁继续进步不要想家好好表现之类的话,通话就结束了。果儿懊悔得不行,为什么爸爸讲电话这么神气,自己却拿着电话不知道如何开口,真是丢死人了。其实果儿有好多话要告诉二哥,她最崇拜二哥了。二哥是解放军,他穿军装的样子特别帅气,他说话句句都逗乐。二哥结婚时,爸妈都去了部队,可果儿和姐姐到现在都还没见过二嫂呢。姐姐安慰果儿,说,下回你就知道怎么打电话了,下回好好说。果儿一直等着和二哥在电话里好好说一次话的机会,谁知现在二哥真打来电话了,爸爸却沉着脸提都不提一句,唉,还不就是姐姐的事闹的!果儿简直佩服姐姐,别看她在妈妈发火时只可怜兮兮地掉眼泪,背地里却大搞串联,里应外合,把爸妈彻底孤立了。

果然,爸妈真的撑不住了。在妈妈第九次将顾哥哥赶出门,把他的礼物扔出去后,没等姐姐哭,妈妈自己先哭了。她一边哭一边骂,先骂的是爸爸,你是男人,你既然不同意,干吗不出面来点狠的,让这俩孩子彻底怕了你,从此断了这心呢?你躲在后面,回回让我唱白脸,你好意思吗?对,你是大领导,你是大知识分子,你注意形象顾忌面子,可我也不是泼妇无赖呀!我的心也是肉长的呀!我天天唱,我忍心吗?今儿老大来信骂我,明儿老二打长途劝我,我都成那个叫什么《家》的电影里众叛亲离的高老太爷了。可你还要我唱,我唱得下去吗?骂了爸爸再骂姐姐,你这个糊涂丫头啊,妈本想着让你过点清闲日子,别再和妈一样一辈子劳碌命,可你横竖不听。你放着那高门大户不进,偏要去挤那破窑烂屋;你放着大树不乘凉,偏要去毒日头下自己挣吃喝。你这个缺心眼的孩子,你哪里知道百无一用是书生啊!你非要一条道走到黑,妈就让你走,等你后悔的那一天,娘家门上可没有你哭的地儿,你打碎了牙齿自个往肚里咽吧!

妈妈哭得一唱三叹,姐姐和果儿面面相觑,妈这就算投降了?果儿悄声问,我们,胜利了?姐姐点点头,也悄声答,我早说过了,肯定胜利!她的口气里全是骄傲,但不知怎的,泪水突然滚过她的脸颊。她走去摇妈妈的胳膊,你别哭了,妈!妈妈不理她,甩手推开了她。她又贴上去,妈妈又推开。果儿看妈妈和姐姐此刻就像一对过家家的孩子一样。终于,姐姐伏在妈妈的怀里,妈妈的手搭到了姐姐的肩上,母女俩搂成一团齐声哭了。

果儿站在旁边,也哭了。自从姐姐说了和顾哥哥的事,妈妈就再也不和姐姐亲近了。别说和姐姐,就连对果儿,妈妈也一直没有好声气。以前,妈妈和两个女儿多好啊!姐姐都这么大了,还常和果儿抢着往妈妈怀里躺。妈妈最得意生了两个贴心小棉袄,她高兴时叫姐姐大小棉袄,叫果儿小小棉袄,姐妹俩便脆生生地应,心里蜜糖一样。果儿从来没想过妈妈和女儿会因为别的人,这么长时间地生分。难怪姐姐胜利了,还哭得这么伤心。

不过,怎么说也是胜利了,还哭啥呢?果儿抹干了泪,慢慢转悠到院里的石榴树下,慢慢琢磨起妈妈刚说的一句话。"百无一用是书生",怎么会这么说?妈妈这叫什么话!知识就是力量,这是爸爸常挂在嘴边的话,也是老师最爱说的话,果儿教室的黑板上方就挂着大红字的"知识就是力量",可妈妈竟然说百无一用是书生,这不是和名人名言背道而驰吗?

妈妈败下阵来,爸爸就只有缴枪投降的份儿了。顾哥哥来家里,再也用不着果儿冒着挨打的危险,里外周旋了。顾哥哥很勤快,眼里尽是活儿,什么都比别人下手早,干得好。妈妈招呼他渐渐多起来,脸上的笑意也越来越由衷。一鸣这孩子,心灵手巧,啥家务都会干,咱姑娘跟了他,将来不会受累,不像我,在卫生院忙死忙活的,下班一进门还要腰酸背痛给你做饭、洗衣。我看,他可比你强,比你教育出来的俩儿子强。妈妈当着姐姐和果儿对爸爸这么说。爸爸一下拉下脸来,一个男人,光会干家务有什么用?妈妈说,什么叫光会干家务?他没上班,没挣工资?人家可是一中最叫好的数学老师,吃香得很呢!你这人对人对事两套标准,怎么当领导呢?不是你说的吗?学好数理化,走遍天下都不怕。

爸爸被噎得说不出话来。果儿和姐姐偷笑着看他生气的样子。妈妈伶牙俐齿,爸爸是说不过妈妈的。别看爸爸在公社当着书记,管着几十号干部、好几万老百姓,白天黑夜地坐在主席台上讲话,但回到家里,就没人当他是一把手了。果儿的家是个民主家庭,谁有理,就服谁。这也是果儿引以为傲的一点。你看爸爸的秘书滕叔叔,在外面就连见了果儿都要停下来笑眯眯地问候两句,好像多好的一个人,可回到家又打老婆又打孩子,他们家的小新,常被打得鬼哭狼嚎的。在家里耍横,算什么本事?果儿最瞧不起这样的男人了。

姐姐和顾哥哥订婚了。订婚仪式上,来了顾哥哥中学的校长、同事代表,也来了他老家的人。他的父亲见果儿的爸爸,都有点不敢抬头看,嗫嚅着叫何书记。爸爸问,你们那边农民的生活怎么样?他答,托何书记的福,打倒"四人帮",包产到户以后,日子好过多了。听他那口气,好像"四人帮"是何书记打倒的。妈妈说,以后就是亲家了,不必这么拘礼。可那些人还是拘束得很。果儿躲在里屋,从门缝里看着外面热闹的场面,觉得很有趣。好多人说了话,有些话古得很,土得很,果儿听不懂。最后是爸爸做了总结发言,我们作为女方,对男方不提任何要求,老规矩老讲究就不要了,婚事移风易俗,新事新办,一切从简。物质条件并不重要,关键是两个孩子将来要互敬互爱,比翼齐飞,为建设国家建设"四化"做贡献。顾哥哥中学的校长和老家的大队支书都站起来为爸爸鼓掌,其他人看他们站起来也都站起来了。妈妈提着壶为大家续茶,说,你们这是干啥呢,又拍巴掌又起立的,这是在家里,又不是开会。校长说,何书记不管在哪里讲话,都是给我们的重要指示,我们都要认真领会,认真学习。支书附和着说,对,对,就是这个理儿!果儿觉得场面有点滑稽,她使劲忍住了笑。

婚期定在下年五月初八,这可乐坏了果儿。果儿想,大人到底聪明,会选日子,那么美丽的季节,姐姐当新娘子该有多漂亮呢。

妈妈骂果儿,你有什么好高兴的?不到一年你姐姐就是别人家的人了。果儿一点都不信妈妈的话,姐姐怎么会成了别人家的人?姐姐啥时候都是果儿的姐姐。姐姐还让果儿多了一个哥哥,顾哥哥最疼果儿了。果儿喜欢吃集市上一个大妈的凉粉,顾哥哥一到星期天就赶十里路买回来。爸爸说,这样宠孩子,不利于孩子的健康成长。顾哥哥怕爸爸,一般爸爸说什么他都点头,但牵涉果儿,他就会据理力争几句。果儿够乖了,这么小的孩子,还要怎样呢?这是顾哥哥常说的话。

但现在顾哥哥越来越忙了。果儿死活不肯让他再去给自己买凉粉。顾哥哥说,那也行,等我打完了家具,我去多买几趟补给你。果儿问顾哥哥,做家具为什么叫打家具?顾哥哥说,是啊!为什么叫打家具呢?我也不知道,反正大家都这么说,习惯了。比如摘野菜、拔猪草,不说摘、拔,都叫打,过年做点心也叫打点心。果儿呀,你可真细心,好奇心强,什么都要问个为什么,将来保不准成了科学家呢!

不是果儿好奇,而是让果儿好奇的事连连出现,好不好奇由不得人。顾哥哥会做家务,这大家老早就知道了,可他会做家具,却是谁也想不到的呢!放假时顾哥哥去了一趟老家,回来时拉一堆木材,他说他要自己做高低柜、五斗柜、大衣柜,还要给姐姐做梳妆台。反正,别人结婚新房里有什么,他们也得有什么。妈妈说,孩子,你哪能自个打家具呢?你们需要什么,我和你叔都会置办的,你别为难自己,我们又不在乎娘家婆家的,谁家能多出点力就多出点。顾哥哥说,阿姨,不是这个意思,我自己打,能省好多钱呢。你们放心好了,我可以学着打,要没把握,咱中途再请匠人也不迟。妈妈说,这可是上好的樟木呢,给糟蹋了,那就太可惜了!顾哥哥说,阿姨,你就放心吧,不会糟蹋的。姐姐在旁边咻咻地笑,妈,你可就不知道了吧,人家从小学过木匠,一颗红心两手准备,考不上学当不上干部就当木匠。他爹说了,哪朝哪代,木匠、裁缝都是吃香的喝辣的,高人一等呢。

顾哥哥一忙,果儿也忙起来了。她每天得跑四个地方,正好把镇上的东西南北给跑遍了。下午放学,她回到家赶紧写作业,还时不时帮着大人做点家务。吃了晚饭跟着顾哥哥去一中看他打家具。天麻黑了,又赶回红星二中姐姐的宿舍。家里地方宽绰,但有了顾哥哥以后,爸爸妈妈很爽快地答应了果儿跟姐姐睡。姐姐说,果儿,你知道吗?你是妈的小密探、小间谍。果儿问,密探、间谍是什么意思?姐姐说,连密探间谍都不知道啊?没看过电影《野火春风斗古城》吗?没看过《保密局的枪声》,没看过《一双绣花鞋》吗?算了,不管什么意思,姐姐喜欢你这个小跟屁虫!姐妹俩把屋子收拾得又漂亮又温馨。

姐姐订婚那天晚上,果儿问,姐,你结婚了,这屋子成了新房了,我是不是就不能住了?姐姐说,你这个傻瓜,哪有女方的宿舍做新房的?新房在他学校呢,这屋呀,以后就是你的了。听了这话,果儿对小屋更加爱惜起来,彩色蜡笔收拾得规规整整,生怕白墙上污了颜色。

顾哥哥白天要上课、管学生、批作业,打家具的事一般都放在晚上。星期天可就要忙活一整天了,连饭也顾不上回来吃,果儿就去送。顾哥哥的工作间设在他宿舍后面一间废弃的教室里。那屋里刚开始全是霉味,不几天便充满了木花的香味。果儿可喜欢木花了,明明是敦实的木头、厚重的板子,刨刀所过之处,却开出精巧翻卷的花儿来,散发着阵阵清香,落了一地,那种感觉太神奇了。果儿看着顾哥哥刨出的木花一天天变得纤薄细碎,他开始不停地换着使各种工具,锤子锥子钳子钉子什么的都上阵了,叮叮当当,有模有样。现在,果儿一点都不怀疑顾哥哥能做出好看的高低柜、五斗柜了。

姐姐不怎么去看顾哥哥打家具。刚开始也去,妈妈说,你是已订婚的姑娘了,该避处也该避嫌,去得勤了,一鸣学校的人会笑话。姐姐嘴上说,妈,脑子封建思想,谁听呢!其实她是听的,渐渐便去得少了。但她隔一两天会去供销社买一听午餐肉罐头给顾哥哥。他劳动量大,夜里得加点餐。姐姐说。果儿心想,姐姐心疼顾哥哥,又没人提意见,她何必解释呢?再说了,姐姐买午餐肉时,也会给果儿买水果罐头,有时是凤梨,有时是黄桃。果儿最爱吃的那种草莓罐头,供销社里时常买不到。爸爸去县里开会,就会给果儿买来。不过吃爸爸买的罐头,先得听爸爸一通教训,挺没劲的。每回他都要严肃地说,何果儿,你知道吗?别说全世界全中国了,就连咱们公社,也还有很多和你一样大的孩子,至今吃不饱肚子,吃不到白面,你从小到大天天大米白面,还时不时要闹着吃罐头,你自己想想,应该吗?果儿心里委屈,她从来没闹着吃罐头,是妈妈姐姐非要她吃的。尤其是大哥二哥,只要回一次家,就给果儿带来好多好吃的——镇上买不到的各种饼干、糕点、糖果。果儿很生气爸爸把她当成馋嘴猫,她有时也抗议,但抗议不抗议,爸爸照例要说完下面的话:何果儿,你也不小了,应该学会对自己的所作所为予以反思,吃白面,吃大米,吃罐头,是为了更好地培养你,你得加倍地发奋学习,练成真本事,成为有用的人,报答父母和国家。从今以后,你不能这样东游西逛,虚度光阴了。

好多的"从今以后"了,爸爸每回还是说从今以后你不能这样不能那样的,果儿慢慢也就习惯这一套了。爸爸雷打不动的最后一句话是:不服气,有意见,请保留。有则改之,无则加勉。只要一听见"有则改之,无则加勉",果儿就像听见"跑步走"一样,立刻撒腿从爸爸面前跑了。姐姐常抱着果儿笑,我可怜的果儿啊,还是吃姐的罐头比较省心,不用有则改之,无则加勉。

最近的事有点蹊跷,姐姐没去给顾哥哥买过午餐肉,到晚上却拿出罐头给果儿吃。果儿问姐姐啥时候去供销社了,姐姐说罐头不是买的,是前几天在县里工作的几个同学到这儿下乡,看她时带来的。果儿奇怪地问,我怎么不知道你同学来看你呀?你怎么不把他们领家里来?以前你不是常带同学到咱家里吃饭吗?姐姐说,果果,你吃你的,你一个小孩子家家的操这么多闲心,看这问得连珠炮似的!你白天上你的学,我上我的班,不可能所有事情都让你知道,我几个同学都是大人,带家里来干吗?让妈查户口呀?

果儿听出了姐姐语气里的不耐烦。姐姐以前可不是这样的,她什么事都愿意跟果儿说,从不瞒着她。她最喜欢给果儿讲自己和同学的事了,他们参加国庆会演的热闹、辩论赛的胜利、体育课上的趣闻、周六礼堂的电影、宿舍里的吵架和和好,还有实在馋得不行偷着在电炉上煮挂面被学校发现,等等。有时候,她的话里还会漏出谁和谁好了、谁和谁毕业后结婚了的信息。不过,这种话一出口,她便赶紧看果儿的脸色,不再往下说了。其实果儿是懂的,她知道这谁和谁好的事是不好的事,小孩子不应该打听。果儿喜欢姐妹俩挤在一起看相片,姐姐和她的同学们可真爱照相啊,四年时间就照了满满一大影集。看来看去,姐姐最要好的几个同学,果儿早就对上号了。姐姐的相片好多还题着字,什么友谊长青,天涯若比邻,什么革命人永远是年轻,二十年后来相会,等等。果儿好羡慕姐姐,她真想快快长大,和姐姐一样出远门,也照上好多相,拿回来给她看,跟她讲。姐姐说,现在她上学的省城都开始照彩色照了,等果儿长大了,照的相片就都是彩色的了。果儿很兴奋,也有点担心,不知彩照上能不能题字。

　　果儿也见过姐姐的许多同学。姐姐说果儿又聪明又漂亮,带出去长脸呢,有同学见面的机会,很少扔下果儿。我妹妹唱歌唱得好,她跟大家说。然后命令果儿,果果,给哥哥姐姐们唱支歌。果儿就跨前一步,站成丁字步,唱"太阳光晶亮亮,雄鸡唱三唱",还有"让我们荡起双桨",还有"我们的田野,美丽的田野"。这些歌果儿都喜欢,唱起来最带劲的是"四季啊,我在想",尤其是"春天"那一段:"春天来了,我在想,想变作一段五彩虹,架起那四通八达的桥梁,让老师走遍祖国的大地,去享受桃李的芳芳,啊……"果儿认为好听的主要原因是后面那个"啊"又长又拐,真像是一段五彩虹。从上了三年级,她更多地唱《西沙,我可爱的家乡》《洪湖水浪打浪》这些歌,因为它们比儿童歌曲难很多,使果儿感觉自己也长大了。但姐姐的同学们好像更喜欢另一些歌曲,他们夸果儿唱得好,然后就七嘴八舌地问,你会唱《妹妹找哥泪花流》吗?会唱《泉水叮咚》吗?会唱《乡恋》吗?会唱《雁南飞》吗?果儿哪有什么不会的?她张嘴就来,他们便纷纷鼓起掌来。姐姐得意地说,我这妹妹听歌一听就会,过"耳"不忘,头天晚上看电影,第二天就哼上主题歌了。为了证明自己的话,姐姐让果儿唱前天晚上看过的电影《爱情与遗产》的歌,果儿便唱"爱情的海洋上,谁说只是顺风快帆,顺风快帆?爱丝千万缕,哪缕是苦,哪缕是甜",不知为什么,果儿刚唱前两句,姐姐和同学们便哈哈地笑起来,乱作一团。果儿委屈得住了口。姐姐说,不是笑你唱得不好,不是笑你。大家笑得更欢了,嚷嚷说,真是太可爱了。有个大哥哥,过来拍拍果儿的脑袋,你真了不起,小妹妹!好好唱歌,好好学习,将来一定是个人才。

但这次,姐姐的同学来了,姐姐不但不让果儿见,让她表演唱歌,完了还连讲都不愿讲一句,这不由得让果儿心生纳闷。而且,罐头不是一瓶两瓶,姐姐出去上厕所时,果儿在抽屉里发现了一堆好吃的。姐姐要把这么多东西留着只和果儿两个人晚上吃?这可太不像她平时的样子了。姐姐疼果儿,但她也疼爸爸、妈妈,疼顾哥哥,她怎么不把好吃的拿回去让他们尝一点呢?

这是第一次,果儿有了疑问,但不敢问姐姐。姐姐的脸色有点怪。果儿心里难过,好像发生了什么事似的。

吃中午饭时,顾哥哥说五斗柜做出来了,昨晚刚完工的。这下不光果儿,连妈妈都兴奋起来了。她问顾哥哥,你觉得怎么样,能使吧?和人家匠人做的比,没啥大区别吧?顾哥哥笑着说,我自己看,还行。要不阿姨你去看看?你们都去看看?妈妈说,行,下午下班了我就随俩丫头去一趟,看你是不是在吹牛说大话,糟蹋东西。一直闷头吃饭的姐姐这时插进来说,要去你们去,我下午放学了还有事呢。妈妈说,你最近倒是忙得很呢！好几次都不回来吃饭。我卫生院事多,一鸣又上班又做工的,你该想着做点可口营养的饭菜才是,怎么反倒偷懒贪玩起来了？姐姐说,我没偷懒贪玩。顾哥哥在旁边帮腔,阿姨,她今年是忙,带的毕业班。姐姐并不看顾哥哥的脸,却对妈妈说,妈,我劝你也别去看什么柜了,你前阵子还跟我说少去,怕人家笑话呢！现在连你都巴巴地跑去,难道不遭人笑话？显得咱家要急吼吼地出嫁姑娘似的！

妈妈一下愣住了,她的眼光从姐姐身上落到顾哥哥,顾哥哥低头避开了她,她又从顾哥哥扫向姐姐,好半天才说,大丫,你这什么话,不管急不急,这婚期都是定好了的。一鸣父母不在身边,我去看一眼他那边捣鼓成啥样子了,也好放心,难不成这还有人要笑话我？姐姐哐当一声放下碗,起身就走。妈妈喊,你干吗？姐姐说,我回学校了。

顾哥哥慢慢地吃着剩下的饭,他拿筷子的手木木的。妈妈问,你们吵架了？顾哥哥挤出一丝笑,没有,阿姨。她可能是带毕业班,压力大,心烦,你别怪她。妈妈说,没吵架就好。这两口子吵架,也是个习惯,刚开始就别吵,以后也不会多吵。顾哥哥说,我听阿姨的,不吵。

果儿从窗户里看着顾哥哥走,她觉得他的步子好像比平时重了,每一步都踩着心事似的,她不由得叹了口气。妈妈说,你一个小屁孩叹什么气？你整天跟着他们,我问你,他俩最近是不是吵架闹别扭了？果儿答,我真的没看见姐姐和顾哥哥吵架。妈妈小声嘀咕,那这犟丫头犯的什么病？

果儿想跟妈妈说姐姐同学来看她的事,想说抽屉里的罐头,那一堆不让妈妈知道的好吃的。但不知为什么,话到嘴边,又硬忍住了。

晚饭后家里来了客人,果儿只好一个人去看家具。那五斗柜确实和果儿家里摆得一模一样,甚至还要精致一些呢!顾哥哥说,还要上三道漆才算行。顾哥哥说,明天就开始打梳妆台了,然后打大衣柜,再打高低柜,最后打椅子。反正最迟,赶在结婚前两个月,家具都得打出来。打出来还得晾些日子,搬到新房里才没油漆味。果儿听着他的计划,却发现他的声音有点恹恹的,没有底气,眼睛里缺了刚开始刨木花时的那种亮。难道,真的有什么事要发生吗?果儿有点怕了,临走时她脱口而出撒了个谎,姐姐说这几天学校太忙,没顾上去供销社给哥哥买午餐肉,不知道哥哥晚上饿不饿。

你姐啥时候说的这话?顾哥哥的双眼一下闪起火花,他高兴地拉过果儿问。果儿答,就昨晚临睡前。顾哥哥说,她昨晚真这么说的?果儿使劲点头。顾哥哥更高兴了,果儿你赶紧回去,不然你姐姐等急了。你跟她说,我一点都不饿,现在到慢工出细活的时候了,不费体力的。

果儿回去时,姐姐却不在。她去哪儿了?宿舍门紧锁着,幸亏果儿带着钥匙。她进门赶紧拉开抽屉,那些东西还在。她又打开了写字台下面的小柜子,打开了放衣服的箱子、放影集的大纸盒。她几乎翻遍了小屋,却没发现什么新添的东西。姐姐有记日记的习惯,每天临睡前都要写两笔。果儿没看过姐姐的日记,姐姐说,日记是不能给别人看的,果儿便不看。但现在,果儿一心一意只想找到日记本,它藏哪儿了?它藏哪儿了?

日记本死活找不到。果儿的脸一阵比一阵烫,心怦怦的,快要跳出来。她想自己再也不是一个好孩子了,今晚她跟顾哥哥撒了谎,又偷翻姐姐的东西。她突然就悄声哭了。

天黑透了,姐姐还不回来,果儿只好自己上床睡。就在这时候,她发现姐姐的枕头下面压着一条纱巾,一条大红的纱巾。姐姐啥时候有这条纱巾的,果儿一点都不知道。纱巾抓在手里,滑滑的,软软的,特别舒服。果儿难过紧张了一整晚的心,一下子高兴起来。她把纱巾缠在脖子上去照洗脸架上的小圆镜,小圆镜里便出现了一张红红的小圆脸。

那条纱巾可真红啊!它把果儿的一张脸都映红了,把满屋子的夜都映亮了。

星期六下午放学早,果儿出校门时突然决定先不回家,去二中姐姐的宿舍。燕子说,咱俩玩会好吗?你都好几天没和我玩了!果儿说,我不是跟你说过了吗?我姐姐要结婚了,顾哥哥在打家具,所以我每天得去看呀,送饭呀,就顾不上玩了。燕子说,姐姐结婚可真没意思,连玩都不能玩。果儿想,确实挺没意思的。刚开始还觉得有意思,怎么越到后面就越没意思了?她对燕子说,你别生气,今晚公社里演电影呢!看电影时我和你坐一起还不行吗?燕子一下蹦起来,果儿,我吃过晚饭,早早去给咱俩占座位!

果儿不知道自己为什么这时候来姐姐的宿舍。她从来没有在晚饭前来过。她不知道白天姐姐在学校的样子。她走进大门,穿过一排排教室,心里莫名地紧张起来。中学放学比小学晚,各个教室里还在上着课。在操场边那间教室里,果儿看到了姐姐。姐姐正在往黑板上抄着什么,学生们都安安静静跟着她往本子上写。姐姐果然是在忙工作,果儿长舒了一口气,从窗户边溜开去。

后院姐姐宿舍门前的苹果树下,站着一个身材瘦高的大哥哥。果儿起初没注意他,但他见果儿掏钥匙开门,便直直走过来,说,你是果儿?果儿惊讶地抬起头,看见一张笑得很亲切的脸。你是谁?你怎么知道我的名字?果儿问。大哥哥笑得更舒展了,我当然知道你的名字,我不光知道你的名字,还知道你是红星小学四年级的三好学生,知道你除了学习好,还是个小小歌唱家呢!这个大哥哥的嘴巴可真甜啊,像刚刚吃了大白兔奶糖似的。果儿也笑了,她说,大哥哥,我知道了,你是我姐姐的同学,你是来找她的,对不对?大哥哥说,是啊,果儿真聪明。

果儿把大哥哥让进屋,倒上了糖水,她不时瞟一眼他,想回忆起在姐姐的影集里有没有见过他。大哥哥的脸薄薄的,眼睛大大的,生得很是干净好看。果儿确认自己没见过他的相片,不然一定会记得这么好看的笑容。她想把抽屉里的罐头、糕点拿出来给他吃,又有点犹豫,这些东西除了她,姐姐不是谁都没让知道吗?正为难着,大哥哥却蹲到了地上,果儿,我这儿有好多好吃的给你。果儿这才看到进门处放着一个大提包。大哥、二哥回家时拎的就是这样的提包。这个大哥哥,他也是从很远的地方来的吗?

大哥哥的手还在提包的拉链上,门突然被推开,姐姐一点脚步声都没有。果儿迎上去,刚想说姐姐你的同学来了,但姐姐抢在果儿前头开口了,果儿,你怎么来了?

果儿一下愣住了。姐姐怎么不先招呼她的同学？她看见客人,眼里没一点吃惊,好像他本来就应该在这里似的,反倒是果儿冷不防冒出来,吓了她一跳。

大哥哥从提包里一样一样掏出很多好吃的,往果儿手里塞。果儿转过头,看都不看那些东西。她也不愿再看大哥哥一眼了。她突然间就明白了,姐姐抽屉里的好吃的,枕头下的红纱巾,都是从眼前这个提包里掏出来的。

大哥哥说,果儿,你拿着呀,吃呀！你怎么了？姐姐说,你拿着吃,果果,这位是彭哥哥,不用客气。果儿垂着头坐在床边,坚决不朝他们看。眼泪在眼眶里打转,她想憋回去,却还是流下来了。大哥哥把东西放到桌子上,走过来摸她的脑袋,小果儿,你这是怎么了？刚才还好好的,怎么你姐一回来,你就不高兴了呢？果儿一声不吭,她往墙边靠靠,甩掉了他的手。怎么了？你问你自己呀！果儿在心里恨恨地说。你一来看姐姐,姐姐就开始有话不对果儿讲,有事瞒着妈妈,最关键的是,她对顾哥哥不理不睬了。顾哥哥为了她,没日没夜地忙着,她却开始对顾哥哥不理不睬了,有这样的道理吗？

姐姐沉下脸,果果,你来找什么别扭！大哥哥赶紧劝,没事的,小孩子嘛,耍点小性子很正常。果儿的眼泪又下来了。这个大哥哥,人好看,声音也好听,可他为什么要做不好的事呢？见果儿哭,姐姐过来搂住了她的肩膀,你今天这是怎么了？你放学不回家先跑这儿来,来了又跟我闹,是不是在学校受委屈了？果儿推开姐姐,才没有呢！我是来问你,今晚你回不回家吃饭？你要不回家吃,那你吃什么? 你是不是又要跟妈妈说,你去做家访?

姐姐盯着果儿的眼睛,果儿知道她明白了。果儿继续问,今晚有电影,你看不看? 你以前不是最爱看电影吗? 要是看,我和燕子早点去给你和顾哥哥占座位。

姐姐不出声,大哥哥在旁边失神地看着她。小屋里的气氛一下沉闷得让果儿喘不过气了,她打开门,抹着泪往前跑。姐姐追出来喊,果果,别跟爸妈说什么。我会告诉你的!

电影叫《天云山传奇》。放映员叔叔跟大家讲,这电影是最新的片子,在全国刚刚开始上映,他去县上好不容易才抢到的。可果儿觉得不好看,也不太懂。电影里没有小孩,大人都闷闷的、苦苦的。他们为什么非要把事情弄得这么绕来绕去呢? 那个叫宋薇的女人先是和一个男的好了,后来又不和他好了。这个男的吃了好多苦,生了病没人管。后来又来了一个女人,她拉着板车把那男的带走了。大冬天,风雪茫茫的,那女的拉车拉得好吃力,但她还冲着那男的笑,把人的心看得又冷又热的。果儿都有点想哭了。宋薇后来和别的男的结婚了,但她好像一点也不开心,她后悔了。

大幕布上出现了"再见",果儿还愣在小板凳上。燕子喊,嗨,走呀! 你不是说不好看吗? 不好看怎么看完了还舍不得走? 果儿如梦初醒,心扑腾扑腾地跳。这电影里的大人,太像生活中的了。姐姐如果真的不理顾哥哥了,那她不就成了那个宋薇了? 宋薇到最后多可怜呀,后悔也来不及了呀! 妈妈不是常说,世上难买后悔药吗?

果儿最爱姐姐,她不能让姐姐成为宋薇。她一句话都没来得及和燕子说,拔腿就跑。刚拐出公社大院,却一头撞到了人身上。太巧了,竟然是姐姐。姐姐说,你冒冒失失地跑哪儿去呀?我来接你了。姐姐一手拿着手电筒,一手牵着果儿。果儿看不清姐姐的脸色,却感受着十指连心的亲切。夜色中,她暗暗地给自己打气,待会儿一进门就给姐姐讲电影里的故事,劝姐姐不要再和那个姓彭的大哥哥来往,免得将来像宋薇一样后悔。对,一定要勇敢地、严肃地和姐姐谈,拿出和坏人坏事作斗争的精神跟姐姐谈。

但姐姐又一次抢在果儿之前开口了。她说,果果,你虽然是个小孩,但在我心目中,你比爸爸妈妈更了解我。我有什么事都不能瞒着你,尤其是这么重大的事。就算你什么都没发现,我一样要告诉你。

姐姐说,我是一定不能再和顾一鸣结婚了。

虽然有预料,但明明白白听到姐姐这么说,果儿还是傻眼了。一路上想好的劝说姐姐的词儿,一碰到姐姐这么坚决的语气,一下子吓得不知跑哪儿去了。她张着嘴,只迸出一句,为什么?

姐姐说,顾一鸣是好人,但他不是我需要的人。要不是彭歆的出现,也许我这辈子也就和顾一鸣过下去了。但现在不行了,现在我知道自己对他其实是没有感情的。没有感情怎么还能结婚?我宁可对不起他,也不能一辈子欺骗他。

果儿的脑袋轰地炸了。姐姐对顾哥哥没有感情?这怎么可能?怎么可能?没有感情,那闹什么非他不嫁?用她自己的话说,誓死违抗父母之命,整整半年的风刀霜剑,硬是扛下来了。没有感情,为什么四处搬救兵,八方求援助?为了姐姐,大哥、二哥在那么远的地方一致反对爸妈,果儿是从不挨打的娇娇女,因为支持姐姐好几次挨了妈妈的巴掌。就连爸爸妈妈,最终改变态度同意婚事,还不是看在姐姐和顾哥哥感情好的分儿上?可现在,姐姐竟然说,她对顾哥哥是没有感情的。

那个叫彭歆的大哥哥,到底是什么人?他用了什么手段,让姐姐对刚刚发生的一切来了个翻脸不认?

果儿心里灰灰的,就好像辛辛苦苦写了一晚上的作业,第二天才发现老师根本没布置那几页。

姐姐说,果果,你还是个孩子,肯定不会理解这种事。但无论理解不理解,姐姐都得告诉你。这一次,姐姐只能告诉你一个人了,连大哥、二哥他们也都不会再支持我了。

姐姐的泪水突然夺眶而出,扑簌簌流过双颊。这一年,果儿看过太多姐姐流的泪了,但每一次还是让她心疼。她伸手去擦姐姐的眼泪,姐姐哽咽着搂住了她,果果,我要和顾一鸣分手,我要和彭歆在一起。果果,你要支持我。

果儿使劲从姐姐的怀里挣脱出来。她泪流满面地摇头,不,我不做叛徒。大哥、二哥不支持你,我也不支持你。我再也不支持你了。

妈妈很快就听到了风声。虽然两三个星期过去了,果儿一个字都没敢透漏出来,但彭哥哥几次三番从县里来看姐姐的事,还是传到了妈妈的耳朵里。在镇子上,这种有关男男女女的消息总是风一样长着腿。何况,这一次,是红星公社书记马上要出嫁的女儿,闹出了让人背后戳脊梁骨的大笑话。

这是妈妈的话。妈妈说,现在可不是你姐姐的个人问题了,而是整个何家的门风问题。这天放学回家,果儿见张伯伯送来了大哥的信,就急着想看里面有没有乐乐的照片,但妈妈黑着脸,一把把果儿推进里屋,反锁上了门,然后鼻子里只喷出一个字:说!

果儿把自己看到的听到的做过的,一五一十地交代出来。妈妈的脸色越来越沉,越来越阴。她哑着嗓子吼,何果儿,你到底是不是我生的女儿?果儿吓坏了,嘟囔着说,我怎么了?我这回是不支持他们的呀!

你还要怎么支持?你还想怎么支持!妈妈从椅子上跳起来,你吃那个姓彭的王八蛋小子买来的吃的,你接受了他送你的小人书,你听他唱歌,你和他们俩一起做饭吃,这么大的事你死死地瞒着大人,你还要怎么样?我让你跟着你姐姐,就是让你看着点她,怕她和一鸣黏得太近有什么闪失,谁承想她反倒整出了另外的事!你们两个丫头片子,好大的胆子啊!

大巴掌就要落下来了,果儿绝望地抗议,我不和他们俩一起吃饭,我吃什么呀?上个月,你自己参加医疗队下乡去了,爸爸上什么省委党校,到现在都还没回来,我不吃姐姐的饭,家里有大人给我做饭吗?

妈妈呆呆地看着果儿,突然,她举起巴掌狠狠地甩到了自己脸上。果儿惊呆了,那一记响亮的声音,比打在她脸上更让她伤心害怕。她扑过去抱住了妈妈号啕大哭,妈妈,我错了,我不该跟着姐姐瞒你,不该吃彭哥哥的东西,不该拿他的小人书,妈妈,你打我吧!妈妈推开果儿,果儿仰脸看着妈妈哭,妈妈,你不要不理我,我真的是不支持他们的,我总共见了三次彭哥哥,一次都没和他玩。姐姐让我和彭哥哥一起唱歌,我死活不唱。他唱得那么好听,我都没跟着他唱。

妈妈慢慢坐回到椅子上。她问,他唱歌好听?果儿抽抽搭搭地回答,好听,和广播里唱的一样呢。妈妈冷笑,怪不得你做了小叛徒。果儿大喊,我没有!不信你问姐姐。妈妈说,不说这个了,你过来,我问你,那坏小子来看你姐,晚上住哪儿的?是不是他一来,你姐就打发你到别处去玩?

果儿不明白妈妈怎么突然问起了这些,你管他住哪儿呢!但看妈妈一脸紧张地盯着自己,好像这是顶重要的问题,她便挠着头回想了一遍,才说,我第一次见彭哥哥来是下午,晚上我和燕子看电影去了,然后姐姐来接我,我不知道他住哪儿去了。第二次第三次,吃过晚饭后,我去和燕子、娟娟玩,不是姐姐打发的,是燕子喊我的。回去后我躺在床上看小人书,他俩在写字台那边坐着,说话、唱歌,有时候还趴着写些什么字。然后我就睡着了。

你不是去玩了,就是睡着了,我要是在你姐姐身边安顿一只小猫小狗,都还比你管用呢,真是白费心!妈妈叹着气骂着,果儿赶紧补了一句,我想起来了,姐姐学校的张老师是彭哥哥的同学,他是住在张老师那儿的。

还说自己不是小叛徒呢,彭哥哥长彭哥哥短的,他是你哪门子的哥哥?你跟着你黑心的姐姐,也忘了顾哥哥?妈妈这话让果儿委屈得又哭了,不是她把顾哥哥忘了,是姐姐再也不许果儿找顾哥哥了。妈妈咬着牙说,好,算你们狠!我下乡几天,你们就在家里改天换地定乾坤了。去,把那个窝囊废顾一鸣给我喊来!

好些日子不见顾哥哥,他很是潦倒的样子。白衬衫领子上一圈黑渍,头发上沾着头皮屑。果儿想起以前清清爽爽的顾哥哥,心里一阵阵难过。她不敢看他的眼睛,只是怯怯地抓住了他的衣角。顾哥哥迟疑了一下,伸手握住了她的手。他牵着她走过街头,许多人远远地看着他们,走近时却避开了。

妈妈问,一鸣,家具打得怎么样了?顾哥哥说,不打了,用不着了。妈妈的声音一下厉害起来,你这是什么话?谁允许你这么说的?你爹妈,还是我和你何叔?顾哥哥低下头,又抬起头,阿姨,我明白你的好意,可我既然对她好,就不想违背她的心意,强求她的感情。我们是八十年代的青年,应该尊重对方的选择。

甭跟我提你们八十年代,八十年代怎么啦?就是以后的九十年代一百年代,婚约既然叫婚约,就是用来信守的。妈妈平静地接口,一鸣,赶紧打你那些柜子吧,五月初八的婚期是不能推迟的,到时候你新房里东西不齐全,我可不让我姑娘上轿哦。

妈妈开始了第三场谈话。这一次果儿紧张得早早躲起来,又忍不住透过门缝盯着妈妈和姐姐,她手心里渗出了汗。如果妈妈死命打姐姐,那该怎么办?

但妈妈的声音出奇地温和。大丫,这段时间你闹腾的事,妈都知道了,你让镇上人说我们何家闲话,妈很生气。但事已至此,我也不多责备你了,我和你爸在教育你们上也有责任。想着贱养儿子贵养女,打小对你两个哥哥严格要求,该打打,该骂骂,但到你这儿了,一向是由着你性子来,惯得你天不怕地不怕,做什么事都是猫一阵狗一阵,掂不清利害轻重。所以,出了事情,主要是因为我这当妈的平日里对你管教不够。

妈,想说什么就直说,用不着做自我批评。姐姐的口气硬硬的。

妈妈说,怎么能不做呢?只有做深刻的批评与自我批评,我们才能及时纠正错误。大丫啊,人年轻时谁不犯点迷糊呢?不要紧的,只要回头就成。你的这点事按说也算不上什么,你去跟那县里姓彭的小伙子说清了撇清了,就成。妈也打听过了,那小伙子虽说做了破坏人家感情的傻事,但整体上好学上进,是个好青年,我想他是不会为难你的。一鸣这儿就更不会计较了,好事多磨嘛。五月初八,咱们按期举行婚礼,看那些碎嘴婆娘还嚼什么舌头!

姐姐一声不吭。果儿听到妈妈又开口了,简直是巴结的语气,大丫,你不是一直想去苏杭玩吗?妈想好了,咱家虽然不富裕,但多少年也就嫁这么一回姑娘,听说大城市人现在流行什么旅行结婚,干脆咱也豁出去,了了你的心愿,你和一鸣办完婚礼也去旅行,怎么样?

妈,你别再计划结婚这事了,我是不可能和顾一鸣结婚的。我和他都同意取消婚约,希望家长不要横加干涉!姐姐说。

果儿的心快要跳出来了,但妈妈还是不慌不忙的样子。大丫,你要听话,你别跟妈妈较劲儿。你想想,家长能不干涉吗?你走的是邪路,走不通的。

姐姐一字一句地答,不管是邪路,还是死路,我都要走下去。妈,我是不可能和顾一鸣结婚的,我喜欢的是彭歆。

死一般的沉默。隔着一道门,果儿听到妈妈和姐姐急促的呼吸声。空气就像果儿的脸颊,发热、发烫,要爆破了似的。然后,是妈妈的声音,何卫红,这么说,你我都没有退路了?

何卫红是姐姐的大名。妈妈从来不这样叫姐姐的。姐姐说过,爸妈本来都叫她红红的,一直到十三岁添了妹妹,他们就叫她大丫了。可现在,妈妈叫姐姐何卫红了。果儿想,妈妈这一声何卫红比抽姐姐一个耳光还要让人难受呢。果然,姐姐带着哭声说,妈,你就原谅我吧。你不能因为顾一鸣而嫌弃了自己的女儿。

这些原谅不原谅的话,用不着再说了,何卫红! 妈妈说,自打你把顾一鸣领进家里,咱母女俩该说的不该说的都说过了,一哭二闹三上吊的事也都干过,最后还是你赢了,为啥呢? 因为妈心里虚,这男情女愿的,非要硬生生拆开,这不是作孽嘛! 可现在不一样了,这一回,是你何卫红在作孽,既然是你自作孽,那就别怪我心硬! 咱们呀,谁也别求谁的原谅,各自往前走就是了。

那你要怎么做啊,妈?! 姐姐喊。

妈妈说,怎么做? 该怎么做就怎么做呗! 弹棉花,打棉絮,缝新被新褥子,给你准备嫁妆。离五月初八还有168天,慢慢地把该备的一样一样都备齐了。何卫红,你也忙你的去,别在这儿哭哭啼啼。老来这一套,没意思。妈不骂你不打你,女儿大了,翅膀硬了,打来骂去,成冤家了。妈只说一句话,妈这话只说一次,你听好了,五月初八必须是咱家的大日子,要么,女儿出嫁,要么,当妈的出殡。

你可以不信,你可以当我是吓唬你,何卫红。妈妈说了这一句,就起身上夜班去了。

果儿出来,一步一步蹭到姐姐面前,姐姐的眼睛直直地盯着妈妈刚坐过的椅子。果儿喊了两声姐,姐姐才看见了果儿。看见了果儿,她就像看见了救星似的,她抓住果儿一迭声地喊,妈是在吓唬人,对吧?妈肯定是在吓唬人,哪有这样的?至于吗?

果儿僵僵的,说不出话来。姐姐说,妈肯定是在吓唬我,别的不说,就果儿你,她舍得吗?她忍心丢下你去死?

果儿哇地哭出来。到这时,她才明白自己刚才没有听错,妈妈真的说了"出殡"这么可怕的词。

一个星期过去了,又一个星期过去了。果儿提心吊胆地观察着妈妈的举动,但妈妈没事人似的,老样子上班下班,做饭,浇园。她在家一句都不提姐姐的事了,甚至,姐姐不回家吃饭,她也根本不管问。果儿心里直发怵,一点都不习惯妈妈这样。姐姐也开始装不住了,她每天晚上都要盘问果儿,妈是不是问你彭歆来过没有?妈最近骂我了吗?妈连提都没提起我?果儿不停地摇着头,看着姐姐的双眼装进去越来越多的困惑和恐慌。

但妈妈对顾哥哥越来越关心了。顾哥哥不来吃饭,她就让果儿去叫去送,还时不时自己提着饭盒去一中。抬头低头都是熟人,她一路笑吟吟地应答着街头巷尾的问候。是啊,是啊,是给一鸣送饭。嗨,瞧你说的,女婿也是半个儿嘛,不心疼行吗?没错儿,丈母娘看女婿,越看越顺眼啊!不顺眼,由得了你吗?人家闺女相中了。

姐姐说,看来妈这回真的是站在顾一鸣那边,拿我当敌我矛

33

盾了。

　　这个星期六,果儿吃了晚饭去和燕子跳了一阵橡皮筋,再回姐姐宿舍时,彭哥哥已经在那儿了。他一见果儿,就站起来掏东西。姐姐说,彭歆,我妈不让果儿吃你的东西,你不要为难小孩了。一听这话,彭哥哥拿着糖果的手就停在提兜里,好半天,他颓然地坐回到椅子上,脸上灰灰的。果儿不理他们,她走到床那边,趴进蚊帐里,打开半导体听起了《小喇叭》节目,小屋里立即充满了欢快的声音。姐姐扭头喊,声音拧小点!果儿不听,拧小干什么?我不要听到你们说什么。

　　姐姐冲过来,一把抢过收音机,咔地关掉了。她气呼呼地喊,连你也欺负我!彭哥哥起身拉开了姐姐,有气别跟果儿撒好吗?小孩懂什么!果儿再也忍不住了,她对着彭哥哥也吼起来,我怎么就不懂了?都是你害的,要不是你搞破坏,姐姐能不理顾哥哥吗?家里能闹成这样吗?你都快逼我妈妈去死了,你自己不知道吗?你怎么这么坏呢!

　　彭哥哥愣愣地盯着果儿的脸,他亮亮的黑眼睛里浮上来一汪一汪的痛苦。他再一次伸手拉开了要训斥果儿的姐姐,然后对着果儿轻轻说,小妹妹,你真的这么讨厌我?你觉得我是一个坏人吗?

　　果儿不知道怎么回答。其实,她一点都不讨厌彭哥哥,她第一次见他心里就蛮喜欢他的。他的眉眼这么好看,声音这么好听,他怎么能是一个坏人呢?可不是坏人,他为什么要做坏事?

　　彭哥哥好像听见了果儿心里的嘀咕声似的,他说,果儿,我不是坏人,我也没做坏事,虽然你们家里暂时不接受这个改变,但感情的事没有先来后到,我要和你姐姐在一起,我比你顾哥哥更能让她幸福,所以我们一定要争取。你这么小,当然不懂这些,但你是姐姐最心疼的妹妹,以后也是我最喜爱的妹妹,你给我们一点支持好吗?

果儿又一次发现自己是喜欢听彭哥哥说话的,当他的请求柔柔地在耳边盘旋,她真的一点也不想拒绝他。但这个发现让果儿很生自己的气,她觉得特别委屈、丢脸,她怎么能这样随随便便就成叛徒!于是她仰起脸,对着他气愤地喊,我才不要支持你们呢!妈说了,你们这是背信弃义,是见异思迁,是朝三暮四,反正就是坏人坏事,是万恶的"四人帮",应该坚决打倒!

"啪!"姐姐抄起桌上的一本书重重地拍在果儿头上。果儿一下蒙了,姐姐打我?头顶刚刚觉得痛,泪珠就争先恐后地跑出来,果儿紧紧咬住了嘴唇,不让自己哭出来。她抓起外套就往门口走,彭哥哥伸手挡她,她闪开了。

外面已经黑透了。远远地,天上闪着一颗两颗的星。学校后院白天好看好闻的那些果树,这一阵全成了黑压压的阴影。果儿从来没有一个人在夜里经过这儿,她脸上的泪被一种悚然而起的恐惧凝固了。她不敢左右张望,心咚咚跳着只往前跑。想起往日多少次看完电影和姐姐牵着手唱着歌走过这里的情景,她恨恨地喊出口,我讨厌你,你就是坏人,就是大坏蛋!

但她突然被一双大手捉住了。吓得惊叫的同时,她看清了眼前正是她骂着的人。彭哥哥说,果儿,你是懂事的孩子,你想想你这么跑回家去,不是让你妈妈生气吗?姐姐打人是不对的,她知道自己错了,正在那儿哭呢!咱原谅她好吗?果儿不听,硬要往前冲,彭哥哥笑道,你这个倔小孩!猛地一下抱起了果儿。

果儿挣脱不了,彭哥哥抱着她就像举着一个小布娃娃。他说,太瘦了,太轻了,听你姐姐说你也没少吃啊,怎么都不长胖一点,是不是只长心眼了?哼,纯粹一个小人精!他一边说一边自个儿呵呵地笑,好像这一通闹反倒使他多高兴似的。

果儿伏在彭哥哥的肩膀上,慢慢不再闹腾了。大哥、二哥回到家最爱抱果儿了,跟着顾哥哥和姐姐出去玩,顾哥哥有时看果儿累了也把她抱起来。果儿觉得顾哥哥抱她和大哥、二哥一样,让她特别开心、踏实,可以使劲地撒娇。但此刻,彭哥哥的怀抱让她紧张不安,风吹得脸发烫起来。她屏住声息,数着彭哥哥的脚步。就要到了,就要到了,刚才她心惊胆战,感觉跑了那么长,怎么彭哥哥这会儿三步两步就回来了?

果儿的发辫不时地蹭着彭哥哥的脸。彭哥哥的脸、下巴、肩窝,隐隐地弥散着一种说不清的气味,好像有点像姐姐搽的"百雀羚"的香味,更多的却是别的。

彭哥哥直接把果儿放到了姐姐怀里。姐姐一把搂过果儿,抽泣着说,对不起,果果,姐姐不该对你发脾气。可是,你以后别拿乱七八糟的词说姐姐好吗?那都是骂人的话,你连意思都不懂,就瞎说,多伤人!果儿嘟囔,那些成语是妈说的。姐姐说,妈可以说,你不能说。妈以后了解了情况,也不会那样说了。果儿说,那你给我保证,妈绝对不会寻死。姐说,你个傻孩子,妈说的气话你也信了?

她怎么会丢下咱们两个如花似玉的贴心小棉袄去寻死呢？就别说咱俩，她舍得她那活蹦乱跳的大孙子乐乐？

一提起乐乐，果儿心里一下子踏实了、舒坦了。是啊，别说妈妈，谁舍得看不见乐乐呢？果儿最喜欢小侄儿乐乐了。去年过年大哥、大嫂领着乐乐回来，整整十天时间，果儿的眼就没离开过乐乐。他怎么就那么漂亮、那么可爱呢？他好像明白果儿也是小孩，一大家子人里只黏着果儿一个。可十天时间，他愣是没学会好好叫果儿一声小姑。他像个小鸭子一样小心地牵着果儿的手，一会儿走到东，一会儿走到西，一刻也不闲着。果儿命令，乐乐，叫一声小姑。乐乐就听话地张开口，咕，咕，咕，像是小鸡在觅食，又像金鱼吐泡泡。果儿又气又笑，他怎么就那么笨呢？大嫂说，果果啊，你侄儿还不到两岁呢，你这个小老师可要耐心点哦。

想到这儿，果儿又难过起来。本来，过不了太久，就可以见到乐乐了。大哥、大嫂来信说过，五月初八他们一定来参加婚礼。他们还说，乐乐现在说话可溜了，他经常对着果儿的相片喊小姑姑。果儿多么想五月初八快点到啊，到那时就可以亲耳听到乐乐喊小姑了。可现在，姐姐这个样子，五月初八还会有婚礼吗？妈妈那句可怕的话又在耳边响起，果儿的身体微微地抖起来，她情不自禁地搂紧了姐姐，连自己都不知道是爱怜她，还是恼怒她。

彭哥哥说，这就对了，咱们大家不闹矛盾，干吗闹矛盾呀！果儿想听《小喇叭》，姐妹俩一起听着休息吧，我去张向东那儿了。姐姐好像不愿意彭哥哥这就走，她说，还早呢。看了一眼怀里的果儿，又说，那也行，你走吧。

果儿突然说,彭哥哥,《小喇叭》早就播完了,你唱会歌再走,行吗?话一出口,连她自己都惊呆了,她把脸藏进姐姐的臂弯。姐姐喊,干吗呀,还赖着让人抱啊?都这么大了,也不害臊!大呼小叫地责怪着,却分明是极欢喜的语调。她把果儿抱得更紧了。彭哥哥重新坐下说,好,好,难得果儿同学要我唱歌,受宠若惊啊!说吧,你要听什么歌?

桌上的小闹钟嚓嚓地数着时间,窗外的苹果树也开始在夜风里摇它的叶子了。彭哥哥还在唱歌。他已经唱了很多首歌了,还在唱。小屋里的气氛不知不觉地发生着变化。刚开始,彭哥哥唱完一首歌,便问果儿喜不喜欢,然后姐姐就替果儿点歌,说我们果儿还喜欢什么什么歌,你唱吧。渐渐地,彭哥哥的眼睛便只停在姐姐一个人的脸上了,姐姐的心便跌进彭哥哥的歌声里出不来了。果儿轻轻地从姐姐的腿上滑下来,轻轻脱衣服睡到床上了,姐姐都没发觉似的,彭哥哥的歌声也没有停下来。

果儿在帐子里悄悄抹去无声的泪水。她不知道自己为什么流泪,反正从听到彭哥哥唱"在我心灵的深处,开着一朵玫瑰",她就开始流泪了。她不明白彭哥哥的歌为什么一首比一首更让人难过得想哭。好像也不是难过,就是那种特别美、特别好、特别让人心里疼的感觉,旋律一起,眼泪就下来了。果儿记住了彭哥哥唱过的每一首歌,以前会的,她在心里和着他,以前不会的,他唱过一遍,她就会了。

突然地,果儿想,自己其实是愿意姐姐嫁给彭哥哥的。她理解了姐姐为什么要不管不顾地跟着彭哥哥。顾哥哥虽然好,但他没有让人无缘无故流泪的本事。可是,顾哥哥怎么办?那些他辛辛苦苦打出来的家具怎么办?妈妈怎么办?接下来的五月初八,大哥、大嫂、二哥、二嫂,连乐乐都要回来参加的婚礼怎么办?果儿觉得头都快炸了,她和燕子闹矛盾,就谁也不理谁,果儿找小新玩,燕子找娟娟玩,但过不了三天,她俩就和好了,大家就又一起玩了。可为什么大人的事情这么乱,错了就没法再改?就像彭哥哥唱的这首伤心的歌儿,"瓜秧断了哈密瓜依然香甜,琴师回来都它尔还会再响……当我永别了战友的时候,好像那雪崩飞滚万丈……"为什么姐姐选了彭哥哥,就必得伤了顾哥哥那么好的人?为什么果儿支持顾哥哥,就有可能再也听不到彭哥哥的歌声了?"亲爱的战友,你再也不能听我唱歌,听我弹琴"。果儿的泪水抹了又流,乱乱地湿了小辫。好像彭哥哥是唱给她听的,好像伤心中她成了那个"亲爱的战友"。

她不知道自己是怎么睡着的。彭哥哥的歌声托着她,晃晃悠悠的,然后她就开始做梦了,连梦里都有歌声,白云一样白一样软的歌声,小南江的水一样清一样长的歌声。然后,歌声突然像被收进了瓶子拧上了盖子一样,不出来了。果儿在梦里一个趔趄,猛地醒过来。

是被一种奇怪的声音惊醒的。像是低低的抽泣声,又像是激动的喘息声,还有窸窸窣窣听不出是什么响动。灯被拉灭了,果儿在黑暗中使劲睁大双眼,发现身边姐姐的枕头是空的。她翻了个身,抬头向写字桌那边望去,唱歌的彭哥哥不见了,听歌的姐姐也不见了。姐姐呢?这是什么时候了?自己不是躺在床上听歌吗,怎么就睡着做起梦来了？果儿揉揉眼四处搜寻,蓦地在门口墙角处看到一大团模糊纠结的黑影。莫名其妙的声音和响动正是从那里发出来的。果儿怕了,她喊,姐！只一声,那团黑影突然像被劈开了似的,倏忽分成了两块,每一块长出了各自的脑袋、各自的胳膊和腿脚。然后,那些脑袋和胳膊腿脚似乎不知道该把自己往哪里安顿,他们靠在墙上,屏住了声息,一动不动,像是故事中被施了魔法定格下来的木头人。

果儿傻傻地看着那一大团黑影分成两小团黑影,影影绰绰中的两个木头人,脑子里轰的一声,突然她明白过来了。这一明白,脸上像起了火似的烫,心跳到嗓子眼。不要脸！不要脸！她在心里开始翻江倒海地骂,不知道是骂那两个木头人,还是骂自己。不要脸！果儿听见了自己的骂声,很凶,很痛快,骂声中她悄悄把头放回枕头,又哼哼唧唧翻了个身,然后让自己呼出了轻轻的鼾声。

果儿在这个晚上,无师自通地学会了人生第一次装睡。她没见过自己睡着的样子,但她见过妈妈、姐姐,还有乐乐的睡相。自己应该和他们差不多吧,她一边回想着,一边努力地发出均匀的、平稳的声息。又想起姐姐说过,自己睡熟了有时会磨牙,果儿于是把上下牙齿咬在一起,咬出吱吱的摩擦声。在这么心惊肉跳的黑暗和安静里,小小的磨牙声像是房间里突然窜出来偷食打架的老鼠。

看起来磨牙装得挺像,木头人上当了。他们长出了一口气,又发出了拉拉扯扯的声音,那些脑袋和胳膊腿脚又粘在一起,成了连体人。果儿说梦话呢,还磨牙,她不会醒的。这是姐姐的声音,很真切,却又不像平时的声音,仿佛一个人沉溺在水里,受着极大的痛苦似的。吓死我了,我还以为醒了呢!这是彭哥哥的声音,柔柔的、软软的,呢喃的音调里有一丝急切的浑浊。这孩子太灵了,我特别喜欢她,可不能让她发现咱们这样,会惊着孩子的。他说。

眼泪一下子冲出果儿的眼眶。彭哥哥说他特别喜欢她,她喜欢彭哥哥喜欢她。可彭哥哥在做什么?他和姐姐在做什么?他们扭成一团,缠在一起,他们的嘴巴发出的声音,果儿打死都不想再听了。不要脸,耍流氓!不要脸,耍流氓!果儿在心里一声比一声更狠地骂,脸一阵比一阵更烫。她紧张得额头上都出汗了。

果儿三年级时看过一部电影——《生活的颤音》。电影里那个男的和那个女的,脸对着脸,然后嘴慢慢往一起凑,一起凑,然后没凑到一起,电影就又演别的了。大院里黑压压的人群,先是一片死寂,大人们好像连气都不喘了,等银幕上没有脸和嘴了,他们这才如释重负,惊恐的表情慢慢褪去,换成了有点后怕有点遗憾的怪神气。那时候,家长们便装作轻松地和身边的孩子们扯起别的话。

果儿的爸爸是书记,自然不会去和婆娘娃娃们挤在公社大院看电影。妈妈常常忙,也很少碰到闲空看电影。姐姐回公社工作后,带果儿去看电影的一直是姐姐。果儿觉得电影里的那一对男女,和看电影的大人们的表情都有趣得很,她问姐姐,那男的和女的使劲把嘴巴往一起凑,是要干吗呀?姐姐一愣,笑着回答,说话呀,还能干吗!你小孩子家,不该知道的别乱问乱猜。

不该知道的,果儿还是知道了,是燕子告诉果儿的。燕子说,你姐是骗你呢,说话用得着嘴巴凑那么近吗?那男的和女的是想耍流氓呢。果儿吓得倒吸一口气,怎么耍流氓?燕子说,亲嘴呗,亲嘴就是耍流氓呀!

　　燕子知道亲嘴,可她和果儿一样不明白那个电影里的男女为什么要耍流氓。燕子说,反正大人都挺奇怪的,有些事他们打死也不会告诉咱们小孩,咱们小孩只能靠自己摸索。果儿觉得说这话时的燕子低着头,皱着眉,严肃得很像一个大人。她简直有点崇拜她了。别看她穿衣穿鞋爱脏爱破,邋里邋遢的样子,但许多时候她的脑子比果儿转得快,知道的名堂多。妈妈说,燕子是赶了她妈了,信用社的李会计可是红星公社的女干部里数一数二的事儿精。

　　看过那场电影不久后,果儿还真就遇到了一回亲嘴耍流氓的事。那是在暑假里,和燕子去小南江的北岸摘野花编帽子玩。在一丛琵琶花里,一路低着头找花的果儿几乎撞到了大树下的一把被撑开了的伞上。那不是一把普通的伞,不是下雨天镇上人打出来的那种大黑布伞,而是彩色的花伞。果儿从来没有在镇上见过有人打花伞,在十里外的热闹的市集上也没见过,去年姐姐带她去县城参加同学会,县城里好像什么都有,但也没见过花伞。可她是知道花伞的。姐姐的《大众电影》画报上,有一张一群女电影明星打着花伞站一起的照片,五颜六色,像孔雀开屏似的。她问,她们为什么不下雨也要打伞呀?她们的伞为什么和我们的不一样?姐姐说,她们不是一般人,社会上出现什么新鲜时髦的玩意儿,总是她们先用,先显摆。这花伞能挡雨能遮阳,估摸着再过些时候也到咱们这儿了。听姐姐这么说,果儿就一个人一个人一把伞一把伞地细细看过去,想趁早定下给妈妈买哪个女演员打的伞,还有姐姐的、自己的。看来看去,她还是觉得她认识的三个女演员打的花伞最好看,那个长脸的,是《小花》里神气的女游击队队长;圆脸的,是《从奴隶到将军》里的索玛;大脸的,是《归心似箭》里的媳妇。姐姐笑,什么长脸圆脸大脸,她们是刘晓庆、张金玲、斯琴高娃,大名鼎鼎呢!

所以,当一把花伞赫然出现在果儿的视线中时,她惊呆了。阳光下,那花朵一样盛放的伞,像撑开了的一个巨大的惊叹号,它炫目的色彩刺得果儿睁不开眼来。刘晓庆、张金玲打的伞,怎么突然就到这儿了?《大众电影》上看到的新鲜物件儿,真的已经到这儿了?

果儿停步在花伞前,好一阵茫然的兴奋。这是谁的伞?它怎么会停摆在小南江河谷里纷乱的树丛中?她四处张望,除了几步远地方正追着蝴蝶的燕子,这里没有第三个人。果儿深吸一口气,上前一步,更靠近了伞。就在她的手快要触到那伞柄时,"啊!"一声惊叫从喉咙里迸出,她像被电击般弹回来三五步。

伞下有人。一个男的,和一个女的。他们一个抱着一个,缠在一起。他们的嘴巴咬在一起,一个哑着一个。

果儿,你怎么了?燕子听见声音,颠颠地跑过来。果儿傻傻地站着,说不出话。燕子喊,是不是看见蛇了呀?瞧,给你吓成这样!突然,她也发现了伞,那是什么?

话音未落,伞边露出一个男人的脸,他冲这边骂,野孩子,乱跑什么!去,走远点!燕子愣了一下,马上回骂,这又不是你们家的自留地,凭什么让我们走啊?你要不是野孩子,你走远点!燕子骂完了,又得意地对果儿说,他以为咱俩是小孩就骂不过他呢!哼,想得美!

可是,那个男人的脑袋变成了上半身,她俩看见他从伞前站起来,好像要朝她们走来。燕子喊,不好了,他要打咱们,赶紧跑!俩人一路狂奔,到河谷拐弯的山坡上才停下来。燕子站在高处,大声朝那个方向喊,大人打小孩,不要脸!君子动口不动手,不要脸!果儿站在燕子后面,心里默默地骂,耍流氓,不要脸!燕子说,果儿你怎么了?怪怪的样子。果儿说,没什么。她心里慌慌的,堵堵的,不想开口。

那个男的,果儿从来没在镇上见过。那个女的,被男的搂压在怀里,果儿根本没看清她的脸。他们是什么人?他们为什么要藏到河谷林子里耍流氓?他们为什么会有电影明星们的花伞?

河谷里,是一片茫茫的绿。果儿一步三回头,再也望不见那撑开的七彩花伞了。

好长日子,果儿心里放不下那把伞。下雨天,她候在街上,紧盯着每一把远远近近的伞。可是,没有。它从来没在镇上出现过。它遽然地彻底地消失,就像它莫名其妙毫无预兆地出现一样。有时候,果儿疑心,那只是自己做的一个梦。那把漂亮极了的花伞,成了她无法与人分享的秘密。

后来,二哥探亲回家了,给每个人带来了礼物。果儿的是漂亮的衣服,姐姐的竟然是一把花伞!二哥说那是二嫂买给姐姐的。二嫂只比姐姐大两岁,知道年轻姑娘们喜欢大城市时兴的东西。姐姐好兴奋,连县城里都还没兴起来呢,她成了整个红星公社第一个打花伞的人,第一个不下雨也可以打伞的人。姐姐的伞果儿当然是可以用的,但她已然没有了想象中的兴致。一来每回打花伞,爸爸都要唠叨,你们是干部子弟,注意点影响好不好?不要搞特殊化,好不好?打个伞都要搞花里胡哨这一套,这不是资产阶级的生活作风是什么?太阳天打伞,那更是被严厉禁止的。二来,果儿觉得没见过面的二嫂,那个漂亮的女军官买的花伞,好看是好看,但不知哪个地方,总有点赶不上河谷里的那把伞,她人生第一次见到的花伞。她认定那才是《大众电影》上的伞。

可是,那么漂亮的伞,为什么是两个耍流氓的人的?果儿越觉得那伞好,就越鄙夷那个男的和那个女的。耍流氓,不要脸。果儿恨死他们了。

可现在,姐姐和彭哥哥,果儿最爱的姐姐和好看的彭哥哥,唱歌唱得人流泪的彭哥哥,也像河谷里那对不要脸的男女一样,在亲嘴,耍流氓!

原来,他们是这么好的。原来,他们背着人是这样做的。果儿这才明白了姐姐为什么说果儿是妈妈安插在她这儿的间谍、密探,明白了妈妈为什么要查问彭哥哥晚上住在哪儿。果儿一下子好像明白了许多事儿。可明白过来后,她还是一点办法都没有,她不敢动不敢叫,她觉得他们在做着不要脸的事情,可要是让他们知道她知道了,那她也是羞耻的。

泪水在黑暗中一串串地流过脸颊。果儿心里硬硬的、冰冰的,满屋的黑把姐姐和她隔开了,把彭哥哥的歌声和她隔开了。他们抛下了她。她清楚地感觉到,自己恨姐姐,恨彭哥哥。

他们一会儿发出怪异的响动,一会儿又睡着了一般悄无声息。果儿坚持着不让自己在装睡中睡过去,但上下眼皮还是止不住地打起架来。正挣扎着,那边又说话了。姐姐说,你不能再来了。明天走了,你暂时就不要来看我了,等我把一切处理干净了,咱再见面。彭哥哥说,那怎么行?我不能让你一个人面对。我确实应该出面了,我去找你父母。姐姐说,千万别!现在根本不是你出面的时候,听我的,你这段时间先别来。我得摸清我妈的情况,再和你商量。彭歌,我有点怕,我妈怪怪的,她现在根本不管我,一句都不过问,我不知道她葫芦里卖的什么药。彭哥哥说,红,别怕,有我呢,你要相信我们一定能胜利。你想想,哪有当妈的一定要和女儿对着干到底呢?她慢慢会接受我们的。

叽叽咕咕中,果儿的睡意袭了上来。她蒙眬听见的最后一句话是,写信,从明天走后,写信商量一切。

果儿心事重重了三天,放学后也不愿回家。燕子和娟娟陪着她,从学校走到供销社后面的果园,又从果园溜达到红星一中大门口。燕子说,你带我们进去看看顾哥哥打的家具好不好?果儿摇摇头,怅然地离开了一中。她问,咱们小孩子知道了什么事,能不能瞒着大人?燕子想了一下说,那得看是什么事。娟娟说,对,有些事可以瞒,有些事不能瞒。比如我弟弟偷吃奶奶养病吃的上海麦乳精,我就替他瞒下了,他嘴馋,犯那么一次错误可以原谅。但他把自己考试卷上的30分改成了80分,这我就不能瞒了,我告诉了爸妈,他挨了一顿狠揍,以后再也不敢了。燕子说,小新他爸给公社搞卫生的阿姨15斤粮票,被小新看见了,告诉了他妈,他妈跟他爸大闹,他也跟着挨了打。可就算挨打,这事也不能瞒着。你们想想,15斤粮票哪,还是全国粮票!

果儿更加苦恼了,自己知道的事,肯定比15斤全国粮票还要紧,自然是不该瞒着了。可要是说出来,又会怎样呢?想和燕子、娟娟商量一下,又怕她们万一不小心透露给家长。唉,人怎么就这么孤独呢?

第四天,果儿终于跟妈妈说,彭哥哥不来了,这段时间不来了,他和姐姐说好写信、互相寄信商量事情。

妈妈不接果儿的话,她看都懒得看一眼果儿的样子。果儿很羞愧。电影上就是这样演的,一个人只要做了叛徒,别人就永远不会再信任他了。无论他怎么后悔,怎么想改好,终归是死路一条,要么是敌人杀了他,要么是回家的路上突然杀出来一个英雄,代表党和人民枪毙了他。谁还会相信一个叛徒的话呢?

果儿是叛徒吗?当然不是。只要想起妈妈那天叫她小叛徒,果儿就气得想哭。可为什么她老是和妈妈站不到一个队里?先是她支持姐姐和顾哥哥,爸爸妈妈是反对派;好不容易妈妈爸爸接受了顾哥哥,姐姐那边却冒出了个彭哥哥。这下好了,妈妈和顾哥哥成了一伙,姐姐是另一伙。果儿虽然没做小叛徒,但她得承认,她不是坚定不移站在妈妈这一边的。她的心里,不知拿彭哥哥怎么办,她没有主意。

可现在不同了,经历了那夜被惊醒又装睡的事情之后,果儿决定站到妈妈和顾哥哥这一边。问题是,妈妈却已经不信任她了。对她提供的这么重要的情报,妈妈眼皮都没抬一下。

但很快,果儿就发现自己上妈妈的当了。

下午放学回来时,远远看见妈妈和邮递员张伯伯站在门前说话,果儿走近时,张伯伯自行车的铃声就远去了。果儿问,大哥又来信了?有乐乐的相片吗?妈妈答,没来信。果儿又问,那是二哥来信了?妈妈答,谁都没来信。

又过了两天,果儿看到张伯伯就上去问,有我们家的信吗?张伯伯笑眯眯地说,没有啊,要有就让你拿回去了。书记的小女公子可是我的好助手呢,从没上学那会儿就会取信了。张伯伯说话就是这样,怪怪的,和镇上的人不一样。人家叫果儿妈妈高大夫,或者书记屋里的,他却叫书记夫人,小小的果儿,被他叫成了书记的女公子。妈妈说,老张那是显摆他们祖上出过读书人呢,酸文假醋的!可果儿还是喜欢张伯伯,要没有他,谁能让果儿知道哥哥们的消息,知道红星镇外面的世界呢?

果儿和张伯伯挥手再见,回到家写完作业去院子里玩,一抬头却瞥见张伯伯的自行车又驶过大门口,下班回来的妈妈从张伯伯手里接过了一沓信。没错,果儿眼尖,那不是一封而是一沓,至少也有三封信。

吃饭时,顾哥哥来了,姐姐没回来。她越来越不愿回家了,一个人在学校的小炉子上做饭吃。没办法,现在家里就是这么奇怪的样子,好像顾哥哥是这个家的儿子,姐姐却成了外人。但妈妈还是稳稳当当的样子,好像看不见顾哥哥日甚一日的不自在,看不见果儿左顾右盼的不安心。当果儿问起信时,她淡淡地回答,有啊,有信,是你爸写来的,他过年就回来了。这一趟学习时间可真够长的,不知道他在省城里又学到了什么新名词来唠叨咱们。

果儿断定妈妈在骗她。明明有两三封信,肯定不是爸爸一个人的。肯定大哥、二哥都来信了,肯定是他们和妈妈合计怎么对付姐姐,所以妈妈把信藏起来不让果儿看见。那么,他们到底要怎么做,为啥到现在还一招半式都不亮出来呢?果儿等得好急,她一会儿希望什么都别发生,一会儿又希望早点发生。这事情走得太慢了,眼看着果儿都要期末考试放寒假了,它还是晃悠着看不见一点准信儿。妈妈上次给姐姐说的离婚期还有168天,那这168天过去了多少天,还剩下多少天,果儿算不清。果儿想,要是姐姐这事演成电影,那可就太累人了,准保看的人等不及结尾,全睡着了。你看看人家的故事,唰,唰,唰,十几年几十年都过去了,当年被地主逼得逃荒外乡的小孤儿成了红军大政委,带着部队来解放家乡了。漂亮的小姐姐到第二次握手时,已成了女科学家,这才叫过瘾呢。要是自己家里的事也像电影一样不拖泥带水,不东一榔头西一锤就好了。

姐姐一天天郁闷起来,和果儿不玩不闹,果儿睡了,她还坐在桌前发呆。果儿看出来自打彭哥哥不再来了,姐姐变了很多,不活泼了,瘦了,连眼神都是灰灰的。可不让彭哥哥来,不是她自己的决定吗?他俩不是说好了写信吗?彭哥哥的信说了什么,姐姐为什么这么不快乐?她后悔了,怕了?想到姐姐有可能后悔了,果儿一下高兴起来。要是姐姐能回心转意,那所有的事就都解决了,所有的人都用不着再烦恼了。果儿开口试探,姐姐,顾哥哥老家来人了,给咱们家带了特别好吃的山货,你明天中午回家吃饭吧。要是你忙,让顾哥哥给你送这儿来好不好?他今天就说你肯定喜欢吃,要给你留着。

顾家的东西,留着给妈妈吃吧,我不会吃的。姐姐冷冰冰的语气,给果儿兜头泼了一盆凉水。

燕子说红星一中的后门口又来了个老头儿扎摊儿做爆米花,俩人一起去看。燕子说,还是你姐姐结不成婚好啊!你看,现在咱俩又可以天天一起玩了。前一阵子,你多忙啊,一放学就找不着了。果儿甩开燕子的手,谁说我姐结不成婚了?怎么就结不成了?燕子急急摇头,不是我说的,是我妈——不对,是我妈听人说的!果儿转身就走,燕子从后面拽,别生气了,结不成就结不成嘛!我妈说了,强扭的瓜不甜。我妈还说,金山配银山,西葫芦配南瓜。你顾哥哥一个山里娃,凭什么娶人家双职工家里的漂亮闺女?他活该被蹬了呢!果儿气坏了,她回头大喊,瓜,瓜,你妈就知道个瓜,小心她的嘴变成大瓜瓢!

果儿一口气跑回家,妈妈正在灶台上忙着。果儿掏出作业本时,发现桌上扣着三个信封。她问,妈,大哥、二哥来信了?但伸出的手立马被啪地打回来,妈妈从果儿后面冲出来,一把抢走了信。果儿刚在燕子那儿生了气,这会子又见妈这样,火腾地冒上来,为什么不准我看?大哥、二哥的信,我有权利看!妈妈拿着信进了里屋,不管谁的信,大人说正事,小孩子没必要看。果儿说,那以前为什么让我看?你以前不是让我念给你听吗?妈,你现在这是搞封建专制!妈妈从门帘后面应,甭给我戴帽子,我不知道什么是封建专制。以前是以前,现在是现在,不准看就是不准看,哪来那么多废话！你没觉着咱们家现在需要整顿吗？

吃饭时,顾哥哥没来,屋里冷清清的。妈妈和往常一样,把自己碗里的一两片肉夹到了果儿碗里,果儿气呼呼地夹回去,不要,自己吃自己的！听这话,妈妈就笑了,她长叹一口气说,果果啊,你现在还小,只能吃妈妈的,等你和你大哥、二哥一样远走高飞了,和你姐姐一样翅膀硬了,能另立锅灶了,不用说,咱们肯定自己吃自己的了。

妈妈的声音里有一种陌生的伤感,果儿很不习惯妈妈这样的语气。她有点心酸,就不生妈妈的气了。这才发现,妈妈最近有点变老了,眼角鼻翼处生出了细细的皱纹,头发也没有以前那么乌亮润泽了。她问,妈,你怎么会变老呢？妈妈笑了,怎么不会？我又没吃唐僧肉！果儿啊,妈都是抱孙子的人了,哪能不老？果儿说,可你不能再老了,我还小呢。妈妈的眼睛突然湿了,是啊,妈老了,可果儿还小呢。果儿巴巴地看着妈妈,妈妈又笑了,谁让你是错生的呢。果儿问,什么是错生的？为什么我是错生的？妈妈说,错生啊,就是有一天我去上班,在大枣树下看到一只背篓,背篓里躺着一个婴儿,我四处喊,谁的背篓？谁的孩子？愣是没人领。我心想,好漂亮的一个小宝宝呢,这么招人疼,干脆抱回来自己养得了,这不就抱回来了,就是你！不是我生的,就当是我生的,这就叫错生。

果儿不屑地撇嘴,妈,你还拿我当小孩哄呢！你们妈妈们全是这一套,燕子她妈说燕子是讨饭的老太太放在她家门口的,娟娟她妈说娟娟是从树洞里捡的,小新他妈说小新是磨坊里的磨盘中转出来的。我们班的王成他妈更神,说王成是日本鬼子投降回国时丢下来的孤儿,害得王成偷偷哭了整整一宿,第二天到学校跟我们说,他就是跳小南江也不做日本人。我们怕他真的跳江,就去告老师,老师一巴掌把我们全轰出来了,王成算术不好,没想到你们个个都不好!你们不会算一算啊,小日本滚蛋那是1945年的事,王成他要是小日本崽儿,他现在都快是小老头了!

哈哈!妈妈嘴里的饭都笑喷了。她放下筷子,捂着肚子哎哟起来。果儿看妈妈笑成这样,也跟着笑了,所以呀,以后就别拿这些没文化的瞎说糊弄小孩了,我马上都要升五年级了,什么不知道!妈妈还在笑,对,对,我们果儿是有文化的人了,什么都知道!那你说你从哪里来的?果儿答,你生的呗!你和爸爸结婚就生下我大哥、二哥、姐姐,还有我。我大哥、大嫂结婚,就生下乐乐。男的和女的,一结婚就生小孩,不结婚就不生小孩。

妈妈不笑了,她打量着果儿,像看着一个别人家的孩子。这时窗外突然有人喊,高大夫,高大夫!妈妈立即起身,不好,这是我们卫生院小赵过来叫我了,有个病人让小赵看着呢,怕又出问题了。果儿赶紧说,妈,那你快去吧,我刷锅洗碗。

果儿收拾好厨房,再坐到写字桌时,心里突地一跳,想起被妈妈抢走的那三封信。愤怒和好奇心又被撩拨起来,凭什么不让我看哥哥们的信?信里到底有什么秘密?

妈妈的枕头下面,床头柜里,针线盒里,家用医疗包里,都找不到那三封信。但妈妈明明是把信拿进里屋,然后空手出来的。果儿在屋里转了一圈又一圈,最后把目标锁定在五斗柜上。五斗柜有五个柜子,四个柜是能拉开的,偏偏右面的大柜却上着锁。没错,肯定是它!果儿兴奋了,但也更焦急了,钥匙在哪儿呢?

果儿翻箱倒柜,掘地三尺,钥匙,钥匙,钥匙,她眼前都冒金星了。钥匙肯定在这屋里,果儿确定妈妈当时是空着手出来的,她身上也没挂钥匙串。那么,她到底把钥匙藏哪儿了,藏哪儿了?果儿坐在地上,绝望地看着那锁着无穷秘密却不得进入的五斗柜,她简直想砸了它。她恨它的每一个小柜,恨它正中的毛玻璃拉门,恨它上面摆着的青花瓷花瓶,花瓶里的大把塑料花,恨最高处那座已经泛黄的毛主席石膏像。

毛主席微微笑着,永远是太阳一般的笑。果儿再怎么生气,他还是对着她笑。

突然,灵光乍现,果儿一跃而起,扑向毛主席像。她抓住毛主席像,小心地倒过来,果然,底座上有豁口,用旧报纸塞着。石膏像是空心的,和果儿的存钱罐一样,轻轻一抖,钥匙自个儿出来了。

接下来的事情彻底击倒了果儿。她没想到会是这样——是的,信确实放在五斗柜里,但那不是爸爸的信,不是大哥、二哥的信,满满一柜子信,都是彭哥哥写给姐姐的,姐姐写给彭哥哥的。

怪不得这段时间妈妈躲躲闪闪,老和张伯伯碰头。怪不得张伯伯一见果儿就说没信,却又老在果儿家门口晃悠。张伯伯管着整个公社的邮政,所有人的信都是他带来的,所有人要寄的信都是交给他,让他带走的。公社大院里有个投信的邮筒,开邮筒的钥匙也是他一个人保管着。原来,只要他愿意,他可以任意处置任何人的信件。就像现在,他为了遵从公社书记夫人的意思,一封不漏地截留了红星二中女教师何卫红的全部来往信件。

果儿仿佛一下子明白了许多事。她身上的血都变凉了。原来,大人可以这样做事!原来,大人就是这样做事的。

彭哥哥的信有十六封,十二封写着"何卫红收",还有四封写着"张向东收转"。"收转"是什么意思,果儿不懂,便先抽出里面的信笺。彭哥哥写道:

卫红,我不来看你已一个月了。是你说不让我来,咱们写信商量以后的事,可这一个月里,我发出去的十几封信犹如石沉大海,不见只字回音。你到底怎么了?你好不好?卫红,你无论做什么选择,我都不怪你,可你不该用沉默不语折磨我。昨天我忧心如焚,整整等了一天,最终还是一场空。晚上我彻夜难眠,你的笑貌一直闪现,我相信自己的感觉。卫红,你我的心是在一起的。今天我突然想,或许你我的通信遭到了阻隔?要知道,你父母在红星公社的能量是完全可以实施这样的破坏的。只怪我太晚才想到这点。从今天起,我把信发给向东,请他转交给你。你收到后务必以最快的速度回复我。我日夜等待着。

彭哥哥真是聪明,他什么都想到了。但他单以为写给姐姐的信到不了她手里,却没想到让张向东转交的信也是一样到不了她手中的。

最后一封"张向东收转"的信:

卫红,请向东转你的信,也照旧等不到回音。我放心不下你,实在忍不住,上星期往你们红星打了电话,我知道只有公社里才有电话,就只好往那里打了。接电话的不知是公社什么人,他说他当然认识你,何书记的女儿,谁不认识?但二中离公社好一截路,他不可能喊你来接电话。我问他近日可见过你,你是否安好,他不耐烦地说,你是谁?干吗打听我们何书记家的事?他女儿当然安好,有什么不好的?马上要做新娘子了!

马上要做新娘子了?这是真的吗?!卫红,难道婚约不但没有取消,反而提前了婚期?难道你已经屈服,决定回到顾一鸣身边?难道这就是分别后你突然如此彻底地不理我的原因?

卫红,只要你好,只要事情的变化是出自你本人的意愿,我可以接受。但我必须见你,必须听你当面对我说。昨天是星期天,我在办公室忙了整整一天,把手头的工作都提前完成了,我打算今天就请假来红星找你。可谁知——卫红,这是天意吗?是一双看不见的手一定要硬生生拆散你我吗?昨天晚上,突然接通知,主管我们局的县委书记直接点名要带上我,去参加地区的巡回工作组,今早八点就出发,五个月后才回来。说是连春节都要蹲点,不能回家。

如果这是天意,我只能以血为墨,最后写一遍:何卫红,我是爱你的,我决不变心!但我依然顽强地相信着你,相信你我共同憧憬过的美好未来。卫红,等着我!

"何卫红,我是爱你的,我决不变心!"这几个字是乱乱的粗粗的红字,这是彭哥哥用血写的字?这就是以血为墨?果儿的手瑟瑟地抖起来,彭哥哥,他写血字,他弄伤自己了吗?还有,"憧憬"这两个字怎么念?什么意思?

一滴泪砸在信笺上,然后是一串串泪,将彭哥哥好看的字迹洇成了胡乱的一团。此时此刻,果儿才知道自己闯了多大的祸。是她告诉妈妈的,姐姐和彭哥哥要写信。要不是她,事情怎么会成这个样子?

果儿觉得自己真的和叛徒甫志高一样可耻。而且,一路左右摇摆,是墙头的草,双料的叛徒。

果儿把彭哥哥的信笺装回信封,其他的信她不想再看了。她抽泣着拿起姐姐的信,新新的信封,新新的邮票,根本没盖邮戳。黑心的张伯伯,他接过姐姐要寄的信,自行车遛一弯儿就把信交给了妈妈。姐姐写的信比彭哥少,但内容是一样的,写信,等信,不见回音,伤心,绝望,误会。最后一封信只有几行字:

彭歆,下周就放寒假了。一放寒假,我就来县里找你,我不是来乞求你,我不需要变质的感情。但你必须要当面向我解释,为什么,为什么一去无音信,誓言如灰飞?彭歆,请你下周三等我,不要逃避。我落到如此处境完全是咎由自取,只是你欠我一个解释。

果儿把所有的信重新锁回到五斗柜里,重新把那枚小小的钥匙装到毛主席像里。她茫然地走出去,外面是浓黑的夜幕,不早了,姐姐肯定等着她——事实上,这段时间以来,姐姐谁也不等了,谁也不关心了。下了课,她只是呆呆地坐在桌前,望着窗外苹果树的枯枝。姐姐憔悴的脸浮现在眼前,果儿猛地一阵冲动,她想豁出去把那些信偷出来,想一步跨到姐姐面前,告诉姐姐真相。彭哥哥信里的每一个字都像火星一样,她相信它们会照亮姐姐的。可接下来怎么办?如果这样,事情又会怎样?一切已经够乱了,还会怎么乱?

远远地,果儿望见卫生院的灯光。妈妈忙了一整天,此刻还在那里忙着。果儿不想再看见妈妈了,她无法原谅妈妈。可是,单单只是这样一想,果儿就忍受不了,哇地哭了出来。

红星二中放寒假了。果儿对妈妈说,姐姐明天要去县城,你别让她去了。妈妈忙着手中的家务,头都不抬,让她去呀,干吗不去?你说得倒轻巧,我不让去,她难道听我的?果儿脱口而出,可是彭哥哥不在呀,明明知道他不在,还让姐姐去扑空,这不是害她吗?妈妈手中的菜刀咣当停下来,眼神却像刀一样削过来,你在说什么,果儿?!谁明明知道你那个彭哥哥不在?

果儿心里想着,至少得让妈妈知道她这样偷截别人的信是不对的吧,至少得抗议一下张伯伯和妈妈串通一气暗地捣鬼吧?作为一名光荣的邮递员,他怎么可以做这样的事?可话到嘴边,身子却在妈妈的目光中畏缩了,她嗫嚅着,是姐姐学校的张老师说彭哥哥可能不在县城。

哦,妈妈的神态放松了下来,嘴角嘲讽地扬起,张老师?就是那个叫张向东的小子吧？他和你，是你姐的一大一小两个交通员啊！怎么，他最近得信儿了？果儿不知道再说什么，只哀哀地看着妈妈。妈妈说，好了，你甭担心，你姐姐就是扑空了，也不会有事的，她的性子妈知道，她不会丢人现眼、寻死觅活的。

　　妈就是要让她去扑空呢，干吗拦她？她去了，才会死心！妈妈说。

　　姐姐去县城了。果儿还没睡醒，她就赶早出发了。但只过了一个晚上，第二天下午，她就回来了。

　　姐姐面如死灰，强撑着跟院里的同事们打招呼，进了宿舍，还没接果儿端来的茶杯，就一头倒在床上，呜呜地哭起来。

　　果儿一点都不意外。今天，从县城开来的班车比平时晚了很多，果儿在路上等了姐姐一个下午了。风吹得果儿的脸生疼生疼。

　　姐姐病了，发烧，嘴角起泡。果儿在炉子上煮了米粥，喂给姐姐吃。姐姐牙关紧咬，死活不张口。她这是要干什么？绝食吗？果儿一慌，差点就对姐姐喊，你别伤心了，你上了妈妈的当了！彭哥哥他没骗你，他说他决不变心！但妈妈的脸，顾哥哥的脸，五月初八要回来参加大姑婚礼的乐乐的脸，都一一浮现在果儿眼前，她生生咽下了可以救姐姐命的那些话。

　　整个晚上，姐姐紧闭着双眼，不哼一声。果儿守在姐姐身边，不知道她是醒着还是睡着。满屋的哑寂中，浮起彭哥哥的歌声。果儿止不住地伤心，这就完了？这就再也听不到彭哥哥唱歌了？果儿理不清自己反反复复的思绪，事情是乱的，人也是乱的。"不等今日去，已盼春来归，盼归，莫把心揉碎……"果儿在心里默默地和着彭哥哥的歌声,"且等春来归,春来归"。

彭歆！你这个骗子！姐姐突然一声厉喝,掐断了果儿意念中的男女声二重唱。果儿把手放到了姐姐的额头上,还是烫的。姐姐在说胡话呢！过一会儿,姐姐翻了个身,一只胳膊软软地抓住了枕头。彭歆！她又叫,这声却是撒娇的呢喃,黏黏的甜,彭歆！……

果儿身上猛地起了一层鸡皮疙瘩。姐姐莫名其妙的呻吟声让果儿想起自己装睡的那个晚上。那个晚上,果儿听到的就是这样的声音。姐姐和彭哥哥痴缠在一起的黑影,又一次以狰狞的姿势投放在昏暗的墙上。果儿的心硬起来。妈说得对,让姐姐死心。让她死心,让他死心,让他们都死心。

妈妈把姐姐接回家,夜里也不让姐姐回学校睡了。母女三个人睡在一张床上,果儿好开心。妈妈什么都不问,只是顿顿给姐姐做好吃的。果儿看着妈妈,觉得她特别像电影里的地下党。

顾哥哥给姐姐买来了一大堆罐头,姐姐闭着眼不看他,一句话都不说。妈妈说,大丫一点都不知道照顾自己,好不容易放寒假了,却跑去搞什么家访,这不,路上着风寒了。唉,别看二十几了,还跟小孩子一样,一鸣啊,以后还得你多管着她才行！

顾哥哥只是默默地听着妈妈的话。

姐姐瘦了一圈,下巴更尖了。但她到底还是好了。她开始做饭、扫地,忙完了就悄悄地坐着出神。果儿跟妈妈说,姐姐成天发呆,眼里根本看不见人似的。妈妈说,没事儿,就快好了！

这天晚饭时,张伯伯又登门了,他送来一封电报。怎么会是电报呢？只有出大事急事才发电报,这果儿是知道的。大家围上去,急急地看见几行字:我们有事忙求母或红妹来看管乐。

姐姐和顾哥哥几乎是异口同声地说,咱们赶紧去公社打电话,看大哥那边出什么事了。妈妈蹙着眉头,沉吟了好一会儿才开口说,这事肯定是急事,他俩实在是没办法才向家里张口的。但急事未必是坏事,不然不是这个口气。听妈妈这么说,大家都舒了口气。妈妈说,大丫,你看你大哥、大嫂发电报求咱俩谁去照顾一阵子乐乐,咱俩谁能去,这不明摆着?你刚放假,我呢,卫生院里是一天都走不开。再说了,你爸说话也就回来了,果儿也得有人看着,这老的小的我能撇下说走就走吗?果儿跳起来,妈,我去看乐乐,我能管乐乐!妈妈骂,你先管好你自己吧,你这次期末考试数学从第一名跌到了第四名,你姐姐病着,我怕扰了她,还没拿笤帚把子抽你,我这都给你攒着呢。顾哥哥说,阿姨,这第一名第四名也就几分之差,不能这么简单地看孩子的学习。妈妈说,回头你多布置点作业,让她假期里写,别整天疯玩。眼下先不说她了,大丫,你大哥、大嫂这忙你总得去帮吧?

姐姐答应第二天就出发,但妈妈提出让顾哥哥陪着一起去。妈妈说,你这身子刚见好,路上又坐汽车又赶火车的,没个人照应我怎么能放心?姐姐坚决不答应。妈妈说,大丫,你也别多想了,妈没有别的用意,妈这段时间也想通了,这一鸣是你自己找的,死活要跟的,爸妈本来就不满意他,如今你又不跟了,妈犯不着为他跟自己闺女闹个你死我活,以前说过的那些狠话,我今儿就收回。你要是一点都不念及和他的情分,也不管你的事影响你爸的声誉,那就分了吧,妈不拦你。可你们不是常标榜自己是什么八十年代的新一代吗?既然是新一代,怎么还连我们这些老人都不如呢?做不成夫妻就非得成仇人,成陌路吗?买卖不成仁义在,不搞对象了,做个朋友还不行吗?我实在是不放心你一个人上路,才想着让一鸣送你。大丫,你看看,这眼下也只有他能帮妈一把了,这跟你们的事没关系。等年后了,你要是还不愿意回头,妈去一鸣家退婚,跟他父母谢罪。

果儿听得目瞪口呆。妈妈怎么会说这样的话?这么长时间,妈妈不闻不问的,今天第一次跟姐姐提她的事,却说出了这样的话,还当着顾哥哥的面!她同意他们分手了?既然这样,那以前那么多的阴谋手段不都白费心机了吗?

姐姐也没想到妈妈会这样说,她呆呆地看着妈妈。顾哥哥说,卫红,就这样吧,听阿姨的,就算我帮阿姨。陪你到大哥家,我立马返回。姐姐低了头,不再说什么。

第二天清早,姐姐和顾哥哥就走了。果儿听见妈妈对顾哥哥悄声说,一切听你大嫂的安排。

顾哥哥陪姐姐到大哥家后,自己也没有回来,连过年都没回来。大嫂写来了信,妈妈又像以前一样让果儿看,让果儿读了。大嫂说她和大哥年前一阵忙乱,全亏了姐姐和顾哥哥来帮忙。顾哥哥很能干,待人又体贴,会哄小孩,乐乐现在根本离不开他了。大嫂说二哥、二嫂打电话邀请姐姐和顾哥哥也去他们那边玩一趟,姐姐和顾哥哥一方面很想去,对部队特别好奇;一方面又有一些顾虑,可能怕花钱,给哥嫂们添麻烦,其实这算什么麻烦,自己兄妹,义不容辞的。大嫂说他们已给姐姐和顾哥哥买好了火车票,后日出行。人家搞结婚旅行,咱家来个婚前旅行。一切如愿,请父母放心,只等大喜之日团聚。

这信,妈妈自己看了一遍,又听果儿读了两遍。妈妈眉开眼笑的,大丫这鬼丫头,闹腾了一场反倒遂了她多年的心愿,全中国游了一趟,一路贵宾待遇,真是便宜了她!妈妈又对爸爸说,咱俩儿媳都不错,孝顺,办事靠得住。爸爸不接妈妈的话头,看他的表情,好像这段时间他虽不在家,但一切尽在掌握之中似的。他把注意力转移到了果儿身上,何果儿,你要深刻检讨自己学习成绩下滑的原因,想想怎么迎头赶上。妈妈忙解围说,她会赶上的。也不全怪孩子,家里事乱,难免受影响。

果儿慢慢悟过来了,大哥、大嫂的电报,二哥和二嫂的打电话邀请,这突然发生的婚前旅行,是妈妈的全民总动员。姐姐给妈妈使的办法,妈妈又还给姐姐了。

果儿觉得这个年是最没意思的一个年,家里就爸爸、妈妈两个大人,虽有吃有喝,但冷冷清清的。她从没过过姐姐不在的年。妈妈说,你想把你姐姐拴在你身边一辈子啊?下个年她就得跟着一鸣去他老家过年,新媳妇要守规矩呢。果儿说,那二嫂当新媳妇两年了,怎么不到咱家过年?妈妈说,家里的规矩能有国家的规矩大啊?你二嫂是军人!你又不是没听大人讲过,逢年过节,她就要下基层部队慰问演出。探亲报告得提前半年打呢!

是啊,大人都忙,都有忙的地儿,都可以因为什么事赶往远方。只有果儿,天天待在这儿,在家里写作业、吃饭、睡觉,最快乐的也不过是和燕子、娟娟一起在镇子上东游西逛,到供销社买个把把糖,拿半碗大米去爆米花,然后一边吃着一边站在街上看热闹。过年几天里,吵闹打架、拉拉扯扯的事情比平日里多出许多。妈妈说,都是过年喝二两酒烧的!

旧小人书,一本一本都翻腻了。姐姐回来时,不会忘了买新的吧?突然想起彭哥哥送给自己的小人书,又想起彭哥哥。他现在在什么地方呢?他知道姐姐去找过他吗?他知道姐姐的婚前旅行吗?他能想到他那些信去了哪里吗?他还在唱歌吗?

果儿心里歉歉的。她不知道自己还能不能再见到彭哥哥。小小的红星镇被大山包围着,看不到更远的地方。果儿觉得前所未有的孤独。长大太慢了。

新学期开学时,姐姐和顾哥哥才回来。姐姐新鞋新衣,尤其是上衣,让整个红星镇姑娘媳妇的眼睛都起火了。她们刚刚从展销会上抢购来了时兴的仿军装,姐姐却穿上了真正的绿色军装——二嫂的新军装摘去了红领章送给了姐姐。绿军装衬得姐姐脸白白的,脖子长长的,又秀气又神气。果儿想,穿着这么漂亮的衣服回来,心里不知有多美呢。可姐姐淡淡的,虽然比年前走时精神了许多,但并没有看得见的高兴。真正高兴的是顾哥哥,他一进门就把果儿高高举起来问,果儿同学,你猜猜,我们给你买什么了,猜猜哥哥嫂嫂们给你捎什么了。

姐姐只休息了一天,就去学校的宿舍搞大扫除。她把角角落落的许多东西都翻出来扔了,书架上的一些书,抽屉里的笔记本、明信片、书签之类,统统在苹果树下烧掉了。果儿认出来那都是姐姐和彭哥哥晚上说话时一起玩过的东西。彭哥哥带来的罐头是吃完了,但有一罐"上海麦乳精"还剩着多半呢!姐姐眼皮都没眨一下就扔到垃圾堆里去了。果儿愣愣地看着姐姐不停地往外扔东西、烧东西,那些起起落落的火光,突然使她想起了一件东西,天啊,可不能让姐姐把它也给烧了!果儿一头扎进姐姐的衣服堆,翻了个底朝天,终于在一件旧棉袄的口袋里找到了那条纱巾,那条映亮了一个夜晚的红色纱巾。她把它悄悄塞进了自己的书包里。

果然,姐姐接下来就要对纱巾下手了。她在衣柜里四处翻找,嘴里念叨着,怎么就不见了呢?破东西!又找了一阵,说,算了,啥时候出来了,再扔!她转身猛地掀起床上的被单褥子,从床板上抓起一本厚厚的塑料笔记本,拿到外面一页一页撕着烧了。

果儿看得心惊肉跳。那是姐姐的日记本,姐姐说过那是她最珍爱的东西。果儿找它找得好苦,每次都提心吊胆,翻箱倒柜。但她怎么就没想到姐姐把它藏在褥子下面了。原来,自己夜夜睡在姐姐的秘密上面。

现在,果儿拼命想知道的秘密,姐姐曾拥有的秘密,化成了一股呛人的烟。姐姐蹲在苹果树下咳嗽着,咳出了一脸的泪。

妈妈说,难过的日子度日如年,快活的光阴箭一般飞走,抓都抓不住。果儿觉得妈妈的话特别有道理。过年以后,家里风平浪静,没啥烦心事,所以没感觉到时间怎么过去的,唰一下就到五月初八姐姐出嫁的日子了。

顾哥哥的柜子全都漆得溜光水滑的,摆到新房里了。床上铺的,屋里摆的,墙上贴的,门上挂的,都是妈妈和大嫂、二嫂不停地通信商量,细细地配置的。果儿带燕子和娟娟去看了一回,燕子憋红了脸啧啧赞叹,这可是我见过的最漂亮的新房!顾哥哥正在挂窗帘,听这话笑出来,你这个小孩,人小话大啊!你才几岁?你见过几个新房?

二哥、二嫂回来了,大哥、大嫂回来了,乐乐回来了。乐乐一回来,便带回来了整整一个家、一个院子都装不下的热闹和欢喜。果儿的眼睛跟着乐乐满世界转。乐乐比上次来高出了一截儿,说话更是有板有眼,清楚得很。他问果儿,我三岁半了,你几岁?果儿答,我马上十一岁了。他做出恍然大悟的表情,才十一岁,你也是小孩啊,怪不得要叫你小姑姑,等你长到大姑姑那么大了,就叫你大姑姑。果儿亲他的脸蛋,乐乐宝贝儿,你怎么这么聪明!他很淡定地摆摆手,女孩子就喜欢夸来夸去、亲来亲去的,这样不好。果儿差点笑死过去。

五月初八这一天不是星期天,爸爸说,果儿照常上你的学,大人的事不能影响小孩的学习。果儿差点急哭了。等爸爸走了,二哥说,果儿怎么这么傻呢?你先答应就是了,明天他哪里还顾得上你呢!还真是的,姐姐结婚,别说果儿逃学,就连红星一中、二中的老师们都好像不上课似的,天还没亮,他们就挤在果儿家的院子里,一队当婆家人,一队当娘家人。红星公社的干部们更是里里外外地操持着。贺喜的人排成了长队,记账收礼的是公社秘书滕叔叔和卫生院长杨伯伯。杨伯伯面前,堆起了山样高的脸盆、热水瓶,印有牡丹花和荷花的枕巾,还有大红的被面,简直和供销社的货架一样好看。想不到的是,还有人送书,什么《幸福家庭知识手册》,什么《八十年代青年修养大全》。果儿拉着乐乐,一会儿看看这拨人，一会儿又去凑那边的热闹。到处都是人声，以前怎么就不知道红星镇上有这么多人？难怪姐姐结婚的事费了这么多周折，原来，结婚真的是兴师动众的大事啊。

十点钟一到，院子里鞭炮齐鸣，爸、妈、哥、嫂给婆家接亲的人上菜敬酒，姐姐该出门了。但从外地和县城专程赶来参加婚礼的姐姐的女同学们，反锁着里屋门，不让姐姐出来。红星一中的年轻老师们把在门上一遍遍地求，门还是不见开。顾哥哥穿着一身崭新的蓝色衣服，在人群里傻傻地笑着。这又是怎么了？果儿急得不行，乐乐也跟着喊，快出来呀，快出来呀！大嫂捂着嘴笑，你俩怎么胳膊肘往外拐，向着婆家人呢？这是习俗，玩玩就过了。

顾哥哥从门缝里塞进去了好几个红包，也给果儿和乐乐发了两次红包，但姑娘们在里面笑着、嚷着，还是不开门。院里的炮又响了两遍。妈妈走过去，大声喊，丫头们，别闹了，时候到了，出来吧！女大不中留，该上轿了！人群里起了一阵哄笑，门开了。

姐姐的同学们可真会闹啊，她们又把姐姐的两只鞋都藏起来了。顾哥哥弯着腰四处找，接亲的人帮着找，还是找不到。顾哥哥只好听姑娘们的指挥，把姐姐抱起来，一路抱到了大门口新买的"永久"牌自行车后座上。

果儿从人缝里看着姐姐，姐姐羞得不敢抬头。她可真漂亮啊，全身上下都让人看着喜庆。大嫂、二嫂和她的同学们把她打扮成了和电影上一样的新娘子。

顾哥哥安顿好姐姐，又把乐乐抱到了自行车前梁上，这才向一中骑去。人群赞叹，好一个机灵的压轿童子！乐乐听人夸，小脖子挺得更直了。果儿和大哥、二哥、大嫂随接亲的自行车队紧跟在后面。果儿穿的也是一身新,二嫂买来的,可好看了。到信用社门口,她看见燕子挤在看热闹的人群中,心想她怎么也没去上学?见她满脸羡慕地盯着自己,果儿便喊,燕子,你跟我去!燕子欢天喜地地跑过来,我可以吗?我又不是你们家的人。果儿说,你是我同学呀!你没见我姐那些同学,啥事都是她们说了算,顾哥哥根本不敢不听她们的话!我这回才知道,原来结婚这事啊,同学是顶要紧的。燕子很懂的样子,点头说,对,比如将来你结婚的时候,就得我拿主意!果儿突然有点伤感,她牵起燕子的手说,可我下学期就去县城上学了,咱俩得分开了。

红星镇远远近近一树一树的红红白白,小南江两岸更是大花园似的,弥漫的花香,和着鞭炮的硝烟味,使姐姐出嫁这一天充满了梦幻般的气息。晚上公社大院里放了电影《喜盈门》。这是妈妈冲着电影名好,专门请县里的放映员拿来给大家放的。红星镇上的人,还有四面山上跑来的娃娃们,把大院挤得满满当当,连墙头上都趴满了人。果儿想,要是天天都这样该多好。

爸爸调到县城了,听说县委副书记要比公社书记的官大。下学期果儿就要跟着爸爸妈妈搬走了,这是她刚刚知道的。还有,二嫂也要做妈妈了,这也是刚刚知道的。大人有事喜欢瞒着人,太没劲了。那天二嫂回来,要去看新房,妈妈死活不让去,果儿太奇怪了,为什么呀?姐姐这才悄悄告诉果儿,二嫂肚子里有小宝宝了。怪不得啊,二嫂漂亮得跟画里的人似的,身子看上去却有点笨笨的,不见腰身。

妈妈说,婚房里最是喜气重,女人怀孕也是喜,二喜相冲,绝对去不得的。二哥、二嫂都埋怨,都八十年代了,妈怎么还这么封建迷信?妈妈说,这不是迷信,是讲究,是规矩,甭管什么年代,讲究和规矩不能破。什么都不讲究了,人不就乱了吗?二嫂对二哥说,你还吹牛说你们家是民主家庭呢!瞧这个封建老婆婆!妈妈笑吟吟地接口,对呀,俺就是那个执家规的黑脸婆婆。国法、军纪、家规,层层管着你们呢,看谁敢给我瞎来!这孕妇不能去新房,老辈子人传下来的,你们图热闹到处乱跑,冲了肚子里的孩子怎么办?那可是我们何家的金疙瘩!二嫂大叫,妈,你只关心你的孙子!妈妈把二嫂搂到怀里,说,哪儿呀!我最关心的是我的小儿媳妇,孙子是小金疙瘩,你是大金疙瘩!这下总行了吧?大家都笑了。

果儿发现二嫂特别喜欢撒娇,她可是解放军啊,怎么这么娇滴滴的?电影里的女解放军可都是英勇的样子。姐姐说,二嫂是文艺兵。文艺兵怎么了?那个"风烟滚滚唱英雄"的王芳,不就是文艺兵嘛!但果儿心里又暗暗地喜欢二嫂撒娇的样子。她一举手一投足,果儿都觉得好看。二嫂的好看和大嫂的好看、姐姐的好看,说不上哪里不一样,但的确是不一样的。

二嫂说,孩子们,跟我汇报一下你们的宏伟理想。乐乐,你长大了要做什么?乐乐说,我要开火车,当火车司机!二嫂说,行,不错!果儿,你呢?果儿答,我要当兵,当解放军歌唱家!二嫂眼睛亮亮地盯着果儿,伸手在果儿肩膀上重重地一拍,好啊,小鬼!革命事业后继有人了!

果儿的肩膀一阵痛,她这才知道二嫂虽然爱撒娇,但到底是解放军,手劲儿比妈妈、姐姐都大多了。她拍果儿肩膀的姿势,叫"小鬼"的口气,和电影上的部队大首长一模一样,神气极了。

姐姐三天回门时,饭桌上妈妈又讲起规矩。她说,大丫,你那天出娘家门时该哭一两声的,再不济也得掉两滴泪,妈妈都给你说好了,谁承想你一点规矩都不讲,傻笑着走了。姐姐恼了,哭?我哭得出来吗?我那几个同学捣鬼,让顾一鸣抱着我走,我臊都臊死了,还想得起你教我的装哭?一家人笑得东倒西歪的。这时,张伯伯来了,他送来一个四四方方的邮政包裹,妈妈接过来看了一眼,脸色平静地递给姐姐。姐姐只扫了一眼,脸倏地白了。果儿的心也揪了起来,她从姐姐的胳膊肘下看清了那包裹上的附言一栏写着:

"彭歆祝你新婚大喜,永远幸福!"

张伯伯不走,他站在门口喋喋不休地跟妈妈闲扯。书记夫人,向你道喜啊!可你这喜一桩接着一桩,道都道不过来啊!人常说双喜临门,你这回可是四喜五喜了吧?你看看,这何书记高升是一喜,大闺女出阁是一喜,二媳妇要添孙子,这是一喜,全家人难得聚这么齐,这也是一喜吧?还有,你们都要去县城了,乔迁之喜也是大喜啊!喜盈门,喜盈门,敢情那电影演的就是你们家呀!妈妈哈哈笑着,老张,同喜!你家二小子到公社当通讯员的事,听说成了,也给你道喜!张伯伯连连点头弯腰,这孩子的工作问题这么多年都急死我了,现在何书记给我解决了,大恩不言谢,大恩不言谢啊!

果儿不想看张伯伯那张脸,她跟着姐姐进里屋。姐姐不拆那包裹,只是默默地看着,眼里的火一明一灭。等大家都吃完收拾完,她还是保持着那个坐姿,一动不动。

妈妈进来了,一进来就拆那包裹。大丫,同学寄来结婚贺礼,你拆开看呗,发什么呆!该用用,该摆摆。姐姐的声音弱弱的,妈,原样儿退回去吧,我不要。妈妈说,也是人家的一片心意,退回去就是你不讲礼数了。一听这话,姐姐腾地扑过去,我跟那个骗子讲什么礼数!

那个东西刚从包裹里露出头,还没看清楚是什么东西,就被姐姐狠狠地摔到了水泥地上。哐当一声,满地溅起透明闪烁的碎片。彭哥哥寄来的到底是什么?玻璃的摆件?水晶的饰物?果儿站在一地的凌乱中,怎么也想象不出它们本来的样子。她默默地蹲下去,捡起一块碎棱,从格子窗里打进来的阳光便突地在她手上折射出一种五彩炫目的光来。它到底是什么东西?它这么漂亮,也貌似坚硬,却为什么这么容易破碎?

果儿只能和姐姐一样,默默地看着妈妈把一地的心碎倒进垃圾桶里。

果儿没想到她还会再遇见彭哥哥。

那是几个学期之后的事情了。那天,她和同学们去县政府礼堂参加全县的新年文艺会演。她跳了一个集体舞蹈,又独唱了一首电影《少林寺》的插曲。刚开口唱"日出嵩山坳,晨钟惊飞鸟……",歌声就被掌声淹没了。

带队的老师在后台说,何果儿,你看刚才观众反响多热烈,你现在不会对老师选这首歌有意见了吧?就连到咱们县下乡的地区领导们来看演出也直夸你呢,你给咱们江城一中争光了。果儿换服装时,老师又喊,何果儿快出来,地区领导彭同志在外面等你,要跟你说几句话。谁是地区领导彭同志?他干吗见我?果儿磨磨蹭蹭地走出来,她还想看后面的节目呢。

然而,就在后台后门的第一级台阶上,迎面站着的是彭哥哥!

果儿头轰地一响,嗓子发紧,吐不出一个字来。她的眼睛慌乱得不知往哪儿看,但最后还是落到了彭哥哥身上。彭哥哥有点瘦了,有点黑了,头发该理了,但他还是那么好看,清爽,眼睛大大的、亮亮的。他笑着叫果儿,一脸的欢喜。果儿,你刚才上台演节目,我一眼就认出你。你唱得真好,我还是第一次听你唱歌呢!我早就知道你有看过电影就会唱电影插曲的本领,果然名不虚传啊!这《少林寺》才演了多久啊!

果儿心里有点遗憾,《少林寺》的插曲并不是果儿喜欢的歌,彭哥哥第一次听果儿唱歌,听到的却不是她最好的歌声。她舔舔嘴巴,艰难地开口,哥哥,你现在是地区领导了?彭哥哥笑了,什么领导?是陪同领导来下乡的干事。果儿,我去年从咱们县调到地区去了。果儿说,可我们前年下半年就从红星镇搬来江城了,怎么一次也没见你?彭哥哥望着果儿,眼睛里是满满的爱怜,深深的悒郁。他说,是啊,怎么一次也没见呢?你们都好吧?

果儿想,他就要问到姐姐了,问到姐姐自己该怎么说?姐姐还在红星,可那儿已经不叫红星公社了,改成了南江乡政府。姐姐比以前胖了,满头的长发烫卷了。本来她今年也要调来县城了,可顾哥哥才被提拔当了红星一中的校长,爸爸说不好这么快在县里找位置。现在果儿叫顾哥哥姐夫了,他和姐姐生了个女儿,叫茜茜,眉眼就像年画里的福娃娃。她那么小,还没有断奶呢。但二嫂的欢欢已经学着叫小姑了。欢欢是个男孩,比乐乐调皮。天哪,这么多事情怎么对彭哥哥说?他要是再提起以前和姐姐的那些,自己该怎么说?

但彭哥哥没有问起姐姐。他说,两年不见,你长高了好多。果儿,你都快长成大姑娘喽!不过,还是那么瘦,还是瘦。

听这话,果儿猛地回想起以前彭哥哥说她太瘦了、太轻了的情景。那天晚上,彭哥哥抱着她,像抱着一个布娃娃穿过黑暗中的校园。她曾那么紧地伏在他的肩窝,让小辫子蹭着他的脸。她还记得,他身上那一种莫名的味道。

果儿红了脸,不敢再看眼前的人。风呜呜地从她和彭哥哥中间走过。彭哥哥说,你进去吧,别受凉了。我随身带了一本自己记的旧歌本,刚认出你后专门去招待所拿过来,送给你,你翻着玩吧。再见啊,果儿,好好学习。

果儿从后面看着彭哥哥的背影,看着他一步步逆风走远,泪水突然汹汹地涌出来。彭哥哥结婚了吗?有小孩吗?她为什么一句都没问?她认定他是不快乐的——他肯定是不快乐的,她想。可他穿着漂亮的滑雪衫,路灯下明晃晃地闪着人的眼。在江城,只有最赶时髦的县文工团的演员们才刚刚开始穿滑雪衫呢。

这才发现是两个本子。除了彭哥哥刚说的歌本,还有一本缎面软皮的大笔记本,扉页上是果儿熟悉的钢笔字,和他的人一样好看又刚健的字:

当你老了,头白了,睡意昏沉

炉火旁打盹,请取下这部诗歌

慢慢读,回想你过去眼神的柔和

回想它们昔日浓重的阴影

多少人爱慕你青春欢畅的时辰

爱慕你的美丽,假意或真心

只有一个人爱你那朝圣者的灵魂

爱你衰老的脸上痛苦的皱纹

果儿久久地盯着这首诗。好几个"爱"字看得她脸红心跳。这诗是什么意思?它是彭哥哥写的诗吗?他只说旧歌本是送给果儿的,那么,这个漂亮的笔记本是送给谁的?这首诗是送给谁的?他一句都不提,却把它交给果儿,好像果儿是最懂得他的人,她知道他想把它送到谁的手里去。

回到家,果儿打开了柜子。现在,她也有自己的屋、自己的钥匙了。抽屉的最下面是一本旧的《大众电影》,《大众电影》的第13页夹着那条纱巾。它还是那么红,那么新,因为从来没有经历过风吹日晒,它没有机会让自己褪色。果儿把它从《大众电影》里抽出来,小心地放到笔记本里"当你老了"的上面,然后,锁上了抽屉。

手里只有歌本了,这是彭哥哥送给她的。果儿打开它,一页页从头翻到了尾。他一行行亲笔写下的歌词、画下的简谱,她一句句细细地唱出来。彭哥哥会的歌可真多啊,一个人要度过多少个孤独的夜才能唱完这些歌?

夜里,果儿梦见回到了红星镇,梦见了所有的旧日子。姐姐的笑容有着最初的明艳,唱歌的彭哥哥还在唱。彭哥哥的歌声好像是第一次飘到耳朵里,有一种新鲜的刺痛,又像是从来就伴在果儿的身边,晃晃悠悠,天长地久。

突然,歌声停下来,那像白云彩一样白一样软的歌声,小南江的水一样清一样长的歌声,就像被收进了瓶子拧上了盖子一样,不出来了。果儿在梦里一个趔趄,猛地醒过来。

是被一种剧烈的疼痛弄醒的。果儿的小肚子在半夜里很厉害地痛起来。她用手揉揉,硬硬的、凉凉的。拿过枕头顶在肚子上,但一点都抵不住那沉闷的尖锐的下坠的痛。突然想起前几天班里有一个同学得了急性阑尾炎动手术,难道自己也得去医院开刀?果儿怕极了,她挣扎着起身,想去隔壁屋里喊妈妈。

低头下床时,突然感觉哗地一下,一股热流从体内涌出,汩汩地,果儿好像听到了什么流淌的声音。随之,刚才一阵紧似一阵的疼痛奇怪地消退下来,平静下来。

果儿转身,看到床单上自己坐过的地方,一摊殷红的血迹。

几乎是在第一秒,果儿就本能地明白发生了什么。果儿和姐姐睡,模模糊糊地早知道有这么回事,而且,现在班里女同学也开始悄悄议论着,说谁谁来那个了。但明白过来之后,果儿还是不相信自己的眼睛。她盯着床单,那无处藏匿的无助、零落和失去。

一九八三年刚刚开始的春天,严寒袭击着一面小小的不眠之窗,十三岁的初中女生何果儿对着自己的初潮,大声地哭了。

二

　　那一天的事情发生得太过突然，太过严重，许多年之后，何果儿每每回想起那一幕，后背还是立马就起一层鸡皮疙瘩，头皮嗖嗖地直发麻。她仿佛再次看见一九八四年夏天的自己，小小的，傻傻地站在那里，被平地而起的飓风打蒙了头。而身边的李菲菲，是那么猝不及防地挣脱她的手，像一道白色的光，冲出人群，以令人眩晕的速度和力量，冲向后患无穷的青春。

　　原本，那是一个极为平常的日子。上午第二节课下课铃响过，在体育委员的催促下，同学们三五成群地从教室拥往操场。天气很好，豁亮的太阳光中稠密地插进了课间操队伍。值周老师站在高台上，扯着嗓子呵斥站队不整齐的班级。班主任们跟在队伍后面，也开始懒懒地伸伸腿弯弯腰。那一天，稀松平常得和江城一中日复一日的无数个日子毫无二致。前面两个同学做动作间隙，不时腾出手互掐对方的胳膊，并且发出小小的尖叫声。右边的李菲菲悄悄诉苦，果儿，不是我不认真，刚才的代数课我可是一丝一毫也没分神啊！可有啥用？照样没听懂！我就不是学数学的料！果儿安慰她，今天那几道题确实难，我也没怎么懂。你别着急，回头让章蕙再从头讲讲。李菲菲朝后头瞥一眼，算了吧，我才不觍着脸硬往人"三好生"跟前凑呢。

就在这时候,广播操乐曲戛然中止。满操场人的动作被突然而起的寂静拦腰一劈,定格在跳跃运动的某一个节点上。不过,只那么一瞬,大家便收回了七零八落的尴尬姿势,笑着打闹。哈哈,江城一中的广播老这么闹罢工才好呢!你们看,值周老师的脸都气急败坏成什么样子了!

但广播里立即又有了响动,原来没出故障啊。大家失望的声音还没冲出喉咙,校长的声音轰鸣而出。校长的讲话紧急取代课间操的号令,这在江城一中虽然不是第一次,却也不是经常发生的事,嬉戏的同学们不自觉地站直了身子。校长说,各位老师、各班级同学,江城一中发生了非常严重的事件,请大家站在原地,不要喧哗,不要拥挤,认真听讲。

校长的声音里有着被扩音器扩大了的颤,听着让人揪心。李菲菲大大咧咧地靠过来,"一撮白"怎么了?什么事还能让他紧张?"一撮白"是同学们给校长起的外号,他满头黑发,偏在前额处亮亮地白了一绺。何果儿不喜欢叫人外号,她责怪地捏了一下李菲菲的手心。班主任从后面喊,听到没有?严重的事!谁都不要再乱说乱动了,认真听校长讲!

但校长并没有讲什么,接下来,广播里换成了另外一个人讲话,一个极其威严、凝重的声音。这个人才一开口,江城一中几千人的窃窃私语汇成的巨大声浪立刻被平息了,倏忽间万籁俱寂,唯有广播里的男中音像冲荡一切的高音。何果儿心惊肉跳地听到了"严打""逮捕令"这样的词。她有点不相信自己的耳朵,回头一看,所有的同学都木木的,像是被钉在那里,而班主任的眼里,分明有了惊恐的神色。

广播很短,那个告令像一把寒光闪闪的剑,只一凛然出鞘,迅忽又收回去了。随即,警车的嘶鸣声响起来。这惊心动魄的声音回荡在四面空气中,横扫全场,顷刻间,仿佛千军压境,天网恢恢,包围了江城一中的每一个角落。场面大乱,如一下子炸开了锅,又如洪水决堤。班主任变了声地嘶喊,不要喧哗,不要拥挤,站在原地!但这已经不可能了。

何果儿和李菲菲被人潮推搡着、裹挟着,身不由己地朝主席台方向挤去。那里,有几个荷枪实弹的警察已摆好了姿势。校长、副校长、教导主任都畏缩在他们后面,全没了往日的威风。混乱中,有同学惨叫,我的鞋掉了!但更多的声音兴奋地吵嚷着,抓的是谁?要抓谁?终于,从前面一浪一浪地推过来答案:张建军!高二(3)班的!

李菲菲的手在何果儿的手心里悚然地抽搐了一下。何果儿起初没注意到李菲菲的异样,她和其他所有人一样,眼睛只盯着千钧一发的前方。待她扭头喊,菲菲,我看清了,他们已经把张建军打倒在地上了,却发现李菲菲的脸一片惨白,上嘴唇被咬出了深深的血印子。何果儿急问,菲菲你怎么了?李菲菲不说话,抓着何果儿的那只手瑟瑟地抖起来,而且越抖越厉害。何果儿慌张地搂住了她,感受到她全身的痉挛。菲菲,你是不是病了?李菲菲还是不回答。突然,她的手狠劲地甩开了何果儿,扭身从侧面冲出了队伍。何果儿大喊,李菲菲你去哪儿?你回来!

但已经喊不回了。李菲菲,以江城一中连续两年400米短跑破纪录者的凶猛,刹那间远远地冲出了争看热闹的队伍。她从操场的另一端,箭一般射向主席台方向。她奔跑的背影,那被速度之风鼓荡成振翅飞鸟的雪白的衬衫,在六月阳光的照射下,像风雨之夜的闪电,灼伤了何果儿的眼睛。何果儿只能伸手捂住自己的哀声。

这是江城一中的校园里永远不会被复制的历史性场景,它没有被写进官方校史,却经众人之口乐此不疲地相传,代代增述,成为历届校友难以释怀的经典传说:一九八四年夏,高二(3)班的张建军同学以流氓罪被县公安局逮捕。在抓人现场,张建军负隅顽抗,全力拒捕,最终被身手不凡的公安干警当场打断了右腿。在公安给张建军戴上手铐,拖往警车时,平地里杀出来个漂亮的高个子女生,哭喊着、怒吼着,一头撞到了那个领头出手的警察身上。

你真不知道她和张建军的事?放学回家的路上,章蕙问何果儿。何果儿沉默地摇头。自从上周发生那可怕的一幕,她已经无数次地回答过这个问题了。起初她是被班主任、教导处、校团委、学生会一次次地叫去,后来是她自己一次次地去找他们,想要找到最后一线生机。她甚至大着胆子敲开了校长办公室的门,她甚至连语文老师、音乐老师、体育老师都找了,他们平素待李菲菲不错,她以为他们应该能为李菲菲说上话。最后,是妈妈的一顿骂终止了她的挣扎。从那刻起,她不愿再张口。李菲菲终究还是被学校做出了开除学籍的处理,而张建军的事已经是法院的事了。可一些人还是穷追不舍,掘地三尺,想要从何果儿的嘴里知道更多。我不知道李菲菲和张建军好。我从没发现李菲菲和张建军有过接触。我不知道李菲菲和张建军有什么事,他们没事。何果儿回想自己机械地说了一百遍的这些话,几乎要吐出来。是的,她说的是真话。可别人怀疑的目光围绕着她,说着说着连她自己都感到了心虚。李菲菲和张建军真的没事?如果没事,又怎么会有那么疯狂的事情发生?

何果儿心里痛痛的、空空的。这一年来,她不怕牺牲排除万难和李菲菲好,但李菲菲到底还是没把她当成无话不谈的朋友。原来,李菲菲的心是一片很深的湖,何果儿不过是岸边的观光客。

哼,还怪学校找你谈话,要不是你爸当县委领导,连你也给一起开除了!章蕙恨恨地道。谁让你为小流氓求情?上蹿下跳的,活该!

你胡扯,你诬蔑!何果儿愤然还击,你平时这么说也就算了,现在人都被赶走了,你还不放过,她怎么就小流氓了!章蕙反唇相讥,她怎么就不小流氓了?她不小流氓,她能打扮成那副样子?她不小流氓,她能背处分,她会留级两次到咱们班?她不小流氓,她能奋不顾身去救大流氓?学校平白无故赶她?

何果儿被噎得说不出话来,拔腿就跑。章蕙在后面气喘吁吁地喊,何果儿,别跑了,你一下午净和老师谈话了,晚上啥作业你都不知道呢!我替你抄了一份,你等着!你要再跑,我可追不上了,我又不是你那个千古知己李菲菲,人家赛跑冠军,连警车都撵上了!

一直跑到了岔路口的大柳树下,章蕙才追上去把作业题交给了何果儿。两人无语。短短几天时间,好像许多事都变了,她们不知道怎么平静面对。何果儿知道章蕙是真正关心自己的,就是有了李菲菲,在这么长时间刻意的疏远中,何果儿也没怀疑过这一点。但此刻,她需要的不是关心、要好,而是理解。为什么章蕙就这么死心塌地、反反复复地不接受李菲菲,不理解何果儿？为什么事情坏到了这样子,章蕙还在冷嘲热讽？难道好学生和坏学生真的是永远难以相容的两种人？

何果儿心里一千一万个不乐意,可她不得不承认,大家从来都是视李菲菲为坏学生的。但问题不在这儿,哪个学校哪个班级没有几个不好好学习、迟到早退的学生？其实,有时候反倒是那些没心没肺的坏学生才有好的人缘呢,他们从来不寂寞。关键是李菲菲不属于那种随处可见的普通类型。她的坏,不是可以让你忽视让你鄙视让你居高临下的坏,而是使你紧张使你不敢直视又忍不住偷窥,使你说不清是厌恶还是羡慕的坏。她的坏,闪闪发光。早在她成为同班同学之前,何果儿班里的女生们就常常偷偷议论高两届的她,男生们互相打趣时也不时扯出她的名字。扯出她的名字,他们便心照不宣地迸出坏坏的笑。在江城一中,没有人不知道李菲菲。

李菲菲就是罂粟花。章蕙对何果儿说,罂粟花,懂吗？娇艳无比,却有毒。何果儿没见过罂粟花,但她还是觉得章蕙的比喻应该是贴切形象的。说这话是在去年的春季运动会上,她们坐在台下看李菲菲连续三次上台领奖,女子短跑冠军、跨栏冠军、跳高冠军。别人领奖时台下都是嘻嘻哈哈的说笑声混合着欢呼声、鼓掌声,偏李菲菲上台时,全场唰地静下来。那静在几千人的注目中,有一种居心叵测的暗力。但李菲菲从人群中站起来时,神态一派坦然,她脸上没有羞赧,没有领奖者常有的那种标准的谦逊表情。她高高地仰着头,一双修长笔直的腿,迈着不急不缓的步伐,占据了全场的视线。她的身姿莫名地散发着一种睥睨一切的骄傲。当她站到颁奖的校长对面时,师生们似乎都感受到一种来自校长的微妙的尴尬:他竟然比这个女学生矮半个头。他必须仰着脸,才能把鼓励赞许的微笑传递给她。本来这没什么,之前领奖的高中学生中,需要校长仰视的高个子男生比比皆是。可轮到李菲菲,校长的表情就有点不一样了。他似乎不愿意仰着头对李菲菲说例行的祝贺之词,但如果他不仰头而是采取平视,那么,他的目光便刚好对着李菲菲的胸——整个江城一中,没有第二个女学生,也没有哪个女老师,敢挺着这样让人触目惊心的胸,走在校园里。岂止是学校?在整个县城里,除了文工团的女演员,也没有第二个像李菲菲的女孩。

这就是校长面临的困境。当他的目光既不仰视也不平视,而是游移地扫向别处时,全场还是鸦雀无声。这气氛似乎是对李菲菲无声的排斥、对校长静默的支持,但也像是一种隔岸观火的悠然、渔翁得利的窃喜。校长肯定是有点恼火了,他把奖状递给李菲菲时,嘴边想挤出一丝笑,但眉头极不配合地蹙起来。这个女生,上学期因为穿戴违反校纪,他亲自签署了给她的严重警告处分,但此刻,众目睽睽之下,她还是不思悔改地挺着高高的胸。她的头发,不像别的女生那样用橡皮筋束成一对小辫子,或毛刷刷,而是用艳丽的花手绢扎成了一把桀骜不驯的马尾巴。她明明穿着学校田径队队服,却偏偏将上衣束进了裤子里,一根看上去很男式风格的皮带,点缀般挂在腹部,衬出了她柔软纤细又结实有力的腰肢。这样没有风纪校貌的出格学生,这样屡教不改的后进学生,纵然连拿三个冠军,纵然可以代表学校参加外面的体育比赛,又有什么值得鼓励的?

江城一中的师生们看到,校长在最后一刻终于坚决地收回了那未完成的笑。而李菲菲接过奖状走回来时,依然如入无人之境。那开着于绢花的马尾巴,随着矫健的步伐,一路节奏铿锵地摇荡过来,黑亮蓬松的发梢,左一下,右一下,重重地撩过许多人的心口。

其实,体育不是李菲菲的唯一强项,她同时还是江城一中的文艺骨干。何果儿最早接触她就是在学校宣传队会演彩排时。那天,何果儿的独唱节目赢得了满堂彩,老师说,你就不用再练了,正式演出时正常发挥就行了。何果儿听了这话正准备回教室,李菲菲却猛地堵住了她,喂,小丫头,你的歌确实唱得不错,不过我觉得你还是需要练的。你唱歌干吗那么死呆呆地站着?你不会加点动作吗?

李菲菲吓了何果儿一跳。不光是因为李菲菲说话的这种口气,大咧咧,自来熟,自信到霸道的指手画脚,而是何果儿从没想过会和李菲菲对话。她不认识李菲菲,但她从刚进江城一中上初一,就和大家一样,知道李菲菲了。女厕所里,她不时见到过高年级女生互相打趣,哟,你的小胸脯又见长了,好啊,再长就赶上李菲菲的了!去你的,你才李菲菲呢!后来,自己班里的女生也有了掩不住的身体变化,也开始这种戏谑笑闹了。章蕙说,这是自然现象,那个一来,胸也就跟着发育了,没什么,只要束起来就成了。何果儿问怎么束,章蕙一副见多识广的样子,说,很简单,拿两手宽的布往胸前缠两三圈,缠得紧紧的、平平的,再穿衣服,就什么都看不见了,跟男生一样。何果儿觉得那会很不舒服,章蕙说,听高年级女生说,也没什么不舒服,习惯了就好了。再说了,不舒服也得束啊,难不成像李菲菲那样挺着?

同学束胸的事,何果儿和姐姐悄悄提过。姐姐说,等你发育了,可不能这么做。现如今都八十年代了,怎么还那么封建,摧残身体?别说你,就连我都没束过胸呢。咱妈是医生,她懂,她那时候专门给我做了小裹胸,又不影响身体健康,又能紧箍着,一点都不显山露水。

原来是这样。姐姐的小裹胸,果儿自然是见过的。她小时候纳闷姐姐为什么要穿那么小那么窄卡在腋下的背心,如今才知那是特殊装置。女孩儿家的许多秘密,姐姐都没告诉过她。唉,怪只怪年龄差距太大了,看似无话不谈,姐姐到底还是把果儿当成了小孩。不像人家和二嫂,就有说不完的共同话题,以前是大姑娘小媳妇穿衣打扮那一套,如今但凡见着面,就忙不迭地交流育儿经验。

何果儿对章蕙说,咱俩以后不拿布束胸了,我妈会做小裹胸。章蕙急着问裹胸是啥样子,果儿故意在她身上比画,俩人笑得东倒西歪。这样隐秘的谈话中,那个她们不认识的李菲菲必然被引出来。听说李菲菲不但不束胸、不裹胸,反而穿着一种把胸衬得更高、更鼓的内衣。章蕙告诉何果儿,听高中女生们传,那东西用一半海绵一半金属做成,那是外国女人的物件,咱们中国,只有女流氓才会把自己整成那样。

就是这样,在江城一中,李菲菲仿若女生们做人行事的反面标杆,大家以她为鉴、为耻,却又忍不住远远地打量她,私底下议论她,神色间多少有点心口不一的暧昧。李菲菲就是一个禁区。所以,当她单刀直入地堵到何果儿面前时,何果儿着实措手不及。她不知道说什么好,甚至不知道自己该不该和李菲菲说话。李菲菲见她这样,又说,小丫头,给你提点意见,你一声不吭,是真呆真傻呀,还是不服气?骄傲使人落后,你懂不懂?

何果儿这下有点恼了,谁骄傲了?你才骄傲呢!我有名字,别小丫头、小丫头的!

哟,人小脾气倒大呢!李菲菲跨前一步,笑眯眯地靠近果儿,好像果儿这一顶嘴,她更是非要和果儿攀谈一番不可。果儿看着长腿长胳膊的李菲菲,心里有点泄气,和她一比,自己显得又瘦又小,可不就是小丫头嘛!她的目光避开了那传说戴着海绵和金属的敏感部位,但那里耀眼得直往人眼帘上撞。果儿感觉到自己的脸开始烫起来。李菲菲没注意到何果儿的窘态,她大大方方地把手搭到了何果儿的肩上,我当然知道你有名字,你是咱江城一中的小歌唱家何果儿,音乐老师到处夸你呢。就是知道你唱得好,我才锦上添花一下。

李菲菲很活泼,她一边哼何果儿的独唱曲目,一边做手势、表情,你看这样是不是更好?显得更生动、更热情,对不对?她热切地征求何果儿的意见,何果儿开始还有点犹豫,慢慢地便笑着点头了。确实,加上这些动作,肯定比站成丁字步一动不动地唱有效果,更好看。可猛不丁要手舞足蹈地唱,自己好意思吗?李菲菲好像看出了她的心思,就说,歌一定得这么唱才好,你全身心投入,就不会害羞了。害什么羞呢小丫头?老师说你将来可是当大歌唱家的料呢。

再听李菲菲喊小丫头,何果儿也不觉得刺耳了。李菲菲身材高挑,白皙精致的瓜子脸,近乎完美的五官,头发又黑又多,果儿想,再怎么看不惯她的人,也得承认她的漂亮吧?

而且,第一次接触,何果儿就感受到了李菲菲貌似不羁的口气下那种真挚的热心和亲和。何果儿觉得很遗憾,唉,要是李菲菲不这么打扮自己,她要是也穿姐姐穿过的那种小裹胸,那就是整个江城最漂亮的女生了。何果儿警觉到自己对李菲菲原有的那种抵触、排斥,其实并没想象中那么根深蒂固。李菲菲身上散发出一种淡淡的香味儿。果儿记起来,二嫂身上就有这种味道。她喜欢这个味道,有点像在夜色里远远地嗅到的四月的紫丁香。

那次演出,何果儿到底不习惯全盘接纳李菲菲的指导,只是在几个关键处加进去了好看又简单的动作。但众人叫好,说她不但唱得好,连举手投足都像县文工团的那个女高音了。李菲菲说,瞧你们这点出息,县文工团算什么?何果儿这阵势,将来一定是中央歌舞团的台柱子!大家纷纷附和她。何果儿发现,在学校宣传队,其实李菲菲挺有人缘、特有号召力的,几个老师也特别看重她,经常给她布置这样那样的任务。但只要演出结束,只要出了排练室,李菲菲便没了同伴。女孩子们喜欢扎堆儿,做什么都是三五成群的,何果儿从没在那群叽叽喳喳的女孩中听到过、看见过李菲菲。

她发现李菲菲总是一个人孤零零地走在上下学的路上。何果儿有点难过,她不禁回想起李菲菲教大家跳集体舞《年轻的朋友来相会》的情景。那时候,她的腰胯扭得那么厉害,她的腿和屁股绷得那么紧,她的胸确实颤得让人不敢看,但没有人对她指指点点,大家跟在她的后面,羞涩认真地学着每一个动作。所有人都被热情如火的乐曲点燃了,也被李菲菲优美劲爆的舞姿感染了。李菲菲的马尾巴随着欢快的节奏,高高地飞扬着,像一把指挥棒引领着全场的快慢进退、高低收放。

章蕙说,李菲菲被孤立是咎由自取,怨不得别人,你犯不着同情她。果儿,你可别因为去了两天学校的宣传队,就跟什么乱七八糟的人都黏糊上。她自己的同班同学都不理她,你一个低年级的人就更没必要认识她了,免得被带坏。何果儿想驳章蕙,话到嘴边又不知怎么说了。何果儿觉得李菲菲不是乱七八糟的人,可她了解李菲菲是怎样的人吗?李菲菲为什么把自己打扮成那副样子?关键是,李菲菲的数理化英语据说没一门及格。想到这个,何果儿就不替她抱屈了。何果儿认真地想,她们终究不是一路人。

是啊,当然不是一路人。李菲菲就是罂粟花,娇艳无比,却是有毒物质。运动会上,章蕙贴在果儿的耳朵上悄悄地说,你看,她那趾高气扬的样子,好像运动会拿三项奖就多了不起似的,她忘了上学期她刚背了严重警告处分!

何果儿看着上台领奖的李菲菲,心里泛起一种又鄙夷又震撼的复杂情绪。她确实不明白,一个被严重警告过的人,为什么会有那么云淡风轻的表情。她有点佩服章蕙能从眼前的人和事一下子联系到罂粟花那么遥远的事物。罂粟花是一种怎样的花呢？莫非，它的颜色就是此刻李菲菲脸上的笑容？美是美，却完全跳脱于眼下的生活和环境，仿佛是另一个世界的东西。

何果儿没想到，一个严重警告还不够，接下来，李菲菲竟然又被全校通报批评，据说她在数学课上坐在后面梳头发，据说她在作文中写了大逆不道的句子，但全校都看得见的挨批理由是，她穿上了大喇叭裤。

但最最让人没想到的是，新学期开学时，李菲菲再一次留级，而且，留到了何果儿班上。之前，消息灵通的同学假期里就传开了，说学校本来要劝退李菲菲，但县文教局恰好调来了一个领导，是李菲菲爸爸的老同学。这样，她不但留下来了，还被特意叮嘱，要安排到重点班。重点班，不会就是咱们班吧？果儿和章蕙嘀咕过这事，最后一致认定不会，他们的班主任非常严厉，护班级面子，现有的几个成绩差些的同学，他都恨不得踢出去，哪会要李菲菲？

但开学第一天，黑着脸的班主任一声不吭地领着李菲菲进了教室，一声不吭地把她领到了最后一排靠墙的座位。他的眼睛不正视李菲菲，也没朝任何同学看一眼。沉默、压抑，整个教室里弥漫着莫名的紧张气氛，像是达到爆破临界点。

按惯例，班上插进来新同学，班主任怎么也得说一两句介绍、欢迎的话。可那天，从李菲菲进教室，一直到下午放学，她的名字都没从班主任的嘴里说出过。他好像完全没把她当回事。事实上，恰恰相反，连反应最慢的同学都看出来了，老师太把李菲菲当回事了。他掩饰不住自己如临大敌、气急败坏的心态。他肯定是百般不情愿李菲菲到自己的班里来,但最后没拗过学校领导的意志。他破天荒第一次在新学期见面会上,就狠狠点名批评了上学期考试成绩倒数几名的同学。他说,你们要是这学期还不下苦功赶上,你们要是还这么恬不知耻地活着,那我就是拼上老命,也要把你们撵出去!如果我没本事撵你们,行,那你们留下,我走,我自己滚蛋!我去学校食堂蒸馒头!

这个班是全年级拔尖的班,就算是班里成绩排名差的同学,其实也都不是混日子的坏学生。"恬不知耻"这样严重的词语,用在他们身上的概率还是比较低的,现在他们却在开学的第一天就迎面撞上。他们趴在桌子上,眼睛的余光恶狠狠地扫向后面的李菲菲,他们都清楚这笔账该记在谁的头上。

班主任又说,班上坚决不允许出现歪风邪气,每个同学都要自觉抵制不健康、不向上的现象。如果谁扰乱班风学风,大家就要团结一致做斗争,最终将坏人坏事扫地出门。

班主任的意思,人人都心知肚明。他连李菲菲的名字都不愿提起,但所有的话都针对她。何果儿心里慌慌的,她能理解老师的苦衷,但他这样做对吗?他这不是煽动同学孤立、欺负李菲菲吗?他自己顶不住,同意李菲菲来,然后让学生们逼李菲菲走?

何果儿,你这是什么立场?放学路上,章蕙和果儿激烈地吵起来。开学第一天,见面就吵,这在她们也是破天荒头一次。以前,她俩总是迫不及待地交流假期见闻,见到什么,吃到什么,等等。当然,说得更多的是读了什么书,有什么感想。何果儿爱读书,小时候翻烂了的小人书都存一大箱了,自从上了初中,爸爸就为她订了《少年文艺》《儿童文学》这些杂志。大哥、二哥时不时寄书来,姐姐、姐夫碰见适合果儿看的书,也总会买下来。章蕙特别羡慕果儿有这么多课外书,她到果儿家借书,每次都把书包装得满满的。其实果儿更羡慕章蕙,章蕙看课外书一点都不影响写作业,她的各科成绩在全年级一直名列前茅。可果儿要是太专注于看书看杂志,数学成绩就会往下掉。爸爸说,章蕙、何果儿,你们俩要互相学习,取长补短,一帮一,一对红嘛!是啊,自从告别红星镇的燕子,在江城,章蕙就是果儿唯一的、最好的朋友了。虽然在假期里,她俩也三天两头地一起玩,但每逢开学,还是久别重逢似的亲热,有说不完的话,手拉手走过江城长长窄窄的巷道,然后在暮色降临的江岸依依不舍地分手。章蕙家在江南边,要走过一座悠悠的铁索桥才到。

可现在,她们一出校门就吵上了。何果儿说了对班主任的意见,章蕙不同意。难道老师不该生气?难道咱们还要敲锣打鼓欢迎李菲菲来祸害咱们班?咱们不孤立她、斗争她,莫非还要学习她、跟随她?学她什么?胸上垫个海绵垫儿,腿上甩个喇叭裤?

章蕙的伶牙俐齿,何果儿向来是欣赏的。可这番关于李菲菲的铿锵言论,却使她第一次感到刺耳。李菲菲虽然不好,究竟还是未成年的学生,学校容不下她,她到哪里去?班主任是省级优秀教师,上课带班都一丝不苟,他平时常说我对你们严格要求,是因为我把每一个同学都当自己孩子一样地爱。可现在,李菲菲既然来了,就算不能一视同仁,至少也得正面教育她,严格要求她,而不能这么夹枪带棒地攻击她,煽动大家排斥她、挤走她吧?何果儿失望极了,还说什么当自己孩子呢,说到底,老师爱的不是每一个学生,而是好学生,是自己的教学荣誉和成果。可这么显而易见的不公,章蕙竟然看不出来?就因为她是好学生,她就没有原则是非地偏袒老师?她怎么就一口咬定李菲菲是来祸害的?难道人家不可以学好,不可以从头开始?

何果儿郁闷地躺在自己屋里,不愿出来。妈妈说,新学期新气象,怎么反倒这副模样了?饭桌上又问,往年开学你和章蕙都要一起包书皮,今天怎么没见她来咱家?牛皮纸,我都给你们备好了。果儿憋不住,把班里的事讲出来。谁知妈妈一张口,直接站到了章蕙那一派,怎么偏偏把那么个不学好的丫头安顿到你们班里了?这校长也真是的!她要是带坏了你们班的风气怎么办?

果儿把无奈的目光投向爸爸。爸爸一贯说那种正确但无趣的话,她和妈妈一样,都不爱听爸爸叨咕。但家里常年只有三个人,如果有两个人意见相左,那么第三个人支持谁就至关重要了。我们是民主家庭,遵从我党少数服从多数的原则。这是爸爸从果儿记事时就常挂在嘴边的自我标榜。虽然经过了姐姐的婚事波折之后,自己家的民主在果儿心里大打折扣,但每每遇事,她还是习惯性地寻求援助,想要成为占上风的多数。

爸爸在果儿期待的目光中开口了,惩前毖后,治病救人,对犯过错误的同志,不能一棒子打死,要以辩证的、发展的眼光看问题,所以,关于这件事,我是支持何果儿同学的态度的。你们班主任不能这样对待那个叫什么李菲菲的,只要她能知错就改,还是好学生嘛……

你别净讲大道理了!还没等爸爸讲完,还没等果儿对爸爸的话表示欢呼雀跃,妈妈就把爸爸的话打断了。何大书记,你看清了,这是在咱家里,不是在你们县委会议室。这是在讨论咱小闺女的事情,她的学习说落下就落下了,等你那套伟大的言论发表完,她可早就走下坡路了。

果儿抗议,妈妈,这怎么说到我头上了?这怎么成了我的事了!妈妈的筷子啪地敲过来,何果儿,你给我听清楚了!你跟那不学好的混在一起,能学好?那么一个前科累累的差生,根本就不应该到你们班来,来了你们就应该和她划清界限。你巴掌大一个人,充什么路见不平的傻大头?你的数学成绩有章蕙好吗?你不跟着她学,反倒去同情一个不爱学习的女二流子,你说,你该不该挨打?

果儿倔强地盯着妈妈,但眼泪不争气地流出来,啪嗒啪嗒滴在饭碗上。爸爸看不下去了,皱起眉头指责妈妈,这动不动就讲打讲骂不讲道理,也太家长制了吧!都是同学,团结帮助是应该的。我重申一下,我支持果儿的想法。什么划清界限?你这话说得,好像还是"文化大革命",好像人家是"黑五类"!妈妈硬邦邦地顶过去,你支持?你支持她什么?讲大道理谁不会讲?她平时的学习你问过吗?她一日三餐头疼脑热你关心过吗?你一年四季开会、下乡、出差、蹲点,一个名堂接一个名堂,你的心里只有工作,哪里有过这个家?今儿这又到你装好人唱红脸的时候了,你就装吧,唱吧,反正你女儿跟吊儿郎当的坏学生混一起,等学习成绩降下来了,人也染上毛病了,烂摊子有我收拾呢,横竖没你这个大领导的责任,到时候你再给我讲大道理教训我吧!

妈妈的话上纲上线到爸爸的家庭责任这个层面,果儿就不敢再只顾自己的委屈了,她怕一不小心就引发爸爸妈妈的争吵。她说,妈,你看你又扯远了。我不就是讲讲嘛,我和李菲菲连话都没有好好说过,我怎么会受她影响?听果儿这么说,妈妈才气呼呼地端起碗吃起饭来。爸爸反倒扶着眼镜框,严厉地打量起果儿来,何果儿,你最近学习情况如何?你妈妈说的话,也不是没道理,这两年形势不一样了,街上什么人都有,学校也未必纪律严明,你可要有则改之,无则加勉啊!

果儿把碗里的饭,一粒一粒拨进嘴里。她绝望极了。

班里没有人和李菲菲说话,没有人和她一起进出教室,她总是一个人傲然地走在人群前面,或者,落寞地落在后面。做值日时,没有人和她搭伴干活。她扫地,原先拿着笤帚的同学便立即闪开,去擦黑板了。早操、课间操,四个队竖排下来,刚好剩出了一个她。体育委员请示班主任,为了班级阵容整齐,是不是把四排队改成三排站,这样人数刚好。班主任鼻子里哼出俩字:不用!大家明白老师的意思,对,就让李菲菲剩出来,多出来,让她自己看见自己那么高的个子孤零零地跟在一个方队的后面,是多么不协调,让别的班别的老师、让学校领导都看见,把李菲菲安插到这个班,是多么不适宜。

但李菲菲还是从前大家眼中口中的那副形象,来到一个新的班,在新的班里遇到上下一致的排斥,这一切似乎都没影响到她。她安之若素,脸上并无该有的尴尬、局促,或者不快乐。她有时哼着歌,脚上踩着乐曲的节奏走进教室。甚至,连她的装束,也并没有大改变。大喇叭裤是不穿了,但的确良衬衣的领子还是翻得很低,露出了长长的脖颈,和脖颈下面的锁骨。而那该死的胸,没有束,没有裹,还是那么令人难堪地高耸着。一些男生做课间操时,情不自禁地回头偷窥做扩胸运动的李菲菲。天哪,她竟然做得比任何一个同学都认真,一丝不苟!他们忙不迭地收回被灼伤的目光。

女同学们相伴上厕所,她们玩闹时再不提李菲菲的名字,却都怀着一种暗暗的期待。奇怪的是,她们确实从来没碰到过她。难道她不需要上厕所?

无论是男同学女同学,大家都感受到一种失望的情绪,好像扑空了什么。明明是他们在尽力得罪李菲菲,但李菲菲好像什么都不知道,或者知道了也和不知道一样。这反过来实实得罪了他们,他们不解、疑惑、不平,感觉到被藐视,因而最终愤怒。

何果儿察觉到班里的一种暗流涌动,她有点不安,但不知该做什么。刚开学时,她还羞愧自己和大家一样,不敢违逆班主任和妈妈的意志,和李菲菲说话。但很快她就发现,不是她不和李菲菲说话,而是李菲菲根本就不给她说话的机会。李菲菲冰雪聪明,她知道班里同学的意思,她甚至看清了和何果儿成天牵着手的章蕙眼里的敌意,所以,她不愿意何果儿触犯众怒。每次在何果儿快要靠近时,她就立即掉头朝向别处。她表现得从不认识何果儿,宣传队里那一段友好交流宛如根本没发生过一样。

何果儿明白了李菲菲的意思,就更羞愧了。她是语文课代表,挨桌发作业本时,都不敢正视李菲菲的眼睛。但李菲菲每回接过本子,都会朝何果儿粲然一笑,笑容里满是熟稔的朋友间才有的那种亲切。有时,她还调皮地挤眼睛,好像在说,小丫头,你用不着开口,我是懂得你的哟!

何果儿悄悄看过李菲菲的作业,原来她的语文是不错的,字写得娟秀,作文功底很扎实,写得还有趣。但数学就差远了,几乎满页都是做错了的题,显然连基础知识都没掌握。何果儿想,她这水平,别说数学课代表章蕙,就连我都可以给她补课呢。但这样的想法不过是徒增怅惘。放学路上,望着前面不远处李菲菲孤独的背影,果儿无力地喟叹,咱们为什么这么待她?她又没伤害任何人!章蕙照常应声作答,咱们怎么待她了?这不一切正常吗?对啊,她没伤害任何人,可任何人也没伤害她呀!果儿看着章蕙理直气壮的样子,便不再继续这个话题。清风撩人的江边,俩人说笑依旧,但无端地,何果儿感到一种深深的孤独。

伤害,到底还是来了。那天下了体育课,气喘吁吁的李菲菲回到教室一屁股坐下时,随着一声嘎吱的碎裂声,整个人四仰八叉翻倒在地上。所有人回头看热闹,发现不是李菲菲粗心没坐稳凳子,而是她的凳子彻底散架了。教室里爆发出哄笑声,然后又唰地静下来。大家连幸灾乐祸的哄笑都立即收回,仿佛那是慷慨施与的声援。可怕的肃静中,李菲菲躺倒在地上的样子尤显狼狈。她的屁股和胳膊肘好像摔得不轻,好半天撑不起身。她的绿上衣翻卷开,露出一截白肚皮。

何果儿惊呆了,待反应过来,便毫不犹豫朝后面奔去。可还没等她伸出手,李菲菲一跃而起,以舞蹈、体育双料健儿的矫健和柔软,干净利落地站直了身子。众目睽睽之下,她根本没朝何果儿扫一眼。她扶起胳膊腿分了家的凳子,轻轻咬住了自己的上唇,发出一声弱弱的叹息。

何果儿也咬住了自己的嘴唇,怒火从嗓子眼里往外喷。所有人都看得再明白不过,这李菲菲的凳子是怎么回事。前一节物理课,凳子还好好的、稳稳的,一定是有人趁全班去上体育课,回教室卸了凳腿,又伪装成原样,专门让李菲菲出丑、受伤。歧视、排斥也就罢了,怎么可以这样阴手使坏!小小年纪,这样对待同学,这是模范班所为?这是班主任引以为豪的好班风?何果儿再也忍不住了,她颤抖着声音喊,谁干的?谁!李菲菲要是摔坏了怎么办?要是摔破头出人命了怎么办?谁负责?好汉做事好汉当,谁干的,站出来!

没有人站出来,却惹出了一片抗议声。好几个男生拍桌子踢凳子发怪声,另外几个前仰后合,发出夸张的哄笑。一片乌烟瘴气中,何果儿听见李菲菲在身后小声说,不干你的事,赶紧回你座位去。章蕙从前面喊,何果儿,上课铃响了!

那节课刚好是班主任的代数课。他站定在讲台上时,所有人都跟着他诧异的眼神,回看了一下教室最后排直愣愣站着的李菲菲。课堂气氛比以往任何时候都更加严肃紧张,大家都盯着班主任的反应,这一回,他怎么着也没法回避李菲菲了吧?但接下来,班主任的表现完全超出了每一位同学的预料,他的眼光从李菲菲的方向转向别处,在整个教室巡视了一周,然后,他平静地背过身,在黑板上写下新章节的内容,开始讲了起来。

空气中开始窜动一种莫名的兴奋,像火苗一样灼着人心。何果儿不用回头,也能看见那些男生脸上的得意。是啊,老师这才叫真狠,老师这才是杀人不见血,不管你李菲菲是坐着还是站着,老师眼里就根本没有这个人。何果儿用两只手紧摁着双腿,但还是止不住全身微微地抖。她一点都听不进老师讲的课,盘旋在脑子里的只有一句话:太过分了,同学们太过分了,班主任太过分了!

突然她听到班主任叫自己的名字,她愣怔着,不知要干什么。同桌用胳膊肘捣她,老师提问你呢。她这才站起来。班主任说,何果儿,你说一下这道题下一步的思路。她慌乱地接口,哪道题?哗,教室里猛地乱了,各个角落里爆发出一阵阵笑声,许多人紧绷了大半节课的神经一下放松下来。好啊,这下等着看尖子生何果儿挨批吧!谁让你莫名其妙替外来的李菲菲打抱不平,跳出来和自己班同学叫阵?活该!在一片窃窃私语中,班主任的脸板起来,何果儿,你怎么回事?你不知道我在讲哪道题?何果儿费力地看着黑板上的步骤,脑子一片空白。在班主任严厉的逼视下,她面红耳热地低下头。她感觉到章蕙责备地看着她,不知怎的,何果儿迅速地回头一瞥,目光撞上了李菲菲。李菲菲漂亮的大眼睛里,明明白白装满了歉疚和不安。李菲菲的眼神,突然就给了何果儿决心。她抬起头,大声说,老师,李菲菲同学上课没凳子坐!

班主任的眉头拧成了一个疙里疙瘩的"川"字,何果儿同学,这是数学课,不是班会课,别拿班里的日常事务在数学课上说!

可李菲菲在站着听数学课,您看不见吗老师?何果儿激动地顶嘴,声音都颤抖起来了。她总不能一直这么站着听课吧?

教室里静得出奇,隔壁班朗读《白杨礼赞》的声音句句入耳,让人心悸。班主任把手里的粉笔狠狠砸在讲桌上,何果儿,你这是在向我抗议?何果儿回答,不是抗议,是反映情况,李菲菲没凳子坐。班主任的眉头又拧了一下,他跨下讲台,但还是扫都不扫李菲菲一眼,而是走到何果儿跟前厉声发问,为什么没凳子坐?难道是我没给她发凳子?

何果儿坚持着让自己正视老师愤怒的目光,坚持着说出了事情的原委。班主任的脸越发阴下去,这么说,你认为是咱班同学故意弄坏了凳子?何果儿答,不是我认为,是谁都看得清楚的事。班主任说,是吗?那你看清楚了是谁弄坏的凳子,你有什么证据?说出来!

一直在胆战心惊地旁观的那些同学,从班主任的话里明白了他的态度。事实上,他们本来就明白他的态度。这下他们开始纷纷发声附和班主任,是啊,拿出证据让大家看看!是谁干的,你指出来!纯粹是胡说八道,血口喷人!还有一个男生喊,何果儿,你不能因为你爸是县上领导,就仗势欺人!损坏公物要赔,你这不是陷害人吗?

教室里一片大乱,何果儿站在声势浩大的指责中,不知道应付哪一头。

李菲菲说话了。她一出声,乱糟糟的声音便都停下了。同学们都静一静,不要再批评何果儿了。凳子是我自己不小心弄坏的,是我的错,没及时说出来,让大家互相误会。我放学后就修,保证修好。

老师回到讲台上,用很复杂的眼神看着何果儿,何果儿同学,以后的学习、生活中,你要严格要求自己。你们这个年龄,思想上稍一放松,就会犯下对自己、对父母都不负责任的错误,明白吗?

何果儿恨透了。班主任故意装傻,包庇坏人坏事,最后却要给她来一番语重心长的教育,而且还要扯上父母。莫非要借着这事,又来搞家访?她最烦班主任家访了。每次来,妈妈都要留他吃饭。饭桌上,他说的尽是何果儿的好表现,弄得她老大不自在。但等他一走,妈妈就会鸡蛋里挑骨头,重新审一遍她。肯定是你最近学习退步了,松懈了,老师不好明说,要不然,他那么忙,怎么会莫名其妙来家访?肯定是来给你敲警钟的!这是妈妈的话。有一次,何果儿愤然还口,敲什么警钟?我觉得章蕙说得对,我们班主任就是喜欢来县委家属院罢了。没想到这一句话引起了爸爸的强烈不满,他放下手里的报纸,开始严词批判何果儿的错误言论。什么封建等级特权观念了,什么资产阶级庸俗价值观了,等讲完尊师重教的重大意义,等讲到那句收尾的"有则改之,无则加勉"时,果儿听得都快要晕过去了。从此以后,对老师有什么不恭之语,她再不敢在父母跟前说出口了。

李菲菲说到做到,第二天早上大家不约而同地注意到她的凳子被修好了。关键是,她一脸平静、安稳,好像那凳子从来就没坏过。何果儿从那几个有重大嫌疑的男生脸上看到了不安之色,但很快,那一抹不安就被一种来路不明的愠怒代替了。是的,他们现在确乎更愤怒了,不但气李菲菲,更气何果儿。他们来去呼呼地生着风,那步态、身姿,好像这间教室装不下他们似的。

章蕙阴晴不定。她说,你还别说,这李菲菲倒真是仗义、大气。何果儿不置可否。过几天章蕙又说,咱们班现在气氛大不如前了,死气沉沉,又鬼鬼祟祟,这是谁整的?还不是李菲菲!毫无疑问,她就是一祸水!何果儿还是沉默不语。她心灰意冷,不愿再为了李菲菲与人起争端了。

这天数学课,班主任一上讲台就让何果儿站起来,他气得脸色铁青,你昨天的作业呢?你竟然发展到不交作业了!何果儿急得直喊,没有啊,我明明交了的!章蕙起来做证,老师,我收作业,我知道她交了。而且,练习册上那道题的多种解法,还是我们俩一起讨论着做的。班主任的脸色缓和了一些,但依旧紧着嗓子,交?交到哪里了?作业本、练习册,什么都没有!章蕙听这话,立即跑到讲台上清点老师抱来的作业本,连翻几遍,都找不着何果儿的。这是怎么回事?两本作业都不翼而飞了?她急得直跺脚,作业本丢了也就丢了,再买一本新的,可练习册怎么办?

行了,你先下去。练习册,我想办法给何果儿再找一本。老师对章蕙说。何果儿站在座位上,清楚地听到后面的嘀咕声,哼,县委书记的女儿,别说一本练习册,什么东西丢了老师都会想办法搞到的。

何果儿写好的作业本,接连丢了两次。班上出现了这种状况,各科课代表都如临大敌,紧张地看护着自己收上来的作业。章蕙骂何果儿,你那英雄气概哪里去了?这不明摆着吗?是那几个人把你的作业本偷着扔了。我都骂了两回了,你倒好,旁观者似的,不吱一声。何果儿恹恹的,别管了,没证据。

没人偷李菲菲的作业,因为所有的老师都对李菲菲交不交作业无所谓,没有谁批评她。遇到听不懂的课,她总是趴桌上睡觉。但大多数时候,她还是努力地跟着大家的节奏。她个子高高的,坐在教室后门边,腰板挺得直直的,倒像是来观摩听课的老师。怎么看,她也不像这个班级的一员。渐渐地,大家习惯了这种奇怪的格局,眼里心里淡下去,再不堵着这么个人了。

但李菲菲又一次闹出了大动静。那天,课间操才做到第三节,她突然毫无理由地退场,撒开大长腿朝教室的方向跑去了。班主任从队伍后面吼,看,看!屡教不改,顽劣不化,目无组织,没有集体意识。体育委员你马上通知她,从今天起不允许她来做操了。

大家一窝蜂回到教室时,惊悚得目瞪口呆——李菲菲正在演好戏呢。此刻的她全没了这段日子表现出来的安静淡然,她一只脚蹬在凳子上,一只手叉着腰,另一只手在空中一挥一挥地教训着人。那威风凛凛的样子,像是电影里的女游击队长,又像是女特务头子,却又比她们多出来一分难以名状的意味。被她训斥的正是班里的一个男生,他哭丧着脸,嘴角全是血迹,鼻子里还淌下殷红的一缕,但他腾不出手擦拭,他的手哆哆嗦嗦地抓着一个黑乎乎的东西。一些同学靠近去看,立即爆发出哇哇的尖叫,那竟然是一只死老鼠!你要死啊,还不快扔掉!脏死了!吓死了!谁把死老鼠带这儿来的?吵嚷声快要掀翻屋顶了,李菲菲保持着那个剽悍的姿势,冷冷的高音压住了喧嚣,你敢!你敢现在扔掉,我就不用亲自动手了,放学后,江边大滩上见!到时自然会有人剁掉你这只脏手!

何果儿挤在人堆里,看到听到了这一幕。她感觉毛骨悚然。虽然事情的来历已明白了大半,但她一点感觉不到解气的爽快,对李菲菲原有的同情和好感变得更复杂难辨了。是啊,李菲菲与自己到底不是同一条路上的人,何果儿又一次在心里这样慨叹。江边大滩上有一个地方,那是江城的地痞流氓打群架的地方。学校的男生们发生矛盾时,也常互相挑衅:有种咱去江边大滩上单挑!何果儿和章蕙远远地见到过大滩上长棒呼啸、砖块横飞的恐怖场面。她们看得心惊肉跳,想不通世上为什么会有那么不可思议的一群人。早前班里有同学议论,说在大滩上看见过李菲菲,她和社会青年有交往。何果儿认为那是诬陷,谁知,现在李菲菲自己亲口宣告了。

上课铃响了,但课堂秩序无法恢复,物理老师在门口喊了两声就拂袖而去了。班主任紧急来到教室,李菲菲这才收回了她的脚和手。她第一次理直气壮地站到了班主任面前,第一次让他的眼睛不得不落到她的身上。这是怎么回事?班主任的声音刀子一样,但李菲菲微微笑着,像是听到了某种鼓励、赞许。老师,您让他自己说是怎么回事吧。她指着那个把脑袋垂到肚子上的男生。李菲菲的轻言细语,班主任听着肯定觉得是嘲讽,是挑战,他的脸色更难看了,声音直接升级为咆哮。

闯了祸出了丑的男生早就不敢和班主任对视一眼了,他死活憋不出一句囵囵的话来。最后,还是李菲菲讲了事情的全过程。她留意他已经有一阵子了,今天果然抓了个现行。课间操时她发现他没来做操,便赶紧追到教室,果然,他正在往她的书包里装死老鼠。他小看她是个女生,被抓个正着还想抵赖还想耍横,没办法,她只好随便动了几下拳脚,他就乖乖招了。她的凳子,何果儿的作业本、练习册,都是他干的坏事。

当然,今天是他干的并不证明每回也都是他一个人干的,他肯定有同伙,有幕后策划者。李菲菲眼睛亮亮地看着班主任,老师,您来审他吧。

班主任的目光戳到男生身上,周围的同学都心头一紧,本能地往后一缩。但班主任像是要下什么大决心似的,咽了一口唾沫,又咽了一口唾沫,然后,突然扭头走了。走到门口,牙缝里挤出三个字,窝囊废!

班主任的表现令人匪夷所思。班上出现了这种连课都上不下去的大混乱,他怒气之下冲进了教室,但到头来既没有狠狠地收拾那个男生,也没有接受李菲菲的提议审出那个男生背后的同谋。他只是骂了句窝囊废。这话也太轻巧了吧?是骂做这种偷人家作业卸人家凳子的下作事窝囊,还是一个大男生让女生打得鼻青脸肿的太窝囊?大家七倒八歪地回到座位上,各自愤愤不平。有些人嘀咕班主任对那个男生太姑息,做那么多坏事只挨一句窝囊废就完事了?有些人则生气老师对李菲菲不置可否的态度,他竟然没有半句打击李菲菲嚣张气焰的话,难道她不该挨整?瞧瞧,她把江城街上不良青年打人闹事的流氓习气都带到教室里了!

章蕙说,咱班这些贱男生,就是欠揍。果儿,你还别说,其实我挺羡慕李菲菲的,有那几下功夫,谁还敢欺负她?果儿闷闷的,可是所有的欺负,并不都是可以用功夫抵挡的。章蕙一笑,你倒是真正向着她的,瞧这深沉样,说得跟名言警句似的。

再没有人敢和李菲菲作对了。那个被李菲菲打了被班主任骂了的窝囊废男生,和另外几个明显的同谋犯似乎起了内讧。被一个女生的拳脚和恐吓打成了一盘散沙的集团,再没了往日来去生风的阵势。他们个个被撕破了面子,悻悻的、蔫蔫的,又做回了重点班里循规蹈矩的差生。

大家更远着李菲菲了。经过了这场风波,李菲菲在班里更显得孤立了。她明明是枚钉子,但老师、同学都假装她是空气。

何果儿悒郁了。她想不通,好好的生活,为什么就突然多出个李菲菲?她不知道接下来自己该怎么对她。

这一天语文课上,老师突然宣布,何果儿和李菲菲代表班级去参加全校的作文竞赛。此言一出,全班哗然。何果儿就不用说了,语文课代表,作文好,在以前的竞赛中拿过好名次。可为什么让李菲菲去?她算不算这个班的人都还很难说呢,她凭什么代表班级?若是体育比赛、舞蹈比赛,也就罢了,可这是作文竞赛,轮得着她吗?

语文老师淡定地听着大家议论纷纷,她说,好了,这事就这么定了。李菲菲同学的作文,立意构思造句都很新颖独特,你们看看她这学期的几篇作文,就明白老师为什么选她了。我们预祝两位同学取得好的成绩,为班级争光。

竞赛那天,在考场门口,何果儿终于主动招呼了李菲菲。人家班的参赛同学,都说说笑笑地一起走着,但李菲菲故意落在何果儿后面,避着她。她的举止让何果儿陡生一丝心酸,她再也不愿多思多虑,开口就喊,李菲菲,咱俩一起进去！看李菲菲犹疑不定,她径直过去抓住了她的手,李菲菲,你待会一定要认真写,一定写出个漂亮的作文获大奖,证明咱语文老师的眼力没错！

李菲菲的手往回抽了一下,但随即更热切地握住了何果儿的手。她点头微笑,眼睛里闪过亮亮的星。

何果儿和李菲菲参加完作文竞赛一起回来时,大家正在上最后的下午自习课。背单词的、读课文的、讨论作业的、准备"学习园地"的,教室里一派整齐有序的热火。可当她俩并肩走进去时,有一刻,所有的声息都戛然而止了,仿佛突然从天花板上降下来一种看不见摸不着的神器,消释了一切响动。何果儿在步步惊心的寂然中回到自己的座位上。同桌趴在桌子上,用书本挡住了脸。何果儿习惯性地搜寻章蕙,但斜前排的章蕙根本没打算扭一下脖子。

何果儿慢慢掏出数学作业本,但一道道看下来,好像哪一道都不会做。她觉得这一刻的静,像汹涌的浪,忽地把自己推到一个孤岛上。他们全体都隔离了她。

放学铃响了,何果儿喊,章蕙,咱俩今天晚些回,我的作业没写完,还有几道数学题,想让你讲讲。话还没说完,却见章蕙背上书包,径自出了教室门。何果儿的脸上唰地起了一层热。女生们交换着幸灾乐祸的眼神,勾肩搭背地离去。

教室里只剩下两个人。李菲菲漂亮的大眼睛里,又一次装满了歉疚和不安。她的手,轻轻放到了何果儿的肩头上,数学题你自己钻研,你肯定行的。

三天后,何果儿写了一封满满两大页稿纸的信,叠成章蕙最喜欢的纸鹤,放到了她的笔盒里。不到半小时,章蕙便传回来一张纸条:何果儿,感谢你对我的情谊,可我不能加入你们中间来。我不是妒忌,也不是排斥,我是真心不愿和那样一个人走到一起。别了,你曾经的好朋友章蕙祝你学习进步,愿你俩的友谊万古长青!

看到"别了",何果儿忍不住笑了,但眼泪突然跌下来,扑簌簌地落在纸条上,洇湿了章蕙咫尺天涯的道别。

李菲菲渐渐恢复了热情和活泼。有何果儿做伴,她再不是那副安稳、矜持的模样了。她其实特别能耍宝,放学的路上,何果儿被她逗得停不下笑。哼,你还大我好几岁呢,一点都不像个姐姐的样子,一天到晚净出洋相!何果儿嗔怪。李菲菲故作惊奇,你有病啊,小丫头,你头上那么多姐姐哥哥管着,还嫌不够?既如此,从今儿个开始,我只负责对你语重心长、谆谆教导。她一跃而起,蹲到高处的台阶上,俯视着果儿,抑扬顿挫道,何果儿同学,你不回屋苦读圣贤,无端在外游荡,浪掷大好时光,这真叫为姐我万分痛惜啊!她边说边做摇头晃脑状、叹息状、挥泪状。一套把戏弄完了,又颤巍巍地站起来,哆哆嗦嗦地开口,为了让小徒幡然醒悟,痛改前非,不才老衲只好献上一曲歌伴舞。请你细听:太阳太阳像一把金梭,月亮月亮像一把银梭……金梭和银梭日夜在穿梭,时光如流水,督促你和我,年轻人,别消磨,珍惜今天好日月,好日月……

什么乱七八糟的!何果儿早笑得岔了气,顾不上看李菲菲的舞姿了。李菲菲自己硬是憋着,把一首歌扭完了。每天都是这样,俩人一路笑,一路唱,把路边的旧风景都染得喜吟吟的。果儿喜欢唱的歌,李菲菲都会,她还从磁带上学了不少新歌,教给果儿。她会踢各种花式的大毽子,果儿越来越觉得李菲菲是一个让人无比快乐轻松的好伙伴。

可是,每天早上踏进教室看见章蕙的脸,果儿就觉得心里空空的,身体里有一块地方,隐隐作痛。她努力克制着自己的软弱,每一节课都全神贯注,每一天的作业都尽早尽好地完成。她暗暗告诫自己,不能让章蕙让班主任让同学们看到,我和李菲菲成了好朋友,就学习退步了,就被拉下水了。她和李菲菲约法三章:一、绝不能和社会青年有瓜葛;二、绝不能穿奇装异服;三、学习上不能自我放弃,语文要力争上游,其他课要从头补起,争取提高。若李菲菲违反其中任何一条,二人断交。李菲菲看着果儿的白纸黑字,眼里浮上又像感动又像嘲讽的笑。她说,既是断不断交的条约,那就得双方都有些要求才对,是吧?比如,你考不到年级前五,我就和你断交之类,可你这条约,光约束我,不约束你,整个一不平等条约嘛!

李菲菲说话永远都是这样,大咧咧的逗人乐的口气。可何果儿清楚,李菲菲心里是较真的。她但凡随口说过什么要求,李菲菲都会记住,而且尽力去做。她对李菲菲好三分,李菲菲就对她好十分。那天放学后看球赛,回家时天已经麻麻黑了,路经西街时突然从巷道里冲出一只狗,叫着直奔走在前面的何果儿。李菲菲本来蹲在路边系鞋带,看见这情景,她飞身上前一把把果儿扯到了身后,果儿别怕!狗不退,李菲菲抬腿踢狗,但那狗一口叼住了她的裤管,撕咬得很厉害。眼看着李菲菲身体失去平衡,就要被狗扑倒了,果儿吓得大声哭喊起来。叫声引出路边弹棉花店的师傅,他操起大扁担把恶狗打跑了。

李菲菲的裤脚破了,被咬成了几绺烂片,脚踝处,腿肚子上,都留下了交错的犬牙印。果儿喊,咱们赶紧去打狂犬疫苗。李菲菲却不紧不慢地笑,你不愧是医生的女儿呀,小小年纪什么都懂。可我这腿只咬破点皮,不用打针。果儿怎么坚持,她都说,真用不着,你赶紧回家,不然你妈妈担心,你爸爸又要给你念有则改之,无则加勉了。果儿无心说笑,李菲菲安慰她,真的一点都不痛,要不我给你来个少林寺的飞腿瞧瞧!

晚上,果儿问妈妈要了消炎止痛的药片,小心放到了书包里。她的眼前又浮现出李菲菲飞身扑向狗把自己护到身后的情景,她都走不稳了,却逞能表演让果儿放心,但刚一抬腿,就痛得情不自禁地喊"哎哟"。果儿心里满满的感动,她忍不住写了一张纸条:李菲菲,咱们一辈子都要做同进步共患难的好朋友。

果儿多么想把李菲菲的好告诉章蕙,只要章蕙不嫌弃李菲菲,让果儿怎么做都愿意。她几次做梦都梦见三个人一起唱着歌走在江边的大树下,满树的绿叶和着江水声和着歌声,哗啦啦打着快乐的节拍。梦醒后,她好一阵怅惘。她给红星镇的燕子写了一封长长的信,两周后收到了回信。燕子自小爱说大人话,现在上了中学,分析总结的能力更上一层楼了:

果儿,从你信中所述,可以看出李菲菲是一个值得结交的朋友,我是赞成你和她来往的。关键是你要以好的学习精神鼓舞她，带动她，而不能让她以不良的生活习气影响你。章蕙的事，我知道你很苦闷，你以前给我写信每回都说到你俩的深厚友谊，现在成这样，着实让人遗憾。不过，路遥知马力，日久见人心，只要是真正的朋友，总会相互理解的。至于其他人的态度，你根本用不着理会，走自己的路，让别人去说吧。果儿，我相信你是在苍茫的大海上勇敢飞翔的高傲的海燕！

期末考试李菲菲进步了不少，除了数学外，其余课程都算是赶上来了。语文老师还在课堂上读了她竞赛获奖的作文。班上许多人打量李菲菲的眼神渐渐有了变化。果儿欢喜得不行，咱们应该看一场电影为你庆祝庆祝。李菲菲说，我这成绩还值得庆祝？不就怕你和我断交，使了吃奶的劲才考了个及格嘛！要庆祝也得为你啊，你考了全班第二，年级第三，还顺便挽救了一个失足青年！果儿变了脸色，李菲菲，请你以后不要再说失足青年这样的话了，好不好！为什么要妄自菲薄，自暴自弃？李菲菲不再作声，默默挽住了果儿。见果儿走了好久还沉着脸，便又逗笑道，哟，一个疑问句说了俩成语，还嫌不解气？要不，你再造一句，这回带上仨成语，总行了吧？果儿扑哧乐了。

实际上，果儿现在越来越觉得李菲菲和别的女同学并没有什么两样。以前认定不是一路人，接触多了密了，才发现这种看法其实找不到真实的依据。她常常看着李菲菲漂亮、阳光的脸，想起章蕙说过的话，美丽、娇艳，却危险、有毒，罂粟花，这是李菲菲吗？怎么听上去这么危言耸听，这么风马牛不相及？自己当初根本就不认识李菲菲,为什么会认定这样的比喻是形象贴切的呢?一个人的脸上贴了坏学生的标签,就再也撕不下来了吗?

果儿唯一不明白的是李菲菲对外界评价的安然、漠然。她永远是一副我行我素、没心没肺的姿态。宣传队里她前呼后拥的,她那个样子,平时大家对她避之唯恐不及,她也是那个样子。刚到果儿班上,老师、同学那么不容她,她那个样子,后来完全无视她了,她也就那个样子。现在,大家渐渐习惯她,不拿她当异类了,早操课间操队伍中她不再是突兀的孤零零的尾巴了,她还是那个样子。她那么顾忌果儿和自己好会被大家孤立,她每次提起章蕙就觉得自己对不起果儿,她其实特别细心,会照顾人的感受。可对摊到自己头上的事,全然一副不痛不痒的麻木劲。她被处分两次,留级两次,但她的马尾巴还是那么骄傲地晃着,她的胸脯还是那么刺眼地挺着,她到底是什么样的人?

果儿最耿耿于怀的就是李菲菲的胸了。即便是成了亲密无间的好朋友,果儿还是羞于启齿这件事。这是多么让人矛盾纠结的事啊。她固执地认定,只要李菲菲的胸不这么高耸着挺立着,所有的事情都会是另外的样子——那简直是一定的。至少,果儿可以像带章蕙一样把李菲菲带自己家去,一起吃饭写作业,一起听广播看小说。

果儿不敢让李菲菲见自己的父母,但寒假里她去了李菲菲家。那是江城最东边的县农技站院里一套逼仄的二居室。一间屋住着李菲菲的爸妈和弟弟三个人,另一间是李菲菲和妹妹的卧室,兼放杂物。你们的厨房呢?果儿左右看不见灶具,好奇地问。李菲菲指指外面院子公用水池旁边的一排油毛毡小棚。虽然多半同学的家庭条件都是这样,甚至比这个更差,但一脚踏进李菲菲晦暗、局促的家,果儿还是暗暗吃惊。李菲菲不同一般的举止做派,光艳出格的装扮,怎么都不像是从这里出来的。果儿心想,这么窄的地方,她那些歌那些舞,是在哪里练的呢?李菲菲看果儿忍不住左顾右盼又强作平常的样子,哈哈笑起来,小丫头,这下露出官家小姐的狐狸尾巴了吧?看到人民群众的贫寒生活,百感交集了吧?果儿忙反驳,你爸妈都是国家干部,好意思说贫寒!我不过觉得,他们太娇惯你了。我们家可不一样,我和我姐前两年想打个花伞,我爸都要说是资产阶级的生活作风。你看,现在满大街不都是打花伞的了?我爸妈,他们特别爱限制人!

　　李菲菲眼里的笑淡下去,黯下去,又亮起来,闪起来。她不提自己父母娇惯的话题,反过来劝果儿说,你要理解你爸妈,他们那是严格要求你呢,你将来是要做大事的。

　　俩人正在院里踢毽子,一个穿着碎花布棉袄罩衣的矮个子妇女喊过来,菲菲,让你翻晾在窗台上的大白菜呢,你翻了没有啊?翻了几回?果儿小声问,你妈回来了?李菲菲点点头,伸出大长腿把染成五彩的鸡毛毽子踢到了高空,然后一个漂亮的后跷脚,稳稳地接住。果儿喊,阿姨好!李菲菲妈顿了一下,又朝着李菲菲大嗓门说,你怎么不吱声?你是不是净贪玩,压根就没翻大白菜啊?李菲菲突然拉下脸,我干吗翻大白菜?大白菜,大白菜,一家人啥也别干,成天拨拉那大白菜好了!拨拉来拨拉去,还不是一股馊烂味!

嘭的一声,李菲菲妈把拎在手里的一捆粉条重重地砸在了地上,然后直撞过来。何果儿想,不好了,李菲菲要挨妈妈打了!她赶紧抓住李菲菲的胳膊往后扯,李菲菲硬硬地站着,眼皮都不眨一下。但李菲菲妈没朝李菲菲动手,原来她的目标是晾在窗台上的大白菜。她抓起一棵个儿大的,狠劲摔到了台阶上,又抡起巴掌,扫倒了一大片。好,好!何果儿听李菲菲妈带着哭腔怒吼两三声好,担心她要气昏了。馊味!烂味!就你嘴巴娇贵鼻子灵,你是李家贵府的大小姐,大明星生出来的阔千金,那你干吗不去吃山珍海味,偏赖着吃这馊烂味呢?你当我是乡下人,我就稀罕这个?老娘告诉你,从今儿起我也不伺候它们了,让一筐一筐烂掉吧!让你老子去置办那不馊不烂的来,他既有本事生你这么金贵的货,就得有能耐供着呀!

当着菲菲的同学,你这是丢啥人呢!身后响起一个温厚的男声,虽是斥责,却不刺耳。何果儿不用问也知道这突然出现的中年男人是李菲菲的爸爸。李菲菲说过她爸是知识分子,戴近视眼镜,就在对面的二楼办公。果儿打量他个子并不矮,但身形单薄,背微微驼着,站在挺拔的女儿面前显得瘦小。他似乎并没有十分愠怒,但李菲菲妈看到他,还是及时中止了进一步的发作,她收拾起地上的粉条,摔摔打打地进了门。

李菲菲爸弓下腰把凌乱一地的大白菜一棵一棵捧起来放回到窗台上。何果儿赶紧帮忙去摆。他笑着说,谢谢,你们玩,不用管。摔到台阶上的那棵,外层菜帮和菜叶都给摔断了,他叹口气,小心地揪下来,拿到水池边洗了。

一直到李菲菲爸钻进了厨房，李菲菲僵立着的姿势才有了变化。她抬手抚了一下刘海，又跺了下脚。她的脚上是玫红色的牛皮鞋。放寒假前下过一场雪，校园里落了厚厚的一层。李菲菲的红皮鞋走在白雪地里，是一种说不出来的美丽情致，像一幅遥远的画。果儿知道那一天，班里所有女生其实都暗暗羡慕着画境中的李菲菲。果儿有两双棉皮鞋，一双黑色的，另一双咖啡色。她心想，妈妈也可以再为我买一双红色的。但当她把目光移到了那些大冬天还穿着单布鞋和胶鞋的同学时，不禁红了脸。和李菲菲做朋友，是给自己立下誓言的，只能帮助李菲菲学好，断断不能跟着她学坏。怎么见了一双红皮鞋，就怦然心动，忘记了艰苦朴素的美德呢？

现在，李菲菲脚上还是那双美丽的红皮鞋，但出现在油毛毡棚子和大白菜的环境里，它兀地失去了那种迷人的光晕。何果儿愣愣地看着李菲菲，她觉得自己来过李菲菲家，就更不明白李菲菲了。李菲菲笑着说，这样子看我，怎么了？被贫下中农生动活泼的语言吓坏了？何果儿摇头，没有，我觉得是你的错，叔叔阿姨确实太惯着你了。李菲菲一撇嘴，你怎么净说这？好了，我送你回去吧。

路上有风，掉光了叶子的树枝在空空地响着。江面比夏天比入秋时都显得窄了些，但显得越发清澈而绿了。俩人不说话，默默地盯着江水出神。李菲菲替何果儿拢紧了围巾，自己随手把帽子扣上来。她的帽子是带在衣服领子后面的，连帽衫。这样的款式，在江城，文工团的女演员才刚刚穿起来。红皮鞋、连帽的滑雪衫、喇叭裤,还有那个垫着海绵和金属的羞人的玩意儿,生活在这样一个家庭,李菲菲为什么要如此不协调地打扮自己?她的父母,从头到脚的简单衣着,她凭什么搞特殊化?果儿简直有点愤愤不平了。但突然,脑子里咯噔一下,她想起李菲菲妈的话。刚才没往心里去,这一阵回过神来,陡地生出一连串问号。大明星生的阔千金,大明星是谁?谁是大明星生的?难道那个提着一捆粉条隔老远就操心大白菜的辛苦女人不是李菲菲的亲妈?对啊,李菲菲一点都不像她,长相举止都不像,莫非,李菲菲的身世就像电影里演的,藏着曲折动人的故事?

果儿把蠢蠢欲动的好奇心压下去,思忖再三,淡淡地开口,你这滑雪衫哪里买的?江城百货大楼里可没有这种带帽子的。李菲菲说,玫州买的,亲戚从玫州买好寄过来的。哦,玫州是省城,当然可以买到在江城买不到的时兴衣服和新奇物件。可是,这个答案一点也不能解除果儿心中波涛汹涌的疑惑。她想再问下去,又兀地感觉到自己多嘴。李菲菲好像看出了果儿的心思,她说,别皱眉头费脑筋了,有些事,以后你会知道的。

快开学前的一天,果儿和李菲菲去了新华书店。售货员阿姨认识果儿,一见面就亲热地打招呼说,你们要买什么自己到柜台里面挑,喜欢就坐那儿看,不买也行。李菲菲咬耳朵说,我今天可沾你这个书记女儿的光了,你不知道,她平时服务态度有多差,买书哐一下就给你扔柜台上了,多问几句,根本就不带搭理。她最恨买书的人多,怕耽误她织毛衣的时间。果儿从书架前偷偷回头一瞄,果然,售货员阿姨埋头于织了一半的毛衣,对站在柜台前的顾客不闻不问。果儿觉得不自在，她挑了一盒谢莉斯、王洁实二重唱的磁带就走。李菲菲问，你不买书？果儿悄悄答，这里的书好几年都没换过了，我要看什么，我大哥、二哥会寄来。姐姐、姐夫去玫州也会买。李菲菲重重地点头，疼你的人多，没办法！

李菲菲买了一套《青年近卫军》，厚厚的两大本，比其他书贵。果儿说，你挺有钱的。李菲菲不接话，到外面马路上凑过来问，你和章蕙读书多，《青年近卫军》应该看过了吧？果儿摇头。李菲菲说，咋就没读这个呢？告诉你，特别好！我以前翻过几页，一下就喜欢上了。我特别向往这书里的世界！果儿看李菲菲漂亮的脸上泛出了兴奋的光亮，大眼睛眯起来，似乎看向了某个不知名的远方，坚定又凄迷。她不禁问，怎样的世界？写的啥呀？李菲菲答，战斗的人生，革命的友谊，爱情。

"爱情"两个字轻而易举地出了李菲菲的口，却像横空戳来的大棒猛地击中了何果儿的头，她猝不及防，直接蒙掉了。难道真的没听错，李菲菲果真说了爱情？何果儿的两颊腾地起了火似的烫起来。李菲菲太过分了，一个中学生，怎么好意思在大街上随口说出这样的字眼！真正是一向自由不羁，野惯了。何果儿心里很是怪起李菲菲来。李菲菲发现了何果儿的窘样，反倒打趣起来，哈哈，小丫头脸红什么呀？连个爱情都听不得？装吧，你就装，你看的小说、电影，哪个没有爱情？你唱的歌，也没少了爱情，死封建！

这下，何果儿真生气了，她一瞪眼一跺脚，转身就跑。李菲菲在后面喊，回来，跟你闹着玩呢。何果儿愣是没回头。这是俩人第一次闹矛盾，她心里烦极了。寒假作业已经完成了，本来计划再写篇作文,可打开本子,脑子木木的。果儿把新买的磁带放进录音机,谢莉斯的声音甜美而激荡,王洁实的声音沉稳而深情,她情不自禁地跟着唱起来,胸口堆积的不快随着乐曲渐渐消散了。唱着唱着,她突然留心到自己唱出的歌词,"纵然困难像重重高山,不能把我们爱情阻挡"。

夜里,果儿读完了新一期《少年文艺》,有一篇小说里写的班级故事,挺像是果儿班里发生的,但人家的班主任,又有爱心又有童心,比自己遇到的好多了,果儿觉得特别遗憾。她浮想联翩,想到了章蕙、李菲菲,想到了红星镇的燕子、娟娟她们,脑子兴奋,越来越睡不着,于是起身把录音机的音量调到了最小,那盘新磁带的A面B面都听了一遍。听到"爱情"这个词一次又一次,随着优美的旋律流出来,但这会儿听着感觉不到刺耳了。想起小时候唱过的许多歌也有这个词,想起给姐姐的同学们表演"在爱情的海洋上"时,他们笑得前仰后合的样子。现在才明白,大哥哥、大姐姐们是笑她一脸懵懂毫无羞涩地唱爱情呢。是啊,其实自己从来都没怎么留心过这个词,只有今天听李菲菲说出口才觉得那么不应该、不合适。是不是小时候可以大声唱"爱情",长大了就应该觉得"爱情"是令人羞耻的?

果儿悄悄摸出藏在书柜上的钥匙,打开抽屉。彭哥哥的旧歌本,被她翻得更旧了,边上的好几页起了皱。但那个漂亮的笔记本,笔记本上的"当你老了",还有,那条鲜艳的红纱巾,它们还是那么安静地躺在不为人知的秘密里,在果儿精心的守护中,未蒙上一丝尘埃。

果儿现在知道了,《当你老了》这首诗的作者是一个叫叶芝的外国诗人。原来它不是彭哥哥写给姐姐的。可果儿明白了诗中的深重情思,这一笔一画中的良苦用心,她便认定《当你老了》就是彭哥哥的。如今,彭哥哥他在哪里呢？新学期一开学,姐姐、姐夫也就离开红星镇来县城上班了。果儿想象得出姐姐高兴的样子。这两年,她一直闹腾着要调到江城和全家人团聚。自打生了孩子,她每回回娘家都是风风火火、吵吵嚷嚷。给茜茜喂饭满院子追着跑,给爸妈洗衣服,给侄子们织毛衣。她总是那么忙。她从来想不起打探果儿抽屉里的小世界。过年时要参加同学聚会,她特意去百货大楼里买了两条漂亮的纱巾。她还记得起她有过一条不一样的红纱巾吗？她还记得它的美丽和下落不明吗？

果儿的手抚过抽屉里的笔记本,笔记本上的《当你老了》,《当你老了》上面的红纱巾。她的心里,伤心一点点洇开来,像泼到书法习字本上的墨汁,由小变大,由浓转淡。也许,它们的主人都忘记它们了,但它们还好好的在这里。这是多么让人怜惜的事啊。

开学了,一切如旧,连李菲菲身上的又一件新衣服也并未引起太多的窃窃私语,大家见怪不怪,不过是暗暗记住了那种新奇款式的外套叫风衣。

班主任催学习越发紧了,成天喊中考、中考。好像中考比高考还要严重似的。下午自习课后,教室里还有黑压压一大片写作业、背书不肯回家的人。果儿有好几道数学题不会做,攒了几天,终于去请教章蕙。章蕙不看果儿的脸,只是在本子上细细地做了一遍,然后问,行了吧？果儿高兴地应,行了！怎么我想破脑袋也解不开的地方,你就解得这么水到渠成的?你真了不起!章蕙冷冷地答,什么了不起,无非是比你交际少,操心少,时间多,练习多而已。果儿不顾她的态度,又笑着说,你就别说风凉话了,数学你还是要多帮助我们。李菲菲现在学习可上心了,你也抽空给她讲讲题吧。章蕙听这话,唰地收掉桌上的草稿本,对不起,你们是你们,我是我,我从来没有助人为乐的美德。

李菲菲听了章蕙的表现,嘻嘻地笑。她说,章蕙其实已经不生你的气了,不过是吃点小小的醋。果儿说,我就是不甘心,我就是不愿有了你就丢了她,我偏要三个人好。李菲菲怔怔地望着果儿,好半天才说,小丫头,你才是被惯坏了,你太贪心。

学习功课都这么紧张了,偏音乐课派来了一个新老师,在整个年级掀起了大波澜。以前的音乐课,也就是每周教唱一首新歌,大家学会了唱腻了,便喊着让老师"开火车"。"开火车"是音乐老师的手风琴保留节目,拉得那叫一个风驰电掣、山呼海啸。老师一开火车,全班同学跟着节奏鼓掌,拍桌子,教室里撑不下的热闹和快乐,从门窗溢出去感染了别班同学。就是这样,在江城一中同学们的心目中,一周一次的音乐课代表着开心、热闹,以及更宝贵的自由,因为,不喜欢开心热闹的同学可以放心地在音乐课上做其他作业。音乐课是没有负担的。至于重大的节庆,要组织合唱什么的,那是学校文艺宣传队的活儿。升初三后,音乐课被占用,上数学课、语文课,也是常有的事,没人提意见。等到了高中,根本就不开音乐课的嘛。可临近毕业了,冷不丁冒出个拿音乐课较真的老师,同学们嘲弄捣乱之外,也着实见了世面。

这个老师是开学后第三周来的,之前拉手风琴拉出了名的音乐老师被县文工团当人才挖去了。他的调离使江城一中初中部教学楼整整沉寂了两周,少了歌声、欢呼声、"开火车声",音乐课的积极分子们觉得日子有盐没醋的。听说来了新音乐老师,都急着打探是男是女,拉琴还是吹笛,有没有比"开火车"更让人高兴的绝活儿。结果,却是失望,并且愤怒。

是个年轻的女老师,令人遗憾的是一点都算不上漂亮,圆脸窄眼,身形膨胀。当然,不漂亮不是问题,问题是她站到讲台上开口第一句话,就和相貌一样没讨上大家的好,同学们,我已经大致了解了你们之前的上课情况,从今天开始我要让你们知道什么是真正的音乐课,音乐课不是其他课程的点缀品,也不是你们紧张学习间隙的放松剂。音乐课和任何别的课一样,要传授知识、培养能力。说到这里,她的话被教室中后排突然而起的扰乱包围了。先是许多同学嘴里发出整齐的嘘声,接着便是此起彼伏的跺脚声、明目张胆的拍桌声。老师的脸一下子红了,她停下来瞪着声响最大的地方,好像要冲下去把捣乱的同学揪出来,但她自己的眼神渐渐慌乱起来。慌乱甚至大于愤怒。终于,她紧咬着上下嘴唇,把目光从喧闹处收回来,聚焦到前三排或同情地看着她或安静地埋头写作业的同学身上。她坚定地继续讲下去,我们不能满足于音乐课上只是跟着老师鹦鹉学舌学唱一首歌,我要教你们认识简谱、五线谱、乐理、视唱。只有打下这些基础,我们才能走进美妙的音乐世界。

这堂课,最终还是未能惨淡经营到下课铃响。最终,老师还是全线崩溃了。她夺门而出时,大家都看到了她就要哭出来的表情。其实,捣乱的同学在嘘完、跺完、拍完后,倒也没特别使什么欺负老师的损招。他们只是哄堂大笑。当老师说"我是意大利唱法,我的嘴是椭圆形的"时候,教室里突然爆发出愈加声势浩大的笑。其实,那笑顶多是全班三分之一同学的笑,但因为整齐地出现在特定的情景中,就显得特别雄壮、夸张,颇有些同仇敌忾的意思。于是,之前坚强地顶住了嘘声、跺脚声、拍桌声的年轻老师,到底没能顶住对意大利唱法的嘲笑声。她被成功地气走了。

调皮的男生们不但气走了老师,而且把老师以那么神圣的语气说出来的"意大利唱法"整成了戏弄调侃专用词。谁如果做错了事招来指责时,只要一脸无辜地说"我是意大利唱法,我的嘴是椭圆形的",同伴们就会哈哈大笑原谅他。从此,"别理他,他是意大利唱法"替代了之前不断更新的各种奚落用语。

何果儿一连几天都感觉愧疚不安。她虽然不是音乐课代表,却是全校公认的唱歌尖子,是无论哪个音乐老师都会捧在手心的人,所以音乐课上的事,她应该是有责任的,可现在,偏偏是自己的班上出现了这样的事,偏偏自己当时也装着写作业硬是对老师的窘境充耳不闻,这实在是太无耻了。关键的时候对正义的一方不施以援手,不就是助纣为虐吗!

那天的课李菲菲正好不在,她感冒咳嗽严重,请假了。她说,可惜啊,错过了好一场热闹。何果儿骂,别这样没心没肺好不好?难道这种欺负人的热闹你看得还少吗?李菲菲看何果儿生气,便慢慢劝解,你别自责了,我知道你为什么没有挺身而出,说来说去还不是因为我吗？要不是因为我,你就不会在班上树敌太多,不会孤立无援。要不是因为我,你就能理直气壮地见义勇为了。

何果儿嘴上说这跟你有什么关系,但心里暗暗感慨李菲菲的坦诚。事情确实是这样,要是换到过去,她一定不会这样怯懦、怕事,这样瞻前顾后。李菲菲使她失去了在班里响当当地说话的威信。既然说了不管用,既然站出来只会增加混乱,她只能低下头,不去正视音乐老师受伤害的眼睛了。但那一刻,她特别恨自己窝囊,也越发瞧不起这些兴风作浪的同学,简直羞与为伍。他们为什么一次也不敢对抗班主任,怎么见了教导处的老师就驯服得跟个小绵羊似的？同样是不放在眼里的副课,他们敢在体育老师的眼皮下嘘一声吗？为什么人群里总有这么些见风使舵、屈强凌弱的势利眼？

何果儿以为再也见不着音乐老师了。听说在整个年级六个班里,老师都遭受了一样的冷遇,重点班的同学既已开头,别的班便都乐不可支地迎头续上了。他们凡事落后于重点班,唯有在欺负年轻的副课女老师这一点上,可以变本加厉,出奇制胜。听说在五班,他们没有跺脚没有拍桌,也没有嘘没有笑,而是一个男生死死扼住了另一个男生的脖子,音乐老师停下正在演示的意大利唱法,心急火燎地冲下去制止打架事件,这时候,第三个男生从背后用小剪刀咔嚓剪掉了老师长及腰部的发辫。听说,老师当场就哭了,连一句批评的话都没讲出来。听说,教导处正在草拟对这三个男生的处分,下一周升国旗时宣布。

周一的早操、升国旗在兴奋不安的期待中按部就班地结束了。

令人意外的是,自始至终并无宣读处分的步骤。这是怎么回事?难道连剪老师辫子都可以不被处分,算白剪了?大家议论纷纷。那些捣蛋的男生,这一刻好像突然都站到了老师的一方,个个义愤填膺得不行。瞧那嘴脸,谁都知道他们是唯恐热闹不大。更没想到的是,下午的音乐课,老师竟然准时到达。她的脸上还是第一次来就有的那种笑,明媚的、怯弱的。众目睽睽之下,她的脸颊又一次红了,她正要开口说话时,教室门被推开,班主任走了进来。班主任黑着脸警告大家说,谁胆敢再在音乐课上做什么小动作,立刻就地开除,直接滚蛋,连处分都不必了。他说要不是音乐老师自己作保,苦苦求情,学校能放过五班剪辫子的坏蛋学生吗?

原来他们不被处分是因为音乐老师求情?教室里唏嘘四起,声浪阵阵。班主任断喝一声安静,又对音乐老师点点头说,你开始吧,他们再不敢了。他走了,讲台上音乐老师的脸红得更厉害了。她望望台下,又低头盯着讲桌,这一通插曲搞得她更无所适从了。何果儿看着老师的窘样,心想这得有多难受啊!她上课还需要别的老师来维持秩序!有些人开始噼噼啪啪地摔打起书本,拉拉扯扯起桌椅,所有刺耳的声响卷土重来,表示对班主任刚才那一番镇压的抗议和不以为然,又似乎在对台上的人说,是你没让同学受处分,可那又怎样?我们不领你的情!这时候,音乐老师终于开口了,她的第一句话竟然是,你们看,其实没剪辫子那么严重,只是剪掉了一点发梢而已。这句话让全班每一双眼睛都朝她的头发看去。其实,她刚进教室门时,大家就注意到了,第一次她是一根拖到腰际的大粗辫,这回是束到后脑勺的披肩发,乌亮亮的,在背上涌动着。谁都看得出来,音乐老师这辫子一剪,整个人都变精神了、洋气了,自然是变好看了。女生们交流着心领神会的眼神,或许,老师早就知道那辫子不时兴了,但因为什么一直留着,没有勇气改变,所以,她打心底一点都不恨那个使她被迫换发型的坏小子?老师的第二句话是,请某些同学不要再煞费苦心弄出各种动作声音了,和过去一样,你们不爱上音乐课可以看书写作业,也可以睡觉,但绝不能再捣乱了!还有,你们再怎么捣乱也休想赶走我,只要还有一个同学愿意上音乐课,我就要按照教学计划上下去。

何果儿做梦都没想到,她朝思暮想的和章蕙的和解,在音乐课上突兀地实现了。事情的过程很简单。老师提问,说,哪个同学重复一下我刚才示范的片段练习?自然,应者寥寥。事实上,大部分同学都在埋头做别的事。音乐课不能放声豪情地唱歌,却要听什么枯燥的理论,人连旁观的心都没有了。而那些原本捣乱的同学,在老师看似软弱实则倔强的坚持中感受到了一种别样的震慑,他们渐渐有点怕,便失掉了继续制造热闹的兴趣。所以,两三堂课下来,音乐课竟然和班主任的数学课一样秩序井然了。虽然,这样的结果不是因为班主任常挂在嘴边的团结紧张严肃活泼的好班风,而是师生互不干涉的哑寂无声,但相安无事比动辄出乱子,终究也是好的。

何果儿在认真听课,她早就想好了要配合老师,所以听到问题,立即举起了手,但老师微笑着说,请最后一排那个举手的女同学站起来回答。是李菲菲,她自然流畅地哼出了黑板上的一大串乐谱。老师高兴地点头,又说,现在请哪个同学说说她刚才唱得如何,还有没有问题?何果儿再一次举起手。就在这时候,她发现前排的章蕙也举起了手。何果儿惊呆了,章蕙要在课堂上公然评价李菲菲?她不是连瞄一眼李菲菲都不屑于吗?她这是怎么了,要干什么?何果儿紧张地绷直了身子,然后听到章蕙一字一句地回答,老师,李菲菲唱得节奏分明,韵律感强,而且,她音色十分优美,唯一的瑕疵就是最后几个音节有点抢拍。

当老师表扬章蕙你回答得非常好时,何果儿低下头,感觉自己高兴得快要掉泪了。她不用四处张望也知道,教室最后排,李菲菲漂亮的大眼睛里肯定是盛不下的惊诧和疑惑。而更多的同学,听到章蕙的话,都不由得抬起头,纷纷把目光投向她、她,和她。

何果儿在大柳树下等到了章蕙。她迎面一把抓住她的手,章蕙,谢谢你!我早就知道你会接受我和李菲菲的。章蕙淡淡地说,跟你和李菲菲有什么关系?我是回答老师的提问。果儿喊,你别虚伪了,章蕙,我求你别虚伪了好不好!章蕙还是淡淡地说,我怎么虚伪了?我真的是为了配合老师,她太不容易了。当然,你要是认为我这是在支持李菲菲,也可以,李菲菲这人的本性我不了解,但她有时候挺仗义的。

她的本性绝对错不了,她真的是一个很好的人!何果儿热切地把内心的愿望吐露给最信任的朋友,章蕙,我多么想咱们三个人天天在一起,做知心朋友。

知心不是那么容易的事,日久才见人心呢。章蕙答。你就好好和李菲菲做朋友吧,至于我跟她,不可能的。

话虽这样说,但何果儿知道章蕙这座堡垒还是攻下来了。或者,是章蕙通过音乐课这么一个契机,自己缴械投降了。因此,何果儿对音乐老师越发有了好感。而音乐老师也很快就发现了何果儿的唱歌才华,她把何果儿叫到她的宿舍。她说她之所以放弃更好的工作环境来江城一中教书,就是为了在基层推行音乐教育改革,就是为了发现、培养像何果儿这样的好苗子。她希望何果儿从现在起就明确目标,跟着她学声乐,高考考音乐学院。

你又不是学不好文化课,莫名其妙学什么声乐?没想到第一个跳起来反对的是李菲菲。而且,态度激烈更胜过章蕙。学声乐干什么?和她一样,当老师,教谁也瞧不起的音乐课,哪个老师想占课就占,哪个同学想欺负就欺负?或者,到文工团歌舞团,当戏子?

谁是戏子?人家是文艺工作者好不好!果儿想不通为什么说到这事儿,李菲菲简直跟变了个人似的。她自己不是热衷于唱歌跳舞吗?她的打扮派头不都是和江城文工团的女演员们一致吗?怎么转过脸她就这么鄙视人家?"戏子",这种带侮辱性的旧社会用语,果儿从自诩为封建老婆婆的妈妈的嘴里都没听到过。

行,不叫戏子了,叫歌唱家好不好?李菲菲无奈地摇着头,好像这一刻的何果儿反倒成了误入歧途的孩子。叫什么不要紧?关键是本质是一样的。是的,你是唱得非常好,老师肯定想把你培养成歌唱家。咱们在宣传队时,我也说过你将来能成为歌唱家。可那时候,咱们不是朋友,现在不一样了,我不会再乱鼓励乱吹捧,让你选择错误的人生道路。

你凭什么认为唱歌就是错误的人生道路？何果儿不服气，她觉得自己的两个朋友，彼此不相容，但对这件事的态度，活脱脱一副嘴脸。此时的李菲菲，简直就是章蕙的传声筒。

那你以为唱歌是正确的人生道路？李菲菲果断地一挥手，小丫头，虽然你学习比我好，但这事我肯定比你懂。我毕竟比你大几岁，请听我一劝，人生的道路虽然漫长，但紧要处只有几步，特别是当人年轻的时候。

没羞！这是你的话吗？果儿只剩下嗔怒了。

一边是音乐老师殷切的期待，一边是两个好友激烈的反对，何果儿好迷茫。其实她知道，别人说什么并不要紧，关键是要弄清自己的真实意愿。将来的职业，那是太遥远的事，似乎无从勾画。她只是隐隐感觉到，虽然热爱唱歌，但未来的人生或许有比唱歌更重要的事情是自己想做的。是的，肯定有一种比唱歌更重要的，更能称之为理想的理想。可它是什么，她却并不清楚。

成长如此混沌。何果儿有一种莫名的躁动和悒郁。晚上写作业写着写着突然就想哭。数理化题目越来越难了，作业好像永远没有写完的时候。书架上的杂志，都已落上了薄薄的灰。

天气渐渐热起来，李菲菲换上了一件浅蓝色的新衬衣。那衬衣是一种薄而透的料子，套头衫，带飘带，很漂亮。关键是很贴身，衬出了李菲菲高挑窈窕的身材，当然，也分外地衬出了她惊世骇俗的胸脯。做课间操时，男生们的脖子不时地难以控制地转向她的方向，然后又惊弓之鸟般偷窥班主任铁青的脸色。班主任提问何果儿时，总不忘夹枪带棒地刺她几句。章蕙鼻子里又开始哼哼喷冷气了。本来,三个人已经很好了,一起学习一起放学回家,可自打李菲菲穿上那没有纽扣的新衬衣后,章蕙便又像爸爸说的那样,避"四类分子"般避着她俩了。

你干吗要穿这要死的衬衣,你知不知道它有多难看!何果儿忍无可忍,终于发火了。

难看吗?我穿这衬衣难看吗?李菲菲惊讶无辜的表情,在何果儿面前扭身看看背面,又低头瞧瞧前面,你认为难看?不会吧?我觉得挺好的呀!

你当然觉着挺好的,你假装看不见自己的问题在哪里。果儿见不得李菲菲这副装傻装天真的臭美劲,你忘了跟我有约法三章!

约法三章?我没忘啊!可那说的是不能穿奇装异服,这衬衣是奇装异服吗?李菲菲委屈得跺脚,这就是一普通衬衣,不过料子时兴一点罢了,叫乔其纱,咱们江城过不了几天也就有卖了。

果儿不想再撕破脸吵下去,她丢下一句话拔腿就走:这跟什么纱不纱的没关系,你自己回家照镜子!你好好照照,前面后面使劲照,看你和别人哪儿不一样!

第二天,李菲菲没来学校。班主任自然没兴趣提起她,何果儿不知道她是旷课还是请假。第三天,她又没来。何果儿想了又想,放学后还是去了李菲菲家。这次,一进农技站的院门,李菲菲妈就看见了果儿,她从水池边甩着手上的水珠,热情地迎上来,菲菲同学来了?好啊,一会儿在我家吃晚饭!

李菲菲在里屋床上斜靠着写着什么。她似乎特别专注,一点都没听到外面的动静。果儿猛不丁站到她面前,她吓得跳起来大叫,何果儿,你这是干吗呢！果儿说,你好端端地窝在家里不上学,还反过来问我？李菲菲不答,把手里的笔记本合起来塞到了枕头下面。果儿注意到那是一本紫色缎面的笔记本,很厚,很漂亮。李菲菲是在记日记吗？

何果儿想起姐姐的日记本。有秘密的人都有日记本。可那些日记本总是命运多舛。

果儿追问为什么旷课,李菲菲嬉皮笑脸地说,不是你让我回家好好照镜子的吗？我这正照镜子呢,你又追家里来兴师问罪。果儿气极,失语。李菲菲这才笑着把果儿拽到床上坐下,又端来水,正色道,谢谢你,果儿！我上不上学,也就只有你放在心上。班主任巴不得我不去呢,我家人也不闻不问的。我想他们是对的,我这人确实不是什么念书的料。果儿愤然道,你闭嘴,你这种灰心丧气的话,我听得耳朵都起茧了。两人默然。过一阵果儿又忍不住开口,你自己旷课,还反倒指责家长,我觉得你父母是太惯着你由着你了。我刚见你妈了,她挺好的,特别热情。李菲菲笑笑,她那是因为现在知道你是谁家的孩子了,才热情呢。我高攀上了县委书记的女儿做朋友,她连我都巴结起来了。果儿低低地吼,李菲菲,你可不可以不这样说自己的妈妈！李菲菲猛地站起来,我没有自己的妈妈！

一段日子没来,江边已是树荫如盖的夏日景象了。刺槐树的碎蕊雪也簌簌地落着,紫薇和木槿开得正欢,红得像火焰,粉得像云霞,在葳蕤的绿浪里一路撒过去,把整个江岸铺成了一幅浓抹淡妆的水粉画。好多半大的孩子光着身子在沙滩上嬉戏,动辄像泥鳅一样滑进浅水滩,然后又扑腾着,湿淋淋地蹦出来。果儿轻声感慨,一直不长大,像他们那样无忧无虑,该多好!李菲菲摇头,你以为不长大就无忧无虑了?童年是美好的,可那也得看是谁的童年,我的童年就比现在惨很多。果儿轻轻握住李菲菲的手,问,你恨你妈吗?李菲菲说,恨,我小时候恨透她了!我一直思谋着长大怎么报复她,我一定要报复她。可现在,一年比一年觉得她可怜,那老头半死不活地瘫在床上,她尽着伺候,人家的儿子、女儿还动不动来挑刺呢。说实话,她现在的生活除了巴结巴结我,变着花样给我寄吃的买穿的,也就没什么乐趣了。其实我也是上初中以后见了她,才穿她买的衣服,以前我碰都不碰的。果儿问,你喊她妈吗?李菲菲松开果儿的手,脸色黯然道,不喊,从来没喊过,开不了口。果儿又问,那你喊现在这个妈吗?李菲菲答,心情好时喊,心情不好时不喊。喊她倒挺自然的,习惯了。你别看我顶撞她,其实我不讨厌她。她算得上是我爸的救命恩人,要没有她,我们爷俩说不定都玩完了。果儿说,是啊,今天听了你们家这些事,我也觉得你这妈确实不容易,你以后别用那种鄙夷的口气说她了。李菲菲愤愤道,可我就是看不上她那副小家子气,从早到晚操碎了心似的,喘着气颤着步,急吼吼的,好像猪拱翻了锅台,满院子扯着嗓门说话,把江城当她的小生产队呢!果儿笑,你听你这刻薄嘴!

  果儿心里盛不下这么大秘密,隔天她就把章蕙拉到家里,细细地转述了李菲菲的身世。李菲菲爸妈是当年支援西部建设的城市青年,她爸大学学的农业水利,她妈是艺术生,会唱会跳,来江城县不久便被抽调到地区的毛泽东思想文艺宣传队。李菲菲在她妈肚子里三个月的时候,她妈还扮演《红色娘子军》的吴清华呢。后来,这个远近闻名的大美人又从地区调到了省城玫州。与此同时,她和被打成白专分子下放到农村改造的丈夫划清界限,离了婚,改嫁了一个大院里的革命干部。才三岁的李菲菲被她妈扔给了她爸。后来形势更紧张,她爸山穷水尽,据说要背着女儿一起跳崖时,被一个根正苗红的女贫下中农,一个年轻有为的女生产队长救下。那就是李菲菲现在的妈。

虽然很曲折,但也没什么稀奇的。章蕙听完后评价,听大人们说,十年"文革"时期,这种事多了去了,咱们看那么多电影,不都是讲这种事吗?果儿说,是啊,咱们是看过好多这样的故事了,可现在它就发生在身边人身上。李菲菲她亲妈现在后悔得不行,变着法地补偿,李菲菲穿的那些乱七八糟的衣服,好看的难看的,统统都是她亲妈从玫州寄来的。章蕙冷笑,几件衣服就把李菲菲给收买了?没骨气!抛夫弃子的罪过,是能随便洗刷的吗?果儿赶紧附和,你说得对,李菲菲就是这么说的,她特别恨她妈。我现在才明白,她为什么那么反对我考声乐,她为什么叫演员"戏子"。她一直不理她妈,也不穿她买的衣服,可后来见了一面,心就软了。她妈现在挺可怜的,"四人帮"垮台后那个大干部也靠边站了,后来半身不遂,他那些儿女们只抢家产不管老人。李菲菲妈给李菲菲写信说,既然她再也不能回到李菲菲和她爸的生活中,那就留在老头身边吧,她不能一辈子两次抛弃被世人抛弃的丈夫。

章蕙说,那女人也许本质不坏。也难怪,谁让李菲菲爸那时候偏就成了人民的敌人呢?人家只有划清界限了。听我爸说,我二姑也是那时候和我二姑夫离的婚。果儿点头,对啊,所以,李菲菲的思想特别复杂,她一会儿觉得妈妈可怜,一会儿又觉得可恨。她有时候给她妈写信好好说话,有时候写信就专拣刺激她妈的话,说自己因为童年被妈妈抛弃,所以心灵扭曲,现在没法学好,只能和街上小混混混这类的话。她对她妈还是有一定的报复心理的。章蕙说,这不怪她。而且我觉得她故意气她妈的这些话,其实是有根据的。你记得咱俩一起看过的《小街》吗?那电影演的可不就是那女孩因为家庭原因走向堕落吗?果儿又点头,你说得对,要是咱俩的爸妈是那样的情况,咱们保证能成为今天这样的好学生吗?所以要理解李菲菲。章蕙笑了,你在这等着我呢?我还纳闷你干吗要急着跟我说这些,平时也不是嘴不牢爱抖别人秘密的人嘛,原来还是为了让我理解你那千古知音李菲菲。何果儿,你为了她,可真是煞费苦心哪!你看看你自己,今天我说什么,你都一个劲儿地点头,对啊是啊的!果儿也笑,本来嘛,李菲菲就是需要理解。不过,我这样做,不光是为她,也是为你。自从她来咱们班,咱俩就有了距离。你不知道我有多难受。章蕙低声说,我知道,我也难受。

久违的心气相通的静默中,俩人的手一起抚过桌上厚厚的《卡尔·马克思的青年时代》,果儿叹气,我才看了三十几页,看课外书的时间越来越少了。章蕙说,别泄气,再坚持几年,等我们考进大学,就可以随心所欲地读自己喜欢的书了。果儿,你集中精力学习,再别为这些事分心了。咱俩还和以前一样,你那大宝贝李菲菲,我也尽量理解吧。不过,她要再打扮得那副小流氓样,我可不理她。果儿说,你的话能不能好听一点?章蕙喊,果儿,我警告你,不能无原则袒护啊！到底是我的话难听,还是她的样子难看？江城的社会青年要是穿成她那样在街上游逛,今年开始就要被当成小流氓抓起来了,知道吗？严打！我听派出所的小舅讲的,你爱信不信。

何果儿还沉浸在三人结盟的兴奋中时,班里却悄悄弥散一种传言了。说有个同学的姐姐晚上去找家长,不料瞅见某栋家属楼的房间里,一大群穿着喇叭裤花衬衫的年轻人在双卡录音机的伴奏下跳着舞。跳舞也没什么,关键是他们跳的不是民族舞、集体舞,甚至不是那种在电影里常见到的地下党员也常跳的交谊舞,他们跳的舞叫"摇摆舞"。摇摆舞究竟是什么舞,怎样的动作,班里同学没人说得上来。但大家在交头接耳、欲盖弥彰的猜测议论中,基本达成了共识:摇摆舞是一种极其流氓的舞。

章蕙黑着脸说,果儿,现在咱俩成了最后知道这事的人了,人家在背后不知指指点点了多少天呢！果儿说,反正我不信,我不信李菲菲去跳摇摆舞。这段时间,你也看到了,她和咱们相处得多好,那件衬衣她也不穿了,她不会背着咱俩去和社会青年混。章蕙沉吟,按说我也不信,有些人喜欢造她的谣。咱们问她自己。

李菲菲在操场。她穿着白色小方领的的确良衬衣。江城一中的女生但凡家庭条件中等以上的,在这个夏天都是这副打扮。可她穿着朴素有用吗？她站在那里,全场人的目光便有意无意地掠过她。没有人看不见她。果儿和章蕙一路留意着人们投往李菲菲的各种偷窥,当她们站定在她面前时,当她婀娜纤柔的腰肢上方那一对挺拔有力的胸峰再一次呼之欲出地跃入视线时,她们感觉自己的脸红了。果儿想,不能再难为情了,忍无可忍只能挑明。她不由分说地把李菲菲扯到操场西面的大核桃树下。李菲菲喊,你俩干吗呀?不好好学习跑这儿来捣乱,我要看球赛!高二(3)班眼看要赢了,就差两分!果儿说,高二(3)班关你什么事!你管好你自己的胸!什么胸?李菲菲吓了一跳。果儿恨恨地说,就你这胸!你能不能不穿那什么金属海绵的玩意儿,你能不能用布裹起来,不让它这么骇人!

哈——哈——哈——李菲菲喷出了一长串高而亮的笑声。她好像乐坏了,她笑得弓下腰去,伏在核桃树上直擦眼泪。你俩一脸阶级斗争就来跟我说这个?丫头们,你们太逗了!果儿跺脚,严肃点好不好?我是经过多少次思想斗争才跟你说呢!你不要当笑话!李菲菲笑着说,不笑了,不笑了,其实我知道你看不惯。可你不提,我也不好意思跟你提啊。果儿说,你别废话,就答应我俩,以后不戴那玩意儿了,用小背心,行吗?李菲菲问,什么小背心?章蕙插话,果儿姐姐用过,挺管用的。好多同学都说用布一层层缠起来,果儿妈妈是医生,她说缠着不好,用小背心好。李菲菲的表情渐渐严肃起来,你俩说的小背心可能也好,可是我得和你们说,我戴的这东西叫胸罩,它绝不是那些诬陷我的女同学说的那样,是坏女人才戴的坏玩意儿。玫州的商店大张旗鼓卖的东西,能是见不得人的东西吗?我要不是亲眼看见人家女孩们来来去去光明正大地买,我敢要吗?敢穿吗?果儿嘟囔,你还有不敢的事?李菲菲笑了,别把我塑造得女英雄一样了,我不过是在玫州有个富亲戚,人家喜欢给我寄一两件大城市人穿的衣服罢了!她压低了嗓音,我告诉你们,最多不过两三年,咱们江城百货公司也会开始卖的,那时候就没有人大惊小怪了。从科学的角度讲,胸罩就是保护胸的。你们想想,女人这个地方,多娇嫩啊,怎么能用布缠?你们说的什么小背心,估计和我妈戴的肚兜差不多,恐怕那也不行。章蕙、果儿,等你们发育定形了,我还是建议你们戴胸罩。你们要怕羞,我帮你们选……

好了好了,这种没皮没脸的话你且打住,我俩找你是另外的事。章蕙打断李菲菲,你照实说,你可听到咱们班这几天传你的那些闲话了?李菲菲怔了一下,随即轻松作答,听到了,说我跳摇摆舞。果儿急急地问,你肯定没跳,对吧?肯定是他们造谣,对吧?李菲菲点头,对,我没跳。果儿兴奋地摇章蕙的胳膊,我早就说了嘛,她不会跳的,她哪会去那些不三不四的地方?前天碰见她妈,她妈一个劲儿地夸她呢,说她们家菲儿像换了个人似的,成天在家里苦攻数理化,给弟弟妹妹们起了好头。李菲菲摇头苦笑,我这妈呀真是寒碜死人了,她那是巴结你呢,是夸你,哪是夸我!是我沾了你们这些好学生的光。章蕙说,你没跳那该死的流氓舞就好,我就不信了,谁再传这种谣言闲话,我就豁出去跟他理论。

我是没跳,真没跳。可那天晚上,我确实去了那个跳舞的地方。

何果儿简直不相信自己的耳朵,可李菲菲站在她和章蕙面前,清清楚楚地说了上面的话。空气似乎凝固了。太阳西斜,核桃树巨大的树荫下,刺啦啦的光线勾画出三个女生不欢而散渐次离去的孤单身影。

章蕙是决意不会再做李菲菲的朋友了。果儿觉得自己也应该止步了。但她从心底里觉得难过，不甘。李菲菲为什么要失信于她，李菲菲为什么要这么伤害她？果儿再三考虑，还是认定李菲菲是欠她一个解释的。

　　我向你解释什么呢？我对自己都解释不了。李菲菲说，咱俩好朋友一场，我能做的唯有一点，就是不对你撒谎。果儿，那些人跳摇摆舞，我是在场的，而且，我是自愿去的。

　　为什么？果儿简直快要哭出来了。

　　为什么？我能知道为什么？李菲菲屈起双膝，优美的下颌支在书脊上，长长的脖子向前伸着，像是要努力唱出歌声的天鹅。可她的声音一下嘶哑了。没有为什么，就是空，心里空空的。想起玫州我那妈，空；看着眼前我这妈，空；我爸就更不用说了，他蹉跎了半辈子，事业受挫，感情受骗，在最困难时亏得有个女贫下中农相中了他，罩着他。现在他虽然恢复名誉回城工作，可我怎么看他也是空。他和我这妈热腾腾闹哄哄地生活，是他想要的吗？他含辛茹苦拉扯大我，我却这么不听话不让人省心，他怎么就不狠狠揍我一顿？我这妈一边享用我那妈从玫州寄来的衣服吃食，一边嘴里不停地骂她各种难听的话，他为什么就不敢抽一个耳光让我这妈闭嘴？我爸为什么就这么窝囊？

　　你妈骂你亲妈，你肯定心里不好受。果儿忘了自己今天来干什么，她的心又被深刻的同情揪住了。

　　嗨，其实也没太难受，她自己活该！李菲菲说，我只是看不惯我这妈又占便宜又不领情的德行，就吓唬她说，只要再让我听到她骂她,就绝不让她再给我弟我妹寄吃的、喝的了,一双袜子都不给了,她吓得不敢再当着我的面骂了。其实,她不该恨她呀,感谢都来不及呢,对不对? 要不是她坏了良心甩掉我爸和我,我爸能到她手里? 她能跟着我爸进城上班?

呵呵,听迷糊了吧? 搞不清谁是谁了吧? 这些乱七八糟的事不想再说了,别扰了你这个幸福小公主的心。李菲菲说,果儿,我平时不愿承认咱俩是不一样的,我想我只要紧紧跟着你跑,你这个小丫头就能把我领到我想到的地方。可我追了你大半年了,我的心里还是空空的。我很累。我总也看不到未来。

果儿失眠了。她有一种强烈的倾诉的愿望,想把堵在自己胸口的愁怨说给谁听。给章蕙的纸条写了扯,扯了再写,最终还是作罢。算了,再给章蕙说李菲菲的事,简直就是求她施舍友谊,没意思。又给燕子写信,写着写着,竟然感到了李菲菲说的那种空。果儿猛然醒悟,自己的心事是没有读者的。爸妈近在咫尺,但她能和他们说这些吗? 哥姐永远拿她当小孩,不是买吃的穿的就是谈学习。燕子虽是可以说知心话的伙伴,可她们不见面已经三四年了,她真的能理解为另一个朋友劳心费神的果儿吗?

果儿开了抽屉,她拿出彭哥哥的歌本,一首一首地唱下来。低低的歌声围绕着她,莫名的伤怀围绕着她。她听不清自己唱出的歌词,盘旋在脑子里的只有李菲菲的声音:我心里空,我不时破坏自己想要改变这种空,可破坏后的结果,是更大的空。果儿,我要是能跟着你彻底学好就好了,我哪怕跟着那些人彻底学坏也就好了,可我学不了好,也学不了坏。果儿,你不会懂我的。

果儿当然不懂这样的李菲菲。原来，李菲菲比她想象的还要面目模糊。李菲菲只比她大四岁，却好像是从一个遥远的年代走来，承载着那么多她不懂得的亏欠和遗憾。一个学不了好也学不了坏的人，她的内心该是一个怎样的世界？果儿不想再不自量力地探究了。经过摇摆舞事件，她终于察觉到自己对三个人的关系太过紧张，太过执着，不如放下一份强求的心，一切顺其自然吧。

　　但事情看上去似乎并没有变得更坏。章蕙还和果儿一起玩一起学习，但言语间的疏远是显而易见的，她从此不再谈论李菲菲的好坏。李菲菲说，果儿，我特别惭愧，我没想到我承认我去了那样的地方，你还能对我好。果儿答，你心里既然清楚什么是学好什么是学坏，那就尽力学好吧。

　　爸爸的工作越发忙了，常常吃晚饭时桌上只有妈和果儿两个人。果儿抱怨，姐姐怎么不来？住这么近，还非等到星期天才回娘家？妈妈说，你倒是想图热闹呢！大人哪顾得上？你姐忙得很，茜茜上托儿所全靠她接送，你姐夫最近连吃住都在学校。他们二中校风赶不上你们一中，学生和社会上人接触得更多些，严打形势紧，你姐夫天天搞整顿呢，和你爸忙的一回事。果儿纳闷，严打是公安局派出所的工作，章蕙说她小舅天天埋伏在街上抓坏人，这怎么还牵涉到学校了？又关我爸啥事呀？妈妈说，怎么不关你爸的事？这坏人逮起来了不得判刑？判完了不得开公审大会？哪样不经过县委县政府？党中央亲自抓呢！你以为单靠法院公安局能成这么大的事？果儿闷闷的，好端端偏要做坏人，真不知那些人的脑袋是怎么想的！妈妈说，你管好你自己的脑袋就是了，别操闲心！

她噼里啪啦地刷洗着碗筷,突然又停下来叮嘱,果儿,下晚自习回家别一个人走,一定要搭伴,街上的厕所不要去上。果儿问怎么了,妈妈犹豫了一下才开口,你也一天天大了,该知道这些了,这女孩子长大了,各方面都要注意安全。听说昨天机修厂的一个青工被判了死刑了,他躲在女厕所偷看女工,差点弄出人命。

李菲菲的学习长进了不少,写作业很快。下午放学,何果儿她们在教室钻研难题时,她就去操场看高中部的球赛。她看球赛越来越多了。有一天,果儿去喊她,看见她一个人孤零零地站在离人家啦啦队几米远的地方,憋红着脸,漂亮的大眼睛直瞪着场子,看上去无比紧张的样子。有一个穿着明黄色球衣的高个子男生远程投篮,一个漂亮的三分球。啦啦队狂蹦乱跳,爆发出夸张的叫喊声,而李菲菲却猛地蹲到地上,捂住了自己的嘴。果儿走过去,李菲菲一惊,你怎么来了?果儿说,我来监督一下你到底在干什么。李菲菲笑,我能干什么?你忘了我是体育健将,看球赛是我健康高尚的爱好。果儿瞥了一眼远处的记分牌,你上回看的是高二(3)班,今天又是高二(3)班,你怎么这么关心高二(3)班?随便一句话,李菲菲的两颊却倏忽飞上了红晕,她慌慌地看了一眼果儿,又慌慌地掉开头,讷讷地说,你不知道,我要不是连着留级,我就在高二(3)班了。哦,原来是这样,果儿说,那你也不能再多花时间看球赛了,咱们快要毕业了,该备考了。李菲菲答,小老师,你放心,高中保证一定考上,而且考好。她调皮地行了个军礼,乌亮的马尾巴在肩上欢快地跳荡着。

然而,谁能想到,就在李菲菲保证考上而且考好的第四天,她却晴天霹雳般遽然失去了考试资格。仅仅隔着三天时间,不,仅仅隔着一次课间操,隔着一节被打断了的跳跃运动,事情突然有了一个石破天惊的结局。就连最嫉妒李菲菲讨厌李菲菲的人,肯定都没有设想过这样恶毒的收场。

那天,满操场的人群终于散去,学校惊魂未定地恢复了以往的秩序时,何果儿却还瘫坐在核桃树狰狞的婆娑中。世界在她眼中彻底变了色样。她无法相信自己确实经历了刚才那惊心动魄的一幕。她用自己的左手紧抓着瑟瑟发抖的右手,好像要抓住李菲菲留在她手心的抽搐和痉挛。但何果儿抓不住李菲菲,她一次次眼睁睁看着李菲菲像一道白色的闪电,冲出人群,以令人眩晕的速度和力量,冲向万众瞩目的流氓犯张建军。

现在,什么都明白了。高二(3)班,球赛。那个高高地跳起来,投进一个又一个漂亮的三分球的高个子男生,那个光洁的额头上闪着汗珠,阳光下笑出了一口整齐的白牙的英俊男生,那个像盛开的葵花一样鲜艳在一片蓝色球衣中的黄球衣男生,他,就是张建军。最后,他的形象定格为疼痛万状地蜷伏在地上,人民警察铁一般的双脚踩断了他最后的英武。

警车的呼啸声从上午一直响到下午,响到晚上。果儿疑心自己再也走不出这声音了。

痴心妄想了一周,无谓努力了一周,果儿再一次面对了最后的结果,李菲菲拿不到初中毕业证书,拿不到高中入学准考证了。她的学业,拦腰截断在那天上午十点从天而降的警车嘶鸣声中。

多么讽刺,何果儿在初中毕业前最后的一次班集体活动正好是参加全县的公审大会。

　　大会在江城体育场举行,江城一中、二中和几个小学的学生方队被安排坐在正中,四周密密麻麻水泄不通地挤满了各单位、江城市民和乡村群众。成千上万的人喧嚣着拥挤到体育场,却立即被一种统领一切的肃杀气氛震慑得屏住了声息。当一排大卡车快速地驶进体育场时,当大卡车上荷枪实弹的公安干警和武警战士把一个个罪犯押解下车,提溜到台上时,全场只听得见此起彼伏的奔腾的呼吸声。端坐在主席台上的法官们开始宣读审判书,高音喇叭的轰鸣声从高空笼罩着人们,又从四面八方包围着人们。"从重""从快",大家频频听到这几个字,全场四周也贴满了这几个字。血红的标语四处绽放,像错开的纷乱的花。

　　果然是从重从快,当江城一中的同学们不由自主地爆发出惊叫声时,何果儿知道自己没有听错。是的,说到了张建军。二十多天前还在三大步上篮投球引得女生们阵阵尖叫的张建军,此刻已变成了死刑犯。他犯流氓罪,参与江城县一起恶性打架斗殴案,一起强奸未遂案,一起聚众淫乱案。数罪并罚,判处死刑,立即执行。这些字、词、句,像重锤一记一记砸到何果儿的耳朵里,她一时意识不到它们的含义。她夹在伸长脖子的同学们中间,努力地朝台上看去。所有的罪犯都被反绑着双手佝偻着脊背,有些脑袋都快耷拉到膝盖上了,有些身体歪斜着瘫软着。场面太乱,何果儿看不清张建军,但她透过人缝看见了挂在他胸前的白色牌子上六个黑色的大字——"流氓犯张建军"。"张建军"三个字上画了一个大大的"×",一个惊心动魄的"×"。

老师们起来维持秩序，前面闹腾的同学都给摁到了凳子上。何果儿终于看到了张建军，他低下头又抬起头，似乎还在努力地想要梗着脖子，但公安和武警从左右押着他，终于，他只能将头降服地伏在胸前的大牌子上，只能呆呆地盯着自己名字上的"×"。张建军，他是一个怎样的学生？他的作业本上，肯定也有不少老师用红笔打的"×"字吧？他肯定烦透了那些需要改错的题。可今天，这个黑得像血一样的"×"，是他再也没有机会重做的人生错题了。

刑车以排山倒海的气势开出了体育场。人们疯了似的尾随着，一哄而上，像江水一样凶猛地涌向那个恐怖的方向。整个江城像打了兴奋剂，街上有一种过年般的热闹和喧嚣，却多了一种肃杀惊悚的气息。

何果儿推开李菲菲的屋门时，李菲菲正趴在窗户上，一双大眼睛一眨不眨地看着外面，秀挺的鼻梁在玻璃上压成了扁扁的形状。何果儿的心抽了一下。上次，事发后第一次她来，李菲菲也是这样的姿势。

何果儿唤，菲菲！李菲菲受惊似的转过身，两眼满是茫然。她直愣愣地盯着何果儿，好像不认得她一样。何果儿又叫，菲菲。不知怎的，泪就下来了。这时候，李菲菲如梦初醒般，几乎是欢快地喊出来，果儿，你怎么来了？眼看要考试了，你不抓紧复习，来这儿干什么？

默默坐在小床上，对面大衣柜的镜子映出两个咫尺天涯的身影。果儿的胸口堆集着层层叠叠的疑问、层层叠叠的愤怒。它们快把她压垮了，可她一时竟不能开口。这次的事情严重到超过了以往所有事情的总和,这次的错误是以往所有错误的平方、立方、N次方。它完全在果儿有限的人生经验之外。李菲菲反倒和往常一样,搂着果儿的肩膀说,你这个傻丫头,上回你来,我就说了嘛,一点用也没有。可听我爸说,你还在求校长求老师呢。别说上学,我闯了这么大祸,没有你妈出面,我百分之百被正式拘留了。派出所里关了一夜放回来,就是你对我天大的恩情了,你还想怎样?不开除那是不可能的。

你为什么这样对我?果儿不明白自己为什么终于说出口的却是这样一句。果然,李菲菲一听这话立即蹦起来,这啥意思?我怎么你了?我对你向来赤胆忠心啊。但很快她读懂了果儿眼里的委屈,你是说,我没讲心里话?我没跟你承认我和那人的事?

李菲菲慢慢靠到了墙上,眼里的火星似乎扑哧一下灭了。果儿,我不是没给你讲,没跟你承认,我是真的没什么可讲,没什么可承认的。我和他真的没事,难道连你也不信我了?

我们以前一个班,都体育好,常在一起组织比赛什么的。他学习也挺好,可我后来就被处分了,就不是好学生了。慢慢就互相不说话了。再后来我留级,就基本见不着了。我有时去看他打篮球,我不知道他看见我没有。他从来没朝我笑过一下。李菲菲失神地看着果儿,却又似盯着一个缥缈的所在,她的声音痴痴的。我不知道他看见我没有,我只是站在那儿,看他对着别人笑。我喜欢他投篮后回头一笑的样子。

果儿的眼前闪过那矫健的身影,明眸皓齿的阳光笑容。她的心被刺疼了,她轻轻地握住了李菲菲,他怎么会看不见你?你站在那儿,谁能看不见你?话音未落,她看见李菲菲眼里变成了巴巴的神情、感激的神情,你是说,他看见我看他打球了?果儿答,那还用说?可是,你和他,果真没搭过话?

李菲菲低下头,又抬起头,她咽了口唾沫,又咬了下嘴唇,很艰难的样子,终于开口说,要说对你瞒了什么,也就那一次那一句话了。他是对我说过一句话。真的,只一句话。

果儿,还记得前不久你和章蕙审问我跳摇摆舞的事吗?那天,我心烦得要命,一个人到江边溜达,刚巧碰上两个认识的人,就稀里糊涂跟着他们玩去了。那屋里光线暗、人声杂,我没注意到竟然会有他。一个穿大格子翻领的小子挤到我面前要我和他跳舞,我不想跳,但那人横在那儿不走。突然,张建军出现了。张建军对那人说,她不跳。然后伸手一把把我从那人跟前扯开,一径扯到门口,他说,李菲菲,你赶紧走,你不要待在这儿,这不是你来的地方。过道里没灯,我看不清他的表情,但我听着他的声音好像很生气,我莫名其妙为他的生气感到高兴,感到幸福。我想问一句那你怎么在这儿,我想说那咱们一起走吧,可我的心怦怦直跳,紧张得说不出一个字。我就那样乖乖地听他话,走了。

就这些?果儿问。就这些。李菲菲答。后来我突然听说那晚邀我跳舞的小子要和他打架,我感觉这事和我有关,心里着急得不行,想劝他不要去打架,可我见不着他,想捎个纸条也没有合适的人。白白担心了几天,然后又看到他在操场上打球,好好的。他还是老样子,朝着别人笑,从来没看过我一眼。然后,就是,那天了。

李菲菲的泪掉下来。果儿猝不及防,看着它们突然滴落,进溅,一串串一行行,打湿了李菲菲的花衬衫。我想不通他为什么有那么多罪名!是他学坏了,还是他被冤枉了?没错,冤枉!她终于哭喊出来,果儿,我知道,张建军,他不过是因为我的原因得罪了那些混混!他肯定是冤死的,是被我害死的!

何果儿跌进了巨大的惊骇和迷惑中。她不知道怎么宽慰李菲菲,或者批评李菲菲。她又一次觉到了自己的无能为力,她眼睁睁地看着李菲菲像一个落水的人,挣扎着、扑腾着,慢慢沉下去,慢慢溺死,而她只能在岸边空空地伸出她的手。她无力阻止她的沉溺,就像那天上午,她无力阻止她的奔跑。她愤怒地,又颓然地开口,菲菲,为什么你要说这样不可理喻的话?你为什么把事情揽到自己头上!张建军,他要是没有学坏,怎么会出现在跳摇摆舞的地方?

李菲菲不再接何果儿的话,她又趴到了窗户上,把自己的脸压得扁扁地贴着玻璃,她的双眼和远方一样迷蒙,她的声音近乎耳语,昨天,江城的人多高兴啊,枪毙人多好看啊,可他们知道张建军也被枪毙了吗?他怎么就被枪毙了呢?他怎么会是流氓犯呢?不,不可能的,他不会。他一直都是好学生,学习好,体育好,人缘好。他们怎么能枪毙他?连我这个坏学生都还活着,他怎么就被枪毙了?

高中的生活在紧张的节奏中开始了。开学典礼上,学校领导就开始大讲高考形势,让高一新生从第一天起就做好冲刺高考的准备。全年级五个班,根据中考成绩分出了两个重点班,何果儿和章蕙在同一个重点班上。重点班的班主任在发新书之前,又极其严肃地讲了一大通,听得同学们不知该热血沸腾还是灰心丧气。放学路上,章蕙说,讲讲你的暑假见闻呗!你中考完就去外地你两个哥哥家轮流转,多带劲,长了不少见识吧?哪像我成天窝在家里!果儿淡淡地说,也没什么见识,大城市人多车多,也就那样。你在家里看书,也挺好。章蕙说,你看你,一副对什么都不感兴趣的样子!是不是你的李菲菲辍学了,你要跟着玩万念俱灰?果儿骂,你好端端提她干什么!两人走到大柳树下的岔路口,果儿说,章蕙,有件事我觉得应该对你说。章蕙说,那就说啊,吞吞吐吐干什么?果儿别过脸去,就是那个,李菲菲戴的那个玩意儿,真的在大城市的商店里大张旗鼓地卖着,人家的女孩儿穿戴的和李菲菲的一样,都一点也不害臊地挺着胸走在大街上呢。果儿看见章蕙盯着自己,她的脸更发烫了,她嗫嚅着继续说,我二嫂说我都高中生了,也发育了,非嚷嚷着要给我买。章蕙紧张地问,你也买了?果儿答,没买,买那个说是要先测胸围。我誓死反抗,我二嫂没能下手。

　　章蕙笑得前仰后合的,笑完了,突然说,果儿,你带我去看一下李菲菲吧。果儿不以为然,怎么,听我这一说,觉得李菲菲不是小流氓了?突然想去怜悯一下她?章蕙说,你也别这口气!其实她刚出事那会儿,我心里也难受,也想去看她,可那几天你情绪不稳,我不知怎的一张口就言不由衷地跟你伩,过后又后悔。反正,这李菲菲对我们破坏挺大的,想忽略她都难。果儿默默地走。章蕙问,她在家吗?会不会去玫州她亲妈家了?果儿说,暑假里我去旅游前看过她,她说她亲妈是要把她接到那边去,联系学校也行,随便找个什么工作先干着也行。但她自己不愿意,她心底里不想跟她妈过,也看不惯她妈那老头子的家人们。她说江城虽然穷,虽然让她这样,但她还是不想离开。她爸爸特别娇惯她,出这么大事都不指责一声,还一个劲儿地安慰她,说高中不读就不读了,年底农机公司招工,他保证让李菲菲上班。李菲菲后妈虽然牢骚多,但也不敢拗着她爸,还有一点,就是李菲菲亲妈暗地里净接济她们家呢。你没见,不光李菲菲,她两个弟弟妹妹身上也都是玫州的新潮衣服呢。章蕙感慨,李菲菲亲妈,年轻时对不起人,这辈子都在赎罪啊。这也好,李菲菲虽然家庭复杂,但没人给她甩脸子看,不受歧视。果儿忧心忡忡的,可我怎么觉着李菲菲还是不对劲?她不爱说话,现在就是见了我也不怎么说话。她安静得出奇,让人不习惯。

李菲菲不在家,李菲菲妈和两个孩子在吵吵嚷嚷地吃着青核桃,两只手剥核桃都剥黑了。她热情地往果儿和章蕙的手里塞果仁,连连劝吃。问起李菲菲,她说这几天她爸出差去了,李菲菲吃饭睡觉都没个点,想出门抬腿就走,都不带招呼一声。章蕙说,阿姨,菲菲心情不好,你多担待她。她妈啪地一拍大腿,闺女,看你说的,我有什么不担待的?我和她爸养三个娃还是没问题的,她要不念书不工作,一直在家这么待着,行,我也没意见!倒是难为你俩好丫头,她都被开除了,你们还来找她玩。果儿低声说,阿姨,以后别在弟弟、妹妹跟前说开除的事,好吗?李菲菲妈脸上一紧,随即又笑了,好的,我记住了。她吆三喝四地打发俩孩子去找李菲菲。

入秋了,天黑得早了,暮色从李菲菲的小屋玻璃窗上漫上来,外面的路都模糊了,李菲菲还不见回来。弟弟、妹妹说他们找不见姐姐,连平时她喜欢去的江边小道都找了,喊了,没人。李菲菲妈一跺脚,嗨,要是她爸不出门,我才懒得操这心呢。李菲菲妈也出门找去了。果儿和章蕙互相抓着手,感受着对方指尖的惊悸。她们怕爸妈担心,先分头跑回家撒谎,说学校晚上组织集体看电影,然后两人又顺着江堤,一路细细地走回到农技站家属院李菲菲的家里。

李菲菲好好地坐在她的床上,膝上摊开着果儿见过的那本笔记本。她又在记日记?看见她俩,她的脸上绽开了欢喜而平静的笑。她好像对她们这么晚还来找她一点惊奇都没有,好像她们仨原本天天在一起似的。一个暑假不见,她瘦多了,下巴尖了,眼睛更深、更大了。但她还是那么好看,而且,似乎更好看了。她的漂亮有了一种过去没有的空灵、飘忽之感。她,变远了。果儿望着她,一阵心酸,不知说什么。章蕙打破了沉默,李菲菲,你瞎跑到哪里去了?我们找你找得急死了!李菲菲乖乖地回答,我没瞎跑,我坐在江边看月亮呢。她这一说,果儿和章蕙都同时向窗外看去,哦,今晚,确实有很好的月亮。

李菲菲转向果儿,你不知道我在哪里看月亮,不是咱俩去过的那些旧地儿,是过吊桥南边再往上走,再往上走,有一棵大合欢树,从大合欢树往下,再过一道崖坡,就是那个大礁石。坐在大礁石上,看得见北岸整个的江城,夜里,灯火满城,特别好看。江水哗哗地拍打着礁石,浪急时,水就溅到我脸上,可舒服了!告诉你,果儿,在那儿看月亮,最好。

果儿开口,只叫一声菲菲,声音兀地被蕴蓄的情绪哽住了。章蕙悄悄掐一把果儿,然后自己轻快地接住了话题,李菲菲,你这就不对了,有好风景怎么能只顾自己一个人去看?记住了,下回不管去江边还是去哪儿,都得我们三人一起去。李菲菲又像刚才一样,冲着章蕙听话地回答,好的。她的声音稚童一般安恬。章蕙低着头,握住了李菲菲的手。

桌上乱乱地堆着书、发卡、雪花膏之类,果儿随手拿起一盘磁带,菲菲,你又学新歌了?听到这话,李菲菲的神情和语调突然都变回来了,变得活泼开心,又成了她们熟悉的李菲菲。她说,是啊,好多新歌呢!不过好听的也少,还没顾上和你汇报呢!章蕙说,那现在唱?李菲菲说,行。然后站起来翻磁带歌页,翻了半天笑着说,不唱了,唱歌是果儿的专项,我不班门弄斧了,不如跳个舞吧?她俩拍手,跳舞好!李菲菲咔地打开录音机换了盘带子,然后正色宣布,迪斯科,我跳支迪斯科给你们看。

迪斯科?果儿暑假在外地才刚听过这个怪怪的名词,她和章蕙来不及问什么,音乐却已经出来了。音乐一出来,便不容人发声,它以最快的速度占领了整个空间。这是一种完全超出了她们对音乐的理解范围的音乐,它强劲有力到野蛮霸道的地步,动感生猛几乎让人血脉偾张。果儿和章蕙猛地被击中,她们面面相觑,不知道手脚该往哪里放。但李菲菲已经舞起来了。

李菲菲长长的腿前蹬后踢,她扭腰、转胯、甩臀,柔软的双臂放弃了往日的优美,在空中划出一道道激烈的弧线。随着越来越快、越来越猛的动作,扎马尾辫的花手绢松开了,满头黑发瀑布似的遮住了她的脸,但她依然不管不顾地舞着,然后突然狠狠地将头向后仰起,把眼前的一帘黑暗哗地甩到了肩背上。她的表情不知是深刻的陶醉还是极致的痛苦,是尽情的释放还是纠结的挣扎,是悲怆的控诉还是飞扬的叛逆。渐渐地,她的眼里再没有了观者,她已置身于无人之境。她好像是深陷沉沦之海的绝望女神,又像是一只向死而生的浴火凤凰。她舞着舞着,每个动作都绝地逢生,每个眼神都一剑封喉。

  月亮越发好看了,月亮已经移到了窗子的上面,把李菲菲小小的屋装得满满的,好像江城所有的月亮都在这里。月亮被音乐声震得倾斜,被舞步踩得凌乱。满屋的迪斯科,满屋的月光,满屋狰狞的李菲菲。何果儿被从未见识过的一种力和节奏彻底震撼,她恍如沉陷于一个铺天盖地的错误中,又似乎在一点点走向流金泻银的明白:迪斯科之美,近似于一种倾城之殇,一种正在确证的逝去。

三

从玫州大学的西门出来,乘 17 路或 402 路公交车坐三站路下车,过一个十字路口朝北行 500 米,再绕过一片宽阔茂密的桃树林,便到黄河南岸的落雁滩了。

女生 6 号楼 331 宿舍的五个人比班里的大部队早出发 20 分钟,却迟到 15 分钟。原因是过了那个十字路口朝北走时,何果儿她们不约而同地发现了马路对面的音像店。其实,根本用不着发现,从那里传出的震天响的乐声击打着每一个路人的耳膜,一些人以嫌恶的表情和逃离的姿态匆匆走过,而她们选择了一哄而入,脚不由自主地踩着激烈的节拍:"阿里——阿里巴巴,阿里巴巴是个快乐的青年……"

音像店规模不小,但货架上的磁带和学校前后门那些店铺的差不多一样,无非是李谷一、张明敏、成方圆、程琳、朱明瑛这些熟面孔,更多的是当红的张蔷、凤飞飞、龙飘飘。比张蔷、凤飞飞、龙飘飘还多的是邓丽君。比邓丽君更多的是费翔,他深幽眸子里的热情像火一样燃烧在整面墙上。这些人的歌,何果儿大多有了,最后她漫不经心地选了盒琼瑶影视歌曲荟萃《聚也依依,散也依依》。要离开时,烫着大爆炸头的店主小伙突然凑上来,你们是大学生吧?我猜是玫大的,对不对?名牌大学的高才生最懂得欣赏艺术,我这儿有高档的明信片,过来看,过来看!

正是明信片满世界飞的时候。上大学不到一个月,何果儿都用了好几套了。给江城一中的老师、同学寄,给哥姐寄,问爸妈要钱要东西懒得写信了,也寄明信片。宿舍里,大家没事就倒腾明信片,互相送啊换的,特别精美有味道的就贴在床头墙上。公交车站上,背着书包的中学小女生或羞涩或愤怒地把手里的明信片塞到不远处的男生手上,然后一言不发飘然离去,留下男生紧攥着明信片在人流中,做青涩的茫然状、痛苦状或幡然醒悟状、欣喜状。就是这样,明信片早已泛滥成灾,一点都不稀罕,推销这么个小玩意儿还犯得着恭维她们是大学生,懂艺术?姑娘们不屑地摇头,却见"爆炸头"挂着一脸诡秘的笑,已把一沓子明信片一溜儿铺到了柜台上。

何果儿刚趴到柜台上看第一眼,便和其他人一样,唰地站直了身子,收回了目光。大家的脸都发红了。这是一组清一色的人体图片,那些裸着的身子,有侧面、背面,竟然还有正面!高度清晰,纤毫毕现,不光是女人体,竟然还有男女绞在一起的。

"爆炸头"看着她们的样子,脸上换上了一副煞有介事的表情,很震撼是不是?你们是大学生,你们懂。姑娘们一窝蜂地往门外挤。"爆炸头"大声喊,买了再走啊,很便宜的,正宗艺术品!张琳回头骂,艺术你个头,臭流氓!"爆炸头"一声响亮无比的"呸"砸在她们后背上,你们是大学生吗?一群没见过世面的乡下妞!这是人体摄影懂不懂?西方艺术懂不懂?罗丹是谁听过没?

大家一口气跑到桃树林,才气喘吁吁地停下来。张琳打量着每个人的狼狈样,怪声怪气地笑,你们是大学生吗?人体艺术懂不懂?于是大家都笑起来。丁一梅说,你们看看这都几点了!都怪何果儿,磨磨蹭蹭挑磁带,不然那家伙就扰不着咱们了。袁圆说,你看你,这怪得着小六吗?不是咱大家抢着进的那店吗?何果儿不说话,径自往前走,姑娘们吵吵嚷嚷地跟在后面。瞧,果儿脸到这阵子还红着呢,哈哈,人家还差俩月才十八岁呢!可别让未成年少女天真纯洁的心灵受伤害了!不是在搞什么反资产阶级自由化,清除精神污染吗?我看咱们应该去告发这个卖流氓画的二流子!可是,也许人家不是精神污染,真是人体艺术呢?

说笑声此起彼伏,惊扰了冬日黄昏早栖的鸟儿,扑啦啦兀自而起的翅羽声聒噪出一林子的静谧,有东西簌簌地落到了谁的头发上,立刻引出了一片尖叫,鸟粪!

黄河扑面而来,以未曾谋面的一种陌生情致,突地俘获了人的心。白昼的黄河是奔腾的、咆哮的,有着一泻千里的气势,而此刻,暮色初合中,所有的惊涛渐次退去,静谧的温柔迤逦而来,荡漾着灯影光晕的呢喃。何果儿立在滩头,望着一圈一圈的涟漪映出同伴们欢腾的身影,心里一阵恍惚。这夜色突地让她想起了家乡,江城那一条穿城而过的河流,河流上晃晃悠悠的吊桥,吊桥岸头那些一到夜里就静静散发出芳香的花树,花树下永远说个没完的她和她的女伴。它们,她们,是她一步步走过来的日子,如今,却这么远了,好像再也回不去的感觉。这样的夜色下,李菲菲在干什么呢?她会不会去江南岸的礁石上看月亮?

幸亏身边还有章蕙。她俩的宿舍只隔着一个丁香园。今天出来,何果儿去喊章蕙时,章蕙抱着一个大笔记本正要去图书馆,她还和中学时一样,每天听课、读书都要认真做笔记。她不肯跟何果儿来,说,你们中文系的"诗歌之夜",我一个历史系的门外汉去凑什么热闹!看何果儿生气了,她凑上来咬着何果儿的耳朵说,真去不了,有个小情况,今晚必须要解决。你联欢完了住我宿舍来,我如实向你汇报。

落雁滩最平整的那一处,高高地架起了台子,音响已热闹非凡地工作了,"玫州大学中文系迎新诗歌之夜"十三个大字在半空中有节奏地哗哗地放射着五彩的魅光,把每个人的脸都照得明暗不定,蠢蠢欲动的兴奋就在这明暗之间跳转闪挪着。蓝思敏的声音从攒动的人头中挤过来,赶紧过来,咱们班在这边呢。来这么迟,净给我拖后腿!

果真,诗会马上就开场了。清越的钢琴曲之后,架子鼓的鼓点以猝不及防之力敲醒了整个落雁滩,连黄河粼粼的柔波都被刺开了大口子。鼓声震荡,仿若夜色下的沙场秋点兵。突然一阵长啸破空而来,压住了喧天的鼓点,乐声乍停,那长啸在万籁俱寂中绕空三匝,终于轻轻萦回,换成了抑扬的吟诵声:"君不见,黄河之水天上来,奔流到海不复回……"

灯光打在朗诵者身上。那是一袭青布长衫的身影,脖子上还搭了条方格子围巾,他高高的、瘦瘦的,举着长长的手臂站在麦克风前,神情姿势像极了民国时期那些慷慨陈词的书生勇士。灯光和眼镜片叠影,使台下的人看不清他的眼睛、他的年龄。这人是老师还是学生?何果儿正在暗自思忖时,他侧过身,转向河面做扼腕悲叹状。这下,全场都看到了他脑后的一把毛刷刷。一个男人,留那么长的头发,和女孩一样束根马尾巴,有意思吗？尤其是,这根马尾巴和身上典型的五四青年的装扮是那么不搭调。岂止是不搭调？简直是有点滑稽,何果儿这样想着。但那声音一句一句落到耳朵里,有一种磁性的穿透力,让人莫名地伤感,却又振奋。

留长发怎么了？留小辫子怎么了？人家是诗人,著名的校园诗人！蓝思敏的窃窃私语也总是高八度的。有人打趣她,哟,当了干部就是知道得不少啊,早就成诗人的崇拜者了,是不是？

原来他就是玫州大学著名的黄河诗社的社长,大三的学兄,叫苗尘。今晚的诗会也是他们诗社策划发起的。其实新生们在报到第一天就看到了黄河诗社的宣传册子,依稀记住了苗尘这个名字。

诗人不同凡响的开场使全场的气氛一下沸腾起来,之后的节目便一个接一个的,精彩而多样。《我是一个任性的孩子》是一个看上去也很有诗人模样的男生朗诵的,但他一点没有苗尘的张扬,轻柔的声音梦幻得像夜风中徐徐飘过来的一朵又一朵的蒲公英。一个穿着蓝色背带裙的女生朗诵《会唱歌的鸢尾花》时,何果儿感觉到自己的脸上有泪水滴落。太震撼了。回忆江城一中的许多场文艺晚会,再比较眼前的场面编排,她不由得赞叹,到底是大学啊！心里暗暗地生出了自豪。

何果儿自己也有节目,她要代表班级演唱歌曲。今晚是诗会,以朗诵为主,系学生会、团委严格筛选了几个少而精的歌舞表演,穿插其中。从小到大,何果儿上台唱歌早就成习惯了,但此刻她感觉到自己比以往哪一次都多了莫名的紧张。临上场二十分钟前,她突然决定不唱《风雨兼程》了,改唱《在水一方》。挤到后台一说,乐队伴奏的人都说不行,哪有临上场改曲目的?何果儿正沮丧时,那个怀抱贝斯的人问,小姑娘,为什么改?给个理由呗。何果儿看那人长发披肩,墨镜遮眼,已是初秋微寒的夜,却身穿无领无袖的老头衫,形象怪异,不像是校内学生,况且排练时也没见过。她冲口而出,既然不给换,何必问理由!"大墨镜"嘴角咧开了笑,哟,脾气还不小!你既然要换,总得说理由不是?《在水一方》?嗯,看来已经是大学生了,还在痴迷琼瑶啊?何果儿听他的声音倒一点不像外表那么扎眼,很温柔熨帖,比旁边那几个气吼吼的小男生多出了一份镇定自若的味道。她嗫嚅着,不是迷琼瑶,我是觉得,《在水一方》更切合今晚的气氛,诗歌,蒹葭,落雁滩,黄河边。我……我之前没有想到,对不起。

好,理由很充分,同意换。大墨镜打了个响指站起来,小姑娘,你自己唱熟,唱好,就行了,不用操心我们的伴奏,保证不砸你的场子。

一弯朗月,夜色氤氲,黄河穿过喧腾的城市,绕着桃树林,绕着一大片在初秋的风中以典型的《诗经》姿势摇曳不停的蒹葭,在落雁滩阔达的河床,它静静地迂回往复,不愿东去。何果儿站在台上,风掀起了她大大的白裙子,她看到了黑压压的会场上许多人在向她挥着手臂。她看到人群的右面,月光像跳动的音符在河面上激起金色的粼粼波纹。她感觉到自己前一刻的紧张悄然消融了,她是如此享受此时此刻,舍不得浪费一点点。

"绿草苍苍,白雾茫茫,有位佳人,在水一方……"

乐声停绝处,歌声还在回环盘旋,余音缭绕。全场静默,无穷默契、无限美好的静默。何果儿在深深的感动中鞠躬,退场。这时,掌声骤起,一浪又一浪,经久不息。何果儿大学时代的第一次演唱,成功得一塌糊涂。

到章蕙宿舍时,已是晚上十二点了。早过了熄灯时间,大家都睡了,章蕙在床头点着蜡烛等她。

俩人蹑手蹑脚地钻进被窝,章蕙这才悄声开口,看你一脸红扑扑的得意劲,演出很精彩圆满,是吧?何果儿把头枕在章蕙的胳膊上,那当然了,你以为你不去加油我就怯场出洋相了?章蕙笑骂,瞧你这小样儿,如今好歹也是大学生了,可江城一中那时的轻狂一点没减!何果儿咻咻地笑,NO!今非昔比了!现在咱俩不光是同学,还是老同学,还是老乡!老乡见老乡,两眼泪汪汪,现在你要亏待我,就是对不起家乡的父老乡亲了!

说笑打闹中,她们感觉着一份深刻的宽慰。这宽慰奢侈得让人一阵阵后怕。高中三年的点点滴滴,高考前那一段呕心沥血的日子历历在目。千人万人挤着过那一道独木桥,太多的人都半途而废了,有些同学那么拼命地走到了最后一步,却也功亏一篑,前功尽弃。而她俩,一路手拉着手,从同一所中学的同一个班级出发,走进了同一个城市的同一所重点大学。记得音乐老师力劝何果儿考声乐专业时,章蕙郑重其事地说,我反对的最后一条理由是,如果将来你走唱歌的路了,我们的人生就不会有太多交集,也许我们就越来越远了。后来,何果儿之所以彻底放弃音乐老师为她编织的歌唱家之梦,全身心投进了文化课的学习,当然不是因为章蕙。高中三年的备考,短暂而又漫长,何果儿慢慢明白了自己的向往。那个模糊的懵懂的人生理想一天天清晰起来,坚定起来。但章蕙那句话,在何果儿心里一直藏着。她愿意现在、将来,她的生活中一直有章蕙。

何果儿把"诗歌之夜"的情景讲给章蕙听。一台小小的学生晚会,谁知道如此藏龙卧虎。那个激情万丈的诗人苗尘,他那做作的马尾巴。那个弹《爱的罗曼史》的吉他手,那个跳芭蕾舞的女孩,那一首集体朗诵的《中国,我的钥匙丢了》,还有帮自己换了独唱曲目的那个大墨镜贝斯手。原来,他不是玫大的学生,他是大学生们请来的玫州一个地下乐队的主唱。他们都恭恭敬敬地喊他大李,屁颠屁颠地跟在他后面。

章蕙,你肯定想不到,夜里的黄河是那么美,真的,都让人想哭了!我唱歌时一直望着黄河的波光,感觉自己的心特别软,身子特别轻,好像就要飞起来了。章蕙,你是真的应该去看啊,落雁滩的黄河夜色和我俩白天玩过的那些景点不一样。

我现在才明白,你为什么执意要选中文系,啧啧!参加了一次"诗歌之夜",直接变成诗人回来了。章蕙笑起来,从宿舍窗户渗进来的路灯灯光幽幽地落到她的侧影上。她的头发是高考结束后才留起来的,刚长到脖颈处,此刻乱乱地卷上来,遮住了脸颊。何果儿找不见章蕙双眼熠熠的表情,这才发现她今晚有一点分心,走神。哦,对了,光顾着说晚会的热闹了,不是有人说过有什么情况要今晚解决、汇报吗?

其实,也没什么可汇报的,一点小事,已经过去了,睡觉吧。章蕙说着背过身去,却痛得差点大叫出声。何果儿在掐她的胳膊。章蕙用被子捂住了俩人,低声地骂,何果儿,你这样闹,想吵醒全宿舍人吗?明早第一节我们就有课,睡觉!何果儿说,所以,你乖乖地老实招来,速战速决!章蕙叹气,摊上你这么个无赖老乡我可是倒了八辈子霉!

有男生追章蕙了。从第一次见面就开始发动情书攻势、礼物攻势,动辄往章蕙宿舍送橘子粉、克力架夹心饼干,还有小绒熊,诸如此类。章蕙把东西退回到他的楼管那儿,他就来教室和图书馆门口堵着章蕙,闹得章蕙班里的好多人都知道了。

你好大的胆子!好多人都知道了,竟敢不让我知道!何果儿气得又要伸手去拧,章蕙抓住她,怎么让你知道啊?我又没打算跟他好,难道把他牵来让你过目?何果儿说,怎么就不能啊?你先让我过目,再决定跟不跟他好。章蕙骂,你这个口是心非的家伙!你前几天还在我这儿大骂你们班那些一到大学就忙不迭地谈恋爱的人呢,这会子自己倒胡说起来了。

那个男生叫唐嘉中,他不是同级同班的人,而是一个读研究生的学兄。章蕙说,正因为人家不是小男生了,自己才要快刀斩乱麻,不能含含糊糊没有决断,影响人家的前程。何果儿纳闷,怎么就扯到影响前程了?章蕙说,他下学期就研究生毕业了,他说如果我答应和他在一起,他可以放弃东北老家的单位,留在咱们玫州工作。

毕业,工作单位,这些事情对于刚踏进大学校门的何果儿来说,似乎还很遥远。她觉得问题有点严重,一时不知说什么好。章蕙说,这下你明白我为什么没告诉你了吧? 我和他根本不可能的。今晚我主动叫他出来谈,让他彻底死心。

何果儿手腕上的上海女表的秒针嚓嚓声,一下一下扫过静夜的心悸。章蕙又开口了,果儿,你我还小,可不能受大学里一些不良风气的影响。你想想,咱们还得有多少书读呢! 不能考上大学就以为大功告成了,不珍惜大学时光,学不成硬本事,将来走上社会还不照样是废物一个?

章蕙这种政治教科书一般的言论,是何果儿自小就听惯了的。但章蕙眼里淡淡的怅惘,是陌生的。还有,章蕙的声音,也是和她坚定的用词不般配的一种涣散。何果儿说,你说得对,可你拒绝了他,你不快乐。章蕙急了,我怎么就不快乐了? 我就算不快乐,难道非得因为他? 何果儿说,你别嘴硬,我还不了解你? 咱们上高中时,男生没少给你塞情书,你拒绝他们时可不像今天这表情。说实话,你是不是动心了?

章蕙又把脸藏进了头发里,好半天才闷闷地回答,哪谈得上动心? 只是有点迷惑而已。好在,今晚都解决了。他答应我不再打扰我。何果儿不屑道,你拒绝这一次半次,他就放弃了? 既这样,那也没什么可惜的,看样子是一个不懂得坚持的懦夫。章蕙说,果儿,你可真逗! 什么叫拒绝一次半次? 要拒绝多少次你才过瘾啊? 懂坚持,也得讲理性啊,我告诉他我和他永远都没可能,人家还坚持什么? 何果儿哼哼,反正,他不应该连我这么重要的人物都没见一面,就对你放手了,真是! 一点都不发扬韧性的战斗精神。章蕙笑了,好啊,你既然这么喜欢坚持,那就好好练习拒绝,好好对付将来你那个百折不挠的骑士吧!

章蕙一语成谶。仅仅隔了两天,何果儿便收到了大学时代的第一封求爱信。然后是第二封、第三封……第十三封。蓝思敏说,照这个一个星期十三封的频率,不出五个星期,咱们宿舍就被小六的情书给淹没了。张琳喊,淹什么没?咱们不会读完了就拿去卖废品换方便面吗?所以,多多益善,多多益善也!

事情之所以闹得如此大张旗鼓,尽人皆知,是因为写情书的不是别人,而是诗人苗尘。

何果儿简直悔青了肠子。自己为什么去参加那个该死的"诗歌之夜"?参加也就参加了,为什么还乖乖听班里的安排,上台唱歌?唱也就唱了,还临时起意换了首自以为更好的歌,唱完后还沾沾自喜。这下好了,惹出麻烦来了。坐在一大堆乱七八糟的信纸信封中,听着宿舍姑娘们朗读情书的各种怪腔怪调,她恨得直想抽自己嘴巴:叫你爱出风头,叫你爱出风头!

苗尘的第一封信,是他自己交给何果儿的。那天下了英语课,何果儿刚走出公共教室,突然听见人群中有人喊"何果儿"。何果儿循声望过去,要不是脑后那把毛刷子,她都没认出来那就是晚会上见过的诗人苗尘。他不像那天台上狂浪的样子,一件墨绿的夹克衫穿在身上,连领子都翻得整整齐齐。他喊着何果儿的名字,口气随便,像是和一个老熟人打招呼,但走过来时,步态神情都拘谨得紧。何果儿先开了口,你在喊我吗?你怎么知道我的名字?苗尘的脸红了一下,扬扬脑袋甩开额前的发,这才摊开双手笑着回答,你的名字怕是全校人都知道了,我怎么会不知道?何果儿奇怪了,为什么?苗尘说,《在水一方》啊!何果儿笑,哦,你不愧是诗人,太夸张了。苗尘眼里一亮,你知道我?何果儿点头,你是咱们中文系的名人嘛!你有事找我?这一问,苗尘刚松弛下来的表情又提起来了。他低头掏右边的裤兜又掏左边的上衣口袋,磨蹭半天掏出一个叠得很结实的纸鹤,急急夹到何果儿手里的《许国璋英语》课本里,然后扭头跑掉了。他瘦瘦的、高高的,脑后的马尾巴一跳一跳,汇入上下课的人流中,留下一个不和谐的背影。

何果儿现在见得多听得多了,凭经验已猜出手中的纸鹤该是一封情书。奇怪的是,她并没有出现传说中的什么脸颊发烫啊胸口怦怦直跳啊之类的反应。她只是纳闷著名的校园诗人为什么会给自己写情书,难道他没有女朋友?校园里尽是出双入对的情侣,一个浪漫不羁的诗人,竟然落花人独立?忍不住好奇,何果儿终于倚在金色的大银杏树下,拆开纸鹤。五大页稿纸,不出所料,一封情书。但感情的炽烈、表达的夸张、文笔的优美,还是超出了想象。何果儿读了一遍,又从头仔细读了一遍。她的心情和平日里品读一篇美文没有两样,有不少段落让她玩味不已,但她感觉不到它们和自己有什么关系。

苗尘在信里激情洋溢地记述了"诗歌之夜"登台唱歌的何果儿带给他的巨大震撼:

当你一袭白裙翩然走上舞台,我只是和所有人一样睁大了双眼,屏住了声息。你的美,是一种天籁,它浸润人心,它无害。那时候,我以为我只是邂逅了一首诗,我还未曾预料到仅仅是在几十秒之后,我的命运会发生怎样的变化。是的,当音乐响起时,当舞台的追光灯打在你一个人身上时,当你唱出第一句时,当你越唱越高,当你的眼睛沉静地望向黄河夜色时,我知道,我完了!

那天晚上,你在歌声中是否体验到一种飞翔的感觉?反正,在我的眼里,你就像一个挥着翅膀的月光仙子,随时会驾着歌声腾空而起,融进黄河的夜色茫茫、蒹葭苍苍。你不知道,在全场黑压压的人群中,有一个人是何等无望地匍匐在突如其来的被侵略中。我终于明白,我那么长久地孤独,是为了等待什么。我的生命在这样的醒悟中才开始具有了本来的意义。可是,我是如此忐忑啊,所有的光只在你身上,所有的光只跟着你走,就好像是你在说,要有光,便有了光。而我,我能走出这无尽的黑暗吗?

何果儿没有跟任何人提起苗尘写信的事,她最看不惯女孩子拿这种事到处炫耀。宿舍人问,那天大诗人找你说啥呀?她回,没事,只是打了个招呼。她以为这事就这么过去了。诗人,看上去那么骄傲的人,被她一张纸条拒绝了,总不会还死乞白赖来缠人吧?

谁知,不出两天,这事一下子成了全宿舍的共同话题。苗尘在收到何果儿的答复后,一口气写了五封长信,表达了自己的痛苦欲绝,以及决不气馁、决不放弃的信念。五封信是托何果儿宿舍的五个人捎来的。并且,他嘱咐她们,如果何果儿拒绝看他的信,他授权她们拆阅,并且读给何果儿听。于是,啼笑皆非的一幕幕戏开场了:午餐时,丁一梅一边往嘴里拨拉着土豆炒粉条,一边用河南味的普通话朗诵苗尘"带电的痛苦";吃完躺到床上,张琳好听的鼻音把诗人的华词妙句喃喃成了催眠曲;到了晚上,更是了不得了,她们轮番上阵,蓝思敏的炸嗓门、袁圆的四川话、李苏的江南软语,她们不光念,还配以各种表情、各种姿势、各种披挂。小小的宿舍,俨然成了一个喧腾的话剧排练场。

苗尘几乎没费丝毫气力便使何果儿宿舍的姑娘们成了他的同谋。现在,她们不光收他的信,念他的信,还开始在宿舍接待他了。沙丁鱼罐头,大白兔奶糖,1斤粮票换来的4两酿皮,还有平时舍不得喝的崂山可乐,她们都拿出来,堆在他的面前。面对姑娘们的热情,苗尘起初做出了受宠若惊的表情,很快便安之若素了。谁都知道,他并不是第一次接受这样的礼遇。在大学里,诗人才子可都是风光无限的人呢。每次苗尘来,隔壁宿舍的女孩们总是有事没事来敲门,然后一直蹭到苗尘走。每次送苗尘走,何果儿宿舍的人喊再见的声音都带着一种响亮的骄傲。

其实,何果儿不讨厌苗尘的情书。如果那不是写给她的,她也愿意加入宿舍的闹剧中。如果用江城方言朗诵那些热情洋溢的语句,肯定有出其不意的幽默效果吧?何果儿甚至也愿意和姑娘们坐在一起听苗尘说话。苗尘说话特别有意思,他读书多、见识广、口才好。无论古今中外的诗章美文,还是新潮晦涩的文学理论,他都能口若悬河,信"口"拈来。最让人赞叹不已的是,他知道很多文坛逸事、诗界趣闻。那些高高在上的作家、诗人,那些熠熠闪光的名字,从来只出现在神圣的书本上,如今苗尘谈笑风生间把他们引到了凡间,引进了这个普通的女生宿舍。他们不再神秘莫测,不再遥不可及。苗尘说起他们的写作、他们的情感,说起他们生活中的种种,就像说自己宿舍的哥们儿一样随便而真实,听得刚刚走出中学校门的大一女生们一愣一愣的。一天晚上,苗尘带来了自己在北大的留影。以此为据,他讲了前不久千里赴京专门去北大听崔健的演唱会的经过。那天晚上,苗尘嘴里的崔健把整个女生楼都引爆了。

在苗尘讲了崔健又讲了自己的走黄河奇遇后,连最嘴不饶人的张琳都承认她也是苗尘的崇拜者了。那是多么激动人心的经历啊,苗尘和诗社的三个同学一人一辆破自行车,怀里总共揣着四十块钱,从玫州的黄河桥出发,开始了路漫漫其修远兮的东行征程。一路风餐露宿,一路骑车,扛车,搭便车,徒步,其艰难的程度几乎不亚于玄奘去西天取经。可是,唐僧在路上遇到的尽是妖魔鬼怪,你知道我们遇到的是什么吗?苗尘问,眼光盯在何果儿脸上。见何果儿拨拉着手中的跳棋,他失望的目光扫过其他姑娘,诸位知道我们遇到的是什么吗?诗歌!诗歌的礼遇,文学的馈赠!如果没有这一趟走黄河,连我都不会相信,每一个城每一个镇每一个村,任何一个角落都有诗歌,都有热爱诗歌的人。文学的力量无处不在,生生不息,如鲁迅先生笔下的野草。

苗尘的声音大起来,眼睛里有火花迸溅。他不再时不时地扭头关注何果儿,而是对着大家慷慨激昂地讲起来。姑娘们的心随着他的话语一阵阵激情澎湃。是啊,原以为诗友相携走天涯只是留在久远年代的佳话,原以为以文会友、一见倾心只是古时诗情的传奇,但眼前这个人,将神话演绎成了现实。苗尘说,每到一个地方,只要拿出发表着他的诗歌的杂志,只要说他们是大学生诗人,当地的文学爱好者就会蜂拥而至。苗尘说,那些地方大多平淡无奇,那些人面目模糊地混迹于庸庸碌碌的人群中,但文学是多么神奇的事啊!只要一说到文学,他们便会从各个角落应声而起、脱颖而出,像失散多年的亲人突然聚拢在了一起。文学、诗歌,这些字眼简直像接头暗语,它们把一类人和另一类人永远地区分开来,又让同类在最短的时间内认出彼此。苗尘说,所到之处,那些来自兄弟院校的诗友、文学社团的同盟的关心和支持就不用提了,那是天经地义的。就是在一些偏僻落后的临河小镇上,只要拿出诗刊和学生证,饥肠辘辘的他们,脏臭不堪的他们,就会被领到热气腾腾的饭桌上、干净舒适的床上。常常在酒足饭饱之后,前一刻还不知道姓名的人俨然已成了最贴心的兄弟,他们搂搂抱抱跟跟跄跄在陌生的街头,大声念诗,大声唱歌,大声争吵,甚至大声哭泣。记得在某个县城的夜里,文化馆的一个年轻人招待了他们。酒过三巡,那个年轻人说起馆长对他的各种压制,苗尘几个人一听怒火中烧,当即提着酒瓶子就去砸了馆长的门。压制文学青年,就是压制文学,就是与天下文学人为敌。就算不喝酒,这事他们也冷静不下来。还有一次,是在某个城乡接合部,那个看上去威猛粗糙的中学数学老师拿出了诗稿,竟然全都是爱情诗,竟然每一首都细腻而柔情。他们一手拿着诗一手端着酒,听完了爱情诗背后的故事,到最后几个人齐刷刷流下了眼泪。男儿有泪不轻弹,只因未与诗做伴。

苗尘说,他们就这样走过了宁夏、内蒙古、河南、山西、山东。

从玫州骑过去的破车,四辆报废了两辆,中途只好骑走诗友的。除了自行车,他们还穿回别人数量不等的牛仔裤、T恤和运动鞋。

你们知道那种感觉吗？苗尘问姑娘们,我可以安心地换上一个穷诗人仅有的一条干净的裤子,也可以安心地享用那些混得不错的哥们儿一掷千金的招待。他们的就是我的,我的就是他们的。

姑娘们茫然相望,都说不出什么。她们一直生活在学校老师和父母的双重管束中,来大学报到甚至是好多人的第一次出远门。苗尘所说的一切,她何从体验？但这样浪漫的行走,这样纯粹的友谊,怎能不让人神往？她们沉浸在一种莫可名状的感动中,情不自禁地互相握住了手。

路上遇到过女孩吗？张琳突然问。就是那种美丽的勇敢的文学女青年,哭着喊着要跟你一起走的。

大家都笑了。苗尘点点张琳,你倒是知道得不少！文学女青年,肯定有啊,在八十年代的神州大地上,处处都有文学女青年！哭着喊着要跟我走的也不少呢。不过,那是她们自己的故事,和我无关。

人要跟你走,怎么就跟你无关呢？蓝思敏的大嗓门叫起来了。

当然跟我无关啊！虽然她们中间不乏漂亮的、有才华的,但我从没招惹过任何一个,从没承诺过任何一个,所以,她们自己的感情付出,自己负责,与我扯不上关系。苗尘平静地回答。

我苗尘二十三岁了,吃过苦,流过泪,相比你们这些天真无忧的小丫头,我也算饱经沧桑了。请相信我,我绝不游戏人生。我的感情,早就尘埃落定在你们宿舍了。苗尘说。

晚自习后回来,宿舍里开始了又一轮"毒刑拷打"。六儿,你到底是个啥态度?蓝思敏盘腿坐在床中间,腰板挺得真像一个法官。何果儿趴在桌子上头也不抬,别打扰我,文学概论的笔记我还没记全。丁一梅起身收掉何果儿的书本,不准你回避,不准你装聋作哑!何果儿哇哇乱叫起来,你们欺负人!我怎么回避了?怎么装聋作哑了?我都说过一万遍了,我的态度就是没态度,不可能!李苏递过一杯水来,看把小六为难的!何果儿瞪眼,你少假慈悲,我和你们的大诗人,绝对没那种可能,有什么为难的!别人还要说什么,袁园突然站起来,颇有大将风度地一挥手,没可能就没可能吧,拉倒算了!说实话,我们整天给你传信、念信,也腻歪了。这话一说,姑娘们笑得东倒西歪的。张琳扳起何果儿的脸,小六,我最后问一遍,你看着我的眼睛,真的绝对没可能?何果儿答,没可能。为什么呀?你不是也喜欢听他海吹胡侃吗?你不是也说他的诗蛮好的吗?你不是也不讨厌他的情书吗?

这没错,可是,可是——何果儿不知道怎么准确地表达自己的内心感受。五张脸一起凶巴巴地凑过来,可是什么?讲!何果儿心一横,就是……就是不能忍受单独和他在一起,哪怕只是想想要和他单独在一起,都心灰意冷得要死!姑娘们面面相觑。张琳压低了嗓门,为什么?为什么?是不是我们上次故意跑掉把你一个人留给他,他非礼你了?对了,你自己也跟他出去过一次,到底发生了什么?老实交代!

何果儿不屑道,你能不能不这样低级趣味!人家苗尘和我一个人说话时,可是正襟危坐,一派绅士样,你这不是诽谤人家吗?

大家失望地退回去。丁一梅嘟囔,那你干吗怕单独见他呀?李苏长叹,你们咋这么笨呢?还看不明白啊?咱们小六不爱苗尘,爱不起来,就这么简单。袁园点头,我早看出来了,但凡六儿要有那么一点意思,早就嫌咱们是电灯泡了。蓝思敏一拍桌子,那就这么定了,这事也闹了不少日子了,到此为止!爱不爱是果儿自己的事,咱们五个人再别瞎撮合了,苗尘的信不能再接,他要找到咱们宿舍来,也别再打趣,大家正常聊天,权当没这回事。何果儿重新摊开笔记本,这就对了,早该这样了,你们以为你们是谁?媒婆吗?不好好学习,不务正业,假期回去让爸妈打断你们的腿!张琳摸着何果儿的头做得意状,我们天之骄子,谁敢碰我们的腿?可怜的孩子,你是在吓唬自己吧,你家里可有一位有则改之、无则加勉的老爹呢。

天气冷起来了,二嫂给果儿寄来了新棉衣,何果儿约章蕙一起去取。刚走出邮局门,何果儿就兴奋地拆开了包裹,一大片亮丽的颜色倏地跳到了眼睛里,是一件藕荷色的鸭绒大棉衣,款式大方新颖。何果儿试穿了一下,又暖和又轻薄。章蕙说,关键是这颜色特衬你的肤色,显得冰清玉洁的。包裹里还有一套帽子围巾,纯白色的长围巾,纯白色的贝雷帽。何果儿兴奋得跳起来,我早就想要这么一顶帽子了,二嫂真伟大!章蕙打量着何果儿的样子,迟疑道,你确定你能戴出去吗?这也太洋气、太招眼了吧?何果儿说,为了美,我豁出去了!章蕙笑,现在,你倒是和李菲菲一样了!

说起李菲菲,何果儿不作声了。章蕙问,你最近有李菲菲的信吗?她亲妈不是在玫州吗?她要是来这儿看她妈,我们就可以见面了。何果儿摇头,好几个星期没她的信了。上封信她说上班挺忙的,还要下乡,顾不上来玫州。章蕙说,我总觉着李菲菲她爸给她找的那个工作未必能拴住她。你想想,李菲菲那心气,能是在江城县农技站安心当工人的人吗?可怜她爸一片苦心,未必有好结果。按说,和李菲菲一般大的女孩,在咱们江城也该谈婚论嫁了,只要她不跟自己过不去,有一份安定的生活,其实也是好的。何果儿说,问题就在这里,她肯定跟自己过不去。别说她,连我都觉得过不去。章蕙你说说,上大学这段时间再回顾一下过去的事,难道不觉得当年对李菲菲太严苛了吗?咱们现在身边的同学,哪一个不比李菲菲大胆出格?除了最后拉扯了几下公安局的人,她具体犯过什么事?成长得那么血雨腥风,太冤了。章蕙说,血雨腥风,也太夸张了吧!不就是比你我多了点孤独?何果儿激动了,孤独?你说得倒轻巧!一路被同学诽谤排挤,被学校压制处分,最后被开除。而且,唯一喜欢过的男生被枪毙了!章蕙说,果儿,你的嘴可真牢靠啊!好几年的事了,你今天第一次承认李菲菲喜欢张建军。何果儿低下头,不是我对你保密,其实也真没什么事。现在回头看,那样的少年情怀太让人心酸了。章蕙说,你总是这么敏感多愁。照我说,李菲菲当年是有点冤,可你不能拿我们今天的环境做比较,我们这是大学,关键是,现在社会在发展嘛!一切总是越来越开放宽松。不说李菲菲,就连张建军也罪不至死吧?可没办法,他就赶上那时候的形势了。所以,你和李菲菲通信,不要总沉湎于过去,要疏导她的情绪,乐观起来。何果儿嗔怪,你这么能说,你干吗不自己劝她?章蕙正色道,我是要给她写信。以前有些事做得不好,高中时又太忙,对她的关心太少了。

　　这天晚上,蓝思敏去参加学生会的活动,带回来一个爆炸性新闻。大家几乎是隔着两层楼就听见了她的气喘吁吁。待到她撞开宿舍门,她们放下手中的书准备迎接她惊天动地的大嗓门时,她却一言不发,先是深深地与每个人对视一眼,然后重新打量了一下何果儿,就坐到床上打开了日记本。她这是怎么了? 上铺的李苏吊下长长的腿,双脚乱拨拉着去钩她,对面的丁一梅扔过去一颗话梅糖,她还是煞有介事地绷着一张脸。袁园挤着眼说,都别闹了,舍长赶着写活动总结呢! 话音未落,蓝思敏从床上蹦起来,谁写活动总结呢! 告诉你们,我受刺激了,太刺激了! 我必须得把这几天的人生感悟写到日记里,懂不懂! 一听这话,嘘声四起,什么大刺激啊,顶多是又一个满脸粉刺的家伙塞给你一封求爱信了吧? 哟,还人生感悟呢,有什么人生感悟快拿出来和大家分享啊,写到日记里有啥用? 天生丽质想自弃啊?

　　蓝思敏听着她们的调侃,满脸一副鄙夷的表情,我可不像你们这般境界低下,永远徘徊在一个小我上,我关注的是人类的普遍情感! 不等大家再嘘,她接着说,告诉你们,苗尘剃光头了!

　　啊? 剃光头? 苗尘? 这是什么情况? 大家哗地围过来。蓝思敏说,苗尘剃光头发生在前天下午他从咱们宿舍出去以后,截止到今天晚上系学生会开会时,这事已升级成了全系尽人皆知的"光头事件"。你们看看,唯有咱们六个人被蒙在鼓里。我要不是去开会,还不知人家在背后怎么议论呢。丁一梅急急地问,怎么议论? 蓝思敏瞅了一眼何果儿,摇摇头说,算了吧,不知道也罢。何果儿一下火了,你说呀,人家说我什么难听的话你倒出来呀,用不着为我遮掩!事件?你也太高抬苗尘了吧!他把那男不男女不女的头发剃掉了,就成事件了?你凭良心说,我和苗尘到底有什么?我对他说过什么,做过什么,有哪样是你们五个人不知道的?蓝思敏喊,你冲我发什么火?简直莫名其妙!你放心,没人说你难听的话!人家不过是说苗尘被一个不食人间烟火的圣女伤得斩断情丝,自此了结尘缘了。姑娘们又是一阵惊呼,了结尘缘?他要出家当和尚?蓝思敏说,各种说法,有人说他昨天晚上砸破了啤酒瓶准备割腕自杀,有人说他凌晨两点爬起来写了首诗,说他今生今世不会再爱上一个女人。据说那诗是苗尘所有爱情诗中最力透纸背的一首。

张琳说,前天他来咱们宿舍,果儿说任何情况下都不再看不再听他的信,说这是最后一次拒绝他,希望他不要因为自己是校园名人就可以不顾低年级同学的反感,再三打扰人。他听了这话,当时就起身走了。诗人嘛,感情总是激烈一些,闹一闹也是正常的,闹完就消停了。李苏笑,只是想不出长发飘飘的诗人留个和尚头是个什么样子。何果儿怒道,学贾宝玉撒泼卖嗲,动不动说要当和尚那一套吓唬谁呢?这里没有他的林妹妹!蓝思敏说,何果儿,你还别说吓唬人这话,真瘆人的我还没说呢。知道吗?他把你的名字文到胸口上了,三个刺青大字,真真的!今晚听他们说,几乎整个楼的人都见过。男生嘛,就算不去澡堂,也是动不动光着膀子,哪能藏得住?何况苗尘这么做的意思原本就不是为了藏。

满屋子的大呼小叫中,何果儿骂了一声,恶心,流氓!然后趴床上哭了。

校园里落了一层雪,踩上去虽是薄薄的,却也满目皑皑,遮住了深冬的荒败和粗粝。远近高低的房顶上和树上显得厚些,衬得灰扑扑的楼群兀地有了一种清寥的美感,嶙峋的树枝更是银装素裹,显出丰盈欲坠的诗意。几个女生在丁香园拍照,一会跪在地上双手掬起白雪,一会又争抢着去偎在树上,那些雪便被纷纷地抖落,落在了她们的头上、身上,四散着晶亮的啁啾。不远处的楼门口,另一群女生在叽叽喳喳忙着布置一棵高高的盆景,那应该是外语系的同学,他们今晚要举办圣诞晚会,海报昨天就贴到各个教室和宿舍楼上了。那么,那披挂得花红柳绿的塑料树就是传说中的圣诞树了?

圣诞晚会,新年晚会,各省各地区的老乡聚会,兄弟院校的联谊晚会,在一年最寒冷的季节,大学校园却走进了沸腾的嘉年华。一学期的课程业已结束,紧张的期末考尚待几日,青春作乐恰逢其时,一切的宣泄,一切的放纵,一切的飞扬和沉沦,都在迎接跨年钟声的大氛围中找到了理由。音乐楼不必说,连其他院系的教学楼内也震天响地放着霹雳舞舞曲,很多餐厅一到晚上就被开辟成了交谊舞场。从男生宿舍的玻璃窗里动辄飞出来形态各异的酒瓶子和"千金散尽还复来"的豪放诵读。中文系101公共教室窗外的树林里,有时传来吉他的弹奏声,清寥的、寂寞的,像是等待着一个和声;有时是内容不明的争辩声,慷慨激昂忽作鸟兽散;有时是嘈嘈切切的私语,夹杂着嘤嘤的哭泣,是女声,或隐或现,似远又近。像鬼,像十年前闹过鬼的那房间,一星烛火下坐着雷电一样的繁漪。

何果儿坐在101公共教室发呆,她不知道自己为什么这么容易陷入发呆。明明还有许多功课没复习好,才不顾大家反对来教室的。李苏没怎么见过雪,大清早推开窗就哇哇乱叫,喊大家一起去堆雪人,又说去落雁滩拍雪景。宿舍里越来越热闹了,每天每个人都有老乡、老同学造访,瓜子皮堆得"满坑满谷"的。除了闲聊、看电影,就是打牌,学狗叫、粘胡子、顶缸子、钻桌子,五花八门,笑料百出。袁园的一个老乡再三请她去跳舞,她不愿一人去,发动了全宿舍。到那儿乍一看,一对对男生女生搂抱在一起,在迷离的灯光下,徜徉在同样迷离的舞曲中,还真像电影里曼妙的场景。可待到适应了光线,却发现舞池里除了三五对跳得洒脱自如的、一两对自我感觉洒脱自如的,其余人的笨拙和紧张一览无余,直让人发笑。但尽管跳得不好,敢邀请女生跳舞,有女生陪着跳舞,就已经是很值得骄傲的事情了。于是,那些男生的腰板挺得很直,脖子仰得老高,转圈转过围观的男生堆旁边时,他们一只手把女伴的手高高举起,一只手扶在女伴的腰髋处,来一个刚刚学会的花式旋转,让女伴的裙子飞舞起来,让女伴的裙角把她的腿和他的腿裹在一起。于是,周围的男生,嘴里发出了嘲讽的嘘声,眼睛里却喷射出嫉妒的火。昏暗中,那火像狼的眼睛。没错,狼。是他们自己说出来的。"狼多肉少",窃窃私语中跳出来这个词,他们自嘲地哈哈大笑,然后又虎视眈眈起周围的女生来。

袁园被她那个老乡请去跳了。虽然他故作娴熟,但谁都看得出来,其实他也不怎么会跳。进三、退三,不到两分钟,他的脚踩了袁园两次,他的脸撞了袁园一次。要不是丁一梅神速地捂住了蓝思敏的嘴巴,惊天动地的笑声准会压倒乐声喷薄而出。你们看,袁园痛苦的表情!五个人在角落里笑得直抽,起身,却见五个高高低低的男生,互相壮胆似的,整齐地站到了她们面前。

除了那一次,何果儿再没去过舞场。不说跳舞,就连唱歌活动,她也兴趣索然了。"诗歌之夜"中一曲《在水一方》,她的歌手之名早就传遍校园了。临近元旦,班上、系里、学校都要办晚会,到处嚷嚷着要她出节目,可她不去唱,哪里都不愿唱。

看样子,苗尘光头、文身这些事,把咱们小六给伤到了。你们没发现她最近郁悒得很吗?李苏说,好多次集体活动她都没参加了,今天这么好的雪景咱们去拍照,她竟然也说不去,讨厌死了!

果儿,苗尘做什么那都是他自己折腾,一点不干你的事,我们全宿舍都可以为你做证,你可千万别为这些事伤神。再说了,这苗尘说不来真就一次也不来了,信也不写了,这不都结束了吗?你还愁什么?张琳关切地坐到了何果儿的床边。何果儿摇头,我没愁苗尘的事。张琳问,那你愁什么?

那你愁什么?坐在空旷的教室里,何果儿问自己。书本摊开许久了,却连一页都没看完。本来没意识到,今早李苏一提,何果儿这才猛地醒悟到自己确实精神萎靡得很。也许,这与苗尘的荒唐行径不无关系。自从知道剃光头、文名字那些事,何果儿来去进出总觉得好多人都在盯着她,她觉得丢人。但正如张琳所说,苗尘的事确实已经结束了。苗尘这人,在你面前时动静挺大,但只要他消失,他也就彻底消失了。让何果儿低沉、消极、郁悒的,是连她自己也理不清楚的一种纷乱的、落寞的思绪。

也许,我们都多少有点高考后遗症。章蕙说,我们习惯了高三时那种拼命学习的日子,白天在学校做题,晚上到家里还做题;白天在学校让班主任骂着,晚上到家里爸妈还骂着。想想真后怕啊,那是人过的日子吗?万幸,我们算是过来了。可是这大学和中学的差别也太大了,一切的一切,都太不一样了。果儿,你有这种感觉吗?突然间无边的自由。想读书,读;想上课,上;想吃饭,吃。反之,也没人逼你、骂你。高中时,谁和谁好这样的话题听听都心惊肉跳的,现在看看,谈恋爱比什么都理直气壮呢。这种日子,刚开始让人兴奋得很,但时间一长,就觉得空虚,没有目标。

所以说,没有无边的自由。自由也是牢笼。何果儿说,我这几天读一本书,昆德拉的《生命中不能承受之轻》,大概就是这意思。

章蕙说,我大概得从现在就确定考研,就开始准备,不然,更迷茫了。何果儿问,你是不是受那个东北研究生的影响了?这么早就决定要考研?章蕙眼神飘忽,哪里受他的影响了?我和他没来往。

何果儿不知道要做什么。回想多少日子的日夜苦读,都是为了一个最后的目标。如今,理想的大学,理想的专业,一切都如愿以偿了,可越来越发现,这不是最后。这里,并没有一个可供安心栖息的最后。这里,不过是走向又一个最后之地的驿站。是的,一学期就这么过去了,那么,剩下的七个学期之后,她将去往何处?最后挥别这里的自己,该是一副什么模样?

她有一种诉说的冲动。稿纸上,涂上了长长短短的句子。一种空虚在渐渐消释,而另一种莫名的痛,却开始一下一下揪她的胸口。课本早就收起来了,笔下喷涌而出的乱七八糟的句子,她不敢叫它们诗。校园广播的午间音乐遽然响起,她慌乱地撕下又一页。她用她的纸包起她的火。

宿舍楼门口,候着苗尘。自打听说他剃光头,何果儿就再没见过他。虽然一眼认出了他,但眼前的人确乎不像是她认识的那个了。一个多月的时间,苗尘变化太大了。他喊何果儿,口气还像以前一样亲切,眼神却凄迷着,没了热情的锋芒。他见何果儿抬头打量着自己,便笑着伸手拍了下脑袋,嗨,怕惊着你,找了顶帽子把锃光发亮的大脑袋给盖住了。何果儿看着他灰色的棉衣领子上的一处污渍,看着他头上咖啡色的鸭舌帽扣得低低的,几乎遮住了眉峰,脑后却暴露无遗的样子,心里隐隐难过起来。第一次见他是朗诵"黄河之水天上来"的他,那样风流倜傥,简直没办法和今天的狼狈潦倒样联系起来。她起初也是像同宿舍的姑娘们一样仰慕他,崇拜他的,就算他后来死缠烂打,她不得不严词驱逐他时,她的心里,对他也是有歉疚的。可后来不一样了。后来他传出什么自杀,又闹剃光头、文身的事,她就开始厌恶他了。也许他想用那样一种骇人听闻的方式感动她,但她感受到的除了伤害,没有别的。

何果儿问,找我有什么事?苗尘说,这回不是我找你,是大李。何果儿一惊,大李?他怎么会找我?他不会记得我吧?苗尘朝远处一努嘴,你自己看,那不是他吗?不记得你?只要那天晚上去过落雁滩的人谁敢不记得你?大李在玫州音乐界可是大师级的人物呢!我们玫大人敬神一样敬着他,可他还不是和小男生一样候在你的宿舍楼下?何果儿怒道,拜托你,别再这样油腔滑调好不好!

苗尘连连点头,好,好！我今天是受大李之托来找你的,也拜托你给我一点好脸色。

大李斜跨在一辆摩托车上抽烟,见何果儿、苗尘走近了,他站直了身子。大翻领的黑色皮衣,紧绷在腿上的皮裤,及膝的大皮靴上钉满了各式铜扣。他潮气的全身武装和身后黑森森的摩托车,陡然出现在校园风景里,有一种不谐调的重金属味,似乎使冬季的冷酷更浓烈了。但他的笑容是暖的,他像一个老熟人一样招呼何果儿,小姑娘,最近可好？记得他上次也是叫她小姑娘。上次他是松垮的老头衫打扮却自始至终戴着大墨镜,何果儿不知道这个看似剽悍粗粝的人竟然有着这么秀气温和的眼睛。可能是怕风吹乱长发,今天他把头发束到了脑后。但他的小辫儿和整个人的气质装束是一致的,不像苗尘那么不伦不类。

大李说,小姑娘,这段日子受够了大诗人的骚扰,是不是？他哈哈大笑起来。怎么,连校外的人都知道这事了？何果儿的脸颊烫起来。大李好像看懂了她的心思,别介意啊,我这人直性子,苗尘的事我一般都是知道的。怎么说呢？他这次确实是动了真情的,可表现得还是差劲些,你烦他是应该的。你一个小姑娘家,哪里受得了他那套穷凶极恶的把戏！不过,人家是诗人嘛！诗人总有一些不同凡俗的表达方式,这个咱们也要理解,对不对？何果儿说,这事已经结束了。大李顿了一下,看看低头不语的苗尘,对,是结束了。不管他怎么用心,这事讲究的是你情我愿,既然你这样态度明确,他就不会再缠着你了。我们是多年的好哥们儿,我可以向你保证,苗尘这个同志本质上还是个好同志嘛,你不要把他看成那种死乞白赖的流氓混混。何果儿说,我没有。苗尘插话,没有就好,还是让大李跟你讲正事吧。

大李找何果儿是因为市里要在元旦举办一场业余歌手大奖赛,他昨天刚从外地回来,一听说这事就想到了何果儿。出于爱才惜才之心,他认为他一定得请她参加这次比赛。他说像她那样明亮宽广又干净的嗓子,任何一个爱音乐的人,都不会容忍其荒废下去。

何果儿听大李讲完,立即开口谢绝他,马上就要期末考试了,我不想分心去唱歌。再说了,我喜欢唱歌,只是喜欢而已。要是想这么抛头露面参赛什么的,高中时我就听音乐老师的话报考音乐院校了。大李说,小姑娘,我这么跟你说吧,你拒绝参赛可能是因为你内心里比较拒绝我们这种人,来历不明的社会青年,抽烟喝酒,打扮得奇形怪状,和你这个德智体全面发展的社会主义接班人,和你们大学里的天之骄子们,完全是两路人,对不对?

何果儿急急分辩,这有什么关系?明明是两码事嘛!但她觉得他的话奇怪地说中了她的部分心思。大李一摆手,不是两码事,其实主要原因就在这。你喜欢唱歌,但你不想和我们这种人搅和在一起。苗尘调查过你,你是干部子弟,家教很严,所以虽然小小年纪但脑子很顽固。何果儿说,好吧,随你们调查,随你们批判。大李说,还有一件事,我也得说破了。你可能还有一层顾虑,是不是苗尘想借这事再接近你?我告诉你,他不会,这事完全是我提议的。或者你以为,是不是我会和苗尘一样追求你,假唱歌之名行勾引之实?你别瞪眼睛,小姑娘,保不准你脑子里就闪过这个小念头。那么我告诉你,你很可爱,也很漂亮,而且特有才华,可在我眼里你就是一个会唱歌的小妹妹,仅此而已,明白了吗? 我大李虽然一贯追逐美好的事物,但对你,我不动歪心思。我今儿把话撂这儿,也算是为了打消你的顾虑,自断后路了,哈哈!

大李这一番慷慨陈词,听得另外两个人都怔怔的。何果儿觉得在这个话题上再做分辩也无趣,便只说最近确实对唱歌失去了兴趣。大李凑前一步,盯着何果儿的眼睛问,真的? 没兴趣了? 对唱歌没兴趣,那听歌有兴趣吗? 大奖赛的晚会上,有人唱崔健的歌,想不想听? 还有齐秦的,知道齐秦吗?

齐秦? 何果儿兴奋地跳起来,知道,当然知道呀! 事实上,知道齐秦才是上周的事。上周去团委开会,见一个老师的办公桌上放着一盘叫《狼》的磁带。她只瞥了一眼,便被俘获了心。从照片上看,那歌手冷傲不羁又清俊脱俗的气质,不同于何果儿以往知道的任何一个明星。老师说齐秦是台湾歌手,大陆市面上还没卖他的磁带,老师是去北京参加大学生音乐活动才淘到的。何果儿鼓起勇气借了磁带,说好这周去还的,但到现在都舍不得还。停课复习这两周,除了去自习,她一直都在反反复复地听那盘带子。她沉醉于那个专辑中的每一首歌,沉醉于齐秦唱出的每一个旋律。宿舍人笑她走火入魔,但她们自己也爱上了齐秦。

嗬,不错嘛,算得上资深歌迷了! 大李笑了,看你这表情,是同意到那儿去听齐秦的歌了? 何果儿全然顾不得自己前一分钟还那么坚决地拒绝人家,她点点头,又急急地发问,谁? 谁唱齐秦的歌? 你吗? 大李说,唱齐秦的不是我,我太糙了。我唱崔健。何果儿像第一次见他似的认真地打量了他一遍,这才点头说,你唱崔健,肯定特棒!大李笑得更欢了,小姑娘,你这么多话,就这一句让人听着舒坦!行了,比赛去吧,我早就知道你会去,昨儿就给你报上名了。何果儿犹豫,可是,难道我要和你、和那个唱齐秦歌的人比赛?那怎么个比法?大李摇头,不是的,我们是特邀歌手,不参加比赛。何果儿高兴了,那你会当评委吗?大李又摇头,幼稚啊小姑娘,评委轮得上我这样的边缘音乐人去当吗?玫州市的许多文化官员还排队抢呢。反正,你别管谁当评委,只当去玩一个晚上就行了。明天下午先去文化馆参加一下初赛。何果儿喊,这么快啊,连歌都没选呢。大李说,没关系,初赛淘汰不掉你的。对了,选歌别选《黄土高坡》哦,这满世界都刮西北风呢,都要听吐了,哈哈!

　　元旦前夜,决赛安排在飞天大剧院举行,是一番辞旧迎新的大场面。何果儿没打扰宿舍姑娘们的新年狂欢,她只让章蕙一个人陪着自己。章蕙到剧院一看那阵势,就替何果儿紧张得不行,不停地叨叨,待会你上台可别紧张啊,管他什么飞天大剧院,你就看成是咱们江城一中的操场。其实,何果儿倒显得一点都不紧张。今晚她心有旁骛。她参赛的歌曲是《掌声响起》,自我感觉是唱得不好不坏,正常发挥而已。唱完回到台下,章蕙握过来的手是汗涔涔的,果儿,我都快晕过去了,生怕你跑调,生怕你抢拍,生怕你忘词,生怕你唱的是《掌声响起》但唱完一点掌声都没有,还好,还好,掌声雷动啊!果儿,你真棒!何果儿骂,没出息!你从小陪着我长大的,难道没见过我上台?章蕙说,哎哟哟,你可搞清楚了,那是在江城,这是玫州,舞台和舞台是一样的吗?何果儿故意气她,你呀,就是太功利了！对上台表演的人，不管什么样的舞台，只要一上去就都是一样的！

所有参赛曲目都结束了，在评委们合计选手分数的时候，嘉宾歌手们开始演唱。大李的《一无所有》果然非同凡响，决绝有力的嘶吼中，痛苦和思索表现得十分到位。他又戴上了大墨镜，从头到脚的黑在炫目的灯光下闪着凛凛的光。连章蕙都开始嗷嗷叫了，连章蕙都跟着鼓荡全场的节奏扭起来了，噢，噢，噢，你何时跟我走……何果儿的手心这才渗出了汗，她一边为大李喝彩一边紧张地期待着后面的节目。终于，主持人说，现在，隆重请出去年的金奖获得者康楠为大家演唱！话音未落，全场沸腾，呼喊声、尖叫声、呼哨声四起。章蕙急着问，康楠又是谁？是谁？何果儿答，齐秦。

真的，仿佛齐秦站到了台上。那一幕，多少年后还在何果儿的脑海里，从来没模糊过——那个叫康楠的歌手，还未登场便引爆了整个剧院，一露面一张口便使何果儿遭遇了从未有过的沦陷。

"北风在吹着清冷的街道，街灯在拉开长长的影子。走过的路，想过的事，仿佛愈来愈远愈来愈长愈来愈多愈来愈难以抛开……"他唱的是齐秦的《狂流》，很难唱的歌。可他唱得和齐秦一模一样，他唱得竟然和何果儿连听了两周的磁带上的《狂流》，一模一样。

甚至，就连他的外形、脸形，就连眼睛，都像极了齐秦。辉煌的舞台上，引吭高歌的他，活脱脱就是那个磁带封面上的齐秦。狂野的美少年，音乐的精灵。

掌声雷动中，他鞠躬谢幕。然后，在台下一浪又一浪的呼唤声中,他又被主持人请了出来。这次他自己报了歌名,下面,我为大家清唱一首《掌声响起》。

康楠轻轻唱出的歌,确实是何果儿刚刚唱过的《掌声响起》,但分明又不是了。"孤独站在这舞台,听到掌声响起来,我的心中有无限感慨,经过多少失败,经过多少等待,告诉自己一定要忍耐……"这样的歌词,这样的旋律,在没有音乐伴奏的空旷沉静里,从康楠的声音里流出来,仿若才有了它真正的意味。康楠的歌声是纯粹的,又是忧伤的,是澄澈的,又是沧桑的。相比之下,何果儿的《掌声响起》就是一种为赋新词强说愁的煞有介事。

他唱得太好了,是不是啊?果儿你说是不是啊?章蕙在耳边使劲地喊。何果儿不作声,她被康楠的歌声击中,已不能言。

比赛结果出来了,何果儿得了三等奖。上台领奖时,大李跑过来给她献了一枝塑料花,故意动作夸张,逗笑了周围人。他说,才三等奖就这么欢天喜地啊,小姑娘!何果儿大声应,三等,够了!她突然看见康楠,原来他也是颁奖嘉宾。巧的是,他刚好就来给三等奖颁奖,他刚好就站到了何果儿的面前。他把奖品递给何果儿,又像模像样地和何果儿握握手说,祝贺,祝贺!然后,他似乎就不知道该怎么做了。而何果儿只是盯着他傻傻地笑。

他说,对不起,唱了你的歌。

原来,他是知道的。原来他听了她的唱。何果儿有点羞惭,她冲口而出,你唱,其实就是告诉我,那不是我的歌。

他稍显慌乱地低下头,不是你说的这个意思。是想和你同唱一首歌。本来准备的是别的歌,所以没有伴奏,只好清唱。

他高出何果儿一个头,他至少应该一米八〇吧,但过于清瘦,使他显得并不高大。他的头发随意地蓬松着,他的脸薄薄的,鼻梁挺挺的。面对面细看,他还是像极了齐秦。他的眼神干净而又忧郁,像他的歌声。

如果你不唱《掌声响起》,就不会显得我太差,我或许可以得个二等奖呢。何果儿开玩笑地说。她真的特别欣悦,心里一圈一圈欢喜的涟漪。康楠要走了,又回头一笑,你本来就应该是二等,是评委们没眼光。

不知道什么时候开始下雪的,剧院外面一片银白世界。何果儿和章蕙惊喜地大呼小叫,捏着雪团在路上追逐玩耍。这时,一辆摩托车呼啸着停在路边。是大李。身后是苗尘。咦,今晚他也在啊?怎么没露面呢?苗尘说,两位师妹,我们送你俩回学校吧?何果儿摇头,不用,不用,我俩想玩一阵,然后坐公交回去。苗尘还想说什么,大李挥手止住了他,得了,诗人,与其在这儿讨小姑娘的厌,不如陪我喝两盅去,整晕乎了还可以再写一首诗。上回"诗歌之夜"完了,你不是给这个小丫头写过诗吗?叫她什么来着,对了,月光佳人!苗尘愤然说,灵感早被无情扑灭了。何果儿避开话题,我要跟大李哥学唱摇滚!大李哈哈大笑,作势要从车上跌下来,哎呀呀,怎么一下子就叫成哥了?我受宠若惊啊!唱摇滚可以呀!可是既然跟我学唱摇滚,就得喊我老师,怎么倒叫起哥了?小姑娘,这哥啊妹啊的,纯洁的革命关系好端端被你庸俗化了。

摩托车消失在城市的夜色中。章蕙说,其实,这些人也还行,不像之前想的那样。何果儿说,对啊,上大学后才发现许多与我们想法不同、行为做事不同的人,其实也是可以欣赏可以相处的,像过去那样爱憎分明,可能就狭隘了。章蕙说,那也得看是什么人、什么事。我上铺那位,她男朋友资助她读高中,复读一年她吃住直接在人家家里,结果一考上攻大,就把人家男孩给蹬了。你猜怎么着?她现在成天往我们班主任宿舍跑呢。大家都说,她是为了想留校去勾搭年轻的单身老师。一路利用人,特卑鄙。

这时,康楠骑着自行车追上来,是章蕙认出了他。她悄声惊叫,快看,齐秦,齐秦!何果儿回头看,康楠喘着气大声喊,何果儿,我可以送你们回去吗?何果儿也大声喊,不行!为什么?康楠问。不为什么!这一次是何果儿和章蕙齐声喊出来的,然后是哈哈大笑。笑声在夜风中袅袅地冒着白汽。那我可以去找你们吗?何果儿答,可以,如果你找得到。

三天后,康楠找到了何果儿的宿舍楼下。那是个奇冷的下午,何果儿穿戴得像个北极熊,她跑过去大大咧咧地拍了一下康楠的胳膊,嗨,你还真来了?怎么知道我住这栋楼的?康楠的脸红了,好半天才开口,你戴这帽子很好看。

快放寒假了,因为寒冷,因为大家都集中在教室、图书馆和宿舍准备期末考试,刚刚经历了一场节日狂欢的校园陡显萧条、空旷,万木凋敝的哑寂无声。何果儿和康楠慢慢走着,慢慢感觉着一种沉默的压迫。何果儿是喜欢说说笑笑的,但康楠不说话。康楠不见了第一次见面时的热情和大胆,何果儿也就不知道说什么好了。他们走过宿舍区,走到了广场上,又在图书馆楼下盘旋一圈。终于,何果儿说,我请你吃饭好吗?我们去吃馄饨。

还不到饭点,馄饨馆里只有四个人,显然是两对情侣。一张桌子上,一个男生用勺子给女孩喂汤,女孩撒娇,再吹吹嘛,还烫;另一张桌子上,一个女孩仰着脸,泪水一串串无声地划过她的脸颊,她对对面的男生重复着一句话,我要你去死。我要你去死。那个男生趴在桌上,一动不动。

那样汹涌的泪水,那样奇怪决绝的一句话——我要你去死。何果儿想说点什么冲淡这异样的气氛,但康楠似乎并没有留神到别人,他只是微笑着望着何果儿。他的眼神不再是舞台上的那种灼热和锐利,而是淡淡的和煦,和寂寥,像洒在窗格上的冬日阳光。

寒假里,何果儿收到了康楠寄来的包裹,一打开,她就欢呼着跳起来,几盒磁带被小心地放在木盒里。有何果儿听过的那盘齐秦的《狼》,还有一个叫屠洪刚的翻唱齐秦的《大约在冬季》,还有一盘苏芮的《搭错车》。整整两天,她从早到晚地关在自己屋里听歌,妈妈警觉地追问她是不是有心事了,她嗔怒,听歌还不行吗?有心事才能听歌吗?爸爸正在看电视新闻,突然插进来,听歌当然可以,从小到大你就爱听歌,可凡事不能过头,你不能因为考上大学了就停步不前,你要树立更远大的奋斗目标。唱歌啊跳舞啊,这些事容易让人玩物丧志,你一定有则改之,无则加勉。

爸爸的"有则改之,无则加勉"说了一辈子了,何果儿小时候嫌唠叨,中学时很逆反,现在则只感觉空洞。玩物丧志,她的志是什么?她应该树立一个怎样高远的志,才能不辜负爸妈的期望?可是,爸妈到底有什么具体的期望呢?事实上,她也是不清楚的。第一次站在一定的距离外审视自己和父母的关系,她感觉到其实他们一直和她缺乏交流。她从来只是被管束着、指教着,而她现在知道自己需要的是他们的了解和理解。但这样一想,她越发迷茫了,她要让父母了解她什么?学校里那些闹哄哄的交往活动,同学们的各种不羁言行,还有,苗尘的情书,这些,她能讲给他们听吗?他们会理解吗?事实上,不光是现在,就连中学阶段,甚至更早,一点点长大的路上,一天比一天多起来的就是无法与父母分享的心事、秘密。许多时候,自以为很严重的时刻,都是小小的自己一个人扛过来的。

何果儿不知道拿抽屉里的红纱巾,和"当你老了"怎么办。听妈妈讲,县上正在建新家属楼,不到半年他们就要搬新家了。到那时,这个抽屉里的一切会不会突然地暴露于众?何果儿想,要不,开学时把它们带到学校?锁在这个抽屉里时间越久,它们越像是一种纪念品,一种有意味的象征。似乎这些东西越来越成了她的私人物品,承载的是独属于她的过去。难道不是吗?仔细想想,正是从姐姐的事情开始,何果儿有了不能对妈妈说的心事、秘密和隔膜。她是那么反对过妈妈,抗拒过妈妈。可后来,她又那么水到渠成地加入了妈妈的行动中。

如果她当年能把事情的真相告诉姐姐,那么,后来的一切便都会被彻底改写。甚至,几年后和彭歆的相遇,这本"当你老了"的珍重相托,她如果能交给姐姐,也许,生活中会有一些不同吧?可是,何果儿什么都没做。她见死不救,守口如瓶。所以,姐姐永远不知道那些事,妈妈永远不知道果儿整个地知道了那些事。所以,她把天大的秘密只留给了自己。她有时觉得,这秘密已经长在了她的体内,越长越大,像一颗毒瘤,侵蚀着她的心。是的,其实自始至终,她不曾原谅过自己。可有时,她想,如果姐姐知道了那所有的一切,如果她投奔了另一种未知的命运,那么,姐姐一定会比今天更好吗?

何果儿留心姐姐、姐夫的生活,每一次的观察结果都在暗暗地消释着她的负罪感。她确信他们是幸福的,平凡的、踏实的幸福。当姐姐为姐夫的茶杯续上热水时,当姐夫抢过姐姐的围裙刷洗碗筷时,何果儿总能从他们司空见惯的日子中感受到一种令人安静祥和的气息。当他俩坐在阳台上你一言我一语轻声交谈的时候,单看背影,也能想象得出他们的脸上的笑是发自内心的没有阴影的笑。那些伤心的往事,那些恩断义绝的曾经,仿佛从来就没有发生过。

何果儿想,这样也好。或许,这样更好。对于姐姐,知晓真相和永远被蒙在鼓里,已经没有区别了,不重要了。而妈妈,只要她成功地实施了计划,达成了目的,那么,她便不会在意谁窥破了她的阴谋。原来,多年郁结在心头的重负,其实于别人是无意义的了。这秘密到头来真的只成了何果儿一个人的。这红纱巾,这让人伤感不已的"当你老了",还有,那被妈妈截留在五斗柜里的信。果儿忘不了自己是怎样按着怦怦的心跳打开那柜子的,忘不了自己的泪滴是怎样打湿彭哥哥的血书的。那些信,后来被妈妈付之一炬了吧?

不禁想起苗尘的信,那一封封动辄洋洋洒洒几千字的火热表白。它们看上去应该更像情书吧!可何果儿发现在自己心底,还是觉得彭哥哥那些平实简短的语言更有力量,沉甸甸的,让人感动。"如果这是天意,我只能以血为墨,最后说一遍,何卫红,我是爱你的,我绝不变心。"这样的话,何果儿在那个心惊肉跳的童年黄昏读到后,从此不曾忘记过。

何果儿和姐姐、姐夫一起去看电影。姐夫说,你看果儿高兴的,一路唱过来的!都大学生了,还和在红星公社那时候一样,盼着看电影。姐姐应,是啊,一模一样,一点都没大人相。果儿亲着茜茜花瓣一样的脸蛋,快乐地喊,怎么一模一样了?那时候你俩就我一个跟屁虫,现在多了这么一个人见人爱的胖娃娃了。

电影开演不久,茜茜就闹瞌睡了。姐夫抱着孩子,低低地哼着催眠歌。一会儿,孩子睡着了,姐夫也跟着孩子睡过去了。姐姐轻轻地摇姐夫的胳膊,一鸣,一鸣,你别睡啊,这么好的电影。姐夫嗯了一声,但随即头一歪,低低地发出了鼾声。姐姐又要去推,何果儿止住了她,姐夫可能累了,让他睡吧。姐姐有些愠怒,睡,睡,成天除了上班,就知道个睡觉,哪有一点文化人的样子!

电影是关于一个凄美的爱情故事的。看到最后动情处,何果儿的眼睛湿润了,姐姐则掏出了手绢,她早已泪流满面。她的泪擦了又擦,似乎总也擦不干。而身边的姐夫好像进入了深度睡眠,他高一声低一声的呼噜声加入电影院突起的压抑的抽噎声中,有一种奇怪的混响效果。黑暗中,何果儿突然莫名其妙地想起那些信,突然又一次陷入纠结的怪圈里。"何卫红,我是爱你的,我顽强地相信着你,我对你绝不变心。"这些话,这样的话,姐姐的人生,到底是听到它们会更少一点遗憾呢,还是永远都不知道有人曾对她这样说过,会更完满?

  章蕙说,康楠这个人我也喜欢,可我还是得提醒你,他不合适你。他是社会青年,他的家庭条件和你家太悬殊,你父母管教又这么严。何果儿骂,你无事生非,唯恐天下不乱是不是?康楠和我得着合适不合适的话吗?是我告诉你要和他好了,还是他这么说?章蕙冷冷地说,世上的事情要是都靠一张嘴说出来才算数,那还要眼睛做什么?还要心做什么?不管你承不承认,我知道你对康楠是有感觉的。至于康楠,那还用说吗?刚认识就跑到学校来找你,刚分开就往江城寄包裹,你以为他是吃饱撑的?何果儿说,章蕙,从小到大我就怕你这张嘴,什么事到了你的嘴里,就变成了赤裸裸、血淋淋的。我们是歌友,难道交换一下爱听的歌啊磁带的就不正常?章蕙嘲讽地笑,好,好,你们就做歌友吧,你这个自欺欺人的丫头。

  何果儿、章蕙放假回江城,李菲菲却偏偏这时候被她妈接去玫州了。李菲菲爸说,李菲菲平时上班表现倒也挺好的,聪明、勤快,没出什么大错不说,好几次还给单位立了功,领导很赏识她呢。何果儿、章蕙听了都很开心,又问,这离放年假还远呢!她咋就不用上班了?李菲菲爸沉吟了半晌,才说,她工作上没出啥事,但精神状况一直不佳。主要是不爱说话,家里家外,都闷葫芦一个。有时,也不爱吃饭,人比以前瘦多了。何果儿急了,那怎么行?她从前是顶爱说说笑笑的。李菲菲爸点头,对啊,我寻思着长期这样下去也不行,所以就给她请一阵子长假,再加上快过年了,让她去跟着她妈妈散散心。何果儿低头不语,李菲菲爸好像明白她的心思,又说,菲菲不像以前那么抵触她妈妈了,参加工作这两年,她们之间的关系缓和了不少。毕竟,是亲母女。何果儿、章蕙连连称好。李菲菲爸说,果儿、章蕙,我一直想要感谢你们,你们上了大学还惦记着菲菲,这对她是多大的激励!她经常半夜爬起来看你俩的信呢!你们做朋友的给她的帮助,是我这个父亲代替不了的。

何果儿看着李菲菲爸的眼睛,心里陡地一阵难过。她不习惯一个白发父亲无助的致谢。一时间,大家似乎都有一肚子的感慨,却难以开口。章蕙笑起来,她最是懂得调节气氛的。叔,要谢,就谢果儿,她从小作文好,现在又上中文系,写信可是她的长项。我给菲菲写封信,那得点灯熬油折腾好几宿呢,一会儿上图书馆,一会儿去自习室,一会儿又回宿舍搜肠刮肚。知道的说我给同学写信呢,不知道的还以为我在写学术论文呢,就那样,还是保准菲菲看不到第二页就打瞌睡了。李菲菲爸爸给逗乐了,你这孩子,真会说!开朗,乐观,好,好!

何果儿问了李菲菲在玫州的通讯地址,当晚就写了封信。信末,她情不自禁地写了这样的话:认识了一个唱齐秦的歌的男孩,只是喜欢听他唱的歌。可章蕙说我在自欺欺人。你知道的,她喜欢上纲上线。

李菲菲的回信很快就来了:章蕙是喜欢上纲上线,可我们三个人中,她总是对得最多的那个人,你不这样认为吗?

就像是为了证明章蕙的正确,新学期开学的第一周,康楠就找来了。偏偏那一阵,章蕙和何果儿在一起。她鼻子里哼哼着走了,好啊,歌友来了,赶紧如饥似渴地交流唱歌吧!

其实真的只是交流唱歌。何果儿告诉康楠自己先前就听过齐秦的歌,一听就是沉陷的感觉,太喜欢了。而苏芮,完全打破了人们对"女歌手"的固定印象,她又深刻又大气,又广阔又柔媚,她简直是唯一的,无可替代的。康楠安静地笑着,到底是大学生,听歌这么有心得。

何果儿把康楠介绍给了自己宿舍的人,宿舍的人又把他带到了更多人的圈子中。姑娘们开始像上学期围着苗尘那样围着康楠转了。只是,对于苗尘的崇拜,是源自他讲述的那些神圣的遥远的人和事,源自他的诗人身份,是一种好奇心,一种陌生的吸引力。而对康楠,她们发自内心地欣赏,是简单的愉快的喜欢之情。她们请求他唱歌,唱了一首,赶紧再点一首。她们争先恐后地给他打饭,自己舍不得吃的肉菜都堆在他面前。先是女生,然后是男生——竟然有那么多男生喜欢康楠。康楠一下子有了一大堆大学生朋友。大家心无芥蒂地接纳他,以在各种活动中请到他唱歌为荣。康楠到底为大家唱了多少歌啊,没人记得清了,反正每一首都是好听的,每一首都是让人深深沉醉的。同学们再不用满大街去搜罗齐秦的磁带了,齐秦的歌有康楠在他们身边天天地唱着,《狼》《冬雨》《花祭》《独行》《玻璃心》,这些歌里的齐秦,就是站在他们面前的康楠。

何果儿告诉康楠,她最喜欢听的是《空白》。于是,每一次,唱完了大家七嘴八舌要求的歌,最后,康楠总会说,再唱一首《空白》吧。

康楠自己也写歌。有时,他唱自己的歌,大学生们就更是欢呼雀跃。从宿舍到食堂,从学校到外面的卡拉OK,大家前呼后拥着康楠,就像陪伴着一个音乐王子。

康楠是高兴的,但依然是忧郁的。除了唱歌,他总是静静地低头听着别人的高谈阔论。在何果儿的校园里,他一天天地变得更加沉默起来。章蒠说,果儿,你看不出来吗?康楠很愁闷呢!他知道你在用热闹拒绝他。何果儿照旧嘴硬,我拒绝他什么?我们什么也没提起过。

一转眼,两个学期过去了。

这天,康楠来邀请何果儿去看大李乐队的演出。何果儿想带同学们去,康楠说,大李提醒了,场地不大,一个小型的演出。于是,她跟着他出来。两人默默地走过宿舍区,走过广场,走过图书馆,走出西大门,走到公交车站。何果儿蓦地发觉到,现在只有他俩在一起时,自己也是沉默的。好像不知道说什么,又好像什么都不用说,就够了。一种奇怪的稳妥。

大李的长发似乎更长了些,松松的马尾巴乌亮地荡着,大墨镜遮着的脸却比以往消瘦了些。一见何果儿,他的大嗓门就喊过来,小姑娘,祝贺啊!你的诗登上国家级诗刊了,不拿稿费请老哥喝一杯?何果儿不好意思道,几块钱稿费,敢给你显摆?这么点小事你倒知道得快。大李说,我可是编外的玫大人呢,什么不知道?尤其是你们文学社啊、乐队啊这号子事,全在我眼皮子下面呢。再说了,在国家级刊物上发表诗,这是个小事吗?小姑娘,你这口气可大了去了!难不成我大李正在见证一个文坛巨星的诞生,一不留神你就整出一个《红楼梦》也未可知。何果儿嗔道,大李哥,你就这样嘲笑人吧！大李拍拍何果儿的肩,哪里是嘲笑？是真为你高兴啊,小才女！你说,今晚想听我唱什么？何果儿高兴地喊,《一样的月光》《花房姑娘》《亚细亚的孤儿》,你都唱。大李打了个响指,好,遵命,都唱！然后又指指一旁的康楠,想听他唱什么？哈哈,听说他现在成了你的御用歌手了！康楠的脸微微地红了。何果儿正要开口,身后却猛地响起一个阴阳怪气的声音,想听他唱什么？自然是《空白呀》！你太长的忧郁,静静洒在我胸口……

苗尘晃着一个光脑袋,像是从地底下钻出来似的,突然站到了他们面前。

已快到了熄灯时间,林荫道上只走着稀稀落落的人。法国梧桐高大婆娑的枝叶遮住了四面楼上的光,路边花园里,各种植物高低交错,蓬勃得肆意,阴影摇荡,勾勒着一种白日见不到的大写意,间或有音乐细细地从黑暗的深处漫过来,仿如夜露的气息。苗尘跟着音乐吹了一声口哨,叹息说,这么美的夜,和你漫步在校园里,第一次啊！少顷,又说,你的诗,我反反复复读了,确实好。何果儿摆手,别再提这个了。苗尘说,为什么不提？诗是这个世界上唯一值得谈论的事。我读了你的诗,很感慨啊！原以为你夜夜笙歌,得意得很呢！谁知诗里有一种彻骨的孤独,不快乐。何果儿怒道,夜夜笙歌？什么意思？苗尘赶紧赔笑,对不起,用词不当！我今天一露面就出丑,你大人不计小人过,还肯和我搭伴回校,我理应感恩戴德才是,谁知这会子又管不住嘴,真是该死！何果儿不说话,径自加快脚步。苗尘急急赶着她,别,你别生气啊,你平心静气想一想,你和康楠走得那么近,你们一群人天天一起热闹,我冒一点酸气,就那么罪不可恕吗? 妒忌是爱情的孪生姐妹,懂不懂!

一口气走到宿舍楼下的丁香园,何果儿才开口,好了,这些事不必再说了。谢谢你送我回来。苗尘一步跨到对面,何果儿同学,你我就不能像普通朋友一样随便聊聊吗? 即便你不接受我,退而求其次,我们至少也是学兄学妹,一个诗社的诗友文友吧? 我知道每一期《黄河》出刊,都少不了你的奔走呼号。这些,我都感激在心。你看,我马上就要毕业了,哪怕是为了我们共同的文学理想,你也不该这样拒我于千里之外吧? 何果儿看着苗尘急切的样子,不禁笑了,那照你说,我们就深更半夜地站在这儿谈理想? 听这话,苗尘也笑了,呵呵,谈啥理想? 临近毕业了,才知道理想这玩意儿最坑人了!

毕业,苗尘要毕业了。过不了多久,自己也要毕业了。这美丽的校园,终究不过是匆匆流逝的风景。从这里出去,还会有一片如此挥霍理想的地方吗? 何果儿突然有一种伤感。夜色中的苗尘,确乎是比"诗歌之夜"上第一次遇见时,比后来许多次神吹海聊时,老了一些了。就连他的声音,都有了一种沧桑的意味。可是,这么长时间了,他为什么还要留着光头?

苗尘说,知道你不想听,可我还得说,其实我对你和康楠的来往,不光是妒忌,更多的是担忧。我知道你们不合适,我知道你在用热闹拒绝他。但这样时间长了,对你影响不好。

你在用热闹拒绝他。苗尘,竟然说了和章蕙一样的话。何果儿的心,一下被刺疼了。她赌气似的反问,我们怎么就不合适了? 苗尘平静地答,你们不合适。各方面都不合适。你是大学生,天之骄子,他是连考了两次音乐学院都没考上的社会青年。他除非放弃考音乐,不然,他永远都只能徘徊在大学门外。你想想,哪个音乐学院会招唱他这种歌的人?人家要的是民族唱法、美声唱法、意大利派,懂不懂?哦,你懂,听说你中学时被音乐老师培养过。除了毫无前途外,他还有一个负担很重的家庭。他父亲已经去世了,母亲是街道办工人,病休在家,基本没什么收入,他还有两个妹妹一个弟弟在上学,全要靠他,这就是他的处境。至于你,你各方面和他的悬殊,这个不用我细说了吧?

脑子发木,嘴巴干干的,何果儿不想说话,却又无力地问了一句,你为什么这么清楚?苗尘说,我比你早两三年就认识他了,他和大李是好哥们。那时候,他身上背着吉他,腋下夹着诗集,很是风花雪月啊!这两年眼见着静下来沉下来了,或者说,蔫下来了。没办法,无奈的残酷的现实啊!

苗尘掏出烟点上,明灭不定的火星间,言语渐渐激动起来,何果儿,你别看我今天吃醋,拿你俩打趣,事实上,我内心是钦佩康楠的。你们那些小女生,可能只看到他唱得好,长得英俊,哪知道他才是一个真正有个性、有理想的人?他善于坚守,他不流俗。你懂得这一切对他意味着什么吗?去年有人介绍他到咱们市最牛的一家舞厅做驻唱,收入相当可观,可他只唱了一周就辞了,他说在那儿唱歌,会把音乐的感觉搞坏了。大李差点给他气死,明明是为了挣几个铜板,明明是卖唱,他还说什么他妈的音乐,这不是傻×吗?

他和大李,看似一个粗犷,一个文气,但从根上说,都是同一号人。生不逢时的、不可救药的理想主义者。

苗尘的目光灼灼地扫过来,你知道吗?他宁可到建筑工地背砖,他宁愿做搬一天砖挣五块钱的小工,也不到舞厅去赚那轻轻松松的钱。他说那不是他唱歌的地方。那他唱歌的地方在哪里?这小子还真把自己当齐秦了!你有齐秦那样的才华吗?就算你有,你遇得着识货的伯乐吗?你清楚咱的文化环境吗?你有齐豫那样的姐姐吗?一个穷人家的孩子,咋就这么不懂事呢!

何果儿无言地注视着激动的苗尘。他的表情,他的声气,全是明明白白的了解和痛惜。这一刻,何果儿第一次觉得他很亲切。朦胧夜色中,他拿烟的姿势,他紧蹙的眉心,他泛着青光的大光头,都让她一阵心酸。

我要毕业了,我该怎样经营我的人生?和大李康楠这些哥们儿打交道,促使我经常考虑这个问题,我越来越明白一些道理。苗尘继续说,康楠拒绝在舞厅唱那些乱七八糟的歌,可在别人眼里,他不就是一个乱七八糟的人吗?二十啷当岁了,没有个正经饭碗,成天游来荡去。音乐,梦想,你有资格有能力谈这些吗?兜里没钱,你拿什么捍卫自己内心的尊严、纯洁?

你也许并不能体会我的感慨,就像你根本没法想象康楠的生活。瞧,你身上这件裙子,怕要他背上整整一个月砖才买得起吧?何果儿,这不能怪你,上天赐给每个人的生活是不一样的。界限从来都在,永远都在。问题是,有些人天真地以为仅仅凭着内心的东西就可以跨越这界限。你问问你自己,你敢冲破铁一般坚硬的世俗,去贴近一个在社会的边缘挣扎着的人吗?你能抚慰一个在歌声中流浪的倔强灵魂吗?你觉得,你有这么强大吗,丫头?

何果儿失眠了。一直到后半夜,睡意才渐渐蒙上来,但梦接踵而至。纷乱的梦。一会儿是爸爸严厉的脸,一会儿是妈妈在嘤嘤地哭泣,那声音像是雨轻轻打着玻璃窗。然后是李菲菲在做着广播操,脖子上竟然系着姐姐的红纱巾。然后,一阵歌声飘来,是康楠,不对,不对,竟然是彭哥哥!可他为什么在唱这么一首难懂的歌:"我可能什么都想要,那每回无限旋落的黑暗以及每一个步伐令人战栗的光辉……"

又一个周末之夜,康楠坐在朋友们中间,一首接一首地唱着大家点的歌。何果儿坐在朋友们中间,一次又一次地和大家一起鼓掌喝彩。常常,她和他的目光撞在一起,又默默地移开。何果儿知道,身边的人,哪怕是最愚钝的同学,也能看得懂康楠投向她的眼神。可他们,什么都不对她说。百无禁忌的宿舍夜谈中,姑娘们没有一句玩笑一声试探是关于康楠的。这太奇怪了。之前,为了苗尘,她们每个人都激情澎湃想要做红娘。可现在,她们只是静静地围着她和他。难道就连她们也知道界限从来都在,始终都会在?所以,关于康楠,多说一句就是惊扰,就是破坏?唯有在一定的距离外,静静地聆听,才是正确的姿势?

是的,还说什么?问什么呢?康楠已用歌声倾诉了一切:"不要对我说生命中辉煌的事,不要对我说失败是命运的事,对于我经过的事,你又了解多少?在自己的沙场,胜利总不属于我,我只有低头前进……"

热闹打烊,最后,总是何果儿一个人默默地送走康楠。康楠在路灯下挥挥手,便飞身跨上那吱嘎作响的旧自行车,慢慢驶出夜色迷离的玫大。偶尔,他还会回头一笑,微眯的眼神发出星子般的亮。那亮闪到何果儿身上,每每使她忍不住想要追上去问,康楠,你来玫大玩,是快乐的,对不对?你来和我们一起唱歌,肯定是快乐的,对不对?

何果儿多么想确证康楠的快乐,因为她一天比一天更清楚地看见了他的不快乐,她一天比一天更不愿去面对他的不快乐和自己有关联。

今晚,康楠没有骑自行车。丁香园的路灯坏掉了一盏,脚下的青石板迤逦出灰暗的光影。康楠说,果儿,你回去吧,别送了。何果儿答,没事,送你到校门口。康楠便不再言语。从图书馆和教学楼的方向络绎不绝拥过来自习夜归的同学,笑语喧腾,一个男声像是被人掐着嗓子,又像是哆嗦的颤音被夜风推了个趔趄:"安妮,我不能忘记你。安妮,我用生命呼唤你……"

何果儿笑,王杰要是知道他的歌被人唱成这样,准保气死!幸亏他不唱齐秦的歌。康楠宽厚地笑笑,还是沉默。又到了一个楼角处,他轻轻开口,要不,我再考一次?这话毫无铺垫地出现,像是一个即兴而生的方案。何果儿扭头打量他,她看懂了他的眼睛。是的,这当然不是临时起意,这是自始至终横在他前路上的那道黑暗的鸿沟。现在他再次下定决心要去跨越它。可他为什么问她?为什么用这样的口气?好像这是他和她两个人的事。何果儿觉得自己的两颊倏忽间起了一层热。她不知道让自己的目光落在何处。她想斟酌一番,以最合适的话语鼓励他,但最后,她只听见自己说,好吧,那就再考一次。还考音乐?康楠又问。还考音乐。

她答。

这是怎么了？今晚，到底发生了什么？什么？什么？又一个失眠之夜，何果儿想啊想，感觉脑袋快要涨裂了。怎么突然间就有了这一幕？我再考一次？这分明就是康楠对她的承诺。你再考一次，这像极了自己对康楠的担当。而那句"还考音乐"，是他们共同的坚守。

莫非，这一切，这难以名状的迷惘、困惑、痛楚，就是爱情吗？何果儿一遍遍地问自己，却一遍比一遍更迷惘，更困惑，更痛楚。难道爱情就是这个样子？爱情怎么会是这个样子？

爱情，当然不是这个样子。又一场花事渐已荼蘼，夏日葳蕤，属于何果儿的爱情，正在前面不远处，拐过最后一道弯，向她走来。

四

彭歆站在讲台上。站在讲台上的是彭歆!

何果儿不能相信自己的眼睛。从彭歆走进教室门,走进何果儿的视线,一直到他站在讲台上,从公文包里掏出教材讲义和水杯放到桌上,一直到他抬眼环视整个教室,甚至有那么一瞬间她感觉到他的目光停留在了她的身上,她还是不能相信自己的眼睛。

她不相信自己的眼睛。可上课铃响了,她的耳朵听到了他的声音,同学们好!先自我介绍一下,我叫彭歆,这学期为你们讲授西方美学课程。同学们已经是大三学生了,学习要求之类的我就不多说了,我们开门见山进入正题。

彭歆的声音还是何果儿记忆中那个好听的声音,干净、爽朗,充满磁性,但他讲出的话全然不属于那个遥远的"彭哥哥"了。何果儿看到同学们一边记着笔记,一边互相交流着赞许、欢悦的眼神。看得出来,大家在最短的时间内对这个新任课老师心悦诚服了。何果儿有一丝压抑不住的自豪,但随即是更大的恍惚,不知身在何处。就连日日上课学习的大教室,就连晨昏相伴的舍友同学们都显得不真实起来,这里,这些人中间,怎么突然就有了彭哥哥?这个满嘴苏格拉底、尼采、海德格尔,这个引经据典滔滔不绝的老师,真的是红星镇不知让人如何是好的彭哥哥?真的是江城迎新年夜里匆匆一见的彭哥哥？

真的是，那个唱着歌把果儿送进梦乡却又以黑暗中的躁动惊扰了她的童话梦境的彭哥哥？真的是，那个以血为墨写下"何卫红，我是爱你的，我绝不变心"的彭哥哥？那个沧海桑田后，还来相赠"当你老了"的彭哥哥？

如坐针毡的两节课终于响起了下课铃，彭歆在同学们不约而同的鼓掌声中离开了教室。何果儿呆呆地盯着讲台，那里空空的，仿佛根本不曾有过刚才那个人。但黑板上，留下了他写的字。他的字迹，他的笔体，从那个惊心动魄的童年黄昏开始，便再没有在她的眼里模糊过。横平竖直，始终是最初的心悸。

宿舍里，姑娘们都在议论彭歆。每个新学期，总免不了议论一番新课新老师。大家都很喜欢彭歆，对他的关注尤为多一点。李苏说，彭老师的侧脸比正脸更好看一点，最佳角度是他把目光转向阶梯教室最靠窗那一排。大家起哄她，那是你坐的位置吧！你想独霸老师的目光？张琳惯于挑剔，她说彭老师的蓝色西装并不十分配卡其色裤子，如果换成夹克衫会好很多。蓝思敏的声音总是最大最权威，知道吗？老师是海归！美国加州大学的研究生！

啧啧！怪不得学贯中西！怪不得气质超群！大家好一阵高山仰止，而后又纷纷发问，如此名校毕业，他回国也就罢了，干吗不去北京上海，倒来我们玫州这种小城市？他是哪里人？他看上去该结婚了吧？有孩子吗？蓝思敏摇头，无可奉告！我也是那天听咱们辅导员说，西方美学课的老师是留学回来的，其他一概不知。人家西方人注重个人隐私，不兴过问这些。丁一梅撇嘴，行了你！莫非去了一趟西方就成西方人了？过不了几天,他的所有信息准保传开了。

何果儿置身于兴奋的同学们中间,听着一声一声的"彭老师",她的恍惚感慢慢消散了。讲台上的彭歆,渐渐真实起来。没错,他现在是他们的彭老师了。她百感交集,说不清是欢喜,还是难过。她紧张地听着姑娘们关于他的所有发问,却分明又不想听到答案。

第二次上课。第三次。第四次。

"那时/天色即将破晓/春天将临/路上行人稀少/巴黎/笼罩着/惨云愁雾/在桥的/一个角落里/我对一位/苗条的姑娘的/无止境的沉默/陷入沉思/我们同病相怜/我们失魂落魄/待在一起"

彭歆在讲一首意大利诗歌。他精湛的讲解中,遥远的巴黎城的惨雾愁云使教室里的气氛无比地热烈起来。

现在,何果儿已经能坦然地坐视讲台上的彭歆,已经能专心地聆听他的讲课了。那个记忆中的彭哥哥,不再时不时跳出来在她脑海中晃了,他似乎已被讲台上的彭老师覆盖、遮蔽,被眼下他和她的距离推回到了岁月深处。像过去多少年一样,有关他的一切,只是静静地沉湎在她一个人的心里。那些不能打捞的往事,其实再也无涉现时态的人了。是的,彭歆是彭哥哥,但现在的彭歆又怎么还会是过去的那个彭哥哥呢？这些年,他走过了多少地方？经过了多少人事？丁一梅说得没错,不到两星期大家都已经知道了彭老师的大概情况。据说他放弃国外放弃北京好几所大学的工作回到玫州,是因为他原是这里的人,有老父尚在。据说他在留学期间就与一中国同学成婚,如今妻子还在美国。至于有无孩子,就连成天混迹于老师堆中的蓝思敏也含糊其词,没带回来第一手消息。

下课了,彭歆没有立即离开,他拍打着手上的粉笔灰,又向大大的教室扫视了一遍,有调皮的女生大声喊,彭老师不想下课吗?我们也意犹未尽哪!他笑回,谢谢同学。拎起讲义袋走了两步,他又再一次回头,他喊,二班的何果儿同学,请跟我出来一下。

四号文科楼下的大榕树下站着彭歆。何果儿不知自己是怎么走到他面前的。在同学们一片讶异而艳羡的目光里,在自己怦怦狂跳的心跳里,她从教室最不起眼的角落站起来,一步一步挪到教室外,大楼前,树荫下。

彭歆说,果儿,是你,真的是你?他的声音里满满的喜悦被一丝凝噎堵住,没有了刚才讲课时的清亮。听到他的声音,何果儿的心不在嗓子眼里乱跳了,而是陡地沉下去,仿佛所有的重都沉到了两腿上。她拖拽不了自己的脚步。她迎着他的目光,每走一步都想退回去。她每向前一步,就像是又往回走了一步,触到了那些永难言说的心事,踩住了胸口莫名的负罪感。本以为物是人非,却原来,它们一直都在。一直在,从未消释,无可逃遁。

站在他的面前,和在江城政府礼堂的那次相见一样,何果儿的眼睛慌乱得不知该往哪里看,但最后还是落到了彭歆身上。事实上,她比上次更紧张,更尴尬。她嗫嚅着,张不开口,喊他彭老师,还是彭哥哥?好像怎么喊都别扭。彭歆也和上次一样,毫不拘束地对她笑出了一脸的灿烂,果儿,这回真长成大姑娘了啊!

成大姑娘了,反倒越来越害羞起来了,见了哥哥,都不赶紧叫一声?你小时候可是机灵鬼呢!果儿听着彭歆爽朗的笑声,这才出声,怎么还好叫哥哥? 明明是老师了。听这话,彭歆笑得更欢了,瞧把我们果儿给为难的!

果儿的心倏地被刺疼了一下,眼睛悄悄湿了。"我们果儿。"以前,彭歆说果儿,每回都是这样说的。可那是说给另一个人听的。现在,她不在,他却还是这样说。他的笑容,他的声音,满满的都是宠溺,好像果儿还是当年那个机灵的小鬼丫头,好像他和她之间从来就不曾隔绝过那么长的时光。

彭歆说,我要去行政楼那边办点事,你后面没课,你也走走? 果儿点头。俩人走过宽阔的林荫道,走过图书馆,走过体育场。彭歆问起何果儿的学习情况、班级、宿舍等等,她一一作答。她只是答,却并不敢问他什么。最后,他也不知道问什么了。似乎有好几次,他都已经要出口问她,你父母好吗? 你姐姐好吗? 最终却又把那些话咽下去了。他们心照不宣地沉默下来。

经过音乐系的教室,一片笙歌气息扑来。彭歆问,还喜欢唱歌吧,果儿? 果儿答,嗯。你呢? 彭歆摇头,我嘛,现在几乎没唱过了。果儿急急应声,哥哥的嗓子不唱歌,太可惜了,应该唱的! 彭歆笑了,你看,还是叫哥哥更习惯是不是?

果儿不好意思道,以后当然要叫老师。彭歆说,果儿,其实,我刚才就想问你,我来给你们上课,难道你没认出我? 难道,这十年我的变化那么大,竟至于让你认不出来?

果儿听出了彭歆话里的失落,还有,一丝丝颓然。她不禁朝他看去,是的,他确乎是变了不少。他的头发没有过去那么浓密黑亮了,他的背似乎微微驼着,他的眉眼间也有一种她不熟悉的纠结。

其实,他见她,并没有真的如表现出来的那样高兴。是的,他见她,又怎会真正高兴得起来?但尽管如此,他还是俊逸、潇洒,他还是那个好看的彭哥哥。她说,怎么会认不出来?从你走进教室,我第一眼就认出来了。就是不敢相信是你。但明明是你。

第一眼就认出来,那为什么一个多月了都不打一声招呼?要不是我发现你,你是不是打算永不相认?彭歆的口气是认真的,黑亮的眸子里有责怪,有爱怜。你是第一节课就认出我了?我可是今天上课前随便翻看学生名单才看到你的名字。你这名字重名重姓的应该不多,我一下想到你,可你这个小丫头怎么会已经上大三了呢?后来再一想,你也该上大学了,你姐说过,你比她小十三岁。

终于说到姐姐了。姐姐。彭歆的话戛然中止,他几乎一副茫然的样子看着果儿,不知道再说什么。果儿低下头,彭老师,你去办事吧,我先走了。

宿舍里,姑娘们虎视眈眈,好个小六子!诗人来找你,歌手来找你,现如今来了个才华横溢的新老师,咱们全年级的女生都天天巴巴地等着上他的课呢,偏他又找你,你也太三千宠爱在一身了吧?怎么回事?老实交代!见何果儿闷声不语,她们软了口气,跟我们说说呗,彭老师叫你啥事?是不是他知道你发表过文章,也跟咱们写作老师、当代文学老师一样,语重心长地鼓励你,要重点栽培你?

何果儿心口堆积了太多事情,没法与室友们分享,甚至也没法跟章蕙说。她消化不了彭歆突然出现这事。她不知道自己该不该与他相见,如何相见。也许如他所说,如果他没有发现她,她便永不会去相认了。西方美学,不过是只上一学期的课,完了也就完了。这么大的学校,纵然是一个系的师生,课下其实也很少见得着的。可他偏偏就从三个班那么多的学生中发现了她的名字,偏偏急着求证这个何果儿是不是当年那个小丫头。她就这样毫无准备地被他牵到了他的面前。

当年,要是没有当年,就好了。要是当年的自己,不曾那样地参与到彭歆的故事中,今天就不会如此难以面对他。面对他,不知是喜悦,还是伤感,是欣慰,还是愧疚。

何果儿对叽叽喳喳的姑娘们说,你们别乱猜了,彭老师叫我是因为他以前在我们江城县工作过,他认得我们家人。就是这样。

话一出口,她被自己猛地激醒,是啊,她并没有向她们撒谎。就是这样,原本就是这样。还能怎样?

她郁郁地趴在自己的箱柜上。柜子上有一把小小的锁。她不用打开,也清楚箱柜的最里面有一个厚厚的笔记本,上面密密麻麻写满了歌谱。他一首首抄录的歌,她一曲曲唱过的歌。时间太久了,她都把它们唱老了。另一个崭新的笔记本,一条不肯褪色的红纱巾,覆盖着从不曾见过天日的"当你老了"。

去年家里要搬新房,何果儿不想让自己小屋里的那个抽屉陡然暴露于父母面前,于是,这些东西开学时被从江城带到了学校。可再有一年多,也是要离开这个学校的,她要一直带着它们,去奔赴下一个未知的停泊处?

突然有点羡慕章蕙。至少,她毕业后的去向是明确的,在遥远的东北,有唐嘉中翘首相盼。说来,这两人的故事也是峰回路转,颇见周折的。大一时,章蕙坚决拒绝唐嘉中,等到人家研究生毕业心灰意冷回了东北老家后,不知怎的,她却又回心转意,开始鸿雁传书,陷入情网了。现在的章蕙,每周收两封唐嘉中的信,每月收一次包裹,吃的穿的,什么都有。唐嘉中还时不时打长途电话来,何果儿去章蕙宿舍坐坐,就会听到宿管阿姨大着嗓门吼,502 章蕙下来接电话,502 章蕙!

从小你做什么都是这样稳扎稳打,不出偏差。何果儿说,不像我,现在还飘飘悠悠的,一事无成。章蕙说,我怎么就没出偏差?我要是能早点确认自己对他的感情,他就留咱们玫州工作了,多好!现在想再调回来,谈何容易?只能我毕业后随他去。好在他那边已站稳脚跟了,为我调档案找单位的事倒也不难。可是,你以为我愿意背井离乡跑那么远吗?听说东北冷得要人命呢!

唐嘉中的大皮袄捂着你,保准你不会冻死,放心!何果儿打趣章蕙,俩人闹成一团。章蕙说,说实话,好多事情还看不见影儿,谁知道将来会怎样?果儿,我不知道自己放弃考研,一毕业就去他那里工作,到底是不是一个正确的决定。其实,我有时特别矛盾。

她不是第一次这样说。看得出来,她确实矛盾。果儿看着章蕙幸福的眉目间闪过忧戚,不禁也犹豫起来,事情难两全,你舍不得他等那么久,就只能先去他身边工作。如果你一心想做学问,工作了成了家再考研也是可以的。

章蕙说,论事业,你才会有大作为呢。你学中文,现在已发表了好些文章,你只要坚持下去,就一定会成为诗人、作家。果儿,到那时,我希望自己还是你的第一读者。果儿不说话,默默握住了章蕙的手。章蕙说,我怎么见你最近越发话少了呢?倒越来越像康楠了,忧郁得不行。对了,他又一次高考落榜,是不是现在也不大来看你了?果儿点头,其实落榜也是意料之中的事,苗尘早就说过,康楠要是坚持考音乐,坚持唱那种歌,大学总归与他无缘。

章蕙叹气,唉,康楠,可惜了这个人。他对你确实是真心的。都这么长时间了,你到底怎么想?果儿闷闷好一会儿,答,你知道的,关于康楠,我还能怎么想?现在,有些事,连我自己都不知道怎么想。

这天下午,康楠又来了,给果儿送了三盒新磁带,张国荣、谭咏麟、陈百强。他说,你也别天天光听齐秦、苏芮了,这几个是香港歌星,非常了不起的。何果儿看磁带彩封上的张国荣,硬朗与妩媚兼具,气质绝伦,不禁说,生得如此之好,不知唱得有没有齐秦好?康楠说,我听着挺好的,各有各的好。何果儿说,我回宿舍慢慢听,你都好久没来了,咱们一起去苗尘那儿玩吧。

苗尘的文化公司在离玫大不远的南河街十字。说是公司,其实也就租了一间二十平米的房间挂了个牌子,里面摆了一套从旧货市场淘来的老板桌椅和沙发而已。何果儿看不出苗尘是如何经营公司的,他手下只有一个略通商业的副总,除此之外,平日里进进出出的尽是他玫大的同学文友和社会上的闲散哥们儿。但苗尘的老总派头摆得挺唬人的,拎在手上的公文包是意大利名牌,包里的名片上整整三行用烫金的中英文两种文字印着职务头衔。他动辄就招呼大家吃喝,饭局上的言谈举止满满都是"腰缠十万贯,骑鹤下扬州"的架势。

苗尘正趴在桌上写着什么,看见康楠、何果儿来,兴奋得把椅子转了个360°。哟嗬!大歌星、大诗人,大驾光临啊。我这正要去找你们呢。现在,倒是他叫何果儿诗人了。自从他毕业工作,尤其是从玫州市城关区群艺馆停薪留职下海经商以来这大半年,他与何果儿、康楠的关系更见亲密平和了,他时常找他们玩,说话也不再酸溜溜的。何果儿越来越觉得苗尘是一个有趣的、容易相处的人。宿舍里的姑娘们对果儿说,苗尘对康楠友好是因为他看出康楠和你没戏,同病相怜嘛,就像赵梓楣对方鸿渐。

苗尘说有大事要和他们商量。听起来果真是大事,让人顷刻间热血澎湃起来。

苗尘说他正在策划一个大型演唱会,暂定名"群星璀璨"。这个演唱会的性质、规模、层次,决定了它必将载入史册,成为具有里程碑意义的盛事,标志着玫州先锋流行文化的新纪元。何果儿激动之余有点担心,那些全国著名的歌唱家,那些电视上的红歌星,真的能请到咱玫州来吗?苗尘举手在空中一挥,做出千军万马横扫之势,怎么不能!你也忒小看我苗尘和大李哥了,凭我俩在文化界和乐坛上混出的这点脸,保准把最牛最红的那些星都给镶到咱黄河的夜空上!何果儿听着这话,又不禁四下打量起苗尘的办公室来。苗尘啪地拍一下腿,站起来说,丫头,我明白了,你这是不放心我公司的经济实力啊!看样子养尊处优的果儿已经走过了纯然的浪漫主义,开始步入柴米油盐的现实主义了,好!你这样想就对了。现如今办什么事不需要钱?这样的钱,我苗尘当然是没有的。何果儿说,我就说嘛,没钱怎么弄?苗尘哈哈大笑,这你就不懂了,康楠也未必懂。活动是以我公司的名义办,但钱得靠拉广告,你们就等着瞧吧,到时候全国各地商家品牌的银子就哗哗地往咱们这里淌。

何果儿听得一愣一愣的,就好像刚进大学那会儿听苗尘谈走黄河的奇遇一样。苗尘这人还真神,新花样层出不穷,让人不由得生出一些久违的崇拜。但康楠只是淡淡地笑着听他俩说,眉目间并无惊喜。苗尘说,康楠你小子别玩深沉玩得连艺术家的嗅觉都没了!知道吗?这次除了唱歌的,还有写歌的、出歌的、评歌的,唱片公司、演艺公司,总之,各路神仙齐降咱大玫州,这对你意味着什么?机会!我有一种伟大的预感,你肯定会被哪个星探发现,一下就给弄到北京、广州发展去了。康楠看着眉飞色舞的苗尘,依旧微笑,谢谢你为我创造机会。苗尘摇头,机会永远都不是别人为你创造的。你有这样的天籁,有这样一张齐秦脸,怎会一辈子在酒吧舞厅里唱歌?你不出名,天理难容!

晚饭后告别时,苗尘重重拍着康楠的肩,哥们儿,苟富贵,勿相忘!康楠说,你喝多了吧?这话应该是我对你说才是,苗总。苗尘苦笑摇头,此言差矣!我苗尘这辈子也就这样了,我能怎么富贵?我再怎么富贵,不就是腰里多几文臭钱吗?你们为什么不问问我,这是我想过的生活吗?这是我想要的人生吗?我的文学梦呢?我的爱情呢?少顷,他平复了自己突然爆发的情绪,可你不一样,康楠,你一直在坚持着,只有坚持才有机会。相信我,你出唱片,开演唱会,都是指日可待的事。

何果儿问康楠,你怎么看这件事?苗尘说得我好兴奋啊,你却淡淡的。要是真有什么音乐人和唱片公司发现你,该多好！康楠沉吟不语,一直走到公交车站才开口,要是苗尘的演唱会计划能实现,哪怕没我什么事也是好事,咱们玫州确实沉闷了些,这样可开开眼界。可是,你想想,这事肯定要比想象的难很多。苗尘这人,心思多、脑子活,也有点交际手段,但他骨子里还是书生意气,浮夸一些,经商就是经商,容不得太天真的。何果儿心里隐隐地认同康楠,但不知怎的又为此感到恼怒,她悻悻道,你不相信苗尘能办成？我觉着你现在比较悲观主义。他要是没有经商的能力,怎敢破釜沉舟辞职下海？康楠看一下手表说,今天在苗尘那儿待的时间太长了,果儿你自己回学校吧！我得去上班。何果儿冲口而出,我也跟你去夜总会,我想听你唱歌。康楠的眼睛注视着何果儿,是那种从来没有改变过的柔软、热忱和忧郁,但口气是毋庸置疑的坚定,你回学校。你不要去那种地方。

何果儿呆呆地目送康楠离去。公交车上拥挤不堪,康楠一上车便前胸后背贴上了人。在何果儿的眼中,他的身影却是立在寂寥之地的。他说你不要去那种地方,自己却准点按时奔向那个地方。自从考音乐学院再次失败,自从去夜总会驻唱之后,他显然更认命了。他不再那么执拗。有时候,他的嗓子沙哑着,他说可能是昨晚唱多了,点歌的人多。何果儿从来没去过他的夜总会,不知道"那种地方"是怎样的地方。康楠,在她看不见的时间里,唱着什么样的歌？他的眼眸迷离着怎样的夜色？

何果儿心里一阵酸涩,突然想起李菲菲,想起死刑犯张建军对李菲菲说过同样的话：你不要在这种地方。

如果人生可以假设,那么对于李菲菲,参与一次摇摆舞事件,和永远承受一次突如其来的被保护,哪个才是致命的?

彭歆请果儿吃饭,不是饭馆,而是在他的家里。他说,你应该过来认一下门不是?果儿知道他说得对,但她不知道自己为什么如此犹豫,一会儿想喊章蕙一起去,一会儿又觉得不妥。一下午的时间分分秒秒走得很慢,却又骤然听到校园广播响起来了。天哪,已经六点半了!果儿一下蹦起来,冲出宿舍,几乎是以百米冲刺的速度穿过了小半个校园,又爬了六层楼梯,敲开了玫大12号教工楼一单元602室。

彭歆一开门便埋怨起来,怎么迟到这么久?你不是说下午没事吗?哎呀呀果儿,瞧你一脸的汗,看你跑得这个急!我原指望你来帮我一起做饭呢!谁知饭做好又放凉了都不见你人影儿,到哪儿疯去了?赶紧先洗洗去!果儿怔怔地,准备好的说辞一句都没说出来。彭歆的嗔怪,满满的都是熟稔,是宠溺。那声气,妈妈似的。好像她天天这样贪玩晚归耽误了他,好像她每回都是脏脸脏手被他呵斥:先洗洗去再吃!

可他,究竟是她的什么人?

餐桌上摆满了盘碟,非常丰盛的样子。果儿说,彭老师,就咱们两个人吃,这么多菜,肯定要剩下了。彭歆说,第一次请你吃饭,不知道你喜欢吃什么,就各样做了一点。不过,有一样,保证你爱吃,保证你还没吃就流口水!果儿笑着细细打量桌上的饭菜,有这么夸张吗?哪一个?彭歆说,在锅里呢!压轴饭,江城的酸辣面片!果儿一听果真兴奋地跳起来,天哪,你做酸辣面了?彭歆得意地点头,我就知道什么好菜也敌不过酸辣面,你成天吃食堂,馋的肯定是家乡的味道。虽然我做出来的肯定赶不上你妈妈的手艺,但聊解一下乡愁也是可以的。果儿喊,我太想吃了呀,端出来!彭歆说,还不到时候,你要是先吃两大碗面,哪还有肚子品尝其他菜?看,我给你煎了牛排呢,还有蔬菜沙拉。这是爆炒辣子鸡,这是清炒芦笋,这是番茄青豆。果儿赞叹,哇,中西合璧的大阵势啊!

从彭歆的阳台上望出去,对面的楼群变幻着璀璨温馨的万家灯火。相比学生区,教工楼的夜显得极为宁静、悠远,却又让人感到踏实、亲近,好像生活不再是未知的迷乱,不再有纠结的纷扰、难解的谜团,而是此时此刻,坐在一屋音乐中,什么也不想,什么也不说,却好像什么都在把握中。一种无比美好的存在感。

音乐是钢琴曲《水边的阿狄丽娜》。何果儿听得出来,音响的质地是这样干净、纯粹。乐声不是从耳朵而是直接从胸口倾泻进去,荡涤了全身心。音乐占领了整个空间,让人动弹不得。彭歆端着一杯咖啡,静静地坐到了沙发的那头。果儿看得见他眼里的沉醉。这么多年了,他还是爱音乐的。

可是,她和他之间隔着千山万水,隔着仿若前世的往事,又怎么可能什么也不想,什么也不说?哪怕仅仅是出于礼貌,果儿也知道憋了太久的问题该出口了,彭老师,听说你已经结婚了,应该有孩子了吧?那一家人怎么不在一起呢?这么大的房子,多好。彭歆环顾四下,说,是不错,学校照顾我们从外面回来的,给了两室一厅。

音乐走到了下一曲,骤然变得激越起来,像鼓点,像暴雨噼里啪啦地击在玻璃窗上,静寂中有一种小小的惊心动魄。何果儿想该告辞了,原不该提问的,难道她忘了这个话题对他们来说是个禁区?如果他的心里还有伤,那是她的家人造成的。如果他早已放下,那请她吃饭不过是出于对熟人的一种礼节罢了,他又何必和一个学生敞开心怀谈自己的生活?

但彭歆的样子看上去并不是这样的。他把眼光从她身上移向别处,欲言又止。但那不是拒绝,不是责怪,更不是释怀,从他第一次把她从教室里喊出来,不,从他多年前去江城礼堂找她,他看她的眼神就是宠溺,就是疼惜,无穷意味的爱怜。他从不曾远了她。她一直在他的故事中。而她,当他的目光笼罩着她时,她便觉得阳光铺下来,月光洒下来,温暖包裹了她,柔情融化了她。她沉溺在这样的目光中,身不由己地被幸福牵引着,却又忍不住想哭,感到亏欠。

何果儿站起来,彭老师,我回宿舍了,谢谢你给我做这么多好吃的。彭歆的眼睛打量着手中的空咖啡杯,他说,果儿,我还是不太习惯你叫我彭老师。

我没有孩子。我在美国结的婚,然后回国前又在美国离的婚。我现在是单身。果儿,你觉得我的房子太空了吗?

夜深了,宿舍楼上的盥洗室已过了喧哗拥挤的高峰时段,何果儿呆呆地站在大镜子前。白炽灯的光映出一张红通通的脸,一张被童年的红纱巾映红的脸。她记得那最初的红、最初的亮。今夜的炽热分明来自它,却又似带着新鲜的灼痛。

又一个被千山万水的"当你老了"侵略的夜。

"我踩着不变的步伐,是为了配合你的到来。在慌张迟疑的时候,请跟我来……"谁在轻轻吟唱,似有似无,仿若是在岁月的深处,仿若梦呓。

整整一个月,何果儿再没有见彭歆,除了在西方美学课上。她比听任何一门课更认真地聆听彭歆所讲的内容,她和同学们一样一遍遍叹服彭歆的学识和才情。她的课堂笔记已记了厚厚的大半本。她总是奋笔疾书,恨不得把他说过的每一句话每一个字都变成白纸黑字。但有时,她低着头提着笔,根本听不清他在说什么,根本弄不懂他讲到了哪里。她很少抬头看他在讲台上的神情,有时感觉到他的目光往她的方向扫巡,她便更低地低下头来。有时,同学们突然爆发出掌声,或者笑声,她不禁受惊般地茫然四顾,不明所以。

这样的"有时"渐渐更多起来。何果儿常常神思恍惚,不知道自己跌进了怎样的遭遇中。她看见他抱着她,就像举着一个小布娃娃穿过红星学校黑暗无声的夜。她的发辫缠绕着他的脸。他的脸上他的身上,弥散着一种隐隐的说不清的气味。那气味是那样地贴近着她。她记得从他的肩头望过去,远远的天上一颗两颗的星子闪烁着微弱的荧光。

亮闪闪的阳光照进教室。她不明白为什么,此时此刻,却是她和这么多的人坐在一起,看着他高高地远远地站在讲台上。

一个月,何果儿给姐姐写了五封信。每封信何果儿都想告诉姐姐,彭歆在玫大,在当老师,但每封信最终又绕过了这件事。姐姐回信说,果儿是不是想家了,或者有什么事了?我和你姐夫都觉得你最近写信频繁了一些,但又闪烁其词。小妹,不管你遇到了什么样的问题,都记得第一个告诉姐姐,姐姐永远是你最知心的人。

星期天去大李处听歌,黄昏时康楠照例把何果儿送回到玫大西门口。何果儿说,还不到你上班的时间呢,去我们宿舍坐坐吧,姑娘们好一阵子没见到你了。康楠说下回吧,俩人便在林荫道上踱着步又聊起来。何果儿说,大李哥也积极参与苗尘的演唱会呢,这下你总该相信能办成了吧!我可是迫不及待了,再过三周,音乐盛宴!康楠却还是淡淡地说,那也未必。大李和苗尘不一样,苗尘是十二分的雄心,一旦面对那些棘手的事就失了耐心,大李是全力以赴地去做,但内心留着余地、退路。你不知道,他失败过太多次了,所以不会从一开始就轻易看好某件事。尤其是,那件事看起来分外光彩夺目。何果儿悻悻道,我不知道,我当然不知道!你不就是想说我是浅薄的乐观主义者吗?可大李哥既然全力以赴,为什么又时时想着退路?妥协,放弃,这不是和摇滚精神背道而驰了吗?苗尘还说他理想主义呢,我看倒是十足的悲观主义者!康楠好脾气地笑着,瞧,到底是大学生,一激动就满嘴主义、精神。何果儿看着康楠的神情,声音不觉低下来。其实,我盼着开演唱会,还不是因为苗尘说的那些话?也许,你的命运真就因为这一次契机发生了变化。也许,你就成功了。

康楠望着校门外出出进进的人流,沉吟不语。突然他转过脸来,像下了很大的决心,直直地盯着何果儿。四目相对,他的眼里是她从来没见过的尖锐。是的,他从来都是温润的、忧郁的。她习惯了他只藏在音乐和歌词后面倾诉。但此刻,他锋利到她不敢面对,他痛苦到终于爆发,果儿,你就这么需要我改变？成功？怎样才算成功？我的成功对你很重要？

果儿,你回答我！你大三了,过不了多久就要毕业,会面对新的生活。而我,该何去何从？你到底如何看待我对你的感情？你打算今后如何对待？果儿,请你回答,好吗？

何果儿知道自己早晚都要面对这一刻。她无数次地想象过这一刻自己的表现,但她从来没有答案。关于康楠,她始终是迷惑的,始终是沉湎于迷惑的。现在,这短兵相接的一刻终于到来了,在他的眼眸如火的逼视下,她依然不知道怎样才是正确的表达。开口的同时,她感到胸口一种突来的疼痛,康楠,我一直视你为最好的朋友,我……

最好的朋友？和章蕙一个性质一个级别的？康楠打断了何果儿,嘴角嘲讽地扬起。他的声音咄咄逼人,而他的眼睛倏忽间蒙上了水滴一样清亮的哀伤。

康楠！何果儿叫道。同时,身后响起一声洪亮的呼喊,果儿！

是彭歆。彭歆肩上挎着一个落得低低的单肩包,右手的网兜里是一些鲜艳的苹果、橙子。他朝何果儿笑,以极欢喜的语调说,果儿,真巧啊,我想着你在宿舍,还正要去那边找你,给你送些水果和书呢！

哦,彭……彭老师,我……我和朋友有点事,出来了。何果儿觉得一阵尴尬,脸颊不由得烫热起来。彭歆这才注意到她身边的康楠,他礼貌地微笑,点头,你好！他的目光深深地打量了一遍康楠,然后说,哦,你们有事,那我先走了。

216

康楠的眼一直没有离开过何果儿,这时他摆摆手大声说,不!没事了,再见!

何果儿看着康楠从她和彭歆身边疾步走开,看着他一路小跑走过林荫道,走到马路上,走到公交车站,她看见他跳到了迎面而来的一辆131路车上。明明,他从这里去上班要坐116路的,他为什么上了131?

公交车疾驶而去,顷刻间消失在太多相似的速度和颜色中。何果儿还是痴痴地盯着那个方向,她的眼里只有康楠的眼,那双像电影特写镜头般定格下来的无限放大的满是伤感的眼。她的心里只追问着一句话:为什么坐131?为什么坐131?好像这才是横亘在她和康楠之间的最重要的问题。

她没有看到彭歆一直看着自己。彭歆沉默地站在她身边,脸色慢慢阴下去,灰下去。好久,他把网兜递过来,果儿,这个给你,拿上回宿舍吧。你的朋友,他已经走了。

何果儿受惊似的转回头。她找到了彭歆的眼睛。她看到了彭歆眼睛里的自己。电光石火的一刹那,她突然看清了自己。她突然间听清了内心的声音。多少天来,这个声音时时刻刻缠绕着她,她假装听不到、听不清、听不懂,但此刻,她与它狭路相逢,无路可退。她如梦初醒般迎着他的目光,再也动弹不得,口里只喃喃三个字,对不起,对不起!

对不起?为什么说对不起?彭歆的声音依然是温柔的,尽管他的脸上有不解,有失落,有不自觉的愠怒,男朋友走了有点魂不守舍是正常的,说什么对不起!

他不是我的男朋友！何果儿脱口而出，声音大得让路过的两个女孩回头打量她和彭歆，彭歆的眉头皱了一下，但何果儿不管不顾，他不是我的男朋友，我不是为这个说对不起的！彭歆说，那为什么？不管为什么，都别着急，慢慢说啊！他的语气，简直是哄着她了。他靠前一步，伸出手把她额头前的一绺乱发拢到了耳后。当他的指尖触到她的额前发际时，一种莫名的热流顷刻间眩晕了她。这陌生的新鲜的巨大的悸动，她虽初识它，却知道它就是传说中的爱情。它以千金之重俘获了她，它的力量超过了她所拥有的一切的总和。

眼泪流下来。铺天盖地的幸福。无边无际的委屈。说不清是幸福，还是委屈。好像刚刚品尝到一点点幸福的滋味，接下来却是更大更重的委屈，对不起！对不起！

彭歆蒙了，慌了，心疼了，他一迭连声地喊，果儿，别哭！果儿，别哭！但更汹涌的泪水喷薄而出，包裹了何果儿。这是蕴含了整整十余年的负罪之泪。这是关于整整一抽屉故事的隐秘之泪。这是峰回路转终于识得爱情的醒悟之泪。这是明白所爱非人不知前途的恐惧之泪。这是从未开始便要作别的绝望之泪。何果儿知道自己站在人来人往的校门口大放悲声是多么不合适，她看见彭歆一会儿想摇她的胳膊劝阻她，一会儿又急忙掏出手绢想为她拭泪，但他每靠近一步就惶恐四顾，他伸出去的手一次次颓然收回。何果儿感到羞耻，令彭歆难堪使她感到更大的愧疚。但她怎么也止不住哭声，止不住眼泪。这些哭声和眼泪就像在黑暗中等待了千年，今天终于得以在光天化日之下决堤而出，它们非要一泻千里才肯罢休,它们要水落石出才会功成身退。

对不起。对不起。对不起。

为什么?

终于,等到何果儿哭声渐息,彭歆才问出了这句话,为什么?为什么一直哭着说对不起?对不起谁?

因为,姐姐是爱你的,她从来没有变过心。因为你也不是骗子,像她以为的那样。可你们写给对方的信,谁都没有收到、看到。我看到了,但我没有说出来。我姐都快死了,我都没说出来。你写的那封血书,我明明知道可以救她的命,我还是没有说出来。

后来,你知道,姐姐结婚了。可是,你不知道,她是为你死过一回的。

还有,你让我转交给她的那个笔记本,"当你老了",我也没有给她。现在还锁在我的抽屉里。

何果儿咬着牙说完了最后一个字。她不敢看彭歆的脸、彭歆的眼,但她强迫自己从头到尾讲出了他不知道的一切,故事的全部。

却原来,他的故事,姐姐的故事,是一个几乎不费太多口舌就能道尽其中机关的简单故事,与何果儿从中外文学名著中学过的爱情悲剧相比,它几乎不具备什么典型意义。那样呕心沥血,那样刻骨相思,不过于无声处自生自灭罢了。一段生死血盟的爱情,甚至没有遭遇到旗鼓相当的敌手,它夭折在一个平常的乡镇邮递员手里,一个恪守规矩家法的模范母亲手里,一个偷窥成人世界的小妹妹手里。

何果儿以为只要开口讲出这一切,郁结在她胸口的块垒就会随着消释。十多年来,她一直等着这一天,逃脱原罪的这一天。可当她说完最后一个字时,她向往中的身心救赎并没有降临。她只是比以往更空,更痛。是的,这并不是故事的全部。她讲清了彭歆的故事、姐姐的故事,但她讲得清自己的故事吗?为什么,彭歆的故事、姐姐的故事,最终却成了她一个人的秘密,成了她成长路上始终不能脱卸的负重?眼前这个人,也许从很久以前,也许就是在前一刻,她才明了自己对他的所有执念不仅仅是因为童年愧疚。当她终于对着他哭出来时,她知道他就是自己等待停靠的彼岸。可为什么,他是别人的故事里的那个旧人?为什么,她愿意奔赴的将来却明明是千帆已尽的过往?

何果儿转身离去。彭歆不再看她,彭歆的双眼在她的讲述中一点点嵌满了血丝。彭歆嘶哑嗓子,低低地叫,对不起,卫红!对不起,卫红!

又一个月后,彭歆在何果儿的宿舍楼下等到了她。他们沉默地往前走,走过了大半个校园,然后又原路走回来。他们相视无言,脚下的每一步都确证着这一个月的心路。殊途同归的心路。他们觉得自己走回来了。经过整整一个月,三十个日日夜夜的挣扎、逃离、备受折磨,他们从十多年前红星镇那个小小的校园走回来了,走到了属于玫大的广阔风景中。他们终于拨开迷雾,从前尘往事走回到了今天。

在法国梧桐的簌簌作响中,彭歆伸出双手,握住了何果儿。何果儿小小的手,就那样被他紧攥到了温热的掌心中。这是生命中注定的一刻,第一次,彻底地把自己的手交给一个人,任由他牵着,走向突然间变了颜色的每一条路、每一棵树、每一群人。

不管走向哪里、哪个方向、哪个角落,眼前都是花开鸟鸣的乐园。原来,爱情其实这么简单,这么没心没肺,曾经缠绕不清的万千思绪不复有,曾经日夜难寐的各种顾虑不攻自破。剩下的只是满足,只是沉醉,只是何果儿愿意自己的手就这样一直被他的手紧握着,走下去,走下去。

你说说,你是什么时候喜欢上我的,小丫头!彭歆一边哐哐地切菜,一边有一搭没一搭地和倚在厨房门框上的果儿聊天。果儿歪着头调皮地喊,就现在呀!因为你炒的酸辣土豆丝比食堂的好吃多了。彭歆笑骂,就知道吃,小馋猫!那我天天做菜给你吃。说起来,我这点厨艺还是在伯克利硬给练出来的呢。像你这样又馋又懒的人要是也在加州大学读五年书,准保活活饿死。咱中国人这胃啊,一出去就遭罪哦!果儿作势要捂耳朵,求你,别再讲美国往事!这几天,我听你说加州大学的光辉事迹,听你说血泪交织的海外奋斗史,听得耳朵都起茧子了!彭歆笑得握不住刀,果儿呀,真是拿你没办法,一个大学生,多了解一下外面的世界,有一点世界视野不好吗?还怪我啰唆!

彭歆说还要做他拿手的鱼头汤。水龙头的水哗哗地流着,他弯着腰细细地淘洗着,无比祥和安宁的空气流淌在小小的空间里。果儿情不自禁地走过去用双手环抱住了他的腰,那你说,你是什么时候喜欢上我的?

我嘛,唉!彭歆长长地叹口气。我可能是在玫大一遇到你就喜欢上你了,但心里习惯了把你看成当年的小妹妹。后来除了上课有一阵子没见到你,心里挺惦记你的。但不知怎的,你不来找我,我也就不去找你,如果那天不在校门口遇到你,我可能还要在黑暗中摸索很久呢。

遇到我?你那天明明说是正要去看我呢,原来骗人!果儿啪啪地打彭歆的后背。彭歆喊,冤!买了水果真是要去看你的。有好久没见了,觉得怎么也该去关心一下你这个江城小老乡了。真的,那时候,没多想什么。谁知,从菜市场出来迎面就撞上你,你们。

果儿,你可知道那一幕何等刺激人!那个小伙子,远远看过去就是卓尔不群的气质,你们站一起那么般配。而你看人家走了,整个的人都好像要跟着飞过去,追上去。你完全忽视了身边的我,你如在无人之境!

那一瞬间,我猛地感觉自己老了。原来果儿已经长大了,原来她都开始恋爱了。在承认你恋爱的同时,我的心脏莫名其妙地震荡起来,疼痛起来。那个勾走你魂的小伙子,一下子击倒了我。我突然明白过来,我对你的感情。我突然就知道了自己之前为什么不去找你,是在逃避,在抗拒。

那之后你不来找我,也是在逃避,在抗拒吗?

是啊,尤其当我知道自己这些年是在冤枉你姐姐之后,我一遍遍警告自己,彭歆,你必须远远离开这个小姑娘,你必须死了这份心!这是一份不应该的感情,错误的感情。你和她之间,隔着师生身份的障碍、年龄的悬殊、糟糕的婚史,更要命的是,还隔着她的姐姐。我天天跟自己说,你克服不了这一切,你真的无法跨越。

果儿慢慢从彭歆身上收回手,慢慢坐回到椅子上。彭歆的声音是尽力克制着的,但她依然能听得出痛苦的战栗。是的,她知道她哭诉完那一切之后彭歆经历的所有。因为,她和他一样经历了。泪意漫上来,她捂住眼睛。就是从后面也能看得出来,彭歆比初见时瘦削了不少。一个月的时间,彭歆整个人好像瘦了一圈。

我知道,你到现在还爱着我姐姐。果儿说。

彭歆走过来,深深地看进果儿的眼睛,孩子,你不了解我们当年,不知道因为她,我一度不相信任何的感情。你想象不出我这些年都经历过什么。我对她,自然早就谈不上爱不爱了,但我不能违心地告诉你,我不在乎她。事实上,之前我确实以为自己已忘了她,但最近,有了你,我越来越多地想起她,我越来越觉得自己对不起她。

你为什么要违心?谁让你违心了!果儿哭起来,她把脸藏进彭歆的怀里,泪水扑簌簌地打湿了他的前襟。我宁愿你一直爱着姐姐。你要在心里,一直爱着姐姐。

我可怜的果儿!彭歆的声音里、眼睛里,满满的都是懂得。

小六儿恋爱了!而且,而且,而且恋爱对象是大家的彭老师!

宿舍里炸开了锅,掀翻了天。

事情败露得猝不及防。晚自习后,何果儿躺在床上读一本头天刚从彭歆那儿拿的《情感与形式》,张琳偏要她帮着绕毛线。这一阵,女生楼上刮起了一股织毛线风。心灵手巧的女生穿着自己织的图案毛衣四处招摇,眼拙手笨的女生两星期还织不出一双手套来。何果儿认真留心过别人的飞针走线,她也暗暗立了一个宏伟的计划:给妈妈和姐姐各织一条围巾,给爸和彭歆各织一件毛背心,给欢欢和茜茜各织一双手套,至于乐乐嘛,她还没想好。乐乐现在已经是和她个头一般高的初中生了,给他织什么合适呢?

但何果儿的计划根本没来得及付诸实践就惨遭夭折了。彭歆一见面不是说你要读这本书,就是问那篇文章你写完了吗?他自己除了听听音乐、散散步,成天也基本上都是在读书、作文。就是在有了果儿之后,这种状态也丝毫没有改变。果儿和他,并没有她所熟悉的身边同学们之间的那种恋爱模式,看电影,逛街,哭哭笑笑,卿卿我我。他们在一起谈得最多的还是书。哲学、文学、艺术,彭歆侃侃而谈,果儿洗耳恭听,偶尔插一句,总会赢得无比宠爱的赞许:我们果儿就是有灵性,一点就通!这么有才华,若再能博览群书,勤于思考,保准是个了不起的人!

彭歆不喜欢果儿在琐碎事务上耽误时间。两个人一起做饭吃,他又炒菜又刷锅。果儿说,锅总该我刷吧。彭歆就笑,就这点小权利你不必据理力争吧?要真喜欢做家务活,那我以后可就有福了。但你现在还是学生,学生就要多充实自己。乖,我刷锅,你去翻新到的杂志吧,这期可有不少好文章呢。

果儿发现彭歆对她柔情和宠溺的另一面是严格要求。他说你可不能以为考上大学就真的是天之骄子,就 OK 了,满足于六十分万岁。你不知道自己的潜力,你不知道外面的世界有多大,唯有静心读书,不断提高,才能跟得上未来时代的步伐,路还长呢。果儿喜欢他讲的这些话,但她经常捂着耳朵喊,烦死了,烦死了!

鉴于彭歊施加的繁重的学习压力,果儿只好放弃了毛线活。但姑娘们正在兴头上,宿舍里到处缠绕着五色毛线,一派居家生活的温馨。果儿和蓝思敏自己不织,便常常被另外四个人强迫绕线团。蓝思敏骂,瞧你们的德行,一个个小媳妇样!玩物丧志,真是给咱重点大学丢脸!李苏说,咱重点大学的脸靠你们重点同学撑着呢,不会丢的。瞧,咱小六这不是又开始攻读国际前沿学术了!张琳嬉皮笑脸地挤到果儿床上,起来!书海无涯一时半会儿也扑腾不到岸上,先解姐姐燃眉之急,我那毛衣只差一个袖子了,需要赶紧缠线。果儿气哼哼地坐起来,把手里的书拍到桌子上,你们这叫剥削,懂不懂?无偿剥削别人的劳力!

一张照片,一张彩照,一张彭歊站在"自由女神"前的彩照,从书里拍出来,掉到了地上。

何果儿根本不知道书里夹着照片。其实,一张照片能说明什么?借一本老师的书能说明什么?可她不会撒谎,当大家拿着照片把问号一串串掷向她时,她就慌了。她的慌乱和羞赧说明了一切。姑娘们还没使出平时严刑逼供的那一套,她就全招了。

其他的罪状先按下不表,且说最是可忍孰不可忍的一条!蓝思敏的炸嗓门里全是兴奋,张琳抛下了手中的毛线,五双眼睛齐刷刷地逼视过来,为什么要瞒着我们五个人?我们早就约法三章,谁谈男朋友,必须先带到宿舍,验收过关才行,你为什么犯规?说!该如何处置,说!

不过一点点人民内部矛盾嘛,干吗这样穷凶极恶!何果儿知道逃不过了,只好撒娇求饶以求蒙混过关。不是不让你们验收,是时机不成熟,各位女侠多多包涵!这话引出了一片更愤怒的声讨,怎么才叫时机成熟?你要成熟到结婚典礼上才告诉我们是不是?六儿,你人小鬼大,置我们堂堂331宿舍于何地!何果儿抵挡不住,干脆供出了背后主谋,我早就说了要告诉你们,是他不让嘛!他说好歹要等到这学期课程结束,不然,不然——他上课面对你们会难堪,不自然。

姑娘们你看着我,我看着你,不知说什么。是啊,彭歆可是高高的讲台上需仰视才见的老师,是她们崇拜的偶像。她们自己也想象不出如何像对待别的小男生一样去"验收"他,那些花样百出的捉弄,怎么敢使到彭老师头上?她们甚至无法适应他是何果儿的男朋友这一既定事实。就像习惯了现实主义和浪漫主义的作品,一部风格迥异的现代派小说乍一看使她们产生阅读障碍,基本无力参与情节的走向和人物的命运。

眼看着一场声势浩大的审讯会就要偃旗息鼓,蓝思敏短发一甩,力挽狂澜,好吧,六儿,接下来只要你乖乖交代恋爱经过,我们可既往不咎,从轻发落你欺上瞒下之罪。注意,重要的时间、地点、谈话、动作,一概不能含糊其词,都要细细道来!

夜深了,早过了熄灯时间,大家躺在黑暗里,还在你一言我一语地讨论着、感慨着。丁一梅说,想想咱们星期天就要去吃彭老师的大西餐了,心里真的是很激动啊,想象不出他系着围裙做饭的样子。李苏说,咱们要不要再考虑一下?我觉得彭老师说得对,这正式的见面还是放在下学期比较妥当,一时间这关系顺不过来,老师会不会脸上挂不住?张琳骂,想当叛徒是不是?我们该吃吃,该喝喝,该审还得审,心软什么?丑姑爷也得见老丈母娘,他早晚要过我们这一关!哄笑四起。蓝思敏一清嗓子说,就这么定了,明早一起床六儿保准迫不及待地去通风报信,商量应对我们的办法。这还有好几天呢,等到星期天彭老师定好了菜单大显身手时,他的身份转变也就完成了,没什么挂不住的问题。

袁圆问,果儿,康楠知道了吗?康楠知道你和彭老师好了吗?

七嘴八舌突然遁隐,漆黑的静寂。何果儿把脸埋进被窝,把突然刺痛的胸口某一处侧压在身下。她知道她们在想什么。连她们都放不下康楠,连她们都明白这事情对康楠意味着什么。除了唱歌,康楠几乎没说过什么话,可所有的人都懂他,都没办法忽视他。他说或不说,来或不来,都能让人感受到他的存在。他一直都在。

康楠自然已经知道了。那天何果儿对彭歆说了和康楠的来往,说了自己与他的莫名牵扯。彭歆听后无言长叹,他说,果儿,我理解你对康楠的心情,我不会误解。那是一个感情纯净又深沉的人,值得珍惜。你趁早告诉他我们的事吧,这样你内心的不安会少一点。果儿点头,是的,不告诉他,我心里这道坎过不去。彭歆说,如果他愿意,请他来我家里,我和你那些同学舍友一样,愿意做他的朋友。

感觉就像是诀别。康楠说,果儿,你遇到了自己的爱情,我为你高兴。我祝福你,永远祝福。康楠说,不,你的彭老师,我就不去拜访了,谢谢你们。康楠说,以后我就不常来玫大打扰你了,可我们还会常常相聚的,大李、苗尘,我们还有这么多好朋友呢!康楠说话时,脸上一直挂着笑。平时,他不这样的。何果儿看着康楠笑,忍不住想哭。她使出全力控制着自己的痛楚,再也说不出一句话。

就那样,终于,她看着康楠骑上了自行车,慢慢地、彻底地驶出了泪水模糊的视线。

康楠知道了,章蕙知道了,宿舍姑娘们知道了,彭歆在学校里不再是秘密。可是,怎么对家里讲?爸爸妈妈会如何看待这事?每次想到这个,何果儿止不住全身战栗。她怕极了。她闭上眼就能想象自己的事会在家里引起怎样的震动。爸爸肯定骂她早恋,肯定骂她分散了学习精力,肯定命令她当机立断。天啊!爸爸会念多少遍"有则改之,无则加勉"才肯罢休!而妈妈接受不了的肯定是彭歆是她的老师,大她十四岁。妈妈会不会像当年整治姐姐一样整治她?那肯定是逃不掉的,妈妈讲规矩。

姐姐!想到姐姐,何果儿感觉全身的血都凝固了。其实,问题就在这里!所有的无可救药都在这里。爸爸的教训,妈妈的整治,说穿了又有什么可怕——若彭歆不是彭歆。

何果儿不敢告诉彭歆自己夜夜噩梦。梦里,爸爸妈妈不打她,不骂她,他们只是用从来没有过的陌生眼神冷冷地打量她。而姐姐狂笑着,姐姐笑得喘不过气,说不成话,姐姐披头散发,手指着果儿反反复复只喊几个字:彭歆、果儿,你们好啊!你们好啊,果儿、彭歆!

每次从相同的梦里挣扎醒过来,姐姐的笑声犹在枕边,弥散不去。那笑声就像冰凌子突然硌在果儿的胸口上,像碎玻璃深深扎进皮肉。

二哥突然来玫州了!何果儿下课回来看见宿舍楼下正急急张望的二哥,她喜不自禁地扑过去,哭了。除了过年,整个暑假都没见着二哥。自从年初,他从部队转业去深圳和二嫂一起开公司后,似乎比在部队时更忙了。他常常汇钱给果儿,但写的信越来越少,有时只在汇款单的"汇款人附言"里写:欢欢惦记小姑,我们也是。好好学习,注意身体!姐姐在信里说,果儿不要埋怨二哥,二哥、二嫂不比以前在军区大院,凡事有保障,现在出了体制,一切都得自己操心。在深圳那种地方打拼,可不是闹着玩的,还好咱二嫂从部队文工团早离开几年,已经打了点基础,不然二哥会更辛苦,所以家里父母这边的事我向来报喜不报忧,免得分他们的心。

二哥藏蓝色的风衣下穿着毛呢大西装,高大,精神,也许是少了在部队的晨昏操练,他的肤色更白皙了。二嫂说过初到南方水土不服,但习惯了也就好了,挺养人的。果儿觉得二哥的言谈举止多了一种洒脱自如的味道,但她还是更喜欢穿军装的二哥,心里隐隐感觉到一丝遗憾。

二哥请全宿舍的姑娘和章蕙到玫州饭店吃饭。二哥说,你们自己点,喜欢什么就点什么。可姑娘们拿起沉甸甸的菜单一看,都傻眼了,讪讪地放回到桌上。怎么可能!怎么会有这么贵的菜?一个菜可以这么贵吗?这菜单上的有些菜的钱,够在玫大的食堂吃一学期了。二哥看出了姑娘们的窘样,便呵呵笑着说,那我就替你们点了,不合口味可别怪我哦!等到色香诱人的菜一样一样地上了桌,大家才恢复了以往的七嘴八舌。她们一惊一乍,这个打听部队上一日三餐都吃什么,那个对南方商界感兴趣,想知道公关小姐是不是真的像电视剧里那么漂亮能干。二哥一一作答,谈笑风生。其间果儿用二哥的"大哥大"和深圳的二嫂、欢欢通了话,也和江城的妈妈聊了几句。果儿是知道二哥、二嫂用"大哥大"的,苗尘也说等"群星璀璨"演唱会筹备停当,他就要给自己置办一部"大哥大"。但姑娘们看着这黑乎乎、沉甸甸的家伙,好奇得不行。二哥说,你们家里装了电话的,用我的"大哥大"打过去,跟爸妈说几句话报个平安吧。于是张琳、李苏,先后都和父母通上了话,一派欢天喜地的热闹气氛。丁一梅高兴得摇何果儿的肩,小六儿,全宿舍人沾你的光啊!我们跟着你吃了彭老师的外国饭,今天又吃二哥的大餐,还见识了"大哥大"!

袁圆一胳膊肘打断了丁一梅的情不自禁,张琳从对面直瞪丁一梅,丁一梅知道自己失了口,便慌慌地去看二哥,又看何果儿。大家假装没事似的低头吃菜、喝水,场面一下尴尬起来。

何果儿让二哥见了彭歆。要不是丁一梅说漏嘴,要不是舍友们欲盖弥彰的行为让二哥猜出了大概,要不是章蕙再三鼓励,她知道自己没有勇气让二哥知道她恋爱了。事实上,她想要二哥知道。她太需要爸爸、妈妈、哥哥、姐姐知道了。

二哥和彭歆一见面就很投缘,相谈甚欢。从喝咖啡到喝茶再到喝白酒,他们的感情不断升温,这样的惊喜几乎让果儿哭出来。她坐在他俩身边,不仅温暖、幸福,而且自豪,他们都是这么优秀的人。但她看得出来,二哥虽然支持,心情却是复杂的。他说,果儿,在我心里,你还是那个不会在电话里跟哥哥说话的小人儿呢,怎么转眼间就成了有男朋友的大姑娘了?他说,彭歆年龄大了点,经历复杂了些,但这也没什么不好,这样他更能帮到你,会更懂得珍惜,他会像哥哥一样疼你的。

二哥的玫州之行给了何果儿和彭歆莫大的鼓舞。看来,年龄、身份,这些界限都是可以跨越的,还有,他们最担心的那一点,在二哥这儿根本就不存在——是的,当年,他自然是从母亲的来信和电话中听到"彭歆"这个名字的。但事过之后,全家人讳莫如深,没人再提起过姐姐未遂的婚变。看来,这么多年,那个第三者的姓名已经被二哥彻底忘记了。要不说出彭歆的名字时,二哥的神情怎么会连一丝的犹疑都没有?

二哥没记住,大哥肯定也是忘了,果儿想,可是,爸妈也许没有忘,姐夫更是不会忘的吧?但他们只知道彭歆的名字,并没见过他的面。这世上重名的人多了去了,只要彭歆隐去在江城工作的那段经历,那么,他便完全可以以一个全新的彭歆的身份走进果儿的家。如此看来,事情远没有果儿最初想象的那么艰难。是的,事情甚至完全可以简单明了,就算不能简单明了,也可以理直气壮地去争取——如果没有姐姐。

一想到姐姐,一切便又回到原点,所有的信心和勇气土崩瓦解。姐姐,是个死结。

我可怜的果儿,你不要成天为这些事愁烦了,还是让我来面对吧。彭歆说,我给你姐姐写封信,把当年的事说开,告诉她真相,然后把咱俩的事告诉她,求她谅解,求她支持。我想过了,你姐这一关,怎么也得过,晚说不如早说,坦诚最重要,咱们三个人之间最好不要有嫌隙。

你下学期开学了再写吧,马上要放寒假了,我还没准备好怎么面对姐姐。我不敢面对姐姐。果儿的泪又下来了,彭歆,你真的不是我从姐姐那儿抢来的吗?你真的是我自己的吗?可我为什么总觉得这么对不起姐姐?

孩子,这只是一点点人情伦理上的认知障碍。你没有对不起姐姐,她的事已经是上辈子的事了。彭歆的手温柔地抚过果儿的黑发,像浓情的呢喃,又像伤感的叹息。我们都放下包袱,向前看吧。

这是一个让何果儿感觉无比漫长难挨的假期。本来是热闹欢乐的春节,本来这个春节比以往的春节要更热闹快乐,因为大哥、二哥两家人相约一起回江城了。姐姐悄悄对果儿说,知道为什么今年过年人这么齐吗?大哥、二哥是来给咱爸长精神的。过完年三月头上,爸爸就要退休了。果儿一惊,她之前从未将退休这样的事与爸爸联系起来。爸爸每天大清早去上班,回家翻报纸、看《新闻联播》,和儿女说话动辄"有则改之,无则加勉"。在果儿眼里,爸爸挺直着腰背,照旧精神得很,怎么他也会需要别人给他长精神?

欢欢和茜茜的笑闹声喧腾在大院里的每一个角落。姐姐说,欢欢这一回来,茜茜可是玩美了!孩子也怪可怜的,一年到头没个伴。果儿想起自己小时候虽然大乐乐好多岁,却也是眼巴巴地盼过年,盼大哥带乐乐回来。现在乐乐已经是一个大高个儿的初中生了,他喜欢打篮球,但安静下来便成天捧着书看。他还和过去一样,一大家子人里,和小姑最亲。他给果儿讲自己班里的各种趣闻怪事,说一些女生特别招人烦,看篮球赛时总爱哇哇乱叫。果儿逗他,她们哇哇乱叫的是你的名字吧?肯定是她们喜欢你,才来当你的啦啦队的。乐乐的脸一下红了,他低头岔开话题说,小姑,等我上了高中是选文科还是选理科?我自己喜欢物理,但我发现咱们家人学文科是有天分的,爸爸说小姑你已经是小作家了。

何果儿觉得自己比小时候更喜欢乐乐了,虽有乐乐陪伴,有欢欢、茜茜成天游戏,一大家子人欢聚一堂,但她还是觉得寂寞,心里空荡荡的。她时刻思念着彭歆,时刻感受着彭歆不在身边的痛苦。她第一次知道思念一个人的滋味原来是这样刻骨铭心。无论置身于怎样的热闹中,人都是空空的。她比以往的任何假期都更勤快,抢着做家务,一方面是想要排遣这身心的空,另一方面是因为她对父母哥姐起了深重的愧疚:原来,有了彭歆,亲人的好已不能让她安然于此了。

她给彭歆寄了好几封信,几乎每个晚上,她都有写信倾诉的冲动。但彭歆没有回信。这是他们放假时说好了的,彭歆不往果儿家里寄信,以免出现万一。虽然有约在先,但没有回应依然让果儿感到不能接受。她一天比一天难过,莫名其妙地流泪。

二哥、二嫂生意忙,过完大年就带着欢欢回南方了。大哥一家人继续过完了元宵节。看着茜茜抹着泪送欢欢走,看着妈妈送走儿孙时万般不舍的眼神,果儿也难过起来。偏遇上大过年邻居家有人去世,哀声不绝,她越发感慨世事真是残忍,既让人相亲相爱,却又生生拆离。既是这般别后又可相聚也就罢了,若一撒手便永成西东,那又该怎样?又能怎样?写成文字方可博后人一掬泪,但可惜是大多悲欢终究不过是湮灭于无声无痕了。

姐姐的谈话来得郑重却又突然。果儿,我从你上学期吞吞吐吐的信里就知道你有事瞒着我,你能有什么事呢?无非就是谈恋爱了。年前和二哥通电话,他告诉我见过你男朋友了,他说人挺好的,有学问有地位,相貌也不错,关键是人很真诚。既然这样,果儿,你为什么要瞒着姐姐呢?你不觉得我应该是第一个知道这事的人吗?你到底对姐姐有什么隔阂,这么疏远姐姐?

不,没有隔阂,没有疏远!姐,我只是不知道怎么对你说。果儿抓住姐姐的手,捂住了自己扑簌簌落泪的眼睛。姐姐看果儿哭,自己的眼睛也湿了。果果,转眼间你也到了谈对象的年纪了,可在姐姐心里,你还是那个一刻也离不开我的小妹妹,你有什么心事有什么难处,永远要第一个告诉我,可不许再瞒着哦。果儿靠在姐姐身上,一个劲儿地点头。姐姐说,本来你一回家就要拷问你的,可二哥说,爸爸老思想,师生恋这种事他接受起来可能还有个过程。你们俩年龄上有点差距,妈也会不乐意,所以二哥说大过年的就不给二老添堵了,先瞒着,也好观察一下你们的发展。可瞒着爸妈,不能瞒着姐姐吧,现在大哥、二哥都走了,你就向我一个人好好交代吧。

好好交代了——除了,彭歆,是彭歆。刚听到这个名字,姐姐的眉心跳了一下,她失声问,彭歆?哪个彭歆?果儿低头答,三个金的鑫,有点俗。哦,姐姐顿了一下,舒了一口气。她一边听果儿讲,一边插进来传授经验,告诫注意事项。果儿一边点头,一边心虚。她不知道自己的谎言被戳穿的那一天,将以何面目面对姐姐。

终于开学了。一见面,来不及细诉假期相思,果儿就催彭歆写信给姐姐。她实在是一时半会也忍受不了姐姐被蒙在鼓里,也忍受不了自己的万千忐忑。彭歆字斟句酌地写了很久,最后写满了整整十几页信纸。他让果儿看一下再去寄,她摇头拒绝了。但从落在桌上的废纸团上,她读到了这么一段:

> 卫红,我知道你了解了事情的全部,了解了我所经历的一切后,自然不会像过去那样怨恨我。但我宁愿你怨恨我,也不要再怨恨家人,覆水难收,怨也没有用,想来父母那样做,是要坚守他们自己的准则,无论怎样,初衷也定是为你考虑。至于果儿当年的知情不报,那完全是因为太爱你,太在乎你。她怕变故,她怕不可知的力量使她失去你。卫红,她还是个孩子,她不知道如何应对,她只本能地往安全的一方靠。事实上,她现在也还是个孩子,她之所以不敢向你坦白和我的事,还是因为爱你、在乎你、依赖你。她盼你的谅解、怜惜。事情走到这一步,简直有一点宿命的味道,让人不知如何感慨。再谈对你的感情,我知道是无耻的,可我必须得说,我和果儿一样,需要你的谅解和祝福。你对她,对我,对我们很重要。

果儿开始苦等姐姐的回信。两周过去了,三周过去了,一直到月底,还是不见姐姐的回信。彭歆不断安慰果儿,但他自己也渐渐焦灼起来,天天去看信箱。

苗尘的"群星璀璨"一拖再拖,何果儿以为这事早黄了,最近却又说是万事俱备,只欠一些批文、几个印章了。苗尘成天夹着那个意大利包进进出出,吆三喝四。公司里另有两个活动的文案他做不过来,央求何果儿帮忙。何果儿不熟悉活儿,怕自己搞砸了,在节骨眼上拖了苗尘做大事的后腿,便课余饭后点灯熬油用起功来。这事刚弄了七八分,突然接到李菲菲打到宿舍楼的电话,约果儿在玫州大厦见面。

坐落在繁华市中心的玫州大厦是玫州市最高的建筑,据说有四十多层。除了一层的 KFC,二、三、四层的购物广场,据说还有歌厅、舞厅、镭射电影厅、洗浴城等形式不一的娱乐消费场所。玫州大厦是玫州市改革开放的最直接的标志,也是现代潮流生活方式的象征。何果儿作为学生,当然从未涉入其中,只是远观过玫州大厦的盛大气势而已。爸爸是艰苦朴素的老革命,他常常来玫州出差开会,有时也把果儿领出去吃饭,但他断不会选择玫州大厦这种地方。二哥上次请吃饭的玫州饭店,虽然也很高档,但那是老派的、单一的,没有玫州大厦的魅惑。李菲菲怎么会在那里?她要做什么?她已经有好久没和果儿联系了,假期里果儿在江城也没见到她,她爸说她跟着她妈去上海玩了。从她爸的言谈中可以听出,李菲菲对县农技站的工作,正如果儿和章蕙预测的那样,越来越不上心了。

李菲菲站在玫州大厦楼下花园的甬道上,一见她们,便迈开大长腿跑过来。大厦来来往往的尽是装扮时尚的男女,其中不乏回头率百分之百的漂亮女子,但李菲菲依然是人群中最抢眼的那一个。她的头发没有束起来,瀑布似的流了满肩。她穿着一条修长微喇的牛仔裤,上身是一件白色的短夹克衫。才是初春天气,好多人还没换下毛衣,她却清爽得像路边刚刚绽放的白玉兰。果儿觉得她的个子又高了一些,关键是她的气色比以前好多了,明眸皓齿,洋溢着热情奔放的气息,那锁在眉间眼角的悒郁和呆滞,都不见了。

何果儿握住李菲菲的手,心里满满的欢喜。章蕙说,菲菲,我可是不请自来哦!李菲菲一把搂住章蕙的肩,你这是怪我没给你打电话吗?请果儿不就是请你吗?你们两位一体!章蕙说,那可不一定,你当果儿还是那个果儿?人家现在可是诗人,各路朋友一大堆呢,歌手、老总、海归,等等。李菲菲开怀大笑,果儿都让章蕙吃醋了,看来混得不错嘛!不过,可不能只听新人笑,不闻旧人哭哦。

她们说笑打闹,亲密无间,好像回到了从前。不,事实上从前的李菲菲在三人相处时更多的是压抑、拘谨、尴尬。这样的谈笑自如只在江城一中的文艺宣传队里,她才有过。恍若隔世的快乐。果儿摆摆头,不再想那些愁闷的往事。她问,你把我们约到玫州大厦做什么?李菲菲答,我的新单位在这里啊!今晚上正好有新装发布会,你们看看我的表演,提点意见。

还提什么意见?就像大一新年时第一次在飞天大剧院听到康楠唱歌一样,她们在最短的时间里就被台上的李菲菲震撼了。裤装,裙装,成熟女装,俏皮少女装,无论什么,李菲菲都穿得那么好看,那么恰到好处。无论和多少个佳丽一起上场,李菲菲都是最流光溢彩的那一个。何果儿和章蕙屏气凝神,抬头紧盯着李菲菲的千娇百媚。李菲菲每一次抬腿扭胯的风情,每一缕星眸回望的冷艳,她们都看得惊心动魄。每次李菲菲完成舞台最中心的定格造型,她俩就情不自禁地鼓掌。她们就像再一次回到了江城一中的操场上,坐在人群里看运动会高高的领奖台上的李菲菲。不,那时候,她们对她的心情是复杂的,"李菲菲就是罂粟花,娇艳无比,却有毒",章蕙老成持重的声音犹在耳边,但现在她们是如此心悦诚服。是啊,世界上还有哪个女子比李菲菲更适合聚光灯下万众瞩目的舞台?适合时装模特这样新奇美好的职业?她,简直是为它们而生的。

再出现时,李菲菲又换上了下午的牛仔裤和短夹克。舞台上夸张怪异的妆洗去了,她一脸素净地坐到她们中间,认真地说,你们有没有发现我的台步还不太跟得上人家?我训练得不够,怕露怯。章蕙手一挥,你不用训练,天生吃这个饭的,气质压倒一切。何果儿看着两个亲爱的女友,心里感慨万千,泪水突然就湿了眼眶,今天,真好!菲菲,我觉得过去那么多坎坷,都是为了你能走出来,走到今天准备的。李菲菲眼里也闪过泪光,她伸手握住了果儿,紧紧的。但突然,她压低了嗓门换上了一脸坏笑,你们可不懂这个行当,我做模特先天不足,知道是什么吗?章蕙说,哪里不足了?有脸蛋有头发,脖子长得跟咱们江城西街上那些看门护院的大白鹅似的,都快一米八的身高了吧?凹凸有致,哪里不足了?李菲菲捶胸顿足道,就是凹凸有致惹的祸,知道吗?胸!服装模特都是胸不能太高的,我们队里就数我的高,教练都说过我一次了,可我有什么办法?嗨,我这辈子就毁在这两坨东西上了!那时候你们都与它为敌,三天两头要清算它,现在人家又觉得它抢了衣服的风头,要让我束起来。

哈哈哈……何果儿和章蕙同时笑出来,笑得前俯后仰。李菲菲顾不上再做痛苦状,也跟着开怀大笑起来。

何果儿完成了苗尘的文案,拿过去时却发现公司大白天紧锁着门,再一看连门上的牌子都不见了。她急慌慌去问门房,门房老头说,前儿个关门了。这些个皮包公司啊,开门关门跟过家家似的,没什么准头!何果儿沮丧得不知怎么办,找不到苗尘,她只好去康楠唱歌的夜总会楼下守株待兔。

康楠脸上是大老远就能看见的百感交集,待站定在何果儿面前,却是淡淡地发问,你怎么知道这里?何果儿说,你不带我来,我就永远不知道了?离学校又不远,我总会留意到的。俩人沉默下来。何果儿觉得心里有许多话想对康楠说,但一时不知道说什么。自从她上学期向他说了自己和彭歆的事,他们就没再见过面了。康楠的头发毛糙糙的,好像好久没有修剪过了。果儿说,你去理发。康楠点头,嗯。

苗尘的公司为什么关门?挺好的一公司怎么说关门就关门了?前阵子还一大堆计划,说活多得忙不过来,我都给帮忙呢。这公司关门了,那"群星璀璨"演唱会还办不办?听说马上就要成了呀!何果儿一连串地问,康楠怜惜地笑了,果儿,你可真是天真啊,都这样了还提什么演唱会!公司都关门了,你觉得还能办演唱会吗?何果儿一下蒙了,这就办不成了?那么大的事情说黄就黄了?哎呀,这公司就算要关门,也等办完了演唱会再关门呀!苗尘他是不是糊涂了?康楠说,我看你才是惦记演唱会惦记得糊涂了,要是还能办演唱会,公司能关门吗?其实应该说,要不是演唱会这档子事,公司还不至于关门呢!何果儿问,你是说办演唱会出了麻烦?不是还有大李哥一起跑这事吗?康楠说,是啊!可是大李虽然人比苗尘沉稳点,唱歌、乐队方面什么的也多少认识一些人,但他那性情到底也不是和官商打交道的人啊!你知道办演唱会需要多少单位多少部门多少人点头?拉广告那摊子事不提,到处都是吃、拿、卡,这一层层文件批下来,章盖下来,别说请大明星了,连那些走穴的草台班子都打发不起呢!你说他苗尘不关门谁关门!总之,这事从一开始我就没乐观过,到底是苗尘涉世不深,太好高骛远了。唉,诗人啊,害得他自己破产关门了!

何果儿沮丧极了,她蔫蔫地回应,你涉世深,你看得远。康楠又笑了,果儿,我知道你盼演唱会是盼着我被星探发现,一举成名呢,你被苗尘的天花乱坠蛊惑得成天做美梦。

"那只是一场游戏一场梦……"康楠调皮地对着果儿哼唱了一句,又用口哨吹出了下一句。他很少这样嬉笑,但他的眉目间没有轻佻,只有悲凉。

何果儿颓废了好多天。她第一次深切地感到现实的强大、可怕,感觉到自己的无力、迷茫。很快就大四了,很快就要告别大学校园迈入社会了,自己将如何开始一份有意义的事业,一种不虚度的人生?在如此复杂的社会里,将如何找到属于自己的一个心甘情愿的位置?

你的人生有我保驾护航呢!你只需要一直像现在这样勤奋、踏实、热情、有理想就够了。彭歆说。彭歆这几天看果儿情绪不高,便变着花样做好吃的,他甚至烤出了香脆可口的蛋挞。果儿舍不得独享,便叫来章蕙一起吃。彭歆忙完了,便安静地坐在一旁听她俩叽叽喳喳天上人间各种风吹草动。每当她们发表一些骇人又幼稚的见解时,他满脸包容、宽厚的微笑。他从不打断她们,但总能适时予以纠正。

听你俩这么一讲,我觉得那李菲菲可不是一般人啊,啥时候也领来让我见见?彭歆说。果儿点头,除了章蕙,她可是我最好的朋友,等她从外地培训回来,当然要来见你的。错!不是她来见你,应该是领你去见她吧?她可是我的人,还有考查你的任务呢。彭歆赶紧附和,对对对,她是你娘家人,该是我去见她,接受考查,接受验收!章蕙说,彭老师,再别提考查验收了,人家说学贯中西,你这是学贯中西,厨艺也贯中西,一吃你的饭我们立时都被你收服了,哪还顾得上别的!彭歆笑答,过奖,过奖,无论是学问还是厨艺,进步的空间都还很大。

一边是亲爱的人,一边是贴心的朋友,何果儿坐在他们中间感受着一种山高水长、岁月静好的幸福。但"考查""验收"这些词跳到耳朵里,像针尖一下一下刺在心尖,每刺一下,果儿就觉得这眼前的幸福是马上就要被刺破的大气球。

果儿做梦也没想到,在等信等到山穷水尽时,姐姐自己来了。

姐姐说,果儿你带我去彭歆那儿,我想当面听他说。

果儿没有丝毫思想准备,她蒙了。她不敢拉姐姐的手,不敢看姐姐的眼,不敢问家里父母、茜茜的情况。姐姐的语气平淡而坚决,让果儿心惊肉跳。她直愣愣地一径把姐姐带到了彭歆的住处,敲开了门。她来不及看彭歆脸上的惊愕,便扭身下楼。姐姐喊,你也来,不要走。果儿没有回头。

果儿一口气跑回宿舍,躺到床上用被子捂住手脚冰凉的自己。然后她觉得喘不过气,又下床,下楼。正是草木勃发的季节,空气里充斥着巨大的躁动,丁香园的馥郁花香几乎令人窒息。果儿拖拽着沉重的步子,又一次弯弯绕绕穿过半个校园,下意识地来到了彭歆楼下。当她抬起头打量彭歆房间的窗口时,她突然觉得前一分钟还在撕扯她的那种感觉一下子消释了,一种明朗的勇气使她不再揪心,不再忐忑,她步子稳健地又走向宿舍。

那条红纱巾,那首被红纱巾轻轻掩卷着的"当你老了",被她郑重地拿出来。当她再一次走到春意弥漫的校园时,她把手里的东西捧到了胸口。它们在黑暗中蛰伏了太久,她真怕它们走到阳光下就风化了。她一步步小心地走到了彭歆的楼下。这条熟悉的路,今天,她反复走了三遍。当她叩开门时,当她坦然地走到姐姐和他的面前时,她知道自己终于走回来了。她终于从那个蜷藏在角落无奈地窥探大人世界的小孩子走到了今天,成了一个敢于面对现实、勇于担当的自己。

姐姐的手轻轻抚过笔记本,抚过"当你老了"的每一个字,然后,她轻轻撕下了这一页,慢慢揉成了一团,慢慢扔到了沙发旁的垃圾桶里。她说,这一页已经不存在了,笔记本还是可以再用的,果儿拿去记课堂笔记吧。那条红纱巾,姐姐碰都不愿碰一下,仿佛那不曾消褪的红色,依然是灼伤她的火焰,又好像那是早就弃之如敝屣的旧物,就连再凭吊一眼的兴致也没有了。她的神色是凝重的,但也是平静的,从她的脸上丝毫看不出来之前她和彭歆的谈话是怎样的。

果儿默默地看着姐姐,当"当你老了"被撕下来抛进垃圾桶时,她本能地上前,想阻拦,想捡回来,但她到底不敢去抓姐姐的手。最后,她只把红纱巾重新包起来,默默地收进了自己的书包。那一刻,姐姐别开了头,彭歆则红了眼睛。

深夜,在宾馆里,姐姐再也坚持不下去她的平静漠然了。她伸出手把果儿搂到怀里,大声地哭出来,你干吗一声不吭地跟我后面?你干吗一脸受气包的样子?我怎么你了?果儿,自打妈妈生下你,我什么事情没让着你,没惯着你?我最怕你受委屈,我最受不了你这副可怜样子!是姐姐不好,姐姐今天没给你好脸色,姐姐对不起你!

不,不是的!果儿也放声大哭了。无数的担忧,无数的煎熬,那么多的夜晚寸寸挨过的负重,不复存在,只剩下简单的泪水,简单的巨大的安慰。依在姐姐的胸前,紧握着姐姐的手,十指连心的亲切使果儿的胸中块垒化成了决堤的泪水。是我对不起你,姐姐!从当年到现在,一直对不起姐姐!我对不起你和彭歆两个人,要是我把妈妈藏的信拿给你,你俩当年就不会那样分开了。要是我现在不和他这样,你也用不着再面对伤心的往事。

过去的事不提了,姐姐说。彭歆把什么都告诉我了,姐姐不怪你,你没有帮姐姐,但你帮了爸妈,帮了你姐夫。你帮了他们,可能也就是帮了我,不然真没法想象那事情会怎么收场。

你真是这样想的?果儿跳起来,眼泪都吃惊得凝住了。不会的,你肯定是为了让我安心才这样说!

姐姐深深地看着果儿的眼睛,小妹,我不怨你,真的。到了我这个年龄,早就知道因缘天定。你也看到了,我和你姐夫结婚十年了,挺好的。我这次专程来一趟,不是为了我自己,我是不放心你,我得当面听他把过去的事给我讲出来,我得让他亲口把今天和你的事讲出来。我得知道经过了这么长时间,走了那么远,彭歆还是不是那个彭歆。果儿,你知道吗?我得让他把自己的感情归拢清楚,整理干净,你懂不懂?只有这道坎过了,我才能帮你们。

果儿,我支持你。当年爸妈不同意我和你姐夫,你不也支持我吗?你记住,咱们姐妹俩任何时候都要互相支持。姐姐再次拥抱了果儿,家里人过去都没见过彭歆,那个彭歆根本不存在,你明白吗?你什么都不用担心,有姐姐呢。你只管真心对待彭歆吧,他是个好人。

果儿点头,泪水扑簌簌地落下。姐姐说,你眼看着就大四了,面临毕业了,自己的事也要考虑周全。我今天问彭歆是怎么打算的,他说你想考研,但他想让你先留校工作。只要能留在玫大工作,进一步的深造是必然的,不急。果儿说,留校的名额非常少,多半都给出类拔萃的学生干部,我又没当干部,我觉得自己还是考研好。但这几年净顾着看闲书,有时也写点东西,没认真学英语。我的问题就是不太确定自己的目标,不知道自己将来要做什么,真正需要做什么。姐姐不等果儿说完便插进来说,你没有问题,现在的问题是彭歆的,他得想办法让你留在这个学校工作。果儿,在这件事上,我同意彭歆的方案,先工作,再考虑深造。你可能不太理解彭歆的用心,我告诉你,他需要稳定,他不能再动荡了。你的工作定下来了,你的感情也就不会有太大变数。等你毕业他已经三十五岁了,他该结婚了,你懂不懂?

姐,你这是不是走得太快了?果儿羞恼,我这刚刚沉浸在你接受我们的幸福中呢!你已经劝起婚来了,这也太不着边际了吧!结婚?明年我还不到法定年龄呢。姐姐扑哧笑了,瞧你这傻样儿!我又没劝你一边领毕业证一边领结婚证,我是觉着彭歆的计划很符合你俩的实际,他需要稳定下来。你呢,难道你不想在玫大这样的地方生活、工作,清静、自在、充实地过一辈子吗?反正,我走在你们校园里觉得跟看电影似的,太美好了!

我想,但我不想以彭歆家属的身份留下来。果儿烦闷起来,反正、反正我还没想好。姐姐爱怜地捏了下她的鼻子,你就是倔!彭歆说他也知道你好强,不敢强求你。果儿,其实只要两个人的感情是真的,用得着计较这些吗?再说了,你只要先留下来,还怕没有证明你自己的机会?单位越好发展的空间越大,你越能更好地实现自己的抱负。你看我和你姐夫,待在江城那么一个小地方,再努力也还是中学老师。

中学老师有什么不好?果儿顶嘴。你们培养了那么多人才,想想那些来家里拜访你们的过去的学生,对你们俩多尊敬,多感激。

是,中学老师也挺好。姐姐说,可你留在玫大,将来做一个大学教授不是更好吗?咱们家,大哥跟在爸爸后面走了仕途,二哥参了军如今又经了商,咱姐妹俩要是一个中学老师一个大学老师,我觉着就全乎了。

Wherever you go, Whatever you do, I will be right here waiting for you, Whatever it takes, or how my heart breaks, I will be right here waiting for you……

彭歆的歌声柔肠百转，又激情有力。这声音像是从久远年代破空而来，天长地久的熟稔，却又带着此时此刻的温度和战栗，直抵人心。果儿听着听着，用杂志遮住自己泪湿的眼睛。幸福让人感到一种疼痛的痉挛，让人情不自禁一遍遍地流泪。谢天谢地，彭歆又开始唱歌了。玫大初遇，彭歆说他现在不唱歌了。后来，他们相爱，但两个人默契得从不提起唱歌的事。他曾经给她的歌本，那么厚厚的一本，他唱过的，她都一首首学会了，唱过了。但当他们终于走到一起，却不曾合唱过一首。他的歌声，那些唱歌的情景，都属于一个尘封的时代。那个时代不属于果儿。

感谢姐姐把那个会唱歌的彭歆还给了果儿。姐姐走后，果儿惊喜地发现彭歆又开始唱歌了。有了姐姐的祝福，彭歆开始变得更快乐，更振奋。他备课、读书、打球、搞讲座，从早到晚忙忙碌碌，全身上下洋溢着生机。在请果儿、章蕙吃饭的一个黄昏，厨房里传出了他的歌声。只一声，果儿的泪便下来了。章蕙惊呼，怎么回事？又是一个歌手？

从此，恢复了唱歌，那个"唱歌的彭哥哥"回来了。不，彭歆说，人不能两次踏进同一条河，河非昨日之河，人岂是昨日之人？你现在看到的是一个全新的彭歆，何果儿时代的彭歆。

是啊，彭歆的声音里少了当年的清越、华丽，一丝沙哑显出了沧桑,反倒更磁性更好听了。而且,他也不唱《雁南飞》《怀念战友》这些歌了,他现在喜欢唱英文歌。果儿说,来一首《昨日重现》,他便开口唱,When I was young, I'd listen to the radio, waiting for my favorite songs……低回深沉的歌声简直让人迷醉。果儿逗他,你唱唱你们加州的那家旅馆吧,他便换了一种风格,低低地吼起来,On a dark desert highway, cool wind in my hair……他的声音,他的表情,感染得果儿不由自主地加入进来,Up ahead in the distance, I saw a shimmering light……两个人摇头晃脑,咬牙切齿,俨然一支小小的摇滚乐队。唱完了,笑完了,彭歆三句不离学习,其实你多唱英文歌还能练英语口语,挺好。

果儿感慨,我觉得我这一生最容易被有一副好嗓子的人迷惑。彭歆先是嘲笑,你一个才二十岁的人,好意思说我这一生!继而警觉,谁?你还被谁迷惑过?果儿答,齐秦啊。彭歆气鼓鼓地说,是齐秦倒也罢了,毕竟是个远在天边的人,怕就怕是个齐秦的替身,却在咫尺之间。果儿说,他不是齐秦的替身,他是他自己。这话越发使彭歆不高兴了,于是两人坐得远远的,各自看起书来。不到几分钟,彭歆就凑过来,果儿同学,我觉得我还是有义务更正一下你对自己的错误认识,如果单说好嗓子,你那朋友康楠肯定胜过我了,可你最终还不是到我这里了吗?

这是果儿以前没见过的彭歆的样子。他一天天越发可爱了,简直像一个孩子。他吃醋、怄气,然后又忙着和好,和每一个热恋中的小男生一样,执着地投入与果儿相处的每一个时段中。他不但对她好,而且爱屋及乌,为她的室友们提供学习、生活上的各种帮助,不厌其烦地听她们聒噪,一点也没有老师的架子。他亲手做饭菜给章蕙和李菲菲吃,他看着她们时,脸上有亲人般的笑。

彭歆和李菲菲互相给予了极高的评价。李菲菲说,果儿,我简直嫉妒死你了,为什么人世上的好事都落到了你头上?命运的宠儿啊!你知道吗?像彭歆这样的正是我心中的白马王子,如父如兄型的,偏让你遇着了,我恨你!朋友们喜欢彭歆,果儿心里美滋滋的。章蕙说,菲菲,咱们三个人你最大,果儿最小,现在连她都有了男朋友,你也该考虑了,别成天没心没肺的。如今你生活圈子大了,层次高了,应该有合适的。李菲菲一撇嘴,层次高什么?不过是一些装模作样的绣花枕头罢了。章蕙骂,你瞧瞧自己,永远是一副眼高于顶、超脱于环境的臭德行,小心嫁不出去!

苗尘又冒出来了。公司倒闭关门后整整几个月,谁也见不着他,大家不知道他藏在哪里。这天,他突然出现在何果儿宿舍楼下,突降的一阵雨淋湿了他。坐到以前他常坐的那个位置,他一开口便长叹,物是人非啊,连你们宿管阿姨都不认识我了。昔我往矣,杨柳依依,今我来思,雨雪霏霏!何果儿一时间也有点感慨,自己也就要毕业了,若不能按彭歆的安排留校,那再过几年回玫大,谁又能认得你呢?怕是再来也难了。她问,你这阵子去哪里了?我到康楠那里去找你,他没有你的消息,大李哥也很少来玫大了。我以为你北漂,或南下了。苗尘摇头,北漂要才,南下要钱,我如今一无所有,能去哪里?何果儿激励他,苗尘,你以前的洒脱气概哪里去了?不就是一次挫折吗?不要这般颓唐,好不好!你要是这样一蹶不振,我告诉你,没有人同情你,莫斯科不相信眼泪!

苗尘连抽了几支烟,他的愁闷像烟雾一样缭绕不散。扔掉了最后一根烟蒂,他说,果儿,你不知道你的关心和鼓励对我有多么重要,公司的事不是一次小挫折,它把我打成内伤了,我是身心俱疲啊。不过听你这一劝,我想这何尝不是一次经验、一次学习?我苗尘难道没有东山再起的时候?听你的,我振作起来!何果儿拍手,对啊,这样想就对了,拿出点弄潮儿的精气神来。苗尘笑,我还弄潮儿呢!你知道我现在干什么?上个月我就到朋友的出版公司上班了,说是出版公司,实际上是野路子,说穿了就是印盗版书的!何果儿愕然,良久才开口,其实你也可以回你单位的,当初办的停薪留职,你的档案什么的不都在那儿吗?苗尘愤然开口,我就是再落魄,也不去吃回头草,我受不了那死水一潭的生活!少顷,他又补充道,再说了,你不知道,我为筹办那个"群星璀璨"演唱会,四处欠人钱呢!我现在只能神出鬼没地活动,我要是回去上班,那些要债的还不把单位给踏平了!何果儿说,你这一开始妙语连珠吧,我就知道你还是那个苗尘,内伤外伤都还有望痊愈。这样吧,为了庆祝你劫后余生东山再起,今晚咱们出去聚一下,我给你介绍几个新朋友。

苗尘思忖了一下,认真说,好吧,不过咱玫大的那些小文友、学弟学妹就别叫了,我这副落魄潦倒的嘴脸不适合做励志榜样,只会生生地毁掉本人留在江湖上的美丽传说。鉴于相同的理由,我也不拜见你的爱人老师,那个海归同志了。君子报仇,十年不晚,等我纵横四海时,再跟他理论夺人之爱的下场。何果儿嗔怒,不见就不见,少油腔滑调!我这边喊上章蕙和李菲菲,你去约大李哥和康楠。苗尘说，如此，甚好！我和康楠现在是同病相怜的"同情兄"了。

何果儿怎么也没想到，自己召集的这次聚会突如其来地促成了苗尘和李菲菲的恋爱。

当李菲菲翩然而至俘获了全场人的目光时，当苗尘慌乱地站起来碰翻了酒杯，坐下去又急急顾左右而言他时，何果儿就知道发生了什么，她读得懂诗人眼里迸溅的火花。趁李菲菲和章蕙去卫生间，她凑近身边的苗尘悄悄吟诵，所有的光只在你身上，所有的光只跟着你走，就好像是你在说，要有光，便有了光……

苗尘怔怔地看着何果儿，好像处在一种深度恍惚中，但他的眼眸一扫之前的阴霾，迅速恢复了曾经的光亮。他说，这不是我写给你的信吗？怎么记得这么清楚？我好感动啊！不过，何故突然念起这个？什么意思？何果儿说，遮掩不是你的长项。苗尘正色道，何果儿，你应该懂得，世间宝贵的情感和人生体验都是难以重复的，就算此时此刻发生了什么，也不会是我曾经对你有过的那种感受。我会用新词迎新人的，你看着吧。

何果儿羞惭地红了脸。她觉出自己的开玩笑不但唐突，而且不尊重。她突然意识到，也许自始至终，自己对苗尘的感情，或者说是对苗尘的感情表达方式，缺乏认同和尊重。苗尘说话做事太张扬、浮夸，他不知道他的外在其实一定程度上遮蔽了他，替代了他。他花样翻新地表白自己，但事实上很难让人走进他心里，了解他、同情他。是的，何果儿觉得自己和他那么熟，但对他的了解甚至不如对大李哥。她一直止步于对苗尘的深切了解、理解之外。

接下来,如果他用他那惯用的死缠烂打去对付李菲菲,那么,自己该怎么做?作为李菲菲最信任的朋友,她又该如何坦陈对苗尘的真实感受?李菲菲艰难走来的这一路,难道苗尘就是在终点等着她的那个人?难道,苗尘是适宜出现在李菲菲伤痕无数的生命中的那个人?

适宜不适宜,要看他们当事人自己的感受,这个不能越俎代庖。彭歆劝导忧心忡忡的果儿,你呀,小小一个人,别整天操心别人的事了。我看你对苗尘有先入为主的偏见,再说了,就算他这个人不怎么样,李菲菲比你大,生活环境比你复杂,我看她心高气傲的,不至于收到一首情诗就神魂颠倒,好坏不辨了。果儿叹气,你不了解李菲菲啊,她是貌似复杂其实最为单纯的一个人了。我有一种直觉,她会吃苗尘那一套。

果然,两周后,不出何果儿所料,李菲菲来宣布,她准备接受诗人的爱情。章蕙沉着脸问,他哪儿好了?居无定所,东漂西荡,连个正经工作都没有,就那会说甜言蜜语的一张嘴把你拿下了?李菲菲说,不,他不会久居人下的。他有才华,有梦想,迟早会大鹏展翅。我懂得他。何果儿反问她,你懂他?你们认识十来天,难道你确定你了解他比了解身边那些人更多?李菲菲冷笑,身边哪些人?说实话,我就从没遇着想了解的人。太多人,我根本不想正眼瞄一下。

再见苗尘,全没了前段时间的颓唐,他神清气爽,恢复了曾经的风流倜傥。他见何果儿便鞠躬作揖,幸会,幸会!注定咱俩有缘,不管风吹浪打,总归是人群中紧紧相依的亲人。对,亲人,从今天起,我和你的亲戚关系正式确立! 李菲菲在一旁捂着嘴直笑。何果儿看这情形,便知道苗尘把前史都向李菲菲坦白了。也许,他们真的无话不谈,真的灵犀相通? 就像自己和彭歆一样?

看着李菲菲美丽的脸,看着她因为爱情而变得更迷人的眼眸,何果儿不由得在心里一遍遍祈祷,像个看透了世事操碎了心的老妈妈,苗尘啊,不求你大鹏展翅飞黄腾达,只求你全心全意好好爱惜菲菲。菲菲,我亲爱的朋友,愿你的生命里从此没有伤害,愿你永远这样漂亮、美好。

章蕙说,也好,这样,咱们三个人就都算在感情上有着落了,剩下的就是奔事业了。见果儿闷闷不语,她也叹口气,唉,这时间真是白驹过隙啊,咱俩考进玫大的情景还历历在目呢,却又到该走的时候了。说是奔事业,其实心里直发虚,还不定怎样呢! 辛辛苦苦读书一场,总得学以致用,干得舒心吧? 果儿说,还是你好,你们家唐嘉中在东北为你谋好了单位,虚位以待,你这都已经考虑专业对不对口的问题了,哪像我这么迷茫。章蕙骂,你迷茫什么? 你还真想跟着你心爱的三毛去找寻梦中的橄榄树啊! 彭歆让你只管好好学习,好好准备毕业论文,你偏偏就要多想! 难道你连在咱们玫大这样的名校工作都不满意吗? 果儿摇头,不是这样的,我是心里感觉没把握。你想想,咱们大四同学现在哪一天不说毕业分配的事? 我们宿舍里张琳、李苏、袁圆要回老家,丁一梅考了研,蓝思敏,品学兼优的学生干部,铁定了要留校的。按说我和她一样都是要留校,可人家大张旗鼓,早就满世界喊开了,我这却不知会怎样,一点不敢声张。前几天系里张老师指导论文时问我毕业去向,我都不知道说什么好,这不跟做贼一样嘛!章蕙安慰说,你这是太敏感了。都是留校,渠道不同,蓝思敏是学生干部留校做学生工作的,有先例有名额,所以传开了。你这儿是彭歆的关系,难不成你也想学蓝思敏,大嗓门向全校公布?何果儿恨恨道,我就是听不得这靠关系留校,心里堵得慌。章蕙说,你这是自尊呢还是自卑?你放眼望去,这世界哪个角落不是由人和人的关系组成的?关系,也得看是什么关系!彭歆,学校高薪引进的海归人才,解决他的生活问题,留他的女朋友在学校工作,这不是光明正大的事吗?这样天经地义的关系,你要觉得也不该利用,那我去东北就是可耻的了。果儿说,这玫大的门槛你是知道的,除了优秀学生干部,本科生一般很难留下,张老师说今年留校形势比往年更严峻呢。章蕙挥挥手,好了,打住!你少一点患得患失吧。我只送你两句话,第一句,请相信彭歆的能力;第二句,请相信自己的价值。你虽是靠关系留校,但你不比蓝思敏差,她走的是政工干部的路,你这几年发表好些文学作品,术业有专攻,更符合大学需要,懂不懂?

最后的时间在等待和揪心中,在看不到谜底的悬念里,晃晃悠悠的,像一只飞不高也收不回的风筝。但与此同时,又似乎感觉它比以往任何时候走得更快,转眼间,毕业实习结束了,毕业论文定稿了,答辩通过了。校园里开始弥漫起浓浓的离别气氛,礼堂里各院系毕业晚会次第上场,同乡老友的聚会多了起来,宿舍楼下三五成群晚归的同学,长歌高叹的声音常常持续到后半夜。宿管阿姨一把揪住想混进女生楼的男生,你是毕业生咋的了?你是毕业生我就管不住你了?小子,听着,待一天我就管一宿!

彭歆说,丫头啊,这段时间可是累着你了,优秀毕业论文,那可不是随便能写出来的。为了你大学学业圆满结束,尤其是为了那篇优秀论文的诞生,我们要好好庆祝一下,庆祝一颗学术新星冉冉升起!这样吧,你把你的朋友们都叫来,我给你搞个大Party。果儿说,Party算了吧,没什么好庆祝的。什么新星?工作的事还没着落呢。彭歆笑着捏果儿的鼻子,你呀,真是个孩子!要是你没着落,我能有心情玩?我本想着迟几天告诉你,谁知道你这么不放心,那好吧,现在我正式通知,亲爱的何果儿同学,你留校的事情周一学校党政联席会上已通过了,六月中旬发文件。果儿哇的一声跳起来,欢喜地搂住了彭歆的脖子,太好了!已经通过了,你干吗要迟几天告诉我,卖什么关子嘛!彭歆摇头,不是卖关子,是觉得你们同学堆里,人多嘴杂,没必要早早传出去。果儿嘟嘴撒娇,这跟同学有什么关系嘛,就是你欺负我,想让我多操心!彭歆说,怎么没关系?你明明知道的,一个位置多少人盯着呢。果儿急急问,那我是什么位置?我将来在学校哪个部门上班?彭歆说,也说不准,或者在学报编辑部、宣传部这些单位,或者去系里做辅导员。反正将来你要在职深造的,现在暂定什么部门并不要紧。果儿又缠上去,好呀,好呀!这些单位都不错,辅导员也挺好,那样就可以常常和蓝思敏见面了,唉,我们宿舍六个人现在只剩下两个人了。

彭歆慢慢扶正果儿的肩膀,正色道,记着,文件下来之前,你不要急着在宿舍说这事。还有,都已经毕业了,怎么还成天惦记着要和宿舍人见面?同学也罢,挚友也罢,成长就是一场场告别,你这样喜聚不忍散的性格,得改一改。果儿跺脚大叫,哎呀,这么严肃,烦死了！彭歆笑,果儿你现在越来越像未婚妻的样子了,又会撒娇又会撒泼。不管撒娇还是撒泼,我都立马缴械投降！果儿嗔道,什么未婚妻？难听死了,土气！彭歆喊,No,No,Not right！未婚妻是世界上最美丽的称谓。他伸出手,轻轻抚过果儿的黑发,丫头啊,我是等不及要把你变成未婚妻呢。我已经给你姐写信了,等你拿上毕业证,我就立即随你回江城见你父母,咱们订婚。果儿犯愁,这么快呀？我这还没有准备好呢！万一江城有熟人碰见你呢？万一我姐夫发现什么呢？关键的关键,我爸妈能这么轻易同意让我订婚？彭歆佯怒,何果儿同学,我警告你,你不要革命意志这样不坚定好不好！这一次,哪怕江城是一座钢铁之城,固若金汤,我也要攻下它！你的父母大人,注定这辈子要成为我的老泰山老丈母娘,ES muss sein！

音乐不绝如缕,透迤地流淌着,如同相爱的两个人之间无声传导的无比默契、安好的幸福感。还是那支《水边的阿狄丽娜》,然后是吉他曲《镜中的安娜》,接着是《悲伤的西班牙》。果儿依在彭歆的肩头上,静静地望着窗外的天空,似要睡过去一般。

惊扰了甜蜜梦境的是一朵花的坠落。一簇硕大的淡紫色花朵从高高的泡桐树上凋落,在风的推送中飘飘悠悠地坠落到了教工楼前的花径上。果儿看到了它从空中坠落的轨迹,像一只折断了翅膀的彩色鸟。她起身探头到阳台玻璃窗外,一片静寂中,似乎听到了花儿惊心动魄的落地声,啪的一声,晶莹地碎裂,散落。

现在正是泡桐花盛开之时,它咋就落了呢？果儿的视线不肯离开六层楼下那蜷萎的花瓣。彭歆说,这有什么奇怪？它早慧啊！

早开早落,不愿泯然众花矣。果儿说,你倒会说话,我却只想起一句,"最是人间留不住,朱颜辞镜花辞树"。彭歆笑了,小小一个人,伤春悲秋起来了,可别下楼搞什么葬花仪式哦,咱家里没有林妹妹的那些家什。行了,别盯着那落花了,看那些枝头上的吧,也不知道是什么花,很漂亮哦。果儿指给他看,这几棵都是泡桐,那边开得正欢的是楝树。咱们窗下这几棵是合欢树,到七月才开呢。彭歆点头,佩服,连什么花什么花期都清楚。早年就听你姐说过你从小除了爱唱歌,就爱侍弄花花草草,看来果真有两下子。没往园艺专家的路上发展,只做一名小诗人,也是可惜了!果儿顾不得他的调侃,径自眉飞色舞起来,这算什么?现在是夏天,根本没什么花,绿肥红瘦懂不懂?春天一到,这楼下可是姹紫嫣红的大花园呢,不像我们学生宿舍男生楼只有玫瑰园,女生楼是丁香园。不过丁香园也够漂亮了,关键是香!一到四五月份,那些紫丁香、白丁香让我们整个宿舍楼都香透了。你们这边嘛,各种花树,看都看不过来呢,我到时一样一样教你认!我最最喜欢的是靠近10号楼的那两棵大海棠树,天哪!那两树白海棠,那两树白海棠……

果儿陶醉到无法用恰当的词语和修辞表达那两树白海棠带给她的震撼和感动,她噤声了。半晌,她推开彭歆搭在肩上的胳膊,委屈地嘟囔,可是,就连一张照片都没留下来呢,本来想今年白海棠开花时好好拍些照片,偏偏你那半个月就出去开会讲学了,简直!

彭歆再次伸出手把果儿更紧地抱在胸前,他声音里的歉意是真切的,对不起,对不起果儿,没把你大学时代最后一个花季给拍下来。这大半年实在是太忙了,出门,回来赶书稿,你也要写毕业论文,可能我整天考虑这些世俗功利之事多了些,就忽略了你的审美需求。真的,这是不应该的。

可是,果儿,我们共同的花季不是刚刚才开始吗?从此以后,不光是玫大校园的花季,还有外面更大的世界,无数的春花秋月,都属于我俩。你知道,我买这么贵的尼康相机就是为了拍你,你看花,我看你,人面桃花相映红嘛!

在两双眼睛充满柔情和憧憬的凝望中,窗外的泡桐花树和楝树开得更蓬勃了,那大团大团的紫,那满簇满簇的粉,在初夏的斜阳中闪耀着、变幻着美艳迷幻的光泽。它们那么恣肆地挺立在枝头,仿若从不会遭遇凋落于尘的命运,仿若之前翩然离枝的那一朵只是事不关己的意外。

静静地,热烈地,享受着此时此刻无与伦比的绽放,果儿也像是那些花树中的某一棵,那些缤纷色彩中的某一朵,她不会想到,窗外这一片云蒸霞蔚的花影,是玫大留给她的最后的美丽盛开。彭歆许诺的花季,那些将要到来的无边无际的两个人的花季,再没有实现的那一天了。那曾让她流泪失语的白海棠,永远停留在她来不及定格的记忆中。

那晚,宿舍的门是被张琳一脚撞开的。同室四年,大家习惯了蓝思敏气喘吁吁地上楼,连喊带撞地进门。但优雅的矜持的张琳,以这样的气势出现,大家都还是吃惊的。李苏、丁一梅都开口问,怎么了?吃错药了?还是在老乡的欢送会上喝醉了?张琳不吭声,只把手中的毕业留言册重重地甩到桌子上。何果儿正在忙着打包书本和衣服,她埋头于一片乱七八糟中,也随口问一句张琳怎么了,不承想张琳在身后厉声接话,何果儿,你是在问我吗?我倒是要问你怎么了。本是同根,相煎何急!

空气凝固了,李苏、丁一梅面面相觑,而后又盯住了何果儿和张琳。李苏悄声相劝,到底有什么事?有什么事都好好说。下周可就各奔东西了,再聚不定哪一年呢。

何果儿放下手中的活,慢慢直起身到张琳眼前。隔得太近,她几乎感觉到张琳双目灼灼的愤怒喷射到了她的脸上,她感觉到自己也被点燃了。什么意思?张琳,你说清楚!

你需要我说清楚吗?你做的事反而要我给你说吗?张琳咄咄逼人。何果儿全身颤抖起来,她一字一顿,你说清楚,必须,现在。李苏扶住了何果儿的肩,小六,不要激动,慢慢说。张琳的目光渐渐出现了狐疑、游移,她哼了一声坐下来,难道你会不知道?蓝思敏留校的事黄了!开始要发派遣证了,才知道她也被打回原籍了。

不可能!何果儿失声喊。怎么会?蓝思敏怎么会被派遣回原籍?她留系工作的事大家早就传开了,系学生会的低年级同学甚至都开始叫她学姐老师了。彭歆说果儿和蓝思敏这一批新入职人员的工作下周学校就会正式发文安排,怎么突然会有这么大的变故?

张琳恨恨道,怎么不可能!蓝思敏刚被系主任、班主任分头谈了话,留校留系的名单都已公布了。蓝思敏,被人替了。被谁替了?何果儿、李苏丁一梅异口同声地喊出来。张琳再次起身,再次深深地盯住何果儿,被你替了,何果儿同学。你的眼睛再瞪大一些,你的表情还可以再无辜一点,你一直是我们宿舍最天真纯洁最高贵无瑕的小公主,你是不是奢望着把这个形象保持到最后?

何果儿还是一片懵懂,但一种本能的怒火使她疯狂。她叫喊着扑向张琳,被丁一梅、李苏团团抱住。她听到丁一梅说,何果儿留校也是咱们都知道的呀,这是彭老师的关系,不存在她替蓝思敏的问题,张琳你是不是误会了?李苏也说,对啊,小六儿犯不着替蓝思敏啊,她是肯定会被留下来的呀。一片吵嚷声中,何果儿停止了挣扎,一种无力感、一种羞耻感使她不争气地哭了。

张琳说,是的,我们都知道何果儿是要留校的,可我们知道的不是这样的结果吧?她留在咱们中文系当辅导员,做团学工作。鬼都知道那名额历来是给学生干部的!何果儿什么人?诗人!她清高、淡泊,从大一开始就拒绝担任系上、班上的干部,而蓝思敏呼哧呼哧地干了四年活,这临到头鸠占鹊巢,诗人走马上任,成天被老师们使来唤去的傻子卷铺盖滚蛋,你们觉得公平合理吗?

丁一梅劝慰何果儿的手慢慢收了回去。李苏喃喃,也许,学校也没办法,毕竟老师家属的问题是要优先解决的。张琳说,没错,你说得对,蓝思敏被系上叫去谈话,说今年中文系毕业生有且只有两个留校名额,一个给一班的班长张斌,一个给咱班何果儿。李苏拍手,这不就结了!还是名额紧缺的原因呀!学校肯定要先照顾彭老师,也怪不了小六。张琳抱头坐到床上,旋即又起身说,何果儿,按说咱们同班同室四年,我和蓝思敏的关系不比和你更好,我犯不着为了她跟你闹,而且,我也同意李苏的话,你和蓝思敏之间若只能留一个,留你也说得过去。但问题是,这事没这么简单,它也牵涉到我张琳的声誉,我才急。

怎么还牵涉到你了?丁一梅、李苏又跳起来。张琳说,何果儿,咱们到外面去找蓝思敏,袁圆陪着她在操场上哭呢。你们俩谁也别哭了,哭没用,你、我、蓝思敏三个人私下谈,谈清楚。

何果儿愤然随张琳下楼。丁香园葳蕤丛生的树影中,张琳再次开口,果儿,也许我今天太冲动了。可是,告蓝思敏密的事,只能是咱俩中的一个,不是你,就是我。你告诉我,我有什么理由、什么动机要告密?我为什么要坏她的事?而你做这事,就不需要解释了吧?

告密?告什么密?何果儿脸上残余的泪滴被风吹着,有一种瘆人的冰冷。天气热起来了,丁香园里来去的姑娘们裙裾飘飘,身姿如风。这个美丽的园子,她和姐妹们相伴走了四年。她也想象过和她们,和它作最后的告别,但此刻,一切突然间有了最不堪的收尾。

何果儿,我现在确实看不透你在装呢还是真的无辜!你知道吗?扳倒蓝思敏的不是你,而是她做过的那件事。若不是那件事,她原可以和一班的张斌争另一个名额,那小子是系团支部书记,她是学生会主席,都受过表彰,关键是她的成绩更好一些,拿过国家奖学金。事实上,她更有优势,咱班主任就是这么讲的。问题是,她干过的那件傻事被人检举到学校了,这哪还能留校?一票否决不说,学校还在研究给不给她处分呢!

何果儿,她干过的那件事,她只告诉过咱们两个人。除了她自己,天知,地知,你知,我知。你敢和我一样发毒誓,证明你没有出卖,没有告密,也从来不曾告诉过任何人吗?就算没有主动告密,但是你若不小心泄了密,也等于是你害了蓝思敏,你知道不知道?这事咱俩必须得和蓝思敏搞个水落石出,我不能背着出卖同学的嫌疑离开攻大。

何果儿茫然地盯着张琳说个不停的嘴。张琳有一张厉害的嘴,言语上从不饶人。可朝夕相处四年了,何果儿清楚张琳是一个怎样的人。她守信重诺、心地坦荡,就算她此刻正用她的口舌之剑伤着何果儿,何果儿也不愿认为她是一个告密者。那么,到底是谁告了蓝思敏?到底告了蓝思敏的什么事?蓝思敏对她和张琳说过她干的什么事?

猛地,何果儿的脑子轰轰地碾过一阵剧烈的震颤。终于,她想起了那件事,与此同时,她想起了知道那件事的第四个人。她想起了这一段日子许多令她疑惑的事。她一阵眩晕,几乎扶不住身子。张琳说,你怎么了?我们还要去操场找蓝思敏呢。何果儿别过头,咬住了牙齿,我不找蓝思敏,我去找彭歆。

彭歆说,是的,是我,怎么了?这很严重吗?很不应该吗?优胜劣汰,天经地义,她输在自己的胆大妄为上,为什么反过来怪罪别人?什么是告密?什么是陷害?难道她没有做那件事,是我捏造事实,蓄意诬陷?录用干部是极其严肃的事情,难道知情者没有向组织陈述真相的义务吗?

彭歆说,是的,我是利用了这件事,可我错了吗?怕你操心,我一直没告诉你,但其实你也清楚你们这一届分配的形势严峻。不让留省会城市,不让留高校,各种钳制。咱们学校各部门都不进人,留校只能往系上留,而你在这方面不具备优势。虽然,学校会优先考虑我的问题,但毕竟你还是学生,不是名正言顺的家属,几个领导在这个问题上看法也有分歧,事情存在变数。所以,中文系那两个学生干部只要有一个丧失了竞争力,你才是绝对安全的。

彭歆说,是的,就是这样,是我让学校知道蓝思敏是不合格的。告密?检举?写匿名信?不,我不会用这些小儿科的手段。我只是让有关部门在恰当的时候知道了蓝思敏的行为。甚至,现在,面对你的质问和讨伐,我也完全可以矢口否认,我没有任何把柄在任何人手里。蓝思敏告诉过你的事,未必没告诉过别人,谁也不能认定是咱们做了这件事。可是,果儿,既然你怀疑是我,我索性选择坦诚,我不希望咱俩在任何事情上产生嫌隙。而且,我认为,我做的这一切不应该让你愤怒,让你鄙视。于公于私,我都问心无愧。作为老师,我极其反感那些小小年纪就急功近利抢着当干部,不脚踏实地做学问四处追逐名利的学生。大学,要培养的是德才兼备的人才,我不认为蓝思敏这种人比你更有资格留下来做大学生的思想政治工作!

彭歆说,是的,就这些,我说完了。如果你还要凭着你那满脑子不可救药的理想主义,固执地认定我是卑鄙无耻的告密者,那我也没什么话再为自己辩白。

姐姐日夜兼程地赶到玫州来了。一接到彭歆的求援电话,姐姐顾不上向学校请假,顾不上接茜茜放学,就直奔车站。可她到底还是来迟了。

"啪!"姐姐一巴掌甩到了果儿的脸上。

从小到大,姐姐从来没有这样打过果儿。爸爸、妈妈、哥哥、姐姐,谁都没有这样打过果儿。

姐姐放声大哭。果儿多少年没有见过姐姐这样哭了。她哭得撕心裂肺,她上气不接下气地骂,何果儿,我打死你都不解恨!你好英雄好能耐啊,你把到手的好工作扔掉了,你把自己的大好前途扔掉了!何果儿,我应该打死你,免得你自己将来后悔死!

何果儿默默地站在床边,她不敢说话,不敢哭。张琳拿着冰毛巾过来敷她的脸,她伸手挡开了。脸疼,心更疼,疼痛得无以言表。

最后,全宿舍五个姑娘都跟着姐姐哭了。章蕙闻讯赶来,也哭了。蓝思敏一边哭一边喃喃,对不起姐姐,对不起何果儿!都是我不好,是我害了自己,害了小六儿……

姐姐打量着满屋的情景,渐渐止住了哭声。她起身搂住蓝思敏的肩,然后定定地盯着何果儿。她似有万千话语却不知如何开口。

姑娘们一个个悄悄地出去了,只剩下章蕙。姐姐说,何果儿,再多说也没用,我只问你,如果彭歆可以挽回,他有能力挽回这个留校的工作,你还要吗?

何果儿摇头,不要。我已经找了系上,我已经和别的同学一样拿了报到证。我绝不可能回头。

姐姐抚着胸口定了好半天神,又开口,好,你不要这份工作,那我们让你自己去闯,我们由着你去找更有尊严感的工作!可你为什么把彭歆也给连带否定了?他处处怜惜你保护你,他在前方为你冲锋陷阵,让你只管无忧无虑地念书写作,你不领情,你不接受他为你安排的一切,行!你偏!你有种!你仗义!你要在同学跟前充英雄好汉!这,他也忍了,可你为什么还要和他分手?你告诉我,他到底做错什么了?他怎么就罪不可赦了?

我刚才已经见过彭歊了。果儿,就三天时间,你把他折腾得面目全非啊。可他一点也不怪你,他让我劝你回头。他说你还是个孩子、任性、骄傲,这种情况下你一时半会接受不了在玫大上班,他也理解你。咱们联系新单位也行,在家复习考研也行,总之,他愿意等你陪你,为你做任何事。果儿,姐姐求你了,咱们现在去见彭歊,你不要再赌气了,好不好?

姐姐一双眼睛巴巴地盯着何果儿,一双让人不忍直视的祈求的眼睛,果果,不要这么狠心好不好?咱爸妈还等着你毕业典礼一完,带彭歊回去见他们呢。你知道吗?为了让你的路走得更顺畅,这半年我给爸妈做了多少工作,好不容易现在他们观念上有了改变,不再耿耿于年龄啊婚史啊师生恋啊这些问题了。二哥给爸又打电话又写信,说他对彭歊的印象,靠得住、有才华等等,爸还不松口。直到上月底,确定你留校后,他才同意见一面,谁知你却闹了这么一出!果果,工作的事先搁一搁,你和彭歊就不要再闹了好吗?

章蕙开口,果儿,这两天该说的我都说完了,反正我站姐姐这一边,她是对的,彭歊就算做了什么,也是为了你,他爱你。而你也是爱他的,不是吗?你们的关系,不会脆弱到稍遇着一点世俗的考验就自行崩溃了吧?

何果儿凝视着小小的宿舍,她慢慢走到蓝思敏的床边,慢慢坐下去。她终于开口了,声音是和缓的、平静的,唯其和缓、平静才更显得无奈、伤感。姐,蓝思敏就是躺在这床上跟我和张琳说她偷改自己档案这事的。她说她去给老师帮忙整理归类办公文档,没想到看见了我们大家的档案,她说,我不是比你小六儿大了四岁吗?现在咱俩同岁了,我把自己的年龄在档案里一页一页全改过来了。张琳问她,你改年龄做什么?有什么不良记录改掉才是正经。蓝思敏说,我哪有什么不良记录啊!年年三好学生!我不当三好生没出路啊,哪像你们书念成念不成都是城里人,我要是考不上大学,我就是村里某个老光棍儿的婆姨了。蓝思敏说,你俩知道我最自卑什么吗?年龄!从小学开始我就比别的同学大,家里不让我上学,让我带弟弟,弟弟上学了我才陪着弟弟上的学。我觉得我和你们城里人最大的差距就在年龄上,大一报到时知道何果儿还不满十八岁,我暗地里差点臊死!

那天,蓝思敏说了好多。她说上了初中,她就把自己的名字"蓝引弟"改成了"蓝思敏",现在又改了年龄,万事大吉了。她说她信任我和张琳,不怕我们笑话,更不担心我们会说出去。她说打死她也不会再告诉第三个人。她得意得不行,说改年龄好处多着呢,一来找对象方便;二来为了将来提拔,不是提倡干部年轻化嘛。

蓝思敏就是这样一个人,大大咧咧,咋咋呼呼,胆子大,缺心眼,偷改档案这事我一听都吓坏了,她好像根本没当回事。但她心善,待人好,这四年,班里的事不说,宿舍里谁没得过她的照顾?谁头疼脑热,不是她下楼去买药?不是她买饭带回宿舍?李苏半夜三点犯急性阑尾炎,蓝思敏愣是一口气把她背到校医院,腰都给背坏了。我的床单被套,回回都是她抢着洗,她说瞧你这小胳膊就不是个干活的料。蓝思敏,确实是领导、老师们跟前混得好的好学生,但她的好是实实在在的,不是彭歆说的那种追名逐利。

我知道你为什么说这么多关于蓝思敏的事。可是,你心里对她歉疚,就一定要毁了自己吗?真是愚蠢!不管怎么说,她都犯了错,所以就算你放弃了留校,机会也没重新回到她那儿去。姐姐说,好了,别说她了,说你和彭歆。

姐,我就是在说我和彭歆。我给彭歆说蓝思敏改档案是上学期的事了。那天他没课,我也没课,天气又特别好,我们就去黄河边玩。我们在落雁滩的树林里拍照、唱歌、说话,我俩都说了好多话,我给他讲了咱家的许多事,讲了章蕙、菲菲,甚至提起红星镇的燕子现在不知在哪里。我说了我们宿舍的各种琐碎,李苏手巧,张琳刀子嘴豆腐心,袁圆贪吃,丁一梅爱挑事,蓝思敏竟然在学校办公室把自己的档案给改了。

我跟彭歆说这些是因为这就是我的生活,其实我自己根本没在意具体说了什么事,反正和他在一起开开心心说着笑着就够了。彭歆也是不在意的,他哼哼哈哈地听着,最多说一句"你们这些小丫头片子"。

我怎么可能想到要防彭歆?我怎么可能想到那么多婆婆妈妈的小事中,他会在心里记住这件事?我怎么可能想到他会这样地利用这件事?

这几天,我反反复复地考虑,我觉得我想透彻了,理清楚了。姐,我以为得到了你的祝福,我就能和彭歆走进了只属于自己的爱情。但事实上,我一直活在过去的阴影里。彭歆与我,不同于我们身边这些情侣,不同于唐嘉中和章蕙,彭歆是那个高大的英俊的大哥哥,是被我们亏欠了、辜负了的痴情人,是讲台上字字珠玑、神采飞扬的老师,是被我们仰视崇拜的偶像,他也是生活中对我百般疼爱、严格有加的兄长,是会玩各种花样、淘气幽默的恋人,但他不可能是丈夫。

因为,我无法接受,无法正视他的不完美。

为了确保让我万无一失地留下来,他破坏了蓝思敏的事。他的心机深藏不露,他利己主义的思想渗透到了骨缝。看到他振振有词的样子,我简直想一头撞死。这事严重吗?你们都这样问我,确实,作为男朋友,他为我这样做真的没那么严重。将来,为了老婆孩子,比这更严重的事或许也应该去做吧。鲁迅说真的猛士,敢于直面惨淡的人生。我不是猛士,可我也不是天真的完美主义者,我不是不知道生活庸俗、鄙陋、残酷的那一面。问题是,我不想在彭歆身上看到这些。我不愿和他一起去面对生活的真相,如果欺骗、妥协、伤害就是真相的话。

姐,我知道自己对不起彭歆,但这并不能使我原谅他。

对他,我不想苟且。

"请你别对我说再见,无论是今天还是明天。请你别对我说再见,无论海角还是天涯……"校园广播成天播放着《请你别对我说再见》的歌声,但最后的时刻,还是到了。

这天晚上,宿舍六个人吃完班里的"散伙饭",又要去参加中文系的毕业联欢晚会。她们穿上了最漂亮的裙子,又互相帮忙收拾头发。袁圆买了一支玫红色的唇膏,五个人都搽上了,何果儿不搽。蓝思敏劝,小六,你也二十一岁的大姑娘了,该学会打扮自己了。袁圆不等她说完,直接搂住何果儿搽到了她的嘴巴上。宿舍里浓得化不开的伤感,除了蓝思敏,大家都默契地沉默着。好像只要谁多说一句话,就会引出其他人的泪。之前,大家期盼毕业时每每都是踏足社会壮志将酬的憧憬,乘风破浪直挂云帆的豪情,没想到到头来却更多地被前途未卜的凄惶之情、各分东西的惜别之情所代替。各奔东西,是每一个毕业季重复上演的校园悲情节目,而何果儿宿舍因为有了她和蓝思敏的事,悲情中又多出了一份肃穆、一份风雨同舟的庄严。六个姑娘守着最后的相处时间,每一个时辰都充满了浓重的仪式感。

礼堂里,人潮涌动,强劲的乐曲,迷幻的灯光,热闹的场面,像极了初到玫大的那一场迎新晚会。节目进行到第四个,主持人说我们有幸请到了我们的朋友,玫州著名歌手康楠先生为大家献唱。于是掌声欢呼声尖叫声四起,最后,在压倒一切的音乐声中,康楠站到了台上,炫目的光环聚拢在他的身上。他好像更瘦了,他的头发那么长,遮掩着他光洁的额。他开口了,只要他开口,只要他唱,他,便是一尊美的神。

挤在狂欢的人群中,何果儿全身冰凉。她大睁着眼,一动不动地盯着台上那个人。他不来玫大已经整整半年了,他俩有半年没见面了,这半年她以为她的生活中已经没有了他,但此刻,她才发现他一直都在,就在她心中的某个角落默默地伫立着。但他依然那么远,就像迎风飞扬的风筝,渐渐地远离她的视线,飘飘摇摇地落在她看不见的某个地方。哦,不,她希望他越飞越高,稳稳当当地飞向另一片绚丽的天空。

一曲歌罢,康楠向台下深深鞠躬。张琳伏在何果儿耳边说,是咱们学生会请他来的,蓝思敏说她没告诉他你和彭歆分手的事。何果儿一声不响,只是呆呆地盯着台上。掌声不息,康楠再鞠躬,抬起头,他沉吟一下,磁性的声音再次缭绕全场,下面,我唱一首齐秦的《空白》。其实,我今天来这儿,就是为了把这首歌唱给一个女孩听的,因为这是她最喜欢的一首歌。对我来说,世界上只要有这个人、这颗心,那么我就是一个幸福的歌者。

歌声响起。左边的李苏开始流泪,右边的张琳也开始流泪。在歌声中,她们流着泪,紧紧握住了何果儿的手。

"你太长的忧郁,静静洒在我胸口,从我清晨走过,是你不知名的爱怜。你太多的泪水,轻轻掩去我天空,从我回忆走过,是你洁白的温柔。我不知什么是爱,往往是心中的空白……"

十点半,姑娘们回到宿舍楼下时,发现康楠等在那里。丁香园昏黄的路灯下,他的双眼幽深,薄薄的脸上闪现着近乎凄厉的神情。刚才在舞台上的万丈光芒不见了,熠熠风采也不见了,他就像一个晚归的找不到家门的孩子。

他看着何果儿,他说祝贺你毕业,他说祝贺你爱情事业双丰收。何果儿久久无言,看着他,突然,她泪如泉涌,泣不成声。这许多天来堵在她胸口的泪,没在姐姐怀里释放的泪,不愿在室友们面前洒落的泪,硬生生在彭歆面前憋回去的泪,突然在康楠面前倾泻而出。她大声哭着,哭得声嘶力竭,她冲他喊,谁让你留长头发?

你为什么留长发？你为什么要留长发！……

看着她哭得死去活来的样子，他疾步向前，想抬起手为她拭泪，想伸出双臂把她搂在自己的怀里，但他什么也没做。他控制住了自己。终于，他停在离何果儿一尺远的地方，定定的。他看着她，他的眼里不是泪，那星子般闪亮的是怎样一种绝望的烈焰啊。

何果儿被舍友们拉走了。她哭着，泪飞成雨，没有回一次头。康楠就那样看着何果儿的背影渐渐消失，他立在原地一动不动，像个雕塑。

那一夜，那一刻，她不会想到，有时候，生离其实就是死别。他也不知道，这一场遇见和错过，就是全部的时间。

就是一生。

五．

何果儿左右手各拎着两只暖水瓶爬到四楼时,侯副局长正从五楼楼梯上下来。他哦了一声,有点惊讶的样子,又是你去打水啊,小何？何果儿微笑着打招呼,侯局长好！声音里带着微微的喘。侯副局长皱眉道,老梁、小马他们怎么回事？天天让一个小姑娘跑上跑下去打水,他们只管安心享用？这楼上谁不知道他俩是出了名的"茶罐子",一时半会缺了开水没茶喝都受不了。光喝水不提水,这不是欺负新人嘛！何果儿听这话,急得把手中的暖水瓶哐地放到了地上,直起身忙不迭地辩白,不是这样的,侯局长！今天我来得早,就先搞搞卫生打一下水,平时梁科长、马老师都和我抢着去呢！他们都对我很照顾的,是我自己觉得刚工作,应该多跑腿多锻炼才是。

侯副局长看到何果儿的样子,迈出的脚步又停下来。他上下打量了她一番才开口,小何,机关工作,眼明腿勤是必要的,但你是玫大的高才生,可不能满足于这种打打开水翻翻报纸喝喝茶的生活哦。何果儿点头,默默拎起了暖水瓶。侯副局长长叹了一口气,唉,谁让咱们这儿是清水衙门呢？不然早搬到带电梯的办公楼了。这年头还有几家单位呼哧呼哧爬楼梯呢？别说电梯楼了,就说各处室要配备饮水机这么芝麻大点的事吧,也是去年打报告上去今年还没影儿呢。你看看,天天到锅炉房排队打开水,这也太社会主义初级阶段了不是?改革开放的东风吹了十几年了,都吹到哪里去了!

何果儿推开办公室门,把暖水瓶整齐地摆放到桌子上。梁科长端着已放好了茶叶的大水杯过来,何果儿为他倒上了水。她不用留意也能看到,水杯上结着厚厚的茶垢,根本看不出原先的颜色,真不知道有多少日子没洗了。

梁科长端起茶杯,并不像刚开始几天那样向何果儿道谢。他说,大老远就能听见侯副局长在楼道里吵吵嚷嚷呢!他又在发什么宏论?何果儿正不知如何作答,马旭却从那一头接过话头,侯副局长调省厅的事听说黄了,他心里不顺呗!梁科长闻言,嘴角浮起一丝讥诮,黄了就对了。一个成天愤世嫉俗的人,原该怀才不遇的,难不成还要一路平步青云?

何果儿坐到了自己的办公桌前,默默端起了茶杯。上班一个月来,她也习惯了有事没事手里握个茶杯,不时啜一口。在学校时可不是这样的,那时候她经常口渴难忍了才抓起杯子,一通猛灌。想起侯副局长的话,觉得有点温暖,有点感动,没想到这个看上去有点凶巴巴的上司是关注她,而且寄希望于她的。没错,如他所言,她当然不满足于打打开水翻翻报纸喝喝茶的生活,可是,她又能怎样独辟蹊径?甚至,她都做不到和别人一样。

只一个月,却似乎已经过了很久。何果儿的心里一阵触动,郁闷地望向窗外。在她怅然的视线中,世界却以欢欣鼓舞的加速度改变着面貌。远处高高的洗浴中心,就是在白日光线里,也散发着魅惑的气息。那金灿灿的"盛世皇都"字样,招摇着呼之欲出的骄横和鄙陋。而与洗浴中心遥相面对的是名为"国际公馆"的高层建筑。何果儿想,"国际公馆"出入的都是些什么人呢?

玫州市文化局所在的市统办楼坐落在城西的南山脚下,左边是公交枢纽中心,右边是一大片计划经济时代的职工家属楼,正对面原是废旧厂房变成的无人问津的垃圾场,但仅仅是在何果儿开始上班的这一个月里,垃圾场上矗立起了一个规模相当大的板材加工厂。于是,这里成天价充斥着各种机器的轰鸣声、切割声,各种车辆的装卸声、喇叭声,各种口音的嘈杂声。何果儿感觉办公楼被滔天声浪包围着,更衬出了令人昏昏欲睡的寂静。过道里有人远远地走来,远远地说话,隔着门都能听到回音缭绕。

窗台玻璃,何果儿前天擦过了,今天再擦,又是一层浮尘。梁科长说,小何,天天擦也不济事的,你最好别开窗。你没来之前,我们基本不开,灰尘太大了。

何果儿赶紧说,好,确实又吵又脏的。可她知道若不开窗通风,她就得整天熏在烟雾腾腾中。侯副局长说老梁是一时半会没茶喝受不了,事实上没茶喝没烟抽他都受不了。他基本是手不离烟。上班一个月,何果儿穿过的每一件衣服都有了洗不去的烟味。

关窗有烟雾,开窗有灰尘。何果儿呆呆地盯着窗户,不知拿它如何是好。恍惚间,窗外的丁香园、大榕树、泡桐树、合欢树,许多的情景像蒙太奇镜头纷至沓来又倏忽而过。同在玫州市,却再也想象不出城市的另一片地方,那曾有过的万千繁盛和旖旎。黄河不是穿城而过吗?它在哪里?何果儿已好久没见过黄河了。落雁滩,真的是玫州城里的某一处吗?

大学四年,何果儿从来不知道自己生活的城市是这么大。大到从东头到西头,从黄河岸边到南山脚下,仿佛是永远无法交错的两个极点。下班时混在来来往往的人流中,她突然会被某一路公交车吸住目光。她认得那路车,她确定那路车是经过玫州大学的,她甚至记起自己曾坐过那路车。但她的凝视很快就被截断了,公交车疾驶而去,消失在不知名的街角。它往哪个方向去了?玫州大学应该是在离她多远的站点?何果儿踟蹰在街头,最终彻底失去了方向。待醒过神来,关于那路公交和它的运行线路,关于它曾载过的那个自己,一切都恍如隔世。

何果儿是毕业整整十个月后才开始上班的。

十个月,煎熬得就像是过了十年。在这十个月里,何果儿看着自己一点一点地变老了。

拒绝留玫大工作时的青春豪气,那些凛然,那些铿锵,那些决绝,在最短的时间里被打击,被揉搓,被嘲弄。日子就像靠窗的案台,不经意就落上了灰。但义愤填膺的情绪是越来越少了。心痛,痛久了便也不觉得痛,只是累。不想多累。有时候,何果儿觉得自己一天天地低到了尘埃里,没有什么是不可以接受的。

先是回生源地报到,被分到了一个刚成立的地区成人教育培训工作站,局里说那儿正缺人,名牌大学的毕业生大有用武之地。但姐夫了解教育行业的情况,他说工作站近似于地区一些领导的家属、亲友安置点,里头那些人没有一个是正经学校出来的,从工作从专业角度可以说是老弱病残。果儿和他们同事,多干活不说,外行指挥内行不说,光是非纷扰就应付不来。姐夫说,这样不理想的分配,还不如回江城县当中学老师教语文呢,至少学以致用。妈妈有点灰心,说既然外面混不开,那回江城与父母团聚也是好的。但回江城的方案被大哥、二哥、姐姐彻底否决了。他们都觉得果儿还小,学业底子又好,应该在外面闯一闯。一旦落实到县城,以后再出去就难了。

爸爸一直不说话。毕业回家时,果儿最担心的就是爸妈的训斥,觉得自己没脸见爸妈。大学四年,错过了考研,最后又任性地和彭歆分手,拒绝留校,工作难有着落。但奇怪的是,妈妈骂了她不懂事,爸爸却自始至终没当面发表过对此事的任何看法。他心情不好,表情凝重,连念叨多少年的"有则改之,无则加勉"都忘记说了,家里气氛沉闷不堪。一天上午,妈妈买菜去了,爸爸在阳台上听着广播。果儿给爸爸泡了一杯茶放在他跟前,又悄然后退。爸爸突然说,你这样萎靡不振做什么?年轻人,不能做温室里的花朵,经历一些挫折一些失败还是必要的。何况,你这也算不上什么失败。做人要讲原则讲情义,爸爸认为你的选择是对的,女儿。

果儿悄悄湿了眼睛。她没想到爸爸会这样肯定她,忐忑了多少天的心终于踏实了。她又一次像小时候一样感到欣慰、自豪,为自己和家人。现在她越来越感知到他们对自己的重要。在学校时一意孤行,那么大事情坚决不考虑姐姐的请求,更没想过要征询一下父母的意见。只有碰壁回到家里后,她才开始想:如果没有他们的呵护和支持,自己要怎么挺下去?

后来,果儿知道了爸爸虽然不说话,但他同意哥姐们的方案,不想让果儿回地区,回江城。从一开始他就调动各种老关系为果儿联系外面的接收单位,但有些事就算老谋深算如爸爸,也预测不了。一些关系,他在任上时可谓炙手可热,但现在他退休了,关系也就称不上关系了。爸爸打了许多个电话后,颓然地坐在沙发上。他感慨地说出了和崔健的歌词一样的话:到底是我没活明白,还是这世界变化快?

大哥想把果儿弄到他那儿去,但跨省调动难度更大。二哥鼓动果儿干脆去深圳发展,但其他人都不放心。姐姐说,我觉着咱们有责任纠正果儿一时冲动犯下的错。彭歆还在等她回头,她只要愿意,照样可以留玫州,回玫大。妈妈问果儿,你后不后悔?愿不愿意?果儿回答,不后悔,不愿意。

就是在那次家庭会议上,爸爸卸下了以往的城府,他很愤激地宣布:以后谁都不要再提彭歆那个人了。就是因为他,果儿放弃了考研,我们也错过了找工作的最佳时机。果儿哪儿都不去,她必须留在省城,在玫州工作。我就不信了,不靠彭歆,我的大学生女儿没法在玫州立足!

于是,在毕业整整十个月后,在章蕙都已经开始准备婚礼时,何果儿到玫州市文化局报到上班。家人终于舒了一口气,同学们也艳羡不已,好事多磨,总算是有了一个圆满的结局。而且,在单位同事的眼光中,玫大毕业生的光环还是耀眼的,大家一口一个"大学生"地叫着。但何果儿自己心里是清楚的,她不但没有丝毫飘飘然,就连一个大学生最初走上工作岗位该有的一份激情和兴奋,也感觉不到。甚至相反,经过了这十个月,她不时陷入一种愧惭、尴尬、无奈的心绪中,难以自拔。

一切,似乎都不是一个好的开头应该有的样子。尤其同办公室的是这么两个人。梁科长整个人散发着陈年的烟臭味,每次和他面对面说话,何果儿都会情不自禁地退后一步,离那浊臭的口气远一些。他嗜茶如命,但为什么不洗去杯子上的茶垢,清清爽爽地喝一杯?马旭没有梁科长脏,但看上去特别精、滑,而且事儿妈一个,成天絮叨各科室的各种事,消息灵通得胜过了蓝思敏。

这些也没什么,关键是两个人对何果儿的态度。第一周,何果儿打开水搞卫生,他们还客气一下。从第二周开始,便真像侯副局长说的那样,安然享用了。何果儿做什么,他们眼皮子都不抬一下,似乎她是这个办公室的服务员。这当然也没什么,何果儿自幼在机关大院长大,耳闻目睹多了,也知道约定俗成的办公室法则。年轻人初来乍到,被人使唤也是正常的。上班之前,爸爸和大哥再三告诫各种注意事项,何果儿记住了,从此以后不比在父母跟前,也不比在学校生活,小事上一定要隐忍、通达,不能还像过去一样动不动就掉眼泪,更不能耍个性。

所以,这些说穿了都不是问题,问题是梁科长不给何果儿安排工作。她报到时,被局里安排到梁科长办公室,他负责带她,布置工作任务。但一个月过去了,何果儿除了做勤务,除了去看信箱拿报纸,几乎没做过别的什么事。有时候,梁科长好像给马旭交代什么工作,何果儿凑过去听,他根本不正视她。她有一次忍不住发问,梁科长,需要我做什么?有具体分工吗?他好像很诧异,盯着她看了一会才打哈哈说,年轻人工作热情很高嘛!目前也没什么活要干,还能有什么分工?如果上头临时有安排,完成就是了。咱们这种单位,慢慢耗着呗,日子长着呢。

也许,真没什么活让何果儿做。她观察过他俩,多半是抽烟喝茶翻报纸,闲着。可有时候,梁科长去与阎科长碰头,回来后又对马旭交代,又给下面的一些单位打电话,也貌似有许多当务之急。他为什么就是看不见何果儿?

所以,打开水这类事她是断不会向侯副局长承认自己的委屈的,她讨厌背后议论人,打小报告,借势压人。她自小认为这是做人的大忌。但没有工作干,也要一直隐瞒下去吗?被冷落,被漠视,被闲置,她要怎样做才能有效改变如此的处境?

五月底,何果儿要请假去东北参加章蕙的婚礼。梁科长态度极好,说,两周够吗?阎科长出差了,等他回来我替你说一声。年轻人好不容易出去一趟,就放松玩几天。何果儿原想着他会刁难自己不给假,谁知却是这样。她欢天喜地地告知李菲菲,李菲菲说,那我也多请几天,咱俩婚礼完了去太阳岛玩,中学时你净在我耳边哼哼"我们来到了太阳岛上",唱得人心都痒痒了。

和章蕙的重聚,快乐又温馨。她烫了卷发,穿着时新的连衣裙,一副新娘子的柔情和甜蜜样,使得看惯了她古板严肃样子的果儿和菲菲耳目一新。尤其让她们欣慰的是,唐嘉中始终不变最初的细心体贴,他对章蕙的好简直压抑不住地流露在生活的每一个细节中。一个东北大汉,官场上也混出了些名堂,却不见惯有的那种吆三喝四的架势,眼角眉梢是知性的淡然、文雅,光看样子听声音就能见出他的教养和知识背景。

婚礼前夜,三个人挤在一张床上,舍不得睡去。她们争先恐后地说话,细数分别后的种种遭遇,又回忆起自小的许多事,不禁潸然泪下。李菲菲喊,这可使不得,咱俩不要紧,新娘子眼睛肿了明天怎么见人?怎么上镜?唐嘉中请的可是电视台的专业摄像呢。她冲进厨房找来黄瓜片给章蕙敷眼睛。果儿想起当年姐姐出嫁时的情景,便说,其实,新娘子的眼睛都是肿着的,因为出娘家门时是一定要哭的。

没想到,果儿随口一句话惹得章蕙真哭了,我这哪里有娘家门?天高地远的,害得我爸妈我姑姑参加婚礼要坐几天几夜的火车,来了还让他们住在宾馆,这算什么!我答应过弟弟,让他也来,可爸妈怕耽误他功课,硬是没带。还有我表姐、堂姐,那么多亲戚,谁都见不着,这算什么出嫁!她哭得身子一抽一抽,把眼上的黄瓜片都给弄掉了,我想回江城!光唐嘉中一个人好有什么意思?我想江城!

眼看着章蕙越来越伤心,最后甚至没出息地哭出"我吃不惯这里的饭,我想吃江城的饭",眼看着何果儿陪着掉眼泪大有抱头痛哭之势,李菲菲一声断喝,力挽狂澜,停!你们俩!要是明天婚礼上一人一对肿眼泡,让东北人看我们江城人的丑样子,我就和你俩断交!你俩小时候动不动和我断交,风水轮流转,现在该我出手了。听见没有?停!现在谁敢再掉一滴泪,咱们的友谊到此为止,剩下只保留老乡关系。

等逗得章蕙破涕为笑了,李菲菲才细语劝慰,好女子志在四方嘛!又不是万恶的旧社会,嫁出去的女儿泼出去的水,再不管死活了。江城照旧是你的家,啥时候想回就回呗,犯得上哭鼻子?婚礼上,有爸妈有我俩就行了,其他的亲戚,你们俩这边办完了就要回江城,到时候就都见上了,不急。章蕙说,想回就回,你说得倒容易,好像江城在对门似的!不过再远,你们俩结婚,我是一定要回去的。果儿现在是单着,菲菲你的情况怎么样?你和苗尘也不小了,该办了。李菲菲说,别拿你们俗人的标准要求我们,我们可是艺术家组合,不求生儿育女,只求谈一场旷日持久的恋爱。她表面上嬉皮笑脸的,但眼神黯淡下去,透出了拂之不去的愁闷。两人异口同声地急问,怎么了?苗尘不想成家?李菲菲摇头,他最近倒是提过结婚的事,是我自己的问题。我看不到非要和他结婚的理由。章蕙说,这叫什么话?当初我俩不同意你和他好,你一副非他不嫁的架势,这也处了两年了,顺利度过了磨合期,却又开始说灰心丧气的话了。李菲菲笑,到底是要为人妇了,新名词不少嘛!什么磨合期!章蕙恼道,不要顾左右而言他!李菲菲的眉心蹙了起来,她有点艰难地开口,就是……就是我现在觉得苗尘并不像最初认为的那样,是不幸落入凡俗生活的诗人、怀才不遇的才子。他本质上可能就是凡夫俗子,虽然表现得落拓不羁……

行了,我看你和果儿得了同一种病!章蕙不等李菲菲说完,便愤然打断。你说说看,这世界上谁不是凡夫俗子?你们怎么就这么容不下凡夫俗子!谁过日子不是凡夫俗子?童话里的王子也要吃饭睡觉的!李菲菲的嘴角浮起苦笑,你错了,我和果儿根本不是一个情况,苗尘哪能和彭歆相提并论?你们只知道他在出版公司,可你们知道他在出版什么?盗版书!什么官场小说、黑幕小说,各种乌七八糟的地摊杂志,污秽色情的东西!我刚认识他时,他说做这些都是权宜之计,他得赚钱翻身,他得为将来的事业原始积累等等,可现在看他那样儿,乐此不疲啊!他眼里现在只有赚钱,除此之外,什么都没有!

何果儿心里沉重得不行,但看着李菲菲的消沉,她也跟着章蕙劝起来,菲菲,你要多理解他,谁都不容易。毕业这一年多来,我也知道了社会真的不是我们想象的那样。苗尘能破釜沉舟辞去公职,就说明他有雄心,有梦想,不愿意苟且偷安。说实话,我现在才明白这得需要多大勇气。李菲菲冷笑说,不过是换了个地方苟且偷安罢了!你去看看他和他那些小摊小贩的狐朋狗友在饭局上胡吃海吹的德行,就知道现在的苗尘根本不配谈什么雄心、梦想,不配谈诗!

章蕙说,瞧你这张尖酸刻薄的嘴!菲菲,我就奇怪了,你当年可是咱江城最新潮的女孩,你现在的工作也是最时髦的行业,可你的思想怎么这么守旧啊!小摊小贩,听听,满满的歧视!那你觉得苗尘从事怎样高雅的工作才配谈诗呢?别忘了,现在可是一切以经济建设为中心的时代了,各行各业都高喊"不管白猫黑猫,抓住老鼠就是好猫"!李菲菲说,我不是在乎他做什么工作,我看重的是他的内心、他的本质。

何果儿觉得和少年时一样,自己还是比章蕙更贴近李菲菲的心。她懂得李菲菲在乎的是什么,失落的是什么。思忖再三,她开口问,你是不是想和苗尘分手?章蕙骂,动不动就分手,都和你一样啊!李菲菲却轻松作答,是啊,几乎天天都想分手,天天想。

可是,分不开。不是因为他死缠烂打,问题还是在我自己身上。知道吗?是我分不开。我好像陷进了一个怪圈,看不上他,讨厌他,却又怜惜他、操心他,不由自主地为他做这做那。我一方面觉得自己为他所做的一切都是无谓的牺牲,一方面又被自己的牺牲感动着、鼓舞着。我好像是一个身心分裂的人。

李菲菲这一大通话让果儿和章蕙都噤声了。她们不知道李菲菲是这种情形,不知道再如何宽解她、安慰她。沉默好久,章蕙说,这更说明你是爱他的。李菲菲凄然一笑,我确实爱过他。你俩知道我从没遇上一个像他那样爱我又可以让我爱上的人。可现在,这爱一点点在变冷,变绝望。可我放不了手。我也许是还在爱着他,也许只是习惯了让自己爱他。果儿、章蕙,我这一生可能从一开始被亏欠太多,所以,我太看重自己心里的这点东西。我明知道它在变质,却还是舍不得放手。我不甘心自己的付出。

我的第一次,给了苗尘。李菲菲说。

果儿冲口而出,什么第一次?章蕙瞪她,李菲菲却坦然地迎住了两个人的目光,所有的第一次。

事情的严重程度超出了何果儿的想象。而且,李菲菲对自己,对和苗尘的关系有通透的认识,似乎不需要旁人点拨。章蕙也意识到了这点。三个人都沉默了。良久,李菲菲说,咱们睡吧,新娘子明天还要光彩照人呢,晚睡怕出黑眼圈。章蕙叹气,睡不着。你们来之前好多天我就睡不着,我觉得我得了婚前焦虑症。李菲菲说,这不是焦虑症,是亢奋症。章蕙说,可能真有点兴奋,脑子闲不下来。这阵子咱们说苗尘,就又想起康楠来。不知道他在广州好不好。李菲菲说,他刚到广州那会儿,还给苗尘写过信,后来就没太联系了。唉,那个人啊,可算是有心。果儿在玫大,他就守在玫州。果儿一毕业,他就毫不犹豫地南下了。不知道他现在知不道果儿和彭歆早就分手了。章蕙说,知道也没用,他和果儿没结果不是因为有了彭歆。

何果儿从东北回来去上班,碰到的第一个人是侯副局长。还是在楼梯上,何果儿停下脚步招呼他。他却没看见她似的,径直朝前走了。何果儿一阵羞恼,僵在原地。待回到办公室,马旭说,小何,侯副局长让你去一下他办公室。

刚进门,侯副局长严厉的声音劈面迎来,你无故离岗这么多天,你们科已经报上来了,局里要公开通报批评。按说都不需要提前告知你,但我刚才看见你,觉得还是再了解一下情况。

何果儿蒙了。她腾地冲过来,呼哧呼哧地站到侯副局长的办公桌前,却又憋红了脸,说不出话来。侯副局长说,怎么,还不服气?何果儿几乎是喊出来的,什么叫无故离岗!我同学结婚,我跟梁科长请了假的。侯副局长手指一下一下弹着办公桌,口气尽是嘲讽,哦,同学结婚啊!同学结婚你离岗半个月,那你自己结婚的话,恐怕至少得半年吧!你想怎么着都行,可是单位有单位的制度,梁副科长只能准你两天假,阎科长也才是一星期的权限,请问你这半个月的假是怎么请的?

他只能批两天假?何果儿愣住了,却又好像明白了一点什么。回想起和梁科长请假的情景,连日来积蓄的委屈、不满,变成了愤怒冲口而出,那他为什么不告诉我?而且、而且是他主动问我两周够不够！而且是他告诉我不用给阎科长留假条！他这不是故意让我往沟里跳,故意让我犯纪律被处分吗？

梁科长,他为什么要这么对待我？我初来乍到,怎么就得罪他了？何果儿说着说着,声音哽住了,两行泪不自觉地滑落了下来。侯副局长有点吃惊,他站起来又坐下去,好半天才说,小何,不要激动,你坐沙发上慢慢说。你上班有些日子了,也顺便把自己工作汇报一下。

侯副局长的脸色在何果儿的述说中一点点凝重起来,但他不插一句话,只是端详着自己手中的茶杯,左手指还是一下一下地敲着桌子。最后,他说,好了,我知道了,回自己办公室吧。通报的事我再向老阎了解一下情况。至于工作,自己也要主动发现,找准突破口,不能一味地等着局长、科长给你布置,明白吗？

后来马旭说,你知道为什么梁科长工作上冷落你,不用你,还给你使这么一计害你吗？还不是因为侯副局长！何果儿不解,马旭说,很简单啊！他和侯副局长不和,你是侯副局长的人,他就专和你作对。以前他和侯副局长、阎科长都是副科级,他资格更老,排名靠前,但前年提拔时侯副局长因为有大学文凭,直接提了副处,阎科长也扶了正,就他原地踏步,所以百般不服气呗。老机关,老油条,侯局有时也没一点办法。懂不懂？何果儿说,这个我懂。可是,我为什么是侯副局长的人？马旭摇头做无奈状,唉,女人啊,真是政治白痴！局里都说你是陶局长要进来的,是陶局长的人,而侯副局长是陶局长一手提拔的,那你可不就是侯副局长的人吗？

何果儿不认识陶局长,只知道爸爸动用了许多关系,而且,到最关键时还找到大哥在玫州的什么熟人才搞定了她的事。还记得妈妈奚落爸爸说,落毛的凤凰不如鸡,老头子你不中用了,现如今得靠咱儿子了!那么,那个帮成了忙的人是陶局长吗?从小常从大人嘴里听到谁是谁的人这种话,何果儿一直不舒服。想到自己如今也被别人在背后这样议论,她反感极了,心头一阵悲凉。

马旭说侯副局长这次对梁科长发了大脾气,因为梁科长坚持说这事是何果儿自己的责任,他说他只准了两天假,并且申明了请假制度。马旭说侯副局长其实心知肚明,梁科长这么做就是要冒犯他,但他又能拿侯副局长怎样?他不过是撤销了对何果儿的通报批评。

自己不被通报就行了,何果儿不想探究其中更多的是非关节,以及马旭热衷搜罗、散布的那些机关传闻。她感到诧异并且气愤的是,梁科长始终只字不提这件事,他完全像没事人一样,还是声色平静地让她去拿报纸,让她倒水。这已经超出了一般的城府,而是直接视一个活生生的人为空气了。不,空气也会阻隔、聚集、爆炸,他蔑视她简直到无视的地步了。

周二局里开会,侯副局长传达了省厅和局里的各项新举措。解放思想,改变观念,发展才是硬道理,这些充满鼓动性的词语频频出现,说得人心撩动,好多人似乎都感受到一种就要投身于一个全新时代的振奋和冲动,感受到不发展就要被时代抛弃的紧迫感、焦灼感。但怎么发展?如何开始发展?是个人去发展,还是一如既往大家跟着单位发展,躺在集体主义的温床上发展?摸着石头过河,石头在哪里?大家交头接耳,议论纷纷。一时间会议室里嘈嘈切切,难以将息。几个老同志倒是一副云淡风轻的样子,他们悄声感慨,年轻人激动什么呢?八十年代那阵子我们赶上过好几回了,改革开放的号角哪一回不吹得人晕晕乎乎的?可哪一回我们脱胎换骨赤膊上阵了?堂堂的国家行政单位公职人员,你改变观念派啥用?想下海扑腾的早几年就扑腾去了,都掘到第一桶金当上老板了。留在这院里的,听领导的话,按时上班就是了,还怎么发展?等咱国家发展了,单位发展了,咱也就跟着发展了不是!何果儿听着这些话,不由得去观察梁科长的神情,梁科长端着垢迹斑斑的茶杯啜着,脸上不仅是见多识广的处变不惊,而且还带着看得见的嗤之以鼻。

何果儿突然听到自己的名字。侯副局长说,这次龙腾房地产公司组织大型演出的事,局里安排让艺术科实施全面的管理工作。经过研究决定,由何果儿负责这件事。

这怎么可能?何果儿吃惊得几乎从座位上弹起来。前几天听马旭说过,龙腾房地产是玫州房地产业界的老二,为了和老大争霸,扩大影响,他们筹划了一个高规格的演出,在请文化局审批。马旭说,这可能是今年最重大的一次活动了。侯局怎会让何果儿负责这个?何果儿感到全场人的目光唰地都投向她,而梁科长的目光简直出离愤怒了。何果儿努力不躲闪众人的目光,她红着脸悄声嗫嚅,我不行的。

但所有人的目光之上,何果儿遇到了侯副局长的目光,那是温和的、鼓励的,却又是威严的、不容置疑的。那目光一下子使她平稳下来。他说,具体方案下面再研究,我这里只说一句,希望何果儿同志发挥年轻人、发挥大学生的优势,放开思想,踏实做事,把这个工作做好、做漂亮!

什么锻炼培养年轻人?还不是看人家姑娘姿色不错,想领着出去吃喝玩乐,当公关小姐使呗!房地产老板就是贿赂这些贪官们房子,用来金屋藏娇,也不是没可能!咱们一年到头累死累活,没有功劳也有苦劳吧!可现在有了和房地产公司打交道的肥差,人家就跳过我,直接派给一个啥都不会干啥也没干过的黄毛丫头了!她不是还在见习期吗?不是说好我带她吗?公理何在!道义何在!

何果儿提着暖水瓶走到办公室门时,听到了梁科长大声地发牢骚。她起初心里一下起了火,她忍了太久,实在不想再忍了,愤懑和冤屈使她想一脚踢开门冲进去与那个仗势欺人的家伙一论高下。但很快,她就深呼吸两次,平息了自己,理论什么?明摆着梁科长不喜欢她,处处整治她,还跟他理论什么?难道还像小孩子一样掐架打骂,让旁人耻笑?与其理论,不如证明给他看,何果儿不是啥都不会干的黄毛丫头!至于那些金屋藏娇之类的恶语中伤,随他去吧。

她平静地提水进去。梁科长没有端茶杯让她倒水,而是把手中的报纸狠狠地拍到了桌子上,一张脸难看得像沙尘天。何果儿和以往一样抹了桌子、窗台,然后给自己泡了玫瑰茶。她感觉到自己是有力量把控情绪的,她可以不让自己囿于眼前这小小的空间。她为此感到欣喜。

接下来,侯副局长不但没有像梁科长说的那样,带何果儿出去吃喝玩乐应酬当公关小姐,而且第一次部署之后就再连起码的当面过问、指导都没有了。他果真让她放手去干了。何果儿感到被信任的喜悦,更觉责任重大。她每天早上去办公室报到,照旧打水扫地,而后便忙着联络龙腾,事无巨细,一一督办。

苗尘说,果儿,我要敬你一杯,当年砸在我手上的事,现在你要完成了。玫州人民的眼福啊,我看你这名单,有不少重量级的歌手啊!何果儿说,哪里是我完成了?是人家龙腾公司,我们文化局不过负责管理而已。你以前跑过这事,知道这些步骤,烦琐得很。苗尘摇头眯眼做痛苦状,不敢话当年,胆寒,心惊啊!何果儿说,苗尘、大李哥,我现在参与这事才真正明白你们的雄心壮志啊。说实话,太不容易了,就算是最后没办成,也让人钦佩!真的!你看这龙腾公司房地产,多大的财力,多硬的后台,可就连他们具体做起来也是千头万绪难下手呢。苗尘夸张地拱手,谢谢理解!大李则静静地听着,宽厚地笑了,果儿还是那么善良、可爱。

他们已经有好久没聚过了。大家都忙,李菲菲还经常去外地表演。好在联系起来比过去方便多了。苗尘当年嚷嚷着要买大哥大,也没买成,现在他戴上了BP机。大李也是。席间,大李的BP机响了两次,苗尘说是大李嫂在查岗。何果儿兴奋地喊,大李哥结婚了吗?怎么冷不丁就结婚了?大李笑,还冷不丁呢,都三十好几的人了。何果儿埋怨,婚礼为什么不通知我?你现在不把我当朋友了是吧?要不是苗尘、菲菲今天喊我来吃饭,我可能都见不上你一面呢。大李伸手拍拍何果儿的肩,别生气,丫头!不可能不把你当朋友,你的所有事,我时刻关注着呢。结婚不过是人生的一个程序,不是所有的婚礼都是你想象的那样,值得大张旗鼓。听了这话,何果儿的伤心泪突然毫无征兆地决堤而出,我想象的是哪样?你以为我永远是一个白雪公主?你知道我在经历什么?天天唱歌、吟诗?

李菲菲对大家说,你们也都看到了吧?果儿什么都好,就是爱哭。她妈说她从小爱哭鼻子,高兴也哭,难过也哭。现在都这么大了,还是一点长进也没有!一桌人静默。良久,大李叹息,这就是我为什么不愿意多露面,不喜欢召集你们的原因。相濡以沫,不如相忘于江湖。苗尘闻声站起,此言差矣,生活虽不尽如人意,但哪至于如此悲壮?喝酒,喝酒!咱哥们要常聚多聚才是。为什么灰心丧气啊?我觉着咱们的好日子才开始呢,步子再迈大一点,胆子再放大一点,哈哈!见无人响应他的热闹,他自个儿连喝三杯,又敬大李一杯。何果儿注意到李菲菲打量苗尘喝酒的神情是忧戚的,但她并不劝阻他。大李说,有些日子没聚,苗尘好像酒量见长啊!李菲菲这才冷冷接口,怎么会不长呢?天天勤学苦练,饭局上喝完还要去夜总会喝呢,一个晚上好几个摊子!

何果儿对大李说,其实今天苗尘不请我过来,我这几天也要去找你的。龙腾公司办的这演出,我提出让他们也请你。你必须登台演唱一至两首歌。苗尘叫好,大李深邃的双眼盈满了感动,嘴里却淡淡地说,小丫头一走进机关,就立马学会假公济私走后门了!何果儿说,哪有走后门啊?谁不知道你是玫州的著名歌手!大李摇头,我现在只是一家小音箱店的老板。如果有这方面的业务,你可以多照顾我的生意。何果儿说,反正我不管,反正这演出只要办,你就得唱。大李说,果儿,知道吗? 摇滚时代过去了。何果儿说,反正我不管,反正你得唱,不唱崔健、罗大佑,就唱 Beyond 的《光辉岁月》,保准受欢迎。苗尘笑道,大李,你拿这丫头没辙吧!大李说,是啊,她太执着了。可我们得面对现实不是? 现实就是现如今是四大天王的时代,是杨钰莹的时代。摇滚过去了,齐秦也不流行了。

说到齐秦,何果儿不应声了。几个人也都默契地静下来。一直以来,齐秦对于她,对于他们,不仅仅是齐秦,而且还代表着另一个人。如今,他远远地走了,音讯全无。但他是那么强大的一个存在,他走了,却又好像一直都在。他是他们艳羡的一种风景,却又仿佛是他们共同的伤口。他们和他始终痛痒相关。苗尘嘟囔,刚菲菲还怨我去夜总会呢,其实那地儿也他妈忒没劲! 自从康楠走了,玫州就再没出过一个他那么好的驻唱。

时间在忙碌中飞驰,不经意间就到了九月底国庆节根上。万事俱备,只等灯光一亮,群星闪耀登场了。演出前夜,龙腾公司邀局里一起吃"工作餐",磋商未尽事宜。梁科长在办公室甩话给何果儿,虽说是咱们科的事,但我们没做什么工作,也就不蹭这餐了,还是让有功之臣陪头儿们去吃吧。何果儿淡淡地笑,并不搭腔。临出门时却听到梁科长对马旭说,我还是去吧,干吗不去! 知道吗? 是玫州大厦 38 楼的旋转餐厅! 凭这点死工资,老子这辈子都甭想进那地方一趟! 花这些暴发户的钱,不去白不去!

金碧辉煌的大包间,觥筹交错,笑语喧哗,整个城市在他们脚下。慢慢地,世界不真实起来,窗外迷离璀璨的夜,眼前闪烁变幻的脸。何果儿知道自己置身其中,但这一切并不构成她的生活。她以一种局外人的眼光打量着各色人等活色生香的表现,但随着场面升温、失控,淡然的心境越来越被莫名其妙的敬酒所叨扰。一个刚入职的寡言少语的年轻科员,在这种官商把酒言欢的宴会上,是极容易被人忽略冷落的。但如果这个年轻人是一个漂亮女孩,情况便会不同,甚至恰恰相反。饭局一开始,何果儿便时不时地被扯进话题,从这次和龙腾的合作,到今晚的言谈举止,统统被冠以溢美之词。后来,甚至还有人提到了何果儿在玫大读书期间就发表诗文的事,于是,劝酒的人纷至沓来,劝酒的说辞越来越丰富起来,大家都争相效仿龙腾老总的造句:"能与诗人干一杯,三生有幸啊!我虽是个粗人,但心里一直热爱文学。今天有幸目睹文学女青年的风采,酒不醉人人自醉啊,干!"

何果儿不会喝酒,她只端着红酒杯做样子和别人碰一下,有人不答应,她只好轻抿一下,然后解释、道歉。但龙腾一个副老总不吃这一套,他坚持让何果儿干了杯中酒,他愿意喝三杯白酒陪她。他坚持说如果她不干了这杯酒,龙腾老总和他们几个副老总就无以表达对文学的热爱和崇拜,无以表达他们对以侯副局长为首的在座的文化人的热爱和崇拜。他振振有词,巧舌如簧,他不时伸出手热络地拍拍何果儿的肩,他把酒气弥漫的脸凑到何果儿跟前,满脸谄媚,却不依不饶。

何果儿苦闷极了,她尽可能地往后躲闪着他的手和脸,所有人都看得出她的嫌恶和拒绝,但这似乎更激起了他的斗志。他干脆说,只要你喝干这一杯,我喝六杯陪你行不行?你一杯,我六杯,感情深,一口闷! 话音未落,饭桌上响起噼噼啪啪的掌声,好多人起哄叫好,邱总千杯一醉为美人,好!

何果儿有一种强烈的冲动,想把手里的酒泼到那男人肥腻的脸上。恍惚中,她看见自己抬起手正要去完成愤怒的动作,她甚至感到了一种宣泄的快感。但喷薄而出的意念被强力止住了。是的,她没有醉,她知道自己不能那样做。她再次开口道歉,对不起,邱总! 这酒杯这么大,我一下喝不了,咱们先坐下,我慢慢喝,反正保证喝完行不行? 邱总笑眯了眼,夸张地摇头,不行,不行! 你这杯酒应付了一屋几十号人了,根本没减分毫,慢慢喝你就喝到我头发白了。再说了,咱们要是坐回去了,我还哪能独享和女诗人美酒对酌的好时光! 还是那句话,你一杯,我六杯,感情深,一口闷!

何果儿把求助的目光投向众人。包间里人声鼎沸,她看到梁科长幸灾乐祸的目光,她看到侯副局长微微皱起了眉头看这边,但龙腾老总为他敬了一支烟,他们便又头凑到一起说起了话。看得出来,侯副局长虽然不太满意邱总为难何果儿,但这种情景他显然习以为常,不以为怪了。何果儿心一横,正打算撕破脸回到座位上去时,她和邱总之间却突兀地站出了一个人。他一手端着酒杯,一手握着酒瓶,说,邱总,看样子这个女同志真的喝不了酒,磨磨唧唧的,你喝着也不痛快,干脆我替她,咱俩你六杯,我也六杯,感情深,一口闷,怎么样?

何果儿不认识这个人,她根本没注意到他坐在哪里。他就像突然从地底下钻出来似的。他的口气温和,甚至有点吊儿郎当开玩笑似的,但眼神坚决、有力,他紧盯着邱总,挡住了他伸向何果儿的手。邱总一下火了,你替她,你凭什么呀!我这全心全意敬文化局的同志,敬咱们老总崇拜的女诗人,你胳膊肘朝外拐,捣的哪门子乱?一边去!但对方并不理会他的恼怒,依旧平和地应答,你全心全意没错,但人家不能喝也是真,不能强求是不是?

满屋人都停下推杯交盏看向这里,场面静下来,僵下来,邱总讪笑着转向老总,老大,我这正代表您敬小何同志呢,半路上却杀出个程咬金来,他说他替小何喝,他凭什么呀!老大您给评个理,这小子这么做合适不合适?

哦,你问我啊?龙腾老板慢悠悠地吐出一口烟雾,又端起酒壶为侯副局长斟了酒,这才开口,闹半天,你是在替我敬酒啊!我有这么死乞白赖缠着人家小姑娘不放吗?替我敬就敬了吧,还敬不下去,忒没面子!可是,没面子就没面子吧!小邱啊,衙门里的人不好得罪,你就收起你那二杆子做派吧。

大家都哈哈笑了,还有人敲桌子,拍手。老总一番四两拨千斤的嬉笑怒骂化解了尴尬,何果儿赶紧坐下,邱总也摇晃着身子离开了。老总倒不放过他,你不是要六杯一口闷吗?和小常喝啊,怎么闪人呢?邱总说,我是要和小何喝,别人替的哪门子,不喝!老总说,你不是让我评理吗?我觉着英雄救美这事啊,它就没有什么合适不合适的,它啥时候发生都是合适的,大家说对不对?哈哈!再说了,文学、艺术是一家嘛!小常是画家,见了女诗人,惺惺相惜,能见死不救吗?

曲终人散时已过午夜,侯副局长的车捎上了何果儿。临下车时,侯副局长沉吟半晌,开口说,机关工作嘛,一些应酬还是必要的,不能太拘泥。

可能是觉出自己的态度有点严肃,他在最后一句话后面加上了呵呵的笑声。但那笑声勉强、空洞,像独立游走的音节,它没有牵动他脸上的任何神经。何果儿呆立在原地看着夜色中消逝的车影,心里感到沉沉的挫败感。好几个月了,她全力以赴地投入龙腾公司组织的这个活动中,这是她参加工作做的第一件大事,她力求完美,不允许出现丝毫纰漏。她必须堵住梁科长说风凉话的嘴,更不能让侯副局长对她的期许留下遗憾。她以为她做到了。今晚宴会刚开始时,大家对她工作的认可和夸赞几乎使她飘飘然起来。可是,事情很快就走了样。根本没来得及细谈明晚演唱会的诸多环节,铺天盖地的没完没了的喝酒、敬酒便开始了。他们为什么要喝那么多的酒?他们自己喝也就罢了,为什么硬劝别人喝,逼别人喝?他们有什么权利死缠烂打让一个女孩子喝酒?

尤其是,侯副局长不在何果儿最难堪时替她解围也就罢了,完了却还要说这样的话!

常翔东来请何果儿看电影。他等在她下班拐角的路上,一看见她就迎上来,我请你吃饭,吃完饭去看电影,今晚《霸王别姬》在玫州首映。何果儿吃惊于他的开门见山,也直通通地回应,我为什么要和你吃饭看电影?我们又不熟。常翔东笑着摇头,还是诗人呢,说话简直像小孩抬杠,一点必要的修辞都没有。何果儿悻悻道,别再说什么诗人的话了,简直是讽刺。这种死水一般的生活,一天天地重复,一年年地重复,人的热情、斗志都被磨蚀殆尽,只剩下未老先衰了,何谈诗歌!常翔东还是笑着摇头,不,我看你这样子,斗志昂扬,像一只小刺猬呢。

何果儿一愣,是啊,自己和他又不熟,怎么一见面就说出了这种极端情绪化的牢骚话?她说,谢谢常设计师,我下班还有点事,电影就不看了。常翔东坚持说,电影还是要看的,我认为你今晚什么事都没有看这场电影重要。至于你说咱们不熟,我觉得熟不熟不能以时间长短论。其实就算是以时间论,咱们好歹也见过四五回了。没错,整五回,不少了。从我的角度,我已经把你当成了很了解的朋友了。

何果儿说,别逗了,几十个人的饭局上碰见过两次,你们公司门口遇上了寒暄几句,这就了解了?常翔东提高了音调,哎呀呀,讲点良心好不好!什么叫碰见?那是一般的碰见吗?咱俩第一次见面,我就为你赴汤蹈火,得罪上司。第三次见面,我为你鞍前马后跑了一天,解了你们资料室的燃眉之急。你们侯副局长都感谢我呢!你倒一点不领情。何果儿说,第一次,第三次,那第二次呢?每次帮点小忙都记得这么清,小气啊!真正是让梁科长说中了。常翔东急急问,他说什么了?何果儿说,他说那晚你替我挡邱总的酒,是没安好心,想打我的主意。常翔东得意地笑,梁科长两只慧眼,你一张利嘴,这也好,倒替我把不敢说的话都给说出来了。是,我是打你的主意。不过,那天晚上纯属英雄救美啊,基本还是好心,哈哈!不安好心是从第二次见面开始的。

何果儿同志,你肯定不知道我说的第二次见面是什么时候。那天,你的眼睛根本看不见别人,你陶醉啊,疯狂啊!"龙腾之夜",你作为组织方代表,竟全然不顾公众形象,跑台上给那个墨镜歌手献花。我从人群里看着你,心里突然怦怦地冒火。他唱得有那么好吗?他就那么吸引你吗?我一边生气一边骂自己,你在犯什么浑?一个头天晚上才见过一面的女孩,人家是谁?你是谁?你犯得着为她着急上火?吃醋轮得到你吗?

不是你想的那样,大李是我们的兄长。他好久没登台了,那天晚上有外面来的许多大歌星,我是鼓励他,让他不至于在大牌们跟前感到冷落。

常翔东点头,没错,我知道了。我很快就知道你那大李哥是怎么回事了。我还知道了你的许多事。所以,我确实了解你很多了。难道你以为了解一个人非要促膝谈心好多年吗?

电影出奇地好、出奇地震撼。好久没看过如此荡气回肠的电影了。风华绝代的张国荣,一颦一笑都是戏的巩俐。不说他们,竟连袁四爷也是好看的,凄清而悲壮。"往事不要再提,人生已多风雨……忘了痛或许可以,忘了你却太不容易"。走出电影院,走到大街上,何果儿的耳朵里、心口间,缭绕不散这风情万种的歌声。它有多悦耳就有多伤心。那最深刻的爱,最执着的心,到头来都是最残酷的悟,最幻灭的痛。霸王意气尽,贱妾何聊生?

常翔东走在何果儿身边,默契得不发一言。一辆出租车慢慢靠近他们,他用询问的眼神看向她,然后冲出租车摆摆手。他们已走过两个十字街口,但何果儿还在走。她非常难过,想大声哭出来。但同时,又感到一种奇怪的踏实。是的,她并不十分了解这个人,但他从一开始就让她感到踏实。不仅踏实,而且放松、自在、口无遮拦,想说什么就说什么。而他,动静相宜,不多的接触中,看似嘻嘻哈哈,却周到敏感,几乎每一次都捕捉到了她细微的情绪起伏。

她望向他。夜色斑驳中,他的目光深邃而沉静,似乎他对他和她前往的方向有着笃定的把握。他高大的身躯不时微微前倾,下意识地为她遮挡来往的车辆和行人。他的右手护在她的身后,却始终和她的肩膀保持着距离。他是谁?我为什么走在他身边?何果儿不禁这样想。她有点恍惚,曾经走过的一些相似的夜从脑海中掠过。相似的情景,不一样的感觉。苗尘让人或兴奋或恼怒,静不下来。走在康楠身边,心总是柔软的、疼痛的。而和彭歆在一起的每一个时刻都有一种沉湎感,幸福、迷醉的沉湎感——哦,不!她甩甩头,甩掉突然如潮而至的关于彭歆的联想。

彭歆,她不让自己想起这个名字。她有两年多没想起他了。

李菲菲说,我觉得常翔东挺好的,是又有才华又会赚钱,又潇洒又很会生活的那种人。果儿,这次你要是再畏缩不前,我都不明白你了,你到底想要什么?何果儿说,我也不是畏缩不前,我只是还没感受到必须向前的巨大动力。你懂这种感受吗?李菲菲点头,懂,就是你爱他还不够深、不够多呗。果儿黯然,我这辈子也许都遇不到让我忘我地去爱的人了。仔细想来,我在感情里总是更自私,总依着我的顾虑、我的原则、我的心性。我做不到不顾一切,无论对错。李菲菲说,这不是自私,这是你感情的门槛,虽然这个门槛有点高,却是必须的。如果你都过不了这一关,又怎么能好好对待别人呢?其实,理性一点,没什么不好,要那么忘我干什么?飞蛾扑火有什么好!

果儿听这话,眼前突然又浮现出江城一中的操场上那个闪电一般惊心动魄的身影,那场景,那画面,恍如隔世,又仿佛就在昨天。她的心里一阵感慨,不禁问,你和苗尘到底怎么样了?去年章蕙结婚时你说的那些话,一直让我不放心。后来咱们聚了好几次,看你俩也好好的,我都不敢再问什么。李菲菲亲昵地捏了一下果儿的脸颊,小可怜,你是不是一直替我捏把汗,一直怕我出什么问题?在你心里,我总是安定不下来,总是随时会有滑向某种危险境地的可能?果儿吃惊李菲菲的这般慧敏,嘴里却说,你现在这么好,我干吗替你捏把汗?我自顾不暇呢。李菲菲说,无所谓好不好了,就这么着吧。果儿追问,什么叫无所谓?李菲菲叹气,模特这职业,看上去光鲜,收入也不错,而且貌似挺适合我的,但你也知道,这毕竟是青春饭,老了做什么?以长远眼光看,其实挺迷茫的。你简直想象不出我们圈子里的人有多么空虚!所以,现在好多人纷纷去傍大款。我这也寻思着傍一个呢。果儿笃定地笑,你不会的,你不是那种人!你要是那种人,当初也不是没机会,怎么偏偏看上穷困潦倒的苗尘?李菲菲自嘲,当初瞎眼了呗!

她嘴角上扬,笑得那么好看,但眼里突然迸出了泪。果儿,我觉得自己坚持不下去了。你不知道我有多么空虚,多么焦虑。果儿急急地问,到底怎么了?你怎么不早说,偏要自己一个人硬撑着?李菲菲说,苗尘向我求婚了。苗尘现在想要结婚。果儿悬着的一颗心咕咚落回肚里,她埋怨说,那你掉什么眼泪?故意吓我啊!你一贯天不怕地不怕的,这莫名其妙却哭起来了。求婚是好事,本来你就该结婚了,章蕙每封信都催呢。李菲菲摇头,好什么?

我根本不想结婚!四目对视,李菲菲不等果儿发问,便急急抢在她前头,毅然地说下去,果儿,我一直瞒着你,怕你为我担心。苗尘不是一个专一的人,他乱搞!去年开始他就有情人了,而且不止一个。先和一个有夫之妇,后来又和一个小姑娘。知道吗?最近,那个小姑娘为他堕了胎。

怎么会这样!

果儿又惊又气,根本说不出话来。果儿感觉到怒火烧红了自己的双眼。李菲菲读得懂知心朋友的眼睛,她说,果儿,我知道你接下来要对我说什么,可我之所以忍耐了这么久,痛苦了这么久,就是因为我下不了决心离开他。他也一样。他现在这么坚决地要求结婚,就是怕失去我,怕被别人纠缠,也怕自己再错。他用马上结婚表达自己的决心。可我发现自己既放不下他,也下不了决心和他结婚。我怎么能和这样一个人步入婚姻?我怎么能!

这天黄昏苗尘来找何果儿时,她正和常翔东涮火锅吃。一桌菜红红绿绿地摆在桌上,麻辣锅的香味诱得人垂涎欲滴。苗尘还是一点不拿自己当外人的架势,屁股一落座就抓起筷子,一边吃一边数落,你俩关起门过自己的小日子,这也太自私了吧!有好吃的叫哥们儿过来,有福同享懂不懂!何果儿冷冷地道,这点老百姓的小口福,怕是今天的苗老板看不上的吧!常翔东赶紧笑着打圆场,别说别人了,也是你何大小姐看不上的呀!苗尘你不知道,我今天路过菜市场,看见这些东西新鲜得很,就想自己弄个火锅吃,谁知买了东西找她,却差点吃了闭门羹,人家竟然说吃火锅味太大烟太大,会熏坏屋子,求了半天才得到恩准。你说说,为了这点小口福,我是又出钱又出力还要百般求情,殚精竭虑啊！苗尘大笑,老兄,你就别发牢骚了,这万里长征才走了第一步,我们的果儿,可难伺候着呢！何果儿不管他俩说笑,径自沉默着。苗尘说,看你摆得这脸子,真把我当成蹭饭的了,我今儿可是有要事来求你帮忙的。我想让你劝劝菲菲,我俩都三十出头的人了,也都谈了好几年了,干脆就结了吧。该准备的呢我都准备了,只等一领证,朋友们热闹一下,一桩大事也就算了了。可菲菲对结婚的事一点都不上心,硬是天天拖着,不去领证。所以,只能你去劝劝她了。

何果儿说,那你找错人了,我不会劝她的。苗尘正色道,这不是开玩笑的事,果儿,我是诚恳地求你帮忙。何果儿答,我没和你开玩笑,我也明白地告诉你,我不会帮你这个忙。这下苗尘脸上挂不住了,他把筷子啪地拍到桌子上,何果儿,你这也太不仗义了吧！我到底怎么你了？你见不得我苗尘好是吧！何果儿听这话,站起来怒目逼视苗尘。常翔东面对紧张对峙的两个人,一时也无从劝解。苗尘看着呼呼喘粗气的何果儿,脸色慢慢柔和下来,眼睛里有了愧色。他伸手搭在她肩上,对不起,果儿！对不起,我不该说这种混账话！在我心里,你们这些朋友都是亲人一样的人,要是没有你们,那些最狼狈最困难的日子我怎么可能走过来？

可是,你现在为什么这样？苗尘痛苦地盯着何果儿的眼睛,你明明知道我们相爱,你明明支持我们在一起,说起来你还算是个红娘呢,可到了关键阶段你为什么不帮我推她一把？

为什么？我也想问你是为什么！何果儿目光如炬,但她的声音颤抖了,哽咽了。苗尘,这两年来,你欺负我们是瞎子,是聋子,你倒振振有词反过来问我为什么！就算我们聋了瞎了,你自己就不怕玩火自焚吗？

我不会原谅你对李菲菲的伤害。她受过太多的伤害了,我以为她在一份心甘情愿的感情里,再不会受到伤害,可你伤她更深更重。苗尘,你应该知道,李菲菲是一个多么美多么好多么值得珍惜的人,你为什么要背叛她、欺骗她？你为什么会做那么多对不起她也对不起自己的事？

何果儿的声音嘶哑了。她不再冲苗尘喊叫,她坐下来,用双手捂住自己的脸。泪从指缝里渗出来,丝丝的凉浇灭了喷溅的怒火,剩下的只是无以名状的灰心和挫败感。

日子又快又乱,因为乱,所以显得更快。一度让人愁闷不已的许多工作难题,十天半个月后却不了了之,无人问津,之前为之付出的时间,显得那么不值。可时间要是不花在那些事上,又能花在什么更有意义的事情上呢？何果儿越来越适应机关办公室的生活,越来越接受着时间的无谓。其实,世间的事情若像办公室里穿梭而过的文件所指涉的一切,过去了便是过去了,过不去最终也都过去了,也没什么不好吧！但偏偏有些事,不随时间流逝,却又停步不前,横亘在那里,硬生生为闭着眼就可以滑溜下去的日子绾个死结,使个磕绊,像是一种证明,证明着时间的重量；更像是一种质询,难道这样忙乱、飘忽是日子原本该有的样子？

又一年过去了,李菲菲的婚事依旧搁置在那里,像久久存放在橱柜的一件新衣裳,光鲜如初,却再也引不起当事人穿它的兴趣,好像它的存在就是为了挂在那里,就连别人好奇探究的目光也越来越少了。苗尘还是那副样子，大大咧咧的，和李菲菲出双入对，好像什么事都没发生过，却眼见着李菲菲一天天地瘦下去了。起初何果儿没太留心，因为李菲菲那个圈里成天就是减肥啊保持身材啊这些事。后来见面发现她一次比一次瘦，简直有点形销骨立的感觉了。因为颧骨突出，眼窝深陷，她的脸部轮廓越发立体、鲜明，整个人散发着冷冽的气质。

何果儿说，我怎么觉着你越长越不像了？李菲菲嬉皮笑脸，是不是越长越漂亮了？是得不像啊，要是还像那个江城小妞，那我这多少年不是白混了！告诉你，本人是越长越国际化了，这可是当模特的人求之不得的呢。何果儿说，是越长越洋气了。可我怎么觉着不对呢？这也太瘦了吧？是不是有什么毛病啊？要不我陪你去医院检查一下。李菲菲喊，是你有毛病了，好端端去什么医院！何果儿摇头，不对，不是好端端的，我怎么发现连你的胸都有点瘪了呢？李菲菲躲闪着何果儿的眼睛，嘴里却一径欢闹，流氓！这都多少年了，你能不能长点出息放过我的胸？

姐姐在电话里说，你别成天惦记别人，也操操自己的心吧。果儿明白姐姐的意思，可她一时也无法说出什么明确的话好让爸妈和姐姐放心。她总是犹疑，但也不知道犹疑什么。现在她和哥姐爸妈都不写信了，只打电话。电话真是好啊，山高水长的距离一下都不存在了，亲人之间面对面说话似的，想家的煎熬慢慢也就轻浅了不少。可果儿觉得，有一些感觉只适宜在书信里表达，电话里是断断说不清楚的。譬如，常翔东什么都好，真的，越接触越发现他真好。可她在他的身边，常常感到一丝恍惚，不真实。她甚至会觉得他的好不该是她独享的。她对他有时心无城府、口无遮拦,有时却隔膜而沉默。有一扇门横亘在他们中间,有时敞开着,有时虚掩。但当它紧锁着时,没人找得到钥匙。

不知道钥匙在谁的手里。但看上去,常翔东不急。他始终那么沉静,那么笃定,招之欢喜,挥之也不愠怒。

办公室终于走进饮水机时代,何果儿用不着呼哧呼哧爬楼梯提开水了。事实上,就算再提,也不用她去提了。又一个大学毕业季,局里新分来三个大学生,一个女孩分到了何果儿的科室。何果儿惊奇地发现,这个女孩似乎无师自通,初来乍到就掌握了办公室的处世原则,一点也没有自己当初的迷惘和惶惑。

何果儿现在在科室也算是能独当一面的老人了。不过话说回来,哪有一个普通科员独当一面的机会,梁科长还横在前面呢。上半年,机关人事变动,马旭调到档案科当副科长了,偏梁科长还是副科长,搬不出这间办公室。他杯子上的茶垢越来越厚,他对何果儿的脸色越来越阴晴不定。两个人长久独处,除了偶尔打电话,办公室再也听不到一丝人声,死一般的静谧。偏侯副局长不让何果儿动,他说,小何,我知道你在老梁那儿日子不好过,可机关工作讲究的就是个资历,不要动不动就挪窝,一挪窝又成新手了。

侯局长鼓励何果儿放手做工作。"独当一面"这词就是他说的。不要把老梁太当回事,在你们科室,有些事你现在可以试着独当一面。你要明白我对你的期望,好好干,过不了三五年,你总归要独当一面的。

何果儿当然明白侯副局长的期望。单位有一个对自己很好的上级,何果儿心里是踏实的、温暖的,这种踏实和温暖几乎抵消了日复一日的倦怠和厌烦。可她一点也不期望三五年后自己独当一面,她从内心里感觉不到这种生活对自己的诱惑。三五年后,升个副科,像梁科长一样,再升个正科,像阎科长一样?只是这样想想,何果儿就觉得自己身上有了一股陈腐的霉味。就算是顺风顺水,一路风光,如侯副局长,如陶局长,又能怎样?难道就要在这座楼里,一步步走到老?难道要在无边无际的文件、会议和翻报纸喝开水中度过剩下的岁月?

何果儿不时觉得自己老了。尤其是现在,日日面对一个更年轻的笑容甜美的女孩。女孩手脚勤快,忙不迭地为梁科长续了茶水,又来整理何果儿的文件夹。何果儿说,小金,你忙你的,咱俩都是年轻人,你这样让我担当不起。女孩笑吟吟地接口,怎么担当不起了?何姐,你是玫大毕业的,又来局里几年了,听说做过好多大活动呢。你以后就当我的老师,好好带我好不好?

她张口就叫姐,像常翔东公司的那些房产销售员。她这样年轻,却聪明玲珑,只几天时间,就发现了梁科长和何果儿之间的互不待见,也看清了梁科长虽为科室负责人,却在局里处境尴尬,而何果儿大有后来居上的形势。她似乎是不经意地就开始紧密地围绕在何果儿身边了。而且,她还让另外两个人都明显地感知到了她的这种态度。于是梁科长的坏脸色时不时地也开始对小金了,而小金倒并不前恭后倨,早晨的第一份报纸总要先拿给梁科长。

何果儿不禁问,小金,你这么快乐,是不是挺喜欢这个工作?小金点头,是啊,何姐,我可比不得你,我师大毕业能留到省城,而

304

且能分到咱们这样的文化单位,哪有不喜欢的道理? 我那些同学,大多数都回地区、回县城当老师去了。何果儿说,其实,当老师也没有什么不好。小金坚定地回驳,当老师不可能有和我们一样的前途。

我们有什么前途? 何果儿真的很想问小金。她是真的迷茫。可小金眼里的光芒是她不懂得的一种颜色,到嘴边的话又吞回去了。人各有志,对前途的理解和期冀又怎会一致?

常翔东突然问何果儿,你天天念叨李菲菲瘦了,除了瘦,有没有什么别的不对劲? 何果儿诧异,怎么了? 你这样问。你是不是听到有关她的什么事了? 常翔东说,我就是小小地联想一下。昨天我们美院同学聚会,听到些乱七八糟的事,有些画家,有些模特,沾上毒品了,根本吃不下饭,人瘦得不成样子。

太过震惊,何果儿一时无语,整个人呆住了。常翔东安慰说,你别急嘛,我也就听到了随口一说,哪就扯到李菲菲了? 人家那都是一线城市的事,估计不会发生在咱们玫州。再说了,李菲菲是时装界的,那可是姹紫嫣红的明媚世界呢,不像我们美术界多少人间血泪,才会有这些挣扎沉沦的事。不等他说完,何果儿如梦初醒般弹跳起来,立即做饭! 我们立即做饭,叫她来,看她吃不吃得下!

我们以前吃江城酸汤面片,她总是吃两大碗的,章蕙说老天爷太偏心,给了李菲菲大饭量又给了她怎么吃也吃不胖的好身材。去年咱们三个人去吃麻辣烫,你还记得吗? 红的绿的荤的素的满满地摆了三大盆,我和她愣是全吃完了! 你还开玩笑说,这样能吃的女朋友带出来吃饭,真是让男人没面子。你记得吗,常翔东?

我记得,记得！常翔东爱怜地扶何果儿坐下,你别急,咱们这就喊她过来吃饭。我就随便么么一问,你这立马像是真的发生了似的,太情绪化了你这人。

不是的！何果儿的眼泪扑簌簌地落下,我不是空穴来风,我一直有疑惑,这几个月我见她一次比一次瘦,不光瘦,精神也不比以前。每次吃饭她都说跟人吃好了过来的,来了只喝水,筷子都不动一下。我约她吃饭她为什么会先跟别人去吃？她不是那样的人,我疑心她得了什么病,我早就疑心了,可我没有想到毒品的事,我怎么能想到！

何果儿怔怔地盯着常翔东的眼睛,你说实话,你不是随便联想一下就说出口的人,你是不是已经知道李菲菲吸毒了？你说！常翔东低下头,我前阵子见过一次李菲菲公司的美工,都是些捕风捉影的话,没人当真。咱们还是叫她过来,见了面不就清楚了？

但李菲菲不在,说是在深圳集训。何果儿等不得,放下电话就去找苗尘。苗尘原打算作婚房的丽景花园的二居室,现在苗尘一个人搬过去住着。何果儿知道李菲菲也拿着钥匙,其实多半时候他们还是在一起的。何果儿知道从住地下室到租住城中村再到买下小区花园房,无论苗尘如何,李菲菲都始终放不下他。但苗尘住的地方,却一直成不了李菲菲的家。

苗尘正在睡觉,猛见何果儿、常翔东二人,十分惊诧。果儿大小姐光临寒舍,鄙人不敢相信自己的眼睛啊！你对鄙人实行严厉制裁已经一年多了,是不是从今天开始恢复"邦交"？何果儿不理他的贫嘴,直通通就往屋里走。苗尘说,我以为是上门做客呢,却原来是突击检查啊。好吧,捉贼捉赃,捉奸捉双,你们查吧!

从客厅到卧室,整个家一派凌乱邋遢,厨房里冷清清的,是从没动过锅灶点过烟火的样子。垃圾箱里堆满了方便面袋子和空易拉罐。这显然是个没有女主人的家。常翔东问,李菲菲哪天去深圳的?苗尘说,前天。你们是不是以为她不在家,我把家搞得这么乱?No,我保证她在的话,会更乱!

洗漱间更是乱七八糟,胡乱缠绞在一起的长裙、短裤、丝袜被扔在地上。洗脸台上堆着化妆品,瓶瓶罐罐,倒的倒,歪的歪,瓶身上还粘着头发。何果儿从一片狼藉中退出来,痛楚的感觉弥漫全身。不,这不是李菲菲的做派!在何果儿认识的人里面,还有谁比李菲菲更勤快、更整洁、更干净?苗尘刚和李菲菲好上时,曾悄悄向何果儿诉苦,菲菲啥都好,就是有洁癖,我到她宿舍去,手脚都没处放啊。

那个李菲菲到哪里去了?作为最好的朋友,不是自以为一直关心李菲菲吗?可她变成这样了,她的生活已完全毁掉了,自己竟然丝毫不知!巨大的歉疚让何果儿说不出一句话来,她几乎是瘫倒在沙发上。好久,好久,何果儿开口,菲菲什么时候开始成这样了?

苗尘一直紧张地盯着何果儿的脸色,听此问如获大赦,赶紧回答,也就三四个月吧,对,不到三个月。我是想跟你说来着,可你不是不理我吗?也就、也就按下未表。常翔东问,她平时都啥样啊?你发现什么没有?苗尘说,你说的发现是指什么?至于平时的表现,这还用得着发现吗?简直换了个人!以前她一回来,一刻也不闲着,洗刷、打扫,眼睛里见不得一粒灰尘,现在你们也看到了。以前变着花样给我弄吃的,这几个月她就没进过厨房。常翔东问,那她怎么吃的?你注意到了吗?苗尘摇头,没有,从没见过她吃东西,每回都说在外面吃过了。她能吃什么呀?瞧瞧那瘦骨嶙峋的样儿!有时我带回来饭菜给她,她也撂一边去了。这个我敢打赌,她是确定无疑得了厌食症。

她不光厌食,她什么都讨厌!苗尘渐渐激愤起来。她现在还对什么感兴趣?她只剩下强打精神打扮水鲜光艳一点去面对外人,回来就是一个活死人!我跟你俩坦白了吧,她不光不做饭,不洗衣服,不收拾家,她也不上床!她讨厌我,她对什么都没兴趣!

难道,所有的疑惑都坐实了,所有的侥幸都落空了?何果儿的心随着苗尘的控诉像塞进了一块块铅一般沉重。她难过到再也担负不起无边的沉重,她甚至不能责问一句苗尘。

要不是我有负于她,有愧于她,我现在怎么还能容忍她!苗尘说着说着,眼圈红了起来。是的,是我的罪过!如果果儿责骂我,如果李菲菲爸妈来讨伐我,我都认了。我最近反反复复想过这个问题,这个女孩是毁在我手里了!事情到了这个地步,我不得不承认,我对她的伤害,比自己以为的、比你们想象的都要严重。菲菲,她是一个纯粹的人,是我毁了她。

不能让她毁了。常翔东的声音坚定地压过了苗尘。现在不是你忏悔的时候,如果她真的毁掉了,你忏悔也没用。我初步推断,李菲菲吸毒了。如果真是这样,咱们必须要团结一致,帮助她戒毒,必须帮她度过这个劫难,而你,苗尘,你是最关键的人。

何果儿不愿打量苗尘愕然的表情,第一次,她主动伸出手握住了常翔东的手。常翔东的眼睛是坚定的,和他的声音一样坚定。这个时候,何果儿只愿意迎着这样的坚定。唯有这样的坚定,让她能撑起自己,让她相信,那个美丽的、健康的李菲菲,就要迈着那双让世人艳羡不已的大长腿站到她面前。

何果儿天天掐着指头等李菲菲从深圳回来,偏偏李菲菲回玫州的当天,她自己却接命令随侯副局长去青岛出差。临走前一刻,她还对苗尘叮嘱了又叮嘱。常翔东说,你也就离开一周时间,别这么不放心。可何果儿就是不放心。驶往机场的车上,她一阵阵难过。一种毫无来由却强大得无力排遣的生离死别的感觉弥漫在胸口,她不禁痛得流出了眼泪。侯副局长看见了,很是惊讶,这是怎么了?舍不得和小常分开?就算在热恋期,也不至于这样吧?

在青岛的第三天,下午三点半,何果儿接到常翔东的电话,你得请假回玫州,李菲菲出事了!何果儿冲口而出,她死了?常翔东说,先别这么想,你好好回来。挂了电话,何果儿去见侯副局长,话未出口就泪流满面。我冥冥中有感觉,她肯定是死了,我那天离开玫州时,就觉得自己再也见不到她了!

侯副局长说,我这就让小张买票,让他陪你回玫州。小何,这次出差你既然心里有事,不情愿来,为什么不跟我说呢?难道这么多年了,我还不足以让你信任吗?

原来,真的,是死了。

李菲菲死了。

不是普通的死。李菲菲在黄河里救了两个嬉戏时不小心落水的儿童。是一口气救上来两个。然后,她自己没能上来,死了。

李菲菲,是英雄了。葬礼前夕,她被授予了烈士的称号。

何果儿被常翔东牵着,梦游一样从机场回到家,梦游一样见了李菲菲的母亲,见了从江城赶来的李菲菲的父亲。就算是见到了那个鞠躬尽瘁的老父亲被如此沉重的打击彻底摧垮了腰身,就算他见了何果儿嘶哑着嗓子哭喊出声来,何果儿还是没有一滴泪。她眼干心枯,哭不出一滴泪。她没有一滴泪安慰自己。

最后,终于,来到李菲菲身边。

李菲菲躺在重重挽幛、锦旗、花圈中,躺在香气馥郁的鲜花丛中。她,突然就躺进了这样多的陌生的荣耀中。"英雄千古""李菲菲烈士永垂不朽""永远怀念"。何果儿不认得这些巨大的字词,她不明白李菲菲为什么被它们包围着。她伸出手一一拨开它们,一步步靠近李菲菲。从来都那么高大须仰视才见的李菲菲,现在变得小小的、乖乖的,像一个小孩,静静地躺在那里,等着何果儿。

何果儿握住了李菲菲的手。从左手到右手,一根一根紧攥住了那曾经白皙细长的手指。这双手,在江城一中读初二那一年,她握到它们,便没有松开过。整整十四年了,从年少懵懂到青春相伴,何果儿从来没有放弃过李菲菲。她以为自己一直在拉李菲菲走,直到李菲菲终于快乐地跟上了她的步伐,直到李菲菲以更美丽的姿势走到了她的前面。

是的,她一度以为,李菲菲终于走到了前面。李菲菲挺拔、潇洒的背影是何果儿心头的欣慰,何果儿更愿意仰着头看那个在舞台上流光溢彩的李菲菲。可这是怎么了?转眼间,她不仅落后了,而且这样彻底地停下步子,这样永远地倒下。她再一次,无助地,让自己的双手任何果儿握着。

何果儿紧紧捧着李菲菲的手,想把自己身上仅存的热力传递到李菲菲手指无以复加的冰凉中。她一寸一寸地感受着自己的绝望。她第一次如梦初醒地发现,原来,自己这双手的紧紧相牵,在李菲菲的生命中,根本是虚妄的、缺席的。在江城一中的操场上,她眼睁睁地看着李菲菲像一道闪电扑向劫难,她的手无力拦阻。甚至,根本来不及准备拦阻。后来,在李菲菲一路的踉跄前行中,她哪一次的伸手是适时而至的,像自己以为的那样?

上苍,吞噬李菲菲的真的是一顶从天而降的英雄桂冠吗?在这之前,她到底经历了什么?她是怎样地走着,她一个人走了多久,才走到了那条黑暗的河流边?

何果儿俯下身,把自己的脸颊贴到了握在一起的两双手上。她感受到李菲菲的手心一点点渗出来的温热。是的,何果儿触摸到了她的温度、她的脉搏。何果儿甚至看见她轻轻地张开双唇,她的声音像眠歌像叹息温柔地响起,那熟悉的气息咝咝地吹动了何果儿披落的乱发,"果儿,我的心里空空的。我要是能跟着你彻底学好就好了,我哪怕是彻底学坏也就好了。可我学不了好也学不了坏。我很累。我总也看不到未来。"

菲菲,是不是,十多年来,你的心里一直说着这曾经说过的话?是不是,那种空从来没有被填满过?所以,你不断地破坏自己,你等不及地想要看见未来?现在好了,现在,未来已在眼前了。现在——当何果儿俯下身,最后一次那么近地凝视李菲菲的面容时,泪水终于决堤而出，一泻千里：这张美丽的脸、狠心的脸。这张恩断义绝、永远亲爱的脸啊。

菲菲，你，现在，终于彻底地学好了。

追悼会盛大、隆重、庄严，哀乐盘旋，黑幔重叠，鲜花围绕，从省、市领导讲话到各界群众发言再到众多媒体报道，呈现出井然有序的高规格。何果儿站在人群里，看着李菲菲父母被络绎不绝的人握手、慰问、致敬，他们用力地挺直着身体，他们悲戚的面容也越来越显露出"英雄父母"该有的样子。有那么一会儿，李菲菲父亲弓下腰，像是再也承受不住了，李菲菲母亲伸手挽住了他。这个女人，曾在丈夫最艰难的时候，在女儿最需要的时候，分开了握在一起的手。那一松手，便是天涯海角，万劫不复。

可现在，她那么近地站在他身边，她挽住他的手臂。因为共同的悲伤和骄傲，他们终于站在了一起。无与伦比的疼痛终于使他们再次成为亲人。

何果儿瞠目结舌，当听到主持人说"下面请李菲菲烈士生前母校江城一中代表致辞"时，一个发福的中年男人从人群中走出去，站到了麦克风前，他掏出西装口袋里的稿纸，缓缓开口：作为李菲菲烈士曾经的班主任……

班主任！是的，没错！何果儿全身颤了一下，她不禁用手抵住自己的额头。是的，班主任，何果儿认出了他。就是他，使李菲菲从一开始就陷于被歧视、排斥、打击；就是他，在李菲菲克服种种不堪杀出重围却功亏一篑时见死不救，生生将她推出了校门。现在，他却来了，他对一个过去的时代重新做了鉴定，他历证李菲菲从来都是江城一中,是他这个班主任的光荣。

何果儿感到胸闷气短,刹那间,她觉得自己就要失声喊出来:住口!李菲菲不需要你为她重新鉴定。但她只能强迫自己把目光从他身上调开。她已经很久没见到他了。就是在江城一中上高中的三年,她也是尽力地避开这个初中的班主任。李菲菲肯定是更久地不曾与他谋面了。是谁掘地三尺地找到他的?是谁让他言不由衷地表达写在稿纸上的敬意和悲痛?

但他的头发,确乎是灰白了。他的眼角,也真的流下了泪水。

何果儿仰起头,凝视挂在墙上的李菲菲的遗像。李菲菲明眸皓齿,笑靥胜花。她静静地注视着全场,注视着那些照相机、摄像头,注视着从未见过的父母并肩的情景,注视着她拼死相救的那两个儿童的悲戚面容,注视着终于被她的葬礼感动了的班主任。这满满一个大厅装不下的肃穆和热闹,她一一看过来。最后,她终于把目光定格在何果儿身上,她终于原形毕露,嘻嘻笑起来了,果儿,他们夸的那个人真是我?

> 当我辞别人世的时候
> 亲爱的,当我离开人世的时候
> 请别为我哀歌悲泣
> 墓上无需玫瑰的芳香
> 也不要松柏的茂密
> 就让绿茵覆盖我的躯体
> 带着雨水和露珠的湿润

如果你愿意,就把我怀念

如果你愿意,就把我忘记

我愿意忘记,忘记。是的,忘记。忘记是我唯一愿意做的事。

突然地,毫无思想准备地,遇到了彭歊。

彭歊一身黑色西服,随着吊唁的人群缓缓走出追悼会场的前厅。在拐角那一大堆就要被工作人员收拾掉的巨大花圈前,他停下脚步,沉默地站在蹲到地上无声啜泣的何果儿面前。何果儿抬起头,兀地看到了彭歊。彭歊的眼睛——装满了千人万人中不会认错的爱抚和安慰。

何果儿缓缓站起来。你怎么来了?你怎么知道的?眼泪比话语更迅疾、更密集地涌出来。

彭歊的眼睛也湿了。他低下头,半晌才平静着声调回答,你不知道吗?《晨报》《晚报》都登消息了,自然要来的。

我知道你很难过,可已经这样了,节哀吧。彭歊说,菲菲,她是好样的。

何果儿不说话,任由泪水唰唰地流过脸颊。她感受着自己心底对彭歊的万千歉疚。曾经的年少意气不复存在,剩下的只是难以言表的亏欠感。这一辈子,从小到大,为什么,她总是要如此地亏欠他?

彭歊目不转睛地看着她,眸子里盛不下的痛楚和爱怜。那眸子里的光就像是深深幽幽的海水,一波一波,要沉静地、温柔地吸纳她脸上的泪。

常翔东疾步走来,挽起何果儿的臂膀,果儿,咱们去后边,我听电视台说要采访李菲菲生前好友什么的,你肯定受不了,避一下吧。彭歆闻此言,也脱口而出,对,对,你去避一下。常翔东这才注意到彭歆,您好!您是?彭歆微笑,点头,我叫彭歆。常翔东有点吃惊地哦了一声,很了解的样子。两个男人在最短的时间里看似不经意地、认真地打量了对方。

彭歆说,果儿,你去吧,避一下。何果儿怔怔地望着彭歆,百感交集,你不必穿黑西服来的。你瘦了,穿黑衣服显得更瘦。其实,菲菲她不愿意我们这么严肃、沉重地和她告别。

菲菲她喜欢穿漂亮衣服。她喜欢我们大家都穿漂亮衣服。

彭歆站在原地,静静地看着何果儿随常翔东离去。泪眼迷离中,他又变成了那个远远的、亲亲的彭哥哥。

何果儿一直没有看到苗尘。听常翔东说苗尘自打等到李菲菲的遗体打捞上来以后,便没再在人前露面了。何果儿骂,他心中有愧,没脸见人!他是个懦夫,他不敢面对!大李哥一脸沉痛地说,苗尘也可怜得很!我今早给他送一点吃的过去,看他憔悴得简直不成样子了。他嘴里反反复复念叨几句话:是我害死了菲菲,菲菲水性那么好,她不该成为烈士!她不是烈士,她是让我害得走上了绝路!唉,我看苗尘是伤心得糊涂了,这种事哪能瞎说!

何果儿心内大恸,无语。

九月里,侯副局长成了正职,何果儿也被破格提拔为宣传科科长。侯局长很高兴,小何,我说了你总要独当一面的,现在信了吧?何果儿不安道,我觉得我升得太快了,很不好意思。其实,还有一些更有资历的人。局长,我不是假客气,我是真的觉得有些人挺委屈的。侯局长站起来拍拍何果儿的肩,小何,你还是和大学刚毕业时一样可爱。放手去干吧,别管什么资历不资历,你记住,论资排辈是没错,但更重要的是工作能力和业绩。

何果儿搬去独立办公室的那个下午,梁科长没来上班,显然是有意避着。何果儿临走时最后看一眼他的桌子和那只积着厚厚茶垢的茶杯,心里有点说不清的难过。小金殷勤地跟前跟后,不停地说,何姐,你走了我会想你的。何姐,你是何科长了,我还能不能叫你何姐?我能不能到你办公室一起吃好吃的?何果儿一一应着,感到莫名的烦厌。

常翔东说,何科长同志,今天怎么着也得为你的升官庆祝一下,去吧?何果儿恹恹道,有什么好庆祝的?你知道的,我高兴不起来。我今天去新科室,一个人坐一间办公室,一下子感觉空落落的。没有想象中的成就感、快感。一点也没有。常翔东摇头,何科长啊,你天性敏感多思,要想在机关工作里收获这些有点奢侈啊!你以后要粗粝一些,心硬一点才好。他长叹一声,唉,可怜!对一个梦想未泯的年轻人传授这样的人生经验,有点残忍啊!何果儿不屑道,哼,说得好像你有多大年纪,有多少人生经验似的!

常翔东突然正色道,我是没多少人生经验。可是,果儿,我的年纪倒真的不小了。三十而立,我这也就要奔三十了。果儿,咱们结婚吧,我不想再这么晃荡下去了。

果儿猝不及防,一时间头都大了。待缓过神来,她故作轻松,怎么,你这是在求婚?常翔东说,算是吧。当然,如果,你以为应该有更正式的仪式,更标准的姿势,我愿意再来一遍。不对,是必须再来一遍。咱们认识四年了,我准备求婚已经三年了。果儿,我什么都准备好了。

果儿缓缓起身,去洗一盘刚买来的玫州蜜桃。她不知道如何面对常翔东殷殷的眼神。水声哗哗,像此时此刻的心境,嘈乱,逃避,却也有喷溅的喜悦。咝咝的幸福感若有若无,游过她的神经。是的,她知道他准备好了。可是,自己呢?就这点喜悦,这点疑似幸福的感觉,对得起他的准备吗?婚姻,该是比爱情更为瑰丽盛大的一件事,面对它不该有如此多的惶惑和茫然吧?

终于,果儿开口,我觉得我还没准备好。你给我一些时间考虑吧!我会给你一个答复的。这段日子,你专心准备你的画展,不要来找我。

常翔东的双眼是深刻的受伤,但他依然和往常一样,笑着点头说,好,就这样,我等你。离去时,他的脚步已迈出了门,却又回头说了一句,果儿,不必顾虑我,你只需考虑你自己。你要百分百地遵从你自己的内心。我爱你,我希望你既不入错行,也不嫁错郎。

这是她升职赴任的第一天,他本是来祝贺她的,到头来却为什么说这种话?入错行,入错行!何果儿重重地念叨着,把一枚蜜桃气恼地砸到了常翔东刚扶过的门把手上。

和家里通话,爸爸自然是高兴得不行,我就知道我女儿前途无量嘛!多少人奋斗一辈子也就一个科级干部,你这才工作几年就走到了这一步,可喜可贺!何果儿心里涩涩的,听着爸爸日渐老去的声音。嘉奖完了,爸爸照旧是以"戒骄戒躁""有则改之,无则加勉"结束,果儿嘴里嗯嗯地应着,两只脚不自觉地立正并拢了。

电话换到了妈妈手中,话题立即也被更换。果儿啊,工作上有进步当然是好事,可是妈妈放心不下的还是你的个人问题啊!你和小常也处了不少日子了,你哥哥姐姐们见过他面了,都还印象不错。前几天你姐跟我说,小常连房子都收拾好了,既然这样,咱们现在该把你的事提上议事日程了。这样吧,你最近领着他回一次江城,见见爸妈。

何果儿蒙蒙的,还是感觉不出妈妈口里说出的这件事离自己有多么切近。她说,妈,你不要这么催好不好?人家还没有准备好。妈妈的声音一下子提高了,是谁?谁没准备好?你,还是常翔东?何果儿,你别想着现如今你长大了,翅膀硬了,在外面混出名堂来了,就由不得娘了!你现在就跟我说清楚,你还要准备什么!你还有什么可准备的!

何果儿气恼地挂了电话,但妈妈的声音犹在耳边,挥之不去。突然又想起多少年前妈妈逼姐姐和姐夫的情景,何其相似的情景。何果儿简直有点想笑了。为什么,明明是好端端的自由恋爱,到头来却都给整成了父母之命?

好在常翔东一诺千金,真的不再相扰。他静静地等着她的答复。

侯局长带何果儿和办公室的刘主任到北京出差。他说,何科长,现在不比以往了,这种出差下乡的工作任务要多起来,可能辛苦一些,你要适应。何果儿说,侯局,您还是叫我小何吧。侯局呵呵地笑起来,很愉快的样子,好,好,还是叫你小何!

他们住到了后海边的一家星级酒店,房间宽敞,打开窗帷,一派天高水阔的气象。侯局长说,你好好休息,睡到自然醒,明天早餐我们就不叫你了。何果儿纳闷,自然醒?那咱们几点出门办事?侯局长说,明天上午暂时没有你的工作,我和刘主任去就行了。唉,不到北京不知衙门深似海啊,搞个批文盖个章太费劲了,还不知几点能回酒店呢。你自己睡醒了就出去玩玩看看,不远处就是南锣鼓巷,那里尽是女孩子喜欢吃喜欢看的。

何果儿真的睡到了八点半自然醒,心情大好。自李菲菲走后,整整半年了,她没有睡过这么香的囫囵觉。连日来纠结不清的太多困扰,似乎都远远地留在了玫州,只让她神清气爽地面对京城。侯局长还说出差辛苦,简直让人羞愧啊,这么好的酒店,这么好的餐点,而且,不需要工作,可以自由游逛,天哪!何果儿快乐地跳起来,这就出发!

侯局长亲切体贴的话语像北京城的第一抹阳光,暖暖地引导着何果儿踱到了南锣鼓巷的碧瓦红墙下。悠长深厚的老北京风韵次第绽开,活色生香的烟火气扑面而来,第一时间就俘获了何果儿的心。她几乎是蹦蹦跳跳地从一个摊子吃到另一个摊子,出了一个小店门,又立刻推开另一扇花花绿绿的门。

中午一点三个人会合时,何果儿大包小包地回到了酒店,她说,午饭我是吃不下了,街上一通乱吃,都吃撑了。侯局长说,找到什么好吃的了?一个人吃独食也不给我们带点。何果儿急着分辩,其实也没有什么特别好吃的,就是这个吃一点,那个也尝一下,一路吃过去就吃多了。有好吃的,也有的东西咱们玫州没有,一尝,我的天,难吃死了!侯局长哈哈大笑,转身对刘主任说,你看,这小何简直还是个孩子呢!好吧,那午饭咱们从简,待会儿老刘你出去办事,下午我就休息一下,晚上我请你们俩吃大餐。

刘主任走了,侯局长说,小何你想再去什么地方,我陪你。何果儿纳闷,您下午不是要休息吗?再说了,我还什么工作都没干呢,不能老逛吧?侯局长笑,现在正是北京最好的季节,光顾着工作对不起大好秋光啊!咱赏秋去!走了几步,他停下来打量何果儿,你上午不是买了很多东西吗?怎么还是这身严肃的打扮,难道没买几件漂亮衣服?何果儿说,买了,我买了一件连衣裙、一条长裙。侯局长点头,这就对了,我就知道咱小何又贪吃又爱穿!上楼去换上漂亮的裙子。我这有相机呢,专门背来给你拍照的。

侯局长问,咱们去哪儿呢?你是大才女,肯定想去鲁迅故居那样的地方吧?何果儿说,去过了,前两次来北京都去鲁迅故居,今天去大观园吧。侯局长拍手,好!咱去看林妹妹的潇湘馆!小何,你知道吗?俺也是陈晓旭忠实的崇拜者哦。

侯局长眉目间全是愉悦,语气里多出来平时在单位里从没有过的俏皮。离开那座办公楼,他变年轻了,这使何果儿更轻松。坐在出租车里,俩人心里装着大观园,情不自禁地齐声哼起"开辟鸿家,谁为情种……"

不承想吃了个闭门羹。大观园门口人烟稀少,一派清秋的寥落,管理处说园子正在维修,准备到下个节庆再开放。侯局长说,别沮丧,小何,咱们下回再来北京,首站大观园,就这么定了!现在听我的,咱们去植物园,给你拍几张美美的照片。然后呢,你今天不是没吃着鸡蛋吗?咱们干脆去看看那只下蛋的鸡得了!知道吗?曹雪芹同志的故居就在植物园呢。

植物园一树一树的黄,一树一树的红,一树一树的黄绿相间,满世界浓得化不开的颜色,怎一个斑斓了得啊!何果儿撒开步子,在林荫道上欢奔起来,从一片树林到另一片草坪,从张开双臂纵情开怀到湖边凝眸沉思,侯局长手中的相机咔嚓咔嚓地记录着何果儿走过的每一处。他跟在她身后,抢在她前面,定格了她每一次的笑靥,每一缕拂起她裙角的风。他太投入了,深秋的天气里,他的额头起了微微的汗。何果儿说,侯局,够了,够了,拍得太多了,不用再拍了,您休息。侯局说,你别管我,你只管赏景就是了,这样自然。我买了两卷柯达,两卷富士,我不愁没胶卷,你还怕没表情吗?

时近黄昏,何果儿说,侯局,现在您纵是再有多少胶卷,我也绝对没有一丝表情了!侯局笑着装起相机,也罢,也罢,本人今天也算领略够了你的千娇百媚了!终于,两人在黄叶村的石阶上坐下来。

高而远的天空,蓝到湛蓝通透,斜阳从西山上漫下来,仿佛被浸染成了七彩,那迷幻的光晕水一样漫过他们。火红的枫叶、金黄的银杏叶,一片片飘下来,像慢镜头摇曳不绝,簌簌地落到了草地上。空气中有一种无比清新、旷远、静谧的感觉,让人沉湎于一种久违的陶醉中,感动不能语。

这么好的地方,如果能和章蕙、李菲菲一起来玩就好了。如果能和——何果儿惊觉地勒住了思绪的信马由缰。是的,她想到了常翔东。可是,她想到的为什么不是常翔东一个人?当他的名字和其他人的名字一起出现在她美好的寂寞中,这难道是她想念他的正确方式?

侯局长说,小何,怎么突然间叹起气了?不高兴了?何果儿摇头,没有不高兴,只是,天空万里无云,如同我的悲伤。侯局长拍手,好精彩的句子,真是大才女!何果儿还是摇头,不是我的句子,是海子的。侯局长看着她,眼里满满的欣赏、关切和怜爱。这眼神是何果儿已然熟悉的,但此刻,它添了一种更尖锐的光亮。这过分的光亮,蓦地使何果儿有了一种异样的不适感。

但侯局长收回了目光,声音是一如既往的长者风范,小何,最近怎么没见小常来单位接你啊?你们没出什么问题吧?你可是咱们文化局的大才女、大宝贝,要是他欺负你,你告诉我。何果儿说,谢谢侯局关心,他挺好的。这段时间他忙画展,太忙了。侯局长哦了一声,少顷,又问,这么说,你们发展得很平稳,定下了?何果儿艰难地开口,侯局,我是信任您的,我不知道怎么跟您说,他是定下了,可我……侯局长问,你不愿意?你什么情况?何果儿答,我也不是不愿意,但我拿不准自己是否和对方有对等的投入。我需要自己付出一份纯粹的感情。侯局长沉默地望着远山,慢慢开口,小何,这就是你的与众不同。一般女孩子恋爱时都置疑对方投入够不够,付出多不多,你却要求自己。何果儿低下头,我必须要求自己,侯局您不知道,其实我在大学里谈过一次恋爱,最终是我辜负了别人。所以,现在我想要一份让自己义无反顾的感情。侯局长说,可是,你想过吗?这样的感情也许会让你受苦。何果儿说,我不怕受苦。侯局长说,我听明白了,你对小常,还没有不顾一切的感情,对不对? 小何,我倒觉得这没什么可烦恼的,你还这么年轻,大海扬帆,前途无量,也许最好的还在后头,不必着急上岸。

这是何果儿第一次和单位同事谈论工作以外的事。侯局长是从一开始就关心、赏识、提携她的人,她对他怀着自然的感激、信任和敬重。但尽管如此,她还是不愿再深谈下去,她知道自己其实一直都怯于对人袒露心迹。而且,侯局长最后那句话其实并不对她的心思。他说他明白了,可终究是不明白的。

何果儿说,侯局,咱们该走了。您不是说好要请我和刘主任吃大餐吗?侯局长起身,对,向大餐进军!他伸手拍拍何果儿的肩,小何,今天你能这样推心置腹地和我谈话,我很高兴。我不仅是你的领导,我也希望成为你的朋友,以后无论工作还是生活上的什么事,你都可以找我说的。

他的手拍在她的肩上,超出了应该滞留的时间。他以往也拍过她的肩,也经常拍其他下属的肩,他是那种威严和亲和力兼具的领导。但此刻,他的手,他的五根手指,在她的肩上,传导出一种陌生的劲道和热力。何果儿一怔,随即迈步向前,貌似自然地抖搂了那只手。

晚餐在酒店顶层的中餐厅吃,菜品精美,环境优雅,窗外万家灯火与星空交织,感觉整个北京城都在眼前璀璨。一切令人愉悦。侯局长又是为何果儿夹菜,又是向刘主任敬酒,平易近人得让两个下属都不好意思。他回忆当年在北京的大学时代,感慨物是人非。又说了些官场流行的笑谈趣闻,逗得他俩直笑。谈笑中,何果儿回想起了下午的事,暗暗内疚,自己真是太神经过敏了,太小家子气了,碰到这么好的领导应该庆幸才是,怎么还会心存芥蒂?她一向讨厌女孩子自作多情,动辄说这个对自己示爱,那个对自己有意,现在她怎么也变得这么多心,这么俗气!

尽管气氛融融,侯局长还是和以往一样节制,不贪杯,刚到十点,他就果敢地站起来,良辰美景终须散啊,你俩回去休息,我该去准备明天交流会上的发言了。何果儿不安道,唉,那应该早一点准备才是,都怪今天陪我去外面玩,耽误了您的时间,现在我们要休息了,您还得加班。侯局长一挥手,还早呢,我虽比不得青春少年,但也不是到这个点就得上床睡觉的老朽吧?

如果时间停驻在这一刻的欢喜作别,定格在侯局潇洒的手势上,该多么好。然而,何果儿回到房间不到十分钟,就接到侯局长电话,小何,你来我这里帮一下忙吧,我的发言稿需要你这个女秀才润色润色。何果儿匆匆束起头发跑出门,手刚摁到侯局长房间的门铃,门就悄然大开了。

侯局长穿一身雪白的浴袍,立在门后。不容何果儿出声,他迅疾地、暴烈地伸出双臂把她揽到了怀里。

上午十点,刘主任敲开何果儿的门,何科长,侯局说你的工作已完成,单位上还有事,你就先回去。他掏出火车票,尴尬得不知眼睛要看哪里,何科长,按差旅报销制度,咱俩的级别不能乘飞机,所以、所以我给你买好了今天下午三点的火车票,我和侯局还有事,就不送你了,待会你去自助餐厅吃了午饭再走吧。

哐当,哐当……这是火车在匀速前进,咔嚓、咔嚓……这是火车在撞击轨道。呜呜呜……这是火车又驶近了一个站点。漫长的路途,漫长得似乎永无出头之日。何果儿细数这轮番出场的各种声响,似睡又醒。这些单调重复的声音起初像铁锤一下一下打击着她的心脏,慢慢的,它们便只是一种背景噪音,一波一波缭绕在她的耳边。她在这眠歌般的行进声中,慢慢地冷却了灼热的愤怒,慢慢地消退了潮涌的委屈。回想起到玫州文化局的几年时间,一切像电影从眼前真切地掠过,却又是离散的、零碎的,连缀得不成整体,看不出意义,是一部三流的意识流电影。曾经,有关人物也是隆重亮相的,谁承想会以如此不堪的形象狼狈退去?何果儿再也哭不出一丝泪,她感觉到自己的嘴角有冰冷的嘲讽,却不知道那嘲讽是对别人,还是对自己。

刘主任出差回来上班一周后,侯局长才到单位来。财务科的杨科长在卫生间里神秘兮兮地对何果儿说,知道吗?侯局上周说是重感冒在家休息,可我觉着不像。我今早去找他签字,发现他脸上有两道伤疤,侯局肯定是和他老婆打架了!伤疤看上去差不多快好了,但还是看得清楚那是女人的指甲抓伤的!见何果儿不语,她又凑得更近,说,何科长,你不是也跟侯局去出差了吗?你听没听说侯局讲他的家事啊?他怎么就被老婆给破相了?何果儿作答,对不起,我对人家的家事不感兴趣。杨科长脸一僵,扭身把水龙头拧到最大,哟,瞧我这记性!我忘了你和我们是不一样的,你有才,你清高,你怎么会对我们凡夫俗子的话题感兴趣!何果儿不屑还嘴,转身出门又听到身后说,德行!一副平步青云的样子!还说不上侯局长老婆为什么和他打架呢!

下午下班前,侯局长召见何果儿。何果儿知道面对是必须的,便即刻起身去叩响了他的门。她和以往一样,站在他办公桌前问,侯局,找我有什么工作吗?侯局长抬起头,艰难地让自己的目光与何果儿对视。他有点发愣,好半天才开口,小何,你倒是历练出来了,演戏似的。何果儿不语。侯局长整理桌上的文件,又啜了一口茶水,才终于下定了决心似的,一口气说,小何,我向你道歉。两个层面的道歉,一为自己那晚的酒后失态,二为事后让你一个人坐火车回玫州。我不该那样报复你。不,不是报复!其实是我没脸见你才那样做。这个真的是太没风度、太小家子气,简直让我无地自容。何果儿正色道,侯局,怎么反倒是第二件事让你无地自容?我的级别不够坐飞机,坐火车回来是正常的。您这是小题大做还是避重就轻?侯局长定定地看过来,眼神恢复了以往的沉稳和犀利,不是避重就轻,我以为第二件事不符合我做人的准则,为此我很抱歉,很后悔。至于第一件事,已经发生了,过去了,咱们就吸取教训,以此为鉴吧。何果儿没想到侯局长会这样轻描淡写,她的胸口突突地蹦起来,侯局长,我要吸取什么教训?我想知道我做错了什么!

　　侯局长的表情有点难看,但看得出来他在极力地抑制自己,丫头,你以为你那样对我就是合适的?你以为是你一只利爪击退了我?要是我豁出去了,要是我使强,你能挣脱?太天真了吧!何果儿说,所以,您认为您很君子风度地为第二件事道歉后,我也应该就第一件事向您道歉,对不对?我就是失身,也不应该去抓上司的脸,对不对?而且,我还应该感谢您,感谢您最终没有强暴我,没有以武力制服我,对不对!

侯局长呼地站起来,盯着何果儿。何果儿迎着他的目光,感觉自己的双眼就要喷出火来。好一阵对峙,最后,侯局长避开了,他坐下去端起茶杯,小何,我不是这个意思。我没有责怪你。我只是很羞愧。我以为,有些事,你是感受到的,我绝不想施暴,甚至,那晚,也不完全是酒后乱性,说情不自禁更准确。小何,我是喜欢你的,我一直都是喜欢你的,你知道吗?

何果儿看着侯局长颓然的样子,她不再义愤填膺,取而代之的是巨大的失望、沮丧和挫败。她克制着自己的泪,慢慢说,我知道,您喜欢我,我更知道,自己信任您。我一直相信您和我在这座大楼里,是可以超脱于那些可恶的官场规则,那些俗套的办公室故事的。可我们还是走到了这一步,再也回不去了。

侯局长绕过办公桌,站到了何果儿面前,小何,果儿,你这是什么意思?我喜欢你,和这座大楼,和官场有什么关系?莫非你以为我在以权谋色?以权压人?何果儿深深地看进他的眼睛。他脸颊上的那两道抓痕,隐隐刺痛她的心。她无言退后,离去。听到他在身后激愤地喊,我本将心向明月,奈何明月照沟渠!

下班以后的办公楼静悄悄的,偶尔传来哪个房间无人接听的电话铃声,在空荡荡的过道里回响着。何果儿伏在窗台上,茫然地打量着外面的楼群和街道。夜幕一点一点降下来,城市的灯火一点一点亮起来。城市的夜晚永远比白昼更好看,更让人感到孤独。何果儿不知道这样的孤独开始于哪一天,她只是觉得在万家灯火的包围中,自己身处的这座楼就像座荒寒的孤岛。而自己,一点都不知道走出这座楼又该往城市的哪个角落。没错,在玫州,除了这座大楼,她还有一个小房间。可她为什么要回到那里去?那里有谁等着她?何果儿无法阻止地想念亲人和朋友。爸妈、哥姐、乐乐、欢欢、茜茜,他们都不在这里。章蕙,也不在。甚至,蓝思敏、李苏她们。

李菲菲,她,曾经在过的。

整个玫州,不就是一座空城,一座伤心之城,一座车水马龙的孤岛吗?

尽管,她知道常翔东在。他一直都在。尽管她越来越多地发觉自己其实也是思念他的。尤其在这样的时候,当整个办公楼里哑寂无声时,当暮色喧嚣着映亮她窗里窗外的孤独时,当某个角落突然惊心动魄地响起电话铃声时,她愿意那是他。有几次,她都跳起来冲向电话,她以为那是他。原来,她是如此期盼他的声音。她愁闷时一遍遍回想他舒朗、笃定的男中音。他曾经讲过的笑话,突然浮到脑海,她依旧忍不住一个人笑出来。

只要、只要她愿意,他便会出现在她身边。可是、可是谁能断定,这样的思念是因为爱,一种纯粹的爱,而不是因为寂寞、软弱,因为不能习惯一个人独处,因为这座楼里越来越图穷匕见的冰冷?

何果儿一次次地摁住了自己的召唤之手。一次次,她固执地想要更看清自己、理清自己。

但这不是一件容易的事。

他们已有两个月没相见了。何果儿去看他的画展,有意躲开了他。这期间,常翔东派人送过两次东西。一次是整箱的苹果和剥了皮的青核桃,一次是鲜榨的胡麻油、土豆和一大瓶麻辣调料。

这些东西摆到了何果儿的小屋里,立即使小屋有了活色生香的感觉,仿佛那个挥舞着铲勺就像挥舞着画笔一样洒脱的人,就要随之闪亮登场。

但他没有。

然后,是一大抱鲜花。红艳欲滴的玫瑰,润嫩似玉的白桔梗,被蓝紫色勿忘我簇拥着,满满一大抱浓得化不开的颜色。何果儿把脸埋进鲜花中,听到自己怦怦的心跳声。一个声音在对她说:就这样吧。就这样了。

一切近似于完美。常翔东,和他所做的一切。就这样吧!还要怎样?

一丝细细的刺痛从脸颊弥散,何果儿抬起头,触到她的不是玫瑰的花刺,而是一张插在花枝中的彩色卡片。它有着和勿忘我一样的颜色,别出心裁的构图和画面显然是出自常翔东亲手所为,两行红色的字布于其中,像绿草丛里晶莹欲滴的野草莓,像许多颗呼之欲出的红心同时发声:如果爱注定不能相等,就让我成为爱得更多的一个。

何果儿久久地盯着这两行字。捧花入怀的迷醉慢慢消退,重重的失落攫住了她的心。如果爱注定不能相等——是的,也许。可为什么,那爱得更多的一个,不能是我?除了感动,除了领受,我怎样才能让自己经历更彻底的奉献和付出?

又一个忙忙碌碌又浑浑噩噩的日子。临近下班时,电话铃响。你是何果儿吗?一个年轻女孩的声音,怯怯的。何果儿答,我是,请问你哪位?对方不说话,但何果儿听见了她急促的呼吸声。好半天,那边突然带着哭腔叫了一声,果儿姐姐!

果儿姐姐,我是康楠的妹妹康梅。

心口似乎被莫名的东西所击中,痉挛似的疼痛。康楠,在听到这个名字的一刹那,何果儿有点喘不过气来。康楠,他怎么了?为什么是他的妹妹找她?

你有什么事吗?康楠,他在哪里?他回玫州了?何果儿稳住神发问。康梅不应,话筒里传来低低的啜泣声,极压抑的悲痛。何果儿的心在康梅的啜泣声中一点点地沉下去,沉下去。

果儿姐姐,我哥,他死了。终于,康梅说。

是肝癌。住院手术三个月后就死了。已经一星期了。今天是我哥的头七。

肝癌。死了。已经一星期了。何果儿一字一字地想着这些话的意思。可还是不明白。死了?死了!怎么就死了?为什么告诉我?为什么才告诉我?

康梅不哭了。她突然问,果儿姐姐,你结婚了吗?

没有。

那……那你有男朋友吗?

何果儿神思恍惚,回不到康梅的问题中来。她喉头发紧,感觉到嘴唇在迅疾地干裂。而康梅的声音激动起来,果儿姐姐,你不说话是不是还没有男朋友?你为什么还没结婚?今天我打电话时就想好了,如果你结婚了、你已经有男朋友了,后面的话我就不说了。

后面的话?你要说什么?

我哥,他一直爱着你。一直到死。他想唱出名,他想让你的家庭接受他,他想让你骄傲地把他带到你的生活圈子中去。可是,果儿姐姐,你不知道,我们家对我哥的拖累太大了。我们把我哥拖累死了。

果儿姐姐,你怎么不说话?你哭了?你是喜欢他的,对不对?要是你在,我哥他就不会死了。康梅又开始低低地抽泣。

对不起,小妹对不起!你还有什么话要说吗?何果儿快要虚脱了。康梅说,你给我一个地址,我哥留下的东西我去寄给你。你留个纪念吧。

本来就是你的东西。我哥给你的信,好多信,他一封都没寄出去。我数了,总共二百七十一封。还有他给你买的磁带和一些东西。

七天后,何果儿收到了沉沉的包裹。又是七天。康楠,离开这个人世,已经整整两星期了。

夜里,何果儿打开包裹,最先灼伤她的双眼的是一团红。一顶帽子,一条围巾,都是红色的。红得不打一丝折扣,像火,像血。一件真丝的连衣裙,荡漾着水也似的滑润,湖蓝色的底子上,撒着些淡淡的细碎的藕粉色的花蕊。何果儿对着镜子穿上了裙子,长短肥瘦腰身都刚好,显得特别修长而飘逸。呆愣了好一阵,她戴上了帽子,在领口缠上了围巾。于是,镜子里出现了一个怪异的形象。灯光把她的影子投射到墙上,像一个身形僵直、步态晃悠的鬼。

磁带多半还是齐秦的歌,几乎是齐秦所有的原版。其余是苏芮的。齐秦和苏芮。天亮时,何果儿把它们都锁进了柜子。又过了一天,她拿出了那些信件。康梅说得没错,她一封一封数过来,是二百七十一封。其实也不算多,好几年了,好几个三百六十五天,才二百七十一封信。而且,每一封信都不长。

果儿,你毕业走了,我感觉整个玫州城都空了。我整整躺了三天。我无法接受这城市竟然会没有你,但我同时又清醒地意识到自己的荒唐。就算你一直在玫大校园里,就算你将来一直要生活在玫州城里,你也属于别人的生活,是我只能永远远远凝望的风景。既然如此,我又何必耿耿于你的离校呢?唉,只愿那个男人给你幸福!愿你无论在什么地方无论干什么,都能幸福。

果儿,我今天向苗尘打听你的毕业分配,才知道你和彭歆分手了!你和他分手了,为什么不告诉我?为什么大家都不告诉我?一时间,我真有点热血澎湃。我真想立刻冲向车站,驶向你的江城。可当我路过玫大,当我再一次看到一些年轻的骄傲的身影来来回回在你我当年走过的路上时,我的情绪慢慢平息下来了。果儿,你我相识在这里,我比彭歆更早地认识你在这里,阻挡在你我之间的从来都不是彭歆。我眼睁睁地看着彭歆拥有了我爱的人,而自己没有任何能力去赢回。如今,他退出了你的生活,我就有了这种能力吗?我凭什么站在你面前?我以何面目出现在江城你的父母、亲友面前?

果儿,这样的领悟让人痛彻心扉。我想,我必须对自己的一切做个梳理。我必须得知道,接下来走哪一步。你在玫州时,我其实一直怯懦得要命。有时绝望,万念俱灰;有时又耽于幻想,心存侥幸。我始终不敢面对现实,面对自己。现在,你走了,而且,你和彭歆分手了,这貌似是一次新的机会,但更像是再一次的打击。我既然没有去往江城的资本,也便没有了在玫州苟且的理由。果儿,我没有退路了。我得行动起来,不管去哪里,我必须得出发。

果儿,广州热得要命。你知道我在干什么吗?活活笑死你,我找的工作是推销电梯!一部电梯,几百万的生意,要是干成一桩,我可就发了!当然,干了一星期,一部也没推销出去,一分钱也没挣上,反而搭上了很多车费、电话费。不过你不用替我发愁,我已经找到了可以养活我自己的活儿,还是老本行,晚上我在三家夜总会唱歌。累是累点,可我既走到这一步,还能偷懒吗?

果儿,今天晚上,我特别想你。这样的话,当着你的面,我一辈子都说不出来。可现在,我只是对着自己,所以,它自然而然脱口而出了。今晚在最后一家夜总会唱歌时,因为白天太累了,又连着唱了两家,所以才刚唱了一首,嗓子就嘶哑了。忙着跟观众说对不起,但还是有一个胖子冲上来推推搡搡、骂骂咧咧的,我们乐队就和他干起来了。最后,老板给那胖子点头哈腰地赔不是不算,还免了全部的单,但跟那个胖子一伙的一个女人还是不依不饶的。果儿,为什么世上竟然会有这么恶劣的女人！我自己自小在城市底层生活,这些年来又在各种地方混生活,我不是没经历过这些丑恶的人和事。但今晚,因为想起你,便觉得自己很软弱,很委屈。我当然被这家夜总会开掉了。我伤心的不是这个,我是想如果你看到我的样子,看到我过着这样的日子,你定然是难受的。可我最不愿意看到的就是你对我的不忍,你的怜悯。所以,我不能顾影自怜,我要加油,赶紧走出这个最艰难的起步阶段。

果儿,现在我晚上不用再赶场子了,我只在一家干,但薪水超过了以前三家的总和。你就为我高兴一下吧,我在这个圈子里也算是唱出了一点小小的名气。不过,距离我的梦想还太遥远了,所以,我得非常努力地提升自己才是。可是,你在哪里？难道你一直在江城吗？你上班了吗？我没有一点你的消息,真是日夜担忧。

果儿,分别整整一年零九个月了。现在是冬天,广州还是花红柳绿的,我烦透这里了,多么单调乏味的地方啊！想起北方的雪就像想起你一样,让人惬意,又加倍地让人焦渴难忍。玫州现在冷起来了吧？我想念玫州。你回到那里,它才更像是我的故乡。你总是很怕冷,我给你买了一条围巾、一顶帽子,都选了红色的。我不知道我是否有勇气把东西寄给你。记得咱们第一次见面时,你上台唱歌穿了一双红靴子,那么漂亮。后来,外面下雪了,在雪地上显得更漂亮。这初次的印象太强大了,以至于我总是先入为主地认为红色最配你。其实你穿什么都好看。

果儿,我的小妹九月份上大学了,我特别高兴,本来联系好了要出歌的钱就先给她交学费了。老二的学费也一直欠着,这几天才交上,总算松了口气。你不会厌烦我跟你说这些吧?果儿,我知道你现在还是一个人。大李隔那么一阵子会给我打个电话,有时会聊起你。他知道我想打听你的消息,但他总是貌似不经意地提起你,什么也不说破。他说你们很少见面,说你成熟了不少,但整体上还是老样子。苗尘这家伙,已好久没联系我了,他和李菲菲还稳定吧?果儿,既然你现在单身,我觉得我还是有机会的。但我时时感到紧张,你那么优秀,你身边总有那么多优秀的男孩子,我怎能不紧张、不自卑?有时我想我回玫州算了,不管怎样,回去能看见你就心满意足了。可冷静下来又觉得没脸回去,我在南方晃悠了一圈就有了重新出现在你面前的资本了吗?我依旧两手空空。我一天天地回想着咱们在一起的情景,那么多的机会,好像都被我错过了。可是若时光倒流,我想我还是老样子,还是只会那么傻傻地陪着你走路,给你那些同学唱唱歌罢了。不是这样,我还能怎样呢?果儿,我觉得我们之间的距离,是任我怎样努力也填补不上的。

果儿,知道吗?我见到李菲菲了。是我看到她在广州的演出海报后,专门找到她的。她是你的好朋友,去见她就像是要见你一样,我简直感到一种巨大的迷醉。她还是那么光彩照人,虽然神情中有抹不去的倦怠。我迫不及待地想听她说你。我甚至把自己之前没有勇气寄出去的信和一些东西也打包带去,要让她捎给你。我好想从她这里得到一点鼓励!可是,她在最短的时间内击碎了我的幻想。李菲菲说你身边现在有了一个男孩,是个画家。虽然你还难以定下来,但大家都觉得他很不错,挺适合你。李菲菲说,康楠,我很感动你这份痴情,可是你敢现在回去向果儿求婚吗?如果不能,你就没有权利打扰她,她应该开始新的生活。分别时,她还说,她不会把和我见面的事告诉你。我沮丧极了,我甚至都有点恨她。李菲菲,这么漂亮的女孩,心却好硬啊!

当然,她是真心对你好,才这么对我。其实,我也想通了。是我太自私,说到底我还是考虑自己多了点。对不起,果儿,只要你好,什么样的结局我都能接受。我不打扰你,但愿那个画家能给你幸福。无论何时何地,你的幸福都是我的安慰。

那么,从此,我这些断断续续写下来的信便更没有理由让你看到了。可是,果儿,我已经习惯了跟你说话。就让我说给自己听,仿若你在听一样。

果儿,我又被炒鱿鱼了。昨天晚上,几个年轻人点唱齐秦的《空白》,我拒绝了。我说过,那是我唱给你一个人听的歌。没有你的场合,绝不再唱。我说其他的唱什么都行,可那些人非要我唱《空白》。闹了好一阵老板来了。老板说,你以为你是谁,你想要大牌到CCTV耍去!像你这样会哼哼几句调调就来讨生活的人,我一抬脚能踩死一大片。果儿,你大概永远都不会碰到这种腔调、这种声气的人。人和人是如此不同。老板想开我不是一天两天了,他特别恨我,只是点我的人很多,他一时找不到比我更能给他赚钱的人。现在是我得罪了顾客,他也就趁势踢人了。他是个坏种。果儿,有些话我不想对你说,你不知道,这世上有怎样龌龊的人。

你放心,我很快就能找到新的活。我一天都不能停止挣钱。我妈最近又病了,妹妹说我妈忍着不去医院,害怕花钱。弟弟大三了,也该为自己的前途做点准备,可他课余在打工,我真不忍心。妹妹也极懂事,年年拿奖学金,但不给自己添一件衣服。果儿,你怕是难以想象这样的生活。我不是怪你,别说你,连我自己小时候也是被惯着的。我叛逆,天天喊着要唱歌,要追求梦想。一直到父亲没有了,我才看清了自己的处境。我只能补偿,替父亲管好这个家。我不能让弟弟、妹妹重复我的路,他们必须好好念书,以后在一个干干净净的地方上班,和你一样。果儿,我曾经是桀骜不驯的,我鄙弃朝九晚五死水般的生活。可为什么,付出了这么多,现在有时觉得反而是自己的生活离梦想越来越远了?

果儿,我在这家迪厅上班已有两个月了,薪水也还可以。我还签约了一家演出公司,常去外面演出。有时节目会请到一些大明星,他们随便来唱一首歌,就拿着几十倍于我们的钱走了。这就是人们常说的走穴。那些明星,我想他们也都是和我一样艰难起步的吧,但现在个个颐指气使,眼皮都不朝我们抬一下。我烦这些人,这个圈子里太多没有文化的浅薄之徒。不过也有我很喜欢的人,你猜我见到谁了,陈汝佳!他唱得和磁带上一样好,而且,气质那么出众。

最近去了好多地方,在苏州,我给你买了一件真丝连衣裙,我看漂亮,同去的阿芳也说漂亮,你会喜欢吗?阿芳是一个唱甜歌的姑娘,前几天她说喜欢我,还说给我们伴舞的几个姑娘也喜欢我。她说我不唱歌时整个人特别阴郁的感觉,让人难以接近。我是个阴郁的人吗?我并不想变成那样。阿芳很真诚,我便跟她讲了你,讲了自己的感情。当然,没有讲你我如今音讯全无。她说,怪不得你这么高高在上不理我们,原来有一个大仙女在等着你呢。你就一直这样守身如玉吧!我们不会再骚扰你了。

果儿,阿芳的话让我胸口隐隐作痛。如果这是真的,就好了。哪怕,我自欺欺人,相信这是真的也好啊。可我的内心是如此空虚。我向往的一切,我醒着、梦里期盼的一切,离我如此之远,如此虚幻。我仿佛第一次,这样清醒地意识到自己的爱情是空谷回鸣似的让人绝望。可是,果儿,我无法原谅自己的这种感觉。我宁愿长醉,不愿醒。如果这样的感情都是虚幻的,那么这世界上还剩下什么可以称之为真实?果儿,你是我最后的、唯一的真实。

果儿,我越来越不能容忍身边的环境,环境也越来越难以包容我了。无论是什么样的演出,他们都让我们穿稀奇古怪的衣服,身上缀满乱七八糟的亮片。这些还不算什么,主要是那些晚上的客人,总会有那么多的互动要求。他们兜里有钱,做人便没了样子。但我是坚持的,我已经坚持这么久了。坚持不唱我不愿唱的歌,不说谄媚的话,不做恶心人的动作。果儿,我这样做,是因为心里有你。我永远都忘不掉最后分别时,你哭着骂我为什么要留长头发的那个样子。那个晚上,你令我心碎欲死。我对自己发誓,此生绝不做让你难过的事。为了那个晚上,我在这里没和他们一样留长发扎小辫烫爆炸头,我不戴耳环不戴挂饰,没有文身不露脖子,我永远都是让人耻笑的小平头,和白色T恤牛仔裤的老样子。果儿,你不知道这是个多么可怕的环境啊!那些漂亮的伴舞有的除了跳舞,还干着让人难以启齿的活儿,有的是白粉妹,还有的不明不白就没了。在这里,要活着,还要坚持一些内心的东西,是多么难。果儿,因为有你的支撑,我可以做到。我有自觉远离一切堕落的潜能。

说到这里,我给你讲讲最近的一件糟心事吧。从北京来了个女人,老板的朋友介绍过来的,说要从我们这儿挑几个人。大家叫她大拿,说签约唱片公司的事她十拿九稳。她挑了我,说我形象好,后来听了几首我写的歌,就让我去录音。

录完后也很满意。我特别高兴,特别感激她。后来她请我去喝茶,那眼神我怎么就觉得有些不对劲,果然,她后来突然伸手摸我的脸,说这么干净好看的男孩子搁在这儿可惜了,只要你听我的,我带你到北京,让你成腕儿。她还怕我不明白,直勾勾地盯着我,说,你懂我的意思吗?只要你听我的话,包你什么都有。我打掉她的手,立马起身离开了。这样的事,果儿,你会怎样地憎恶、惧怕,甚至会彻底怀疑人性!别看你那时候在学校挺能干的样子,其实你骨子里又单纯又脆弱,你养尊处优根本没经过什么事,现在,你肯定历练了不少,但你的天性不会变的。而我经历着这些不堪,我可能像他们说的那样,真的变得忧郁了。但我的心不会变,为了你,为了亲人们,我尽力让自己的心朝着向阳的窗口。

大家吵吵了多少天的唱片公司的事,就这么荒唐地结束了。但我不灰心,果儿,我相信一定会有正当的机会,请你祝福我。

果儿,今天我特别高兴,知道为什么吗?中午上街去报刊亭,刚好看到你发表文章的一期杂志。欣喜之余,惊觉到自己已有好长时间没看书报了,也许错过了你的好多文章,于是直奔图书馆,直奔期刊室。果然,又找到了别的三本杂志。我如获至宝啊,果儿,看见你的文章就像看见你一样。这些日子,我没有玫州方面的一丝讯息。大李不打电话,苗尘更是恹恹的,有两次我打过去他都懒得说话似的。我想也许是我已经淡出了他们的世界而不自知,也许是他们清楚我总想从他们嘴里打探到关于你的事。我这样是不是特别招人厌?我就像一只孤独的船,渐渐地漂离了过去的生活。明明港口还在,却再也回不到原来的岸上了。其实我就是一条越来越焦渴的鱼。可今天,我一下子看到了这么多你的文字,我有了细细阅读你的心情。果儿,几首诗我都喜欢,尤其那篇散文诗,那么美,就像你自己,是清水里的莲花。那篇散文叫《空白》,我一看题目就知道与我有关。我按捺着怦怦的心跳读完了它。确实是写我的,从你的角度,从你可以写出来公之于众的角度。你写了一种极美好的感情,虽然不是我想要的那种。果儿,你对我真的只是止于这样一种感情吗?比友情多许多,比爱情少一点?那么,你又为什么纠结于那段交往的记忆?你说你走不出旧日子的阴影,可有哪一片是我留下的?

我读了好几遍《空白》。我的心每读一遍更觉疼痛。你终究是真正懂我的人,果儿。你说我不是为了唱出名,不是为了所谓的成功,你说我追求的是为此荒废了一切的歌唱终能成为安妥心灵的事业。你说你相信我能等到这一天。你说你也在等待这一天。果儿,为你这句话,我在人潮人海的街头,禁不住哽咽出声。

无论怎样,今天是幸福的一天。果儿,我知道你有文学才华,并且从内心深处热爱这件事。但我也知道工作以后,环境、心情都会不同,琐碎重复的机关生活会磨蚀人的激情,麻木人的感觉。所以,常想你会不会慢慢淡了、远了写作这件事情。现在看来,我的担心是多余的,你一直没有停下来,一直进步着。这是多么让人欣慰。

可是,果儿,有一件事我不太明白:从你的文字中找不见你当下的感情诉说。你有迷茫、焦虑,也有期许,但这一切表达得太隐晦、太婉约了,愚钝如我,无法从中探析出你的心路轨迹。其实,我想说的就是,你和那个画家到底怎么样了?他是不是真如李菲菲说的那样好?他是否给了你想要的幸福?你的文章,哪一篇,哪一段,哪一句是关于他?

果儿,今天我在宿舍里休息,我休了两天假。我最近老是感觉身体乏力,不舒服,却说不出哪儿不舒服。他们几个要陪我上医院,我想一点点不舒服就上医院,我哪那么金贵?何况医院是随便就敢进的吗?有用没用的一大堆检查下来,我一两个月的辛苦钱就打水漂了!休息两天得了,刚好看看书。今天一直在读《平凡的世界》,觉得路遥真是个好作家,他写出了苦难和伤痛,也写出了苦难和伤痛中的温情和诗意。孙少平和田晓霞在黄昏的山坡读诗的那一段,我看了特别感动,我是流着泪和孙少平一起读出来的:

有没有比你更宽阔的河流,爱耐塞

有没有比你更亲切的土地,爱耐塞

有没有比你更深重的苦难,爱耐塞

有没有比你更自由的意志,爱耐塞

果儿,我甚至觉得这就是在写我们俩。虽然你从未对我有过田晓霞对孙少平的那种炽烈的爱,但在我心里,你就是我的田晓霞!我极不满意小说后面的情节,路遥让田晓霞死得太突然了,太残忍!田晓霞怎么能死!没有了田晓霞,孙少平怎么活?

果儿,我前段时间参加了一个电视大奖赛,获了奖,得了奖金,更重要的是,让广州乐坛的一些人认识了我。他们很重要,是对我今后发展有帮助的人。现在,一切正在驶入期待的轨道。你也为我高兴吧,果儿!

果儿……
果儿……
果儿……

最后一封信:

果儿,手术结束再一次住院又好多天了,我打算出院,回家。我不想再听医生的话,做这些所谓的后续治疗了。说穿了,不过是无谓地延长痛苦,把辛苦挣到的钱用于毫无尊严地苟延残喘。弟弟已经能撑事了,他比我能干。小妹的大学快读完了,一定要读完。所以,我不能再负债,把麻烦留给他们。

果儿,只是你。你是我的死结。我曾无数次地设想过关于咱俩的各种结局,但没有一种是这样的。命运太会捉弄人,太离谱了。你让我怎么说呢?

虽然我早已不再奢望,但内心深处还是存着不放弃的念想:我写的这些信,会有让你读到的那一天。现在,没有了。几乎是突然间,什么都没有了。就让小妹把它们烧在我的灵前吧。我住院后,她去广州收拾了我的东西,这些信也就到了她的手里。生死不由人,一切不由人。

就要这样撒手了,这个世界,这个我虚掷了二十七个年华的人世。我唯一的遗憾是,我怎么就从没抱过你一次呢?哪怕是紧握一次你的手也好啊!现在,一切都来不及了。——不过,这样也好。这样,对你更好。

这首《空白》,我一直在心里为你唱着。此刻,我最后一次把它唱出来。果儿,你要相信,我其实是感激的。感激这世界有你。你一定要好好活着,你一定要比我幸福。

你一定要幸福。

章蕙来了,突然站到了何果儿面前。

何果儿接过章蕙手里的提包,默默地把自己的水杯递给她,章蕙一仰脖子咕咚咕咚喝了大半杯。何果儿这才问,你怎么来了?泪水,突然糊住了眼睛。

章蕙说,昨天看完你的信,我当即就订了今天最早的航班。何果儿说,你不必这样,玥玥还没断奶,就这么撂下了?章蕙说,早该断的,都一岁零三个月了,就是不忍心。刚好这次狠狠心,也就断了。你放心,有奶奶、保姆,一家人都围着她转呢。反正,这次,我必须来。菲菲……菲菲走时,我怀着玥玥,你们没告诉我,现在,康楠也走了。你信里又说要辞职离开玫州。我这回要还不回来一趟,我待得住吗?

菲菲。随着章蕙说出这个名字,她们俩的身边倏忽间便似乎多出来一个人——三人当中那个最美丽、最活泼的一个。余音绕梁,她俩都听见了她莺啼燕鸣的笑语。她俩不由得沉默下来,凝视着彼此之间那个应该属于她的位置,一块再也无法填补的空白之地。

玫州变化太大,都快认不出来了。章蕙说。借着她的眼一看,果然连何果儿都感受到了自己身处其中的这座城市的陌生。它的高楼大厦越来越高,越来越亮,越来越迷惑了人们仰望星空的视线。它的东南西北,每一个方向都成了日夜喧嚣的大工地,到处都是林立的塔吊和机器,轰鸣声、切割声、焊接声、碎裂声四起。人潮涌动,行色匆匆,似乎没有人注意到城市像一列失控的列车呼啸着,疾驶着。它狂飙突进的扩张之势,仿佛要平地里掘出一个新世界来。那么,边界在哪里?那些曾经的坐标到底湮灭于怎样的一双巨兽之手?

何果儿从来没有从城市的西边走到东边过。她知道自己所说的东边其实也不是这座城市现时态的东边了。东边,黄河南岸,曾经有过一个叫落雁滩的空旷之地,一个曾经属于诗歌和音乐的记忆之地。如今,那里是高新开发区。

黄河夜色,是让人不忍直视的绝色之美。何果儿自绝于这种美已有很久了。当李菲菲被这条河流不可知的力吞噬而去,在这座跨河而建的城市里,何果儿从此听不到涛声。四十里河岸风情线,她再也不曾涉足半步。现在,她伴着老朋友来了。她已历经沧桑,她已被掳掠太多,而黄河好好地流淌在老地方,好好地流淌着老样子,只是比过去更多了目迷五色的两岸灯火。

章蕙把亲手折叠的河灯一盏一盏放到了河面,小小的光亮被大大的水冲击着,不一会儿便漂到了她们目光的极尽处,融进了光影交错的波光粼粼。同样的光亮凝结在章蕙脸上,她在河畔的沙滩上双手合十跪下来,菲菲,我来看你了!菲菲,原谅我来得这么晚!菲菲……

何果儿也跪下来,从包里掏出康楠的信。整整齐齐一大摞,二百七十一封信。

一封信被点起了,夜色中像一只飞舞的火蝴蝶。然后是第二封、第三封。二百七十一只火蝴蝶摇曳着、飞舞着。它们无与伦比的光芒映亮了两个女孩,映亮了不曾寂灭的旧时光。

这是一个圆满的结束。第一次见康楠是和章蕙。现在,最后送他,也是和她。

章蕙流泪了,何果儿没有。章蕙流着泪说,康楠曾经为自己的梦想和爱情打拼过,他认真地活过,他活得充实。其实,我们不应该太为他难过。

何果儿不说话,她只是久久地盯着那慢慢熄灭的火苗,盯着那渐渐冷却的灰烬。最后,她站起身,说,章蕙,你知道路遥为什么让田晓霞死吗?因为,田晓霞该死。她不死,孙少平就没法活。

章蕙握住何果儿的手,你不能这样想。你必须记住,这里面没有你的错。

何果儿正式离职那天,常翔东候在大楼门口。他们已经很久没见面了,何果儿没想到他会在这个时候出现。在看到他的一瞬间,她浑身上下紧绷的神经哗啦啦松懈下来,从身心最深处翻涌出来的一种彻底的软弱包围了她。几个月来,何果儿直面辞职带来的各种烦琐,与单位上下各色人等打交道,事情走到这一步,几乎超出了她的忍受极限。她时时告诫自己要坚强,要麻木,但见到常翔东,披挂在身上的坚硬的铠甲,顷刻间土崩瓦解纷纷碎落,脱离了她。她一时说不出话,心里莫名地感动、委屈。

两个人静静地看着对方,默默地走到马路上,像久别重逢,又像初次相识。

常翔东说,我想你应该有一些东西要搬回家吧,所以来帮忙。何果儿摇头,也没有多少东西,最近断断续续都拿回去了。不过你来了正好,本来今晚就想请你吃饭,昨天就订了玫州大厦的座儿。常翔东嘴角笑出了一丝苦涩,请客?这么正式?为什么,与往事干杯?

音乐扑面而来。一走进玫州大厦的大厅,熟悉的乐曲声便仿佛从四面八方包围过来。何果儿不由得驻足观望绿植葱茏的舞池旁那架巨大的三角钢琴,钢琴前俯仰生姿的黑衣男子。大厅大到一望无际,她看不清他的手。那该是一双怎样的手呢?所到之处,激越如飞瀑击岩,温柔如情话呢喃,狂暴似旷野长风,岑寂似夜露滴檐。

这是什么曲子?瞧你,又被迷住了,像是看见了克莱德曼真身！常翔东笑笑做无奈状。何果儿答，《星空》。到电梯口她又回首，这人弹得很好，有自己的东西。他比克莱德曼更古典一些。常翔东说，鄙人不懂音乐，不敢妄议。只是，一个在酒店茶楼赶场子的琴师，听到你说他比克莱德曼还牛的话，怕是要受惊吧？何果儿笑，我是说他的演奏风格。酒店赶场子的怎么了？你不要瞧不起人，英雄不问出处。法国卢浮宫里的凡·高和荷兰煤矿上的凡·高是同一个人好不好！常翔东点头，好，好！听君一句话，可"少"读十年书。我辈谨当以此金玉良言自勉励志。

俩人热热闹闹地走进楼上的小包间，待坐下点菜时还你来我往说笑不休，全无多日不见的生疏感。服务员含笑注视着他们，在她眼里，这一定是一对甜蜜的情侣吧。意识到这点，何果儿蓦地有点伤感，不觉静下来。

音乐透迤，灯光迷离，杯盘精致，眼前的一切让人生出一种幻梦感，仿佛此刻，这小小的空间就是家的模样。一个唯美的、温馨的家居之夜。

常翔东终于问了，你辞职的事还有没有回头的可能？何果儿摇头，没有。你为什么这么问？你可是最早说我入错行的那个人。常翔东说，我是觉得你不适合在机关大楼里发展，我不愿意看着你一步步熬成处长、局长什么的。可是，谁能想到你破釜沉舟辞了职！这决定得也太快了吧！是不是有点冲动，果儿？何果儿答，快什么？一晃好多年了。难不成老太太了再去闯世界？常翔东一时无言。他点了一根烟，又摁灭了。果儿，你知道闯世界意味着什么吗？你知道自己将会面临什么吗？何果儿说，我什么都不知道，但我愿意去试试。你不要再试图劝说我了,你不知道这两个月,我一直被狂轰滥炸着。单位同事、同学,还有大哥、大嫂,所有人都反对。我还没跟我爸妈说,要是他们知道了,那更就不得了了!唯有我二哥、二嫂支持我,是他俩决定先瞒着江城那边。常翔东说,你二哥、二嫂支持就好,他们带着你,毕竟不会出大差错。何果儿笑,能出什么大差错!瞧你一脸的操心,简直和章蕙一个样儿!你不知道她为了这事,专程从东北飞回来了哎。常翔东说,我知道。我俩见过了。

何果儿愕然无语。常翔东的目光幽幽地穿过来,告诉我,突然辞职要去广东,到底和有些人有些事有没有关系?何果儿平静作答,我知道你的意思。我那一点点前史,你再没有什么不清楚的吧?可是,我已经说过了,这不是突然的决定。我花了好几年时间,终于弄清了我不适合过怎样的生活。所以,这是一个必然的结果。也许是有些人和事促使我加快了行动的步子,但这不是关键。常翔东说,我应该为你的勇气喝彩,但从世俗的立场来说,你的辞职到底还是让人遗憾的。前几天见你们侯局长,他很是生气啊!他说你本该前途远大,谁承想偏要赶下海的潮。他还是很惜才,很看重你的。

何果儿说,这些人,就不必提了。常翔东说,那好吧,我只问你一句话,你要不要我一起去?我可以和你一起去南方发展,只要你一句话。

何果儿没想到常翔东这么说。惊讶的同时,有一股暖流涌上心头,她低下头。而他看她不说话,便有些羞恼地开口说,你是不是在心里嘲笑我？我真的太傻了，在我求婚之后，你这么决绝地逃离玫州，明摆着是逃离我。可我还奢望与你同行。我真是昏了头了！

何果儿真诚地看过去，真诚地把无言的感激和理解传递给常翔东，请你相信我，我走并不是为了逃离你，但无论如何，你都不要再为我做任何决定。你在龙腾公司刚刚升职，你的画展在玫州美术界也反响挺好。你要珍惜这些成果。至于我，弄清了什么是我不需要的，那么，也许就能很快懂得，什么是我向往的，是我要抓住的生活。

所以，允许我自己去找寻吧。何果儿端起红酒，翔东，请你为我祝福，各自珍重。

六

何果儿怎么会想到,南下第一站面对的第一件事,竟然是二哥、二嫂的家庭纠纷。

多么尴尬。多么棘手。多么难过。

但她无法逃避。她只能一头扎进这是非旋涡,只能尽力不让事情朝着更糟的方向发展。一时间,她想起了从彼得堡冒着风雪千里迢迢去莫斯科调解哥哥出轨事件的安娜。她多么羡慕安娜的智慧,三言两语就让多莉原谅了奥布朗斯基公爵与女法语家庭教师的苟且。而她自己,站在二嫂面前,根本不知道如何劝慰一个伤心而愤怒的女人。因为,事实上,她和二嫂一样伤心而愤怒——二哥竟然做了和奥布朗斯基做的一样无耻的事。

何果儿冷冷的,回避着和二哥的接触。从听到事情的第一刻起,她便做不到和他对话。每当他把目光投向她,她便急急看向别处。她假装看不见他眼里的焦虑和羞愧,她无视他对她的亲近。他的眼神让她心碎,但她宁愿躲到没人处流眼泪,也不给他开口说话的机会。两天了,她只是守在二嫂床边,听她讲,陪她哭。

事情突然得像是晴天霹雳。二嫂说她平时购物基本都在国贸商场,偏偏那天第一次去了万佳百货,是和客户见面时路过那里临时起意的。公司里几个女孩说万佳的衣服漂亮、时髦,适合年轻人,她想果儿两三天后便来深圳了,不如自己先买些裙子衬衫,等果儿一到家就直接换上。二嫂习惯了给果儿买衣服,果儿上学时买,参加工作了还买。她说深圳的衣服比玫州的洋气。果儿常常感动于二嫂的好。可是,这样善良慷慨、漂亮有气质的女人,为什么也会遭遇不堪的背叛!

二嫂就是买完衣服下楼时在商场电梯口迎面碰到二哥和那个万恶的第三者的。他的左手拎着两个女装袋子,右手搭在一个穿T恤、短裤的女子的肩膀上。如果事情不是这个样子,而是像电影和小说里写的那样一波三折,妻子猜疑,丈夫撒谎狡辩,诸如此类,该多好。是的,二嫂说但凡有一点可回旋的余地,她都不会选择那样赤裸裸地面对。二嫂说,那不仅仅是撕破面子的事,那简直要了她的命。那一刻的羞辱比事情本身更让人难以承受。

二嫂说,这几年在生意圈里泡着,什么破事烂事恶心事没听过没见过?但她怎么能相信这样的狗血剧会发生在自己身上?不,这是根本不可能容忍的!她和二哥什么感情?那是一般男女爱情的N次方,再加上军营十八年的战友情!当年她为了他,怀孕生子,放弃辉煌的舞台退居幕后。后来,还是为了他,她率先脱下军装下海打前站。她什么苦没吃过?什么委屈没受过?有一阵子她压力大得夜夜睡不着,都快要撑不下去了,可是一想到只要自己咬牙坚持下来,就能帮助他实现梦想,她便擦干眼泪涂上口红,又冲上热浪滔天的大街。

二嫂说,其实她一点都不想说这些话,平日里她最厌烦那些动辄就痛说家史的女人,如果两个人的感情已成过去时,如果你的价值只存在于过去的付出中,那又何必再说过去!除非你想挽留的只是对方的感恩。可问题是,她和他不是这样。他们经常吵吵闹闹,但时刻彼此需要。

那么,问题出在哪里?男人的风流本性?

尽管二哥做了让何果儿愤恨难过的事,尽管她以不理他表示了自己的立场,但她内心还是隐隐地为二哥寻找着一个说得出口的至少可以稍作辩白的理由。她希望有这样一个理由。二哥,不仅是她深爱的,而且也是她崇拜的一个人,她不愿相信他是和那些俗滥故事里的男人一样的人。

那,二哥自己怎么说?

从碰见他们的那一刻起,我没给他解释的机会。他也没解释。二嫂说,果儿,你知道吗?他竟然不来解释!

何果儿急急道,不是这样的,二哥他一直在门口转悠,他想和你说话,可我一直没理他,没给他空儿。

二嫂叹息,还能说什么呢?事情就摆在那儿,说啥也没用。那个女人好年轻啊,应该和果儿你一样年轻。她其实不算特别漂亮,可年轻无敌。一头浓密的长发,转头离去时,那头发水一样流动,就像是电视上的洗发水广告,真是好看。怪不得你哥搂着她,一脸幸福得意的表情。

何果儿感到心头一阵阵的酸涩、疼痛。她不能接受二嫂这样嫉妒又无助的口气。她宁愿二嫂跳起来,骂起来,像悍妇一样对待二哥,也不愿面对她的颓废,她的认输、服老。年轻又怎样?长发飘飘又怎样?任小三怎样年轻又长发飘飘,也不可能敌得过二嫂的青春时代。穿军装的二嫂，那是电影明星一样美丽的人。果儿从小就觉得二嫂简直是画中人。转业后，二嫂举手投足间又添了一种说不清的风韵，明眸皓齿，顾盼生辉。她从来都是人群中让人移不开目光的那个人，是天上最亮最大的那颗星。果儿没法相信，这世界上还会有别的女人的年轻好看能抢走二哥的心。可眼前的情景令何果儿心惊，二嫂还是那个二嫂吗？她的头发怎么会变得这么枯燥、纠结？她眼角的皱纹，真的是在这两三天里，哭着说着，眼睁睁看着长出来的。

一片惨雾愁云，好在欢欢不在家。他上的是一所寄宿制中学，据说各方面条件都很好，周六有专车送回家。二嫂说这周六就不让他回家了，可果儿急着要见欢欢，执意要去学校看欢欢一趟。姑嫂正说着，二哥急切地插进来，果果想去就去吧，刚好送一下换洗衣服。我开车送到学校。

长街车流如织，天蓝得通透，白云又轻又淡，空气是可感可触的润泽。绿树葳蕤，高高的椰子树以经典的姿势摇曳着。这么好的季节，这么美的风景。果儿启程之前不止一次地想象过与哥嫂和欢欢相聚的美好情景。现在她来了，目力所及果真像早些年她用过的那些风景明信片一样美，美轮美奂。可谁知，美景如斯，人的心却堵上了一块一块的坚冰，凉透了。

何果儿一直扭头看着车窗外掠过的行道树，一眼望不到头的绿。她知道二哥的眼睛从一开始就都在她身上。她能感受到那灼热的凝视。终于，她开口说，你说吧。我知道你想为自己辩解，我知道你带我来看欢欢就是想说话。你如果真能为自己辩解，那就开始吧。

我不能为自己辩解什么。对不起,果果!让你初来乍到,就面对这样的事。

果儿愤然回头,你对不起的恐怕不是我吧!

二哥避开果儿的眼睛。当然,我知道最对不起的是你嫂子。可是,也对不起你,果果。你嫂子本来都计划好了,你一来就去哪里玩,去哪里吃饭。可是偏偏这当口出了事,你看你都来三天了,我们根本出不了门,让你窝在家里收拾烂摊子。我觉得很愧疚,很丢脸。

你知道丢脸就好!果儿努力不让自己的声音变软。什么叫这当口出了事?这是突发事件吗?难道你和那可恶的女人是那天才认识的?

果果!二哥哀求般地喊了一声,而后便哽住不语了。俩人沉默着,唯有车的疾驶声,像长风在心中呼啸。到了学校大门口,二哥说,你进去看欢欢,我在外面等着你。你嫂子电话里说的是这周末咱们要外出,你可别说漏嘴了。

欢欢才上初一,个头就好像比小姑都要高了。他看见小姑就欢呼着奔过来,俊美的脸上是阳光般的笑。果儿发现欢欢比乐乐更开朗大方,乐乐小时候好动,但长大后就腼腆多了。俩人吃着喝着,聊学校聊同学,也聊爷爷、奶奶、乐乐、茜茜。看得出来欢欢对自己的亲人是很有感情的。他极欢喜地说,小姑,爸妈几周前就说你要来,我可高兴了。你这次来了,就一定不要走哦。妈妈说你来了,她就有帮手了。小姑,你真的要在爸妈的公司上班了?

欢欢的好情绪感染了果儿,几天来的愤懑消散了不少。他一口带着广东腔的口音,却让她感到莫名的亲切。虽然他已出落得高大俊朗,但她看他还是一个小小孩,心里充满怜爱。她一面欢喜地和他谈笑,一面又止不住地揪心起来:如果二哥、二嫂真的离婚了,欢欢怎么办?

她试探着说,我可不敢在你爸妈的公司上班,我最怕被家长成天盯着了,谁知你爸妈在公司凶不凶呢?对了,他俩在家吵不吵架啊?吵架谁更厉害?

那还用说?当然妈妈厉害了,我爸哪敢和我妈较劲!欢欢摇着头做嘲笑状,嗨,现在的男人十有八九是妻管严。不过,小姑你不用担心,我妈不会凶你的,她一直盼着你来。她说公司里那些花花绿绿的小姑娘都不可靠。这很对,商场如战场嘛,人心叵测,需要战友联盟。果儿说,你爸妈在一起是天然的战友联盟,还用得着别人搭手?欢欢回答,可能男人有时候靠不住吧,和我妈要好的那些阿姨聚在一起,最爱说男人们的不是。她们说,男人要么一不小心就爬到敌人的战壕里去了,要么就成了吃里爬外的奸细!

果儿看着欢欢的小大人样,脸上笑着,却不觉感到心惊。

回家的路上,果儿久久地沉默着。临下车时,果儿突然问,她是谁?二哥一惊,谁?果儿说,你装糊涂!当然是那个女人。二哥观察着果儿的脸色,你问她干吗?你嫂子让问的?你不用知道这个,不重要。果儿怒道,怎么不重要!她都害得你家庭破碎,妻离子散了,你还想让她怎样重要?二哥抬头看着自家的楼,长长地叹气,但他的眼神渐渐坚定起来。果儿,你放心,我这几天虽然没法求得你嫂子的原谅,但已下定了决心,我不能让这个家破碎,不能让欢欢的生活遭到破坏。我爱他们母子俩。你不用知道那个女孩是谁,我和她还没到你们想象中的那种关系。让我和你嫂子走到这一步的真的不是别的女人。这些年,在这个地方,我们可能有点走远了。我们把自己走丢了。

可是,二嫂说婚是一定要离的,她无法再面对你。

她肯定要这么想、这么做,她一贯强势,怎会让步?二哥苦笑着说。果儿说,你在责怪她?你就这态度?二哥摇头,不!是我的错,责任在我。这些天我也觉得无法面对她。其实我们可能有很久都没有推心置腹地谈了,但现在开始必须面对。对不起,果果,你别担心,我说到就能做到,我这就和她谈,最近还有许多要紧事呢,耗不起。

二哥、二嫂这天晚上谈话到深夜。果儿听歌到很晚时,他们的屋里亮着灯。果儿睡了,一觉醒来时,灯还亮着。

南国愁闷的雨啊,淅淅沥沥地下了一整夜。

早上果儿起来时,哥嫂都已不在家了。餐桌上留着几色糕点、饮料和二嫂的纸条:果儿,起床后吃早餐,然后冲澡,换上新裙子去外面走走。你哥上午飞杭州。我去公司,下午四点回。

雷厉风行、有条不紊的二嫂,不知昨夜她经历了怎样一场伤心的谈话,不知今早她出门是怎样的气色。何果儿抚着二嫂为自己购置的新衣,又想起二哥说的"我们把自己走丢了"的话,心里不禁感慨万千。如果没有南下,没有这些年淬心沥骨的创业体验,一切会不会是最初美好的样子?二嫂,依然会是红星镇初见的那样娇嗲柔美的样子吧？二哥,他断不会让小妹见到自己如此不堪的一面吧？

何果儿一袭新裙,款款走过神话般崛起的这座新城。但心绪是旧的,脑海中来来往往的总是一个个旧人。

晚上二嫂带果儿去吃饭。餐厅环境优雅,菜点也很精美,是正宗的粤式。二嫂端着红酒,笑意盈盈,灯光柔和地洒下来,轻音乐百转千回,恍惚间何果儿有一种良辰美景的感觉。但何果儿很快又警醒过来,二嫂为什么突然只字不提这件事了？她是怎么想的？昨晚,二哥到底有没有说服她,挽回她？

二嫂喝了一杯,又喝了一杯。果儿说,二嫂,别再喝了,要喝醉了。二嫂笑出来,果儿啊,两杯酒能让我醉了？你知道这些年我喝过多少酒,喝醉过多少次？你知道我为了签一份合同,接一笔单子,可以不喘气地喝下这多半瓶吗？我甚至喝过一整瓶!

二嫂的脸是漂亮的,妆容是精致的,但眼圈是乌青的。当她的嘴角笑着上扬时,眼里却浮上迷蒙的泪意。果儿不忍看她的表情,低头伸手握住了她的手,二嫂,爸、妈、姐姐,我们都知道你们在这儿不容易,可是,又何必如此辛苦？你们有那么多的选择,原本可以过得很安稳,很安逸。

是啊!可是,你二哥他不喜欢一潭死水般的生活,喜欢冒险,喜欢挑战,是他执意让我俩走到这条道上的。二嫂轻轻捏着果儿的手。知道吗？我喜欢他这样。其实,说穿了,我俩是同一种人,我们想过不一样的人生,我们想有很多的钱。没错,是这样。

所以,就请你原谅他这一次吧,我代表咱们全家请求你,二嫂,不要离婚,求你!果儿的泪下来了。你不知道哥哥有多后悔。

是吗?二嫂的眼里全是嘲讽和苦笑。他后悔?昨天晚上,他从头到尾说的可都是我的罪过,他批判我整整批判了一夜。

这怎么可能?果儿彻底傻眼了。

他说我不够温柔,没有女人味,说我自私强势,独断专行,说我工作家庭拎不清,心里只有钱,说我庸俗偏执,疑神疑鬼,越来越像那些没有文化的婆婆妈妈。好了,不一一复述了,总之,我这个人的罪过罄竹难书啊!

果儿顾不上细究这些话,只是急急地分辩,二嫂,你肯定搞错了,我哥他对我可不是这样说的,他说他犯了错,有愧于你,无法面对你,他说他爱你,不能失去你,他说欢欢必须生活在没有缺失的家庭,所以,他死也不同意离婚。

二嫂不置可否,一仰脖把杯里的酒全灌下去了。果儿盯着她,心里一阵痛楚。二嫂却笑起来,我亲爱的小妹,我知道你不撒谎,我知道你哥也不撒谎,所以,这两边的话放在一起只有一个结论:你哥说他爱我,没错,可他爱的是以前的我。现在的我,有什么值得爱的地方?连我自己都嫌弃!果儿,我告诉你,你哥昨晚说的那些话,句句都没错。你知道吗?我现在就是这样的人。

二嫂又要给自己斟酒,果儿摁住了她的手,固执地不放开。四目相对,二嫂泪湿了,果儿,我喜欢你。我喜欢你们这一大家子人,你们不偏心,对人有真心。爸妈家教严,但内心热乎、大方。每次我们回江城,他们都叮嘱你哥要对我好,要关心我,凡事要让着我。卫红经常织毛衣给我,我说深圳用不着毛衣,她说就是因为深圳用不着毛衣,才要给我备着,不然秋冬突然要去外地出差怎么办？你们为什么对我这么好呢？

那是因为你对我们好。果儿真诚地说,二嫂,你到我们家十多年了,最初的印象一点都没改变,你一直这么好,一直这么漂亮。我小时候,你给姐姐买了一把花伞,那是我第一次见花伞,好喜欢啊！说完了,她想起什么,情不自禁地抿嘴而笑。

二嫂摇头,果儿,我没有你想象的好,真的！你哥的那些话,让我彻夜难眠,今天还一句一句堵在我胸口。我一直在问自己,方丽媛,你真的那么糟吗？你真的变成了那样的人吗？果儿,你不要试图安慰我,我们离得太远,你不了解我。事实上,最了解我的还是你哥。他不会为了减轻自己的责任,倒扣罪名给我的。是的,没错,我就是你哥说的那种女人。

任性张扬了多少年,现在才知道,经营一桩婚姻不比经营一份产业来得容易。二嫂说,果儿你还小,记着我的话,嫁人时要看清对方是什么人,关键是还要了解自己是怎样一个人,自己慢慢会成为怎样的人。

你们到底发生了什么事？果儿陷入了更大的疑惑。

事情太多了,一时也说不清。夫妻之间,又做同一件事,彼此的博弈、消磨,自然难免。仔细回想,你哥确实也算是听爸妈的话,凡事让着我。总之是我亏欠他多一点吧。别的不提,就说他指控我有疑心病这一点,果儿,我向你承认,这两年我确实把控不住自己。你知道,做我们这一行,总是断不了你来我往的应酬,可我对你哥总是克扣得紧。我也知道人家背后说你哥怕我,其实,他也不是怕我,他只是怕家里生事吧。他身边的秘书、助理,好几个刚刚做熟,我就给炒鱿鱼了。你猜得到的,因为她们年轻貌美,我怕她们和你哥日久生情。我不是不放心你哥,可我就是想让身边的女人们知道,你哥他手上没权,兜里没钱。

果儿讶然,无语。

昨天你哥没跟你说那个女孩是谁吧?晚上,他对我说了。今年年初我们的一个老战友来深圳,我俩一起接的风。席间战友说他的一个哥们儿的女儿大学毕业后没回老家,想在广东这一带发展,问我俩可否帮忙。当时你哥说他会留心,看有没有机会,而我呢,脑子一热,直接说,找什么机会啊,就来我们公司吧。战友高兴得不行。过了十来天,你哥告诉我那女孩打电话问,她什么时候来报到。你猜我怎么说?我跟你哥说,咱这儿现在不缺人,你让她找别的地方吧。

你怎么会这样?果儿为二嫂感到难过,你可不是不守信的人。

是啊,可那一阵我鬼迷心窍,言而无信。知道为什么吗?其实就一个念头,那个女孩,她为什么不先打电话给我,而打给你哥?她会不会是那种看男老板更顺眼、更亲近的女孩?她会不会很漂亮?

我哥听了你的?

他暴跳如雷,他真动了气,可他最后还得听我的。他说他没法对战友交代,还是我给人家回电话道歉,解释了一通。你哥觉得没面子,为这个好多天黑着脸。

果儿艰难地开口,是,是没面子,尤其我哥一贯爱面子。那么,然后呢?

然后,你都知道了。二嫂说,你哥内心有愧,主动找到那个女孩,帮她租房子,联系工作。然后一来二往,很快就熟了。你哥说刚开始去帮她真的只是怕战友骂他不仗义,但后来,事情有点变味,那女孩满足了他作为男人的虚荣心,他觉得自己是可以保护女人的,是被女人崇拜着的。

原来是她。果儿内心五味杂陈,喃喃自语。

就是她。你哥说他们之间没发生实质性的关系,但他承认确实脱轨了。我碰到他们的那一天,他第一次带她逛商场,给她买了两套裙子。你哥说之前他们也就是一起吃过几次饭,见面不多,都太忙了。你哥说迎面碰到我的那一刹那,他怕极了,但与此同时,他清楚地意识到,他怕的不是私情败露,不是怕我有什么动作惩罚他,他只怕我伤心。他说他一直以为自己受委屈、受压抑,他暗中也恨我,但那一刻他才知道自己受委屈、受压抑,不是因为他怕我,而是在乎我。天地良心,他一点都不想让我伤心。他说他原来一直爱着我,这爱从来没减少过。他说老天开眼,让我那天撞见了他们,不然接下来他不知还要迷失多久。

这就对了,这才是我哥的意思。果儿又高兴又难过,两行泪扑簌簌流下来。二嫂,你就原谅他这一回吧,你们不能离婚,坚决不能!

小妹,你放心,不离了!二嫂伸手拭去果儿的泪。我不是那种以离婚要挟男人的女人,在你哥批判了我,我也剖白了自己之后,我当即就答应他不提离婚了。

果儿悬了好几天的心终于踏实下来,她感激地握住二嫂的手。但二嫂突然哭了,哭得泣不成声,泪水纵横,好像她坚持了那么久,就是要在这一刻全线崩溃。她憋了多少年的委屈,在这一刻决堤而出,汪洋如海。

我答应他不离婚,可我能答应自己恢复曾经的自信、满足、快乐吗?为什么,这些东西说走就走,再也回不来了?我的青春,我的容颜,我那一头瀑布般的黑头发,统统回不来了。我的好性情,回不来了。也许,你哥他真的还爱着我,是的,我愿意相信他。可我怎么会相信自己还是那个被他爱着的,漂亮、娇滴滴、心高气傲的女人?

二嫂!果儿急得喊起来,这件事的前前后后,也许,是有你要反思的地方,确实婚姻需要经营,爱情需要保鲜,两个人都要成长。但说到底,这是我哥犯的错,你为什么要这样苛责自己?我哥说你的问题,是为了让你更好,不是为了打击你的信心。

更好?哈哈,还能更好吗?二嫂摇着头,笑出一脸泪。我,他,谁能更好?我答应他不离婚,但我能答应给他需要的东西吗?爱、尊重、信任,它们还会是本来的样子吗?没错,男人需要女人崇拜。可是,果儿,你告诉我,经过了这一切,我方丽媛还能回到原点,重新开始崇拜他吗?

雨,又下起来了,滴滴答答,替人垂泪到天明。

两周后,何果儿离开深圳,到广州云裳公司做文案策划。

哥嫂对果儿的决定是完全没有想到,也不能接受的。他们拿出各种说辞留她在自家公司上班,可她从头到尾只有两句话:哥哥、嫂子,你们就让我自己去闯荡一下吧。我留在你们身边太舒服了,生活太没有悬念了,既然这样坐享其成,我又何必辞职!他们犟不过她,二嫂甚至抹起了泪。最后还是欢欢逗乐了大家,我小姑不是喜欢齐秦吗?她肯定是想体验一下外面的世界,你们干吗像封建家长一样非要包办她!如果外面的世界很精彩,我们祝福她;如果外面的世界很无奈,我们在这里等待她回来,这不就行了吗?

广州的单位是果儿在深圳的十来天里瞒着哥嫂广泛搜罗招聘广告,反复比较研究敲定的。有些工作有挑战性,她很喜欢,但到底不敢跨太远,最后还是应承了一份还算在自己的专业领域内的事。

但事实证明,她还是想得太简单、幼稚了。上班的第一天,与企划部部长一席谈话,她听清楚了自己要面对的不是一项自以为的文字撰写工作,而是一份综合全面的策划工作。她不仅要完成品牌策划、广告文案、画册的审定,完成公司营销推广项目的整体策划,配合完成日常推广宣传工作,再进一步,还要建立和发展公司的品牌文化、企业文化。

何果儿听傻眼了。自己何曾接触过这些东西?如何入手?怎么开展?想想都发怵。她讷讷道,我可能搞错了,我以为只是要写写广告语什么的,没想到有这么复杂难搞的业务。这听上去像是整个企划部的工作啊!你们的招聘信息上也没写这么具体。不好意思,我可能做不了。

部长笑吟吟地站起来,为何果儿递上一杯奶茶。你挺内行嘛!这的确是属于整个企划部的事儿,不该让你一个文案承担这么多。

可我老实告诉你吧,咱们公司起步不久,尤其是咱们部门这边,力量单薄。这次招人,大家研究了许多人的资料,最终觉得你是可以试一试的。你虽然没有这方面直接的工作经历,但相关的经验还是有的。情况就是这样,咱们各方面都还不成熟,条件也不完善,分工不明确,你如果来了,如果能胜任,要干的就不光是动动笔杆子的事。

我怕我不能胜任……何果儿也站起来,但她后面的话被部长截住了。部长热切的、坚定的目光对准了何果儿,何小姐,我的家底都兜给你了,你就别忙着拒绝,先试一段时间,好吗?你不是一个人,我手下好歹也还有几个年轻人,我们一起从头开始,齐心协力,我相信应该没有什么是做不成的。何小姐,你说呢?

其实,我也才来广州两年多。我比你大三岁,我也是北方人。部长说。她有一对细长灵动的眼睛,西服短裙的职业装裹着她凹凸有致的玲珑身材。何果儿感觉自己是喜欢这个叫叶彤的女孩的。她的腔调兼具北方人的圆润和南方人的软糯,有一种莫名的亲和力。

何果儿给大哥、二哥两家汇报了在广州的情况,也给江城的父母、姐姐打了电话。爸爸不肯原谅何果儿辞公职下海,不接她的电话。妈妈照旧是絮絮叨叨,千万个不放心。果儿宽慰妈妈,把自己的状况说得一派阳光明媚。但一听到姐姐的声音,她就哽咽了,姐,爸妈身体怎么样?我想他们,我想回家!姐姐肯定也难过了,沉默半晌,她开口埋怨,你现在知道想家了?你不是不管不顾、无法无天吗?何果儿,你回想一下,以前的事不提,从毕业留校那件事开始,你啥时候听过我的话,听过爸妈的话?辞职这么大的事,你竟然也不和我商量一下,都是事关前途命运的天大的事情啊,结果到你那儿,悄无声息一个人就决定了,你心宽主意大啊!果儿辩解,我也不是一个人悄悄就决定了的,我和二哥、二嫂反复讨论过,他们是鼓励我的。大哥、大嫂也知道这事。没跟爸妈说,是因为我知道他们肯定要阻止我。姐姐说,那为什么不跟我和你姐夫说一声呢?是啊,我们和爸妈一样,都是小县城人,观念旧、眼界窄、胆儿小,自然不会鼓励你辞公职下海去扑腾,你当然不屑于和我们商量了。果儿听姐姐这样说,一下急哭了,我瞒着你,还不是因为你和妈妈一样操心我吗?我早早告诉你,让你劳思费神有什么意思!谁不喜欢安稳、安逸?我要是在那个单位干得舒心、甘心,我能辞职吗?姐,你知道再待下去我的心就发霉了吗?你以为我只是任性惯了,由着自己乱来吗?

　　果果!姐姐急切地唤她,声音也哽咽了。你不要计较姐姐的话,你别生气,姐姐还不是怕你出去闯荡更受苦受委屈?到底比不得公家单位吃现成的。自打知道这事,我没有一天安心过,爸妈就更不用说了!你都干到正科了,一甩手竟然把铁饭碗给摔了,爸爸一时肯定难以接受,但这几天慢慢也想通了,他只是担心你。果儿,谁不担心你啊?一个女孩子家家的!你答应我,你也别给自己太大压力,能干什么就干点什么,干不了就尽早撤。爸妈和我都想早点见到你,你可别一根筋地非要衣锦还乡才成!果儿抹着泪笑了,瞧你,真让自己说着了,小城人的旧观念,什么衣锦还乡!不过就是不甘心年纪轻轻的就那样子耗到老,想试一下自己能不能换个活法而已,无所谓成败。

　　果儿也和章蕙通了电话。两个人聊完,要挂时,章蕙看似不经意地说了一句,你也跟常翔东说一声吧,他挺不放心你的。果儿恨恨道,不是有你一直通风报信吗?还有什么不放心的!再说了,都这样了,他还不放心我做什么?章蕙说,你是怪我和他有联系吗?那是他对你痴心懂不懂?不然我想通风报信,人家还不认得我是谁呢!果儿,我还是那句话,你虽然现在走得远了,但不该错过的人还是不要错过。联系一下吧,只当报平安。果儿喊,我今儿报了多少个平安了,每报一次平安就要接受一遍你们语重心长的唠叨。知道吗?我现在打的可不是局办公室的电话,这个月的薪水全要搭到长途话费上了!章蕙笑,这孩子,终于知道柴米油盐贵了。

　　常翔东没有语重心长。他说,听你说的这些事,貌似咱俩现在是同行了,哦,不!你比我全面多了,策划、设计、广告,简直无所不能啊!何果儿嗔道,你在讽刺我?其实她听得出来,他的口气里没有讽刺。他肯定是为她担忧的,但他并不显露出这一点。他说话的感觉好像她和他之间并没有隔着这么远的距离,好像在她身上没有发生这么重大的变故。他太沉得住气了,以至于她不由得孩子气地问他,我给你打电话,你不觉得惊喜吗?

　　常翔东轻轻笑出来,哈,实话告诉你,非常惊喜。何果儿也不好意思地笑了。常翔东说,你离开玫州是奔着你哥嫂去的,怎么现在又一个人到了广州?深圳不好吗?难道那里找不到你想做的事?何果儿说,深圳是好,可我更喜欢老城啊。

　　何果儿语气清淡,但她感觉到自己的鼻子一阵发酸。她差点就哽咽出声。这是怎么了？打这么多电话都只报喜不报忧，偏和常翔东说话就委屈起来。来深圳这些日子所承受的一切压力、辛苦，她想讲给他听。她想告诉他为了一期方案，整整半个月她吃了上顿顾不上吃下顿，她天天熬夜觉得眼睛都快要瞎了，然而人家只瞄一眼，只上下嘴唇轻轻一碰就把她的心血之作给否定了。她想告诉他，自己那么一意孤行地抛下铁饭碗，也不想在哥嫂的羽翼下发展，就是想要一种不一样的、有挑战的人生，然而真正开始以后她才知道，自己无力承担如此的挫败感。就算有足够的心理准备，职场打拼的真相还是太过残酷。她想告诉他，经过了许多次的失败后，现在她已赢得了公司的认可，更重要的是向自己证明了可以完成这样的转型，然而，根本就没有松一口气的工夫，简直每一天都要殚精竭虑，每一刻都是举步维艰。小小的房间，写字桌上的灯从来没有在凌晨一点前灭过。

何果儿多么想把一个正在蜕变的、全新的自己讲给常翔东听。可是，这一切对于他不是什么新鲜事，他早在她之前就已经经历了。离开玫州时，他提醒过她，前路非坦途。她当时不听劝诫，今天又何必诉苦？她和他，既已天涯海角，难道还要再牵扯人家？

何果儿摁住胸口，把倾诉的愿望和突发的泪意吞回去。她问，你呢？你怎么样？你最近画画吗？有什么新作没有？常翔东说，很少画了，人忙，心也不闲。沉吟好半天她开口道，你还是画下去。至于我，就别放心不下了，你自己珍惜身边的机会，好好生活吧。我今天给你打电话，就是这个意思。常翔东说，我懂。一切随缘吧。你多保重。

叶彤是个工作狂。大清早上班,风风火火不停歇地干到晚上八九点,然后召集大家去吃夜宵,其实还是谈工作,变相办公。相处好几个月了,何果儿基本搞清了她的风格,对她的"吃夜宵"甚是警惕。可叶彤这次直接跑到宿舍,笑得花枝乱颤地拉起何果儿就走,我向你保证,今晚绝对不谈工作,绝对原汁原味地吃夜宵好不好?何果儿表示疑惑,不谈工作,你哪来这么高的兴致?叶彤睁大双眼,一脸无辜,我在你眼中就是这样的形象吗?人家也是一个热爱生活的小姑娘,有一颗粉红少女心耶!何果儿摇头,没看出来。两人齐笑。

夜晚的羊城,有着比玫州更燥热喧嚣的街景,更目迷五色的灯火。走出饭店,两人徜徉在人流密集的步行街上。叶彤说,有多久没这样逍遥自在过了?好舒服啊!要不咱俩去对面那家足浴馆,按摩放松一下,我请你!何果儿摇头,算了吧,刚吃了那么多,还是走走路消食,不要太腐化堕落了。再说了,你刚请我吃饭,又要请我洗脚,如此破费,定然隐藏着大阴谋。叶彤手指何果儿笑喊,这可是你逼我说的!说好不谈工作,我都憋了一晚上了。现在,可是你逼着我说出来的!

果然,好兴致源于升职提薪的好事情。下午,公司高层会议上宣布了对叶彤的嘉奖。明早上班,她就是新的职务、新的身份了。

祝贺你,叶经理!何果儿真诚地说,你应该得到这样的肯定。这段时间,我确实领教了你忘我的工作风采。

光忘我有什么用?关键是得慧眼识英才!叶彤先双手叉腰,然后得意地指向远处,看,这街上有多少人,这世上有多少人,可我就是把你从这么多的人中间给提溜出来了,我容易吗?我不光是人才,还是人才中的将才、帅才!

擦肩而过的人中有几个扭头打量叶彤,树影下一对情侣被那句掷地有声的"将才、帅才"惊得分开了贴在一起的脑袋。何果儿偷笑,叶彤这才收敛了指点江山的造型,郑重地、兴奋地说,果儿,这次老总高度评价我的那些事,基本都是你的创意、你的灵感。这批新品牌的企划,更是你的功劳。你知道吗?画册、文案,老总简直喜欢得不得了,他还说有别的公司的人问他,你们从哪里挖来的这个宝贝?

所以,我要感谢你,非常非常感谢你!叶彤以夸张的姿势真诚地拥抱了何果儿。说实话,没有你,我不会这么快走到这个位置。当然,咱们要一起进步哦!明天的晨会上,公司要任命你为企划部部长,你正式接替我的位置。

我才过试用期没多久,这合适吗?何果儿提醒。叶彤朗声作答,亲爱的,这里不是你的机关衙门,有能力就上,不比谁熬的时间长。

俩人回到员工宿舍楼上互道晚安时,叶彤又说,本来想等到明天晨会给你一个惊喜的,结果我还是沉不住气啊!可是,你看我这张牙舞爪的,你倒是一脸深沉,难道你不高兴?

当然高兴。怎么能不高兴呢?只有何果儿自己知道,这份在别人看来来得早、来得快的业绩,其实来得多么不容易。

月底,公司中层管理人员组团去香港参加时装节,说没有具体任务,主要是观摩学习,开阔眼界。但何果儿自从知道自己在赴港名单中后,便开始查阅有关时装节的资料,以及业界相关人士的资料。自己公司的业务开展轨迹,尤其是近期的新情况,她更是细细梳理了一遍。做足了功课,她这才顾得上和别的姑娘一起准备行装。每个人都好兴奋,拿出了自己最漂亮时髦的衣裙。

正如想象中的"东方之珠",香港果然是一个流金溢彩之地。夜晚的维多利亚港,美得闪瞎了人的眼。徜徉于从旺角到尖沙咀再到铜锣湾的购物街,大家时时惊叹这座国际大都市的繁荣富庶。何果儿混在同伴们的欢笑中,但她的心里静静地住着另一个香港。对于一个热爱歌唱和文学的人来说,香港是一座小小的心爱的城。她对它的认知来自另一种记忆。张国荣、梅艳芳、张学友,他们生活在这里。陈百强、翁美玲,他们的声音仿佛还飘荡在这里。当他们踱步到著名的皇后大道时,何果儿不禁默念,哦,这是罗大佑的皇后大道。

很多熠熠闪光的名字都与香港有着很深的因缘:茅盾、夏衍、田汉、梅兰芳、蔡楚生,甚至就连鲁迅,也是来过香港的。"香港是一个华美的但是悲哀的城。"张爱玲如是说。事实上,张爱玲终究不曾在这里遭遇太多的悲哀,并且,说到底,是香港成全了她。只有对另一个女作家萧红来说,香港才确乎是一个"悲哀的城"。被香港人称为"天下第一湾"的浅水湾,张爱玲《倾城之恋》中范柳原与白流苏"玩恋爱"的地方,是命运多舛的萧红最后的栖息之地。尽管何果儿知道,早在一九五七年,萧红的骨灰就迁葬于如今她生活的广州,但当踏上香港的土地时,她还是情不自禁地去寻找浅水湾的方向,在想象中追随着诗人戴望舒的脚步,去为那个有旷世才情却一路凄风苦雨的女人献上一束红山茶。

这些人,这些被热爱、敬仰、怀念的人,他们的声音与足迹才是这片山水、这座城的文化地标。因为有了他们,港岛上下,香江两岸,每处扑面而来的风景,都是一见倾心的邂逅,却又是老友故交的重逢。

到底还是你们学文科的人有意思,所到之处,风土地理、人文典故,什么都懂,不像我,理科出身,眼里只看见热闹。要不是跟你这么一路聊着,我还以为香港是一个只嗅得到钱味的文化沙漠呢。叶彤说,不过,诞生了小马哥的地方,怎么着也让人神往啊!她拍何果儿的肩,嗨,你比我小几岁,是不是不知道小马哥啊?何果儿嗔道,你不过长我三岁,不要动不动就整出个代沟来好不好?小马哥谁不知道啊?上初中时,江城几个录像厅里翻来覆去地放《英雄本色》,老师、家长天天说那不是好孩子去的地方,可我们几个女生还是互相壮胆,偷偷去了。天,直接被迷得神魂颠倒的!

哈哈!叶彤大笑,更亲昵地抓住何果儿的手,情不自禁地轻声跟着何果儿哼唱:"那天黄昏,开始飘起了白雪,忧伤开满山岗,等青春散场。午夜的电影,写满古老的恋情……"

何果儿和叶彤的亲密关系是在大型发布会之后的酒会上突然面临解体的。其过程非常简单,却富有戏剧性。她俩穿着曳地长裙,手举高脚杯,像外国电影中那些初涉社交场所的闺秀,怀着七分兴奋、三分忐忑,尽可能矜持地站在人群中,却又忍不住左右张望。接下来的场景确也像是电影中经常看到的那样,经过和一些人的无谓的攀谈和寒暄之后,一位绅士来到她俩面前,并且长久地停留下来。

起初,何果儿是明显地避让在叶彤后面的。这种场合,叶彤自然比她更有经验,更能应付自如。可是,很快她们就发现,这个年纪不老衣着却有点古板的男子并不是一个随便的搭讪之士,他似乎了解广州服装行业的情况,甚至也知道云裳公司。他不经意间就抛出了一个特别专业的问题。

您是荆夫先生?何果儿脑子里一闪,口中蹦出了这个名字。男子微笑着,从西装背心里掏出名片递过来,小姐,您知道我?果然,是他。何果儿兴奋地回答,当然,您是服饰业界的翘楚,大师级的人物。荆夫先生拱手,过奖,大家同行,互相学习!其实,我是看到贵公司递交的参会资料,觉得很有新颖之处,才特意寻着台签,过来交流一下。叶彤笑吟吟地举杯,那我们太荣幸了,我先干为敬!荆夫还是拱手致谢,然后,把脸转向何果儿,接着刚才的问题谈起来。何果儿暗暗庆幸,幸亏自己来之前做了较全面的了解,不然此刻怎么和荆夫先生就这次时装节的特点,香港服饰业的现状、前景等问题进行对话呢?

何小姐,我非常欣赏你的理念,服装公司的不断强大,肯定既要做好商业营销这个板块,同时更要追求品牌的社会属性和文化内涵。一个品牌有了它们,才能输出精神价值,引领生活方式。荆夫先生看上去有点相谈甚欢的样子,临走时他很真诚地说,认识你们很高兴,后会有期啊!现在,距香港回归也就不到两年时间了,我们这边和内地会有更深入的业务往来。

目送荆夫先生消失在人群中,叶彤说,这位到底是何方神圣啊？光听你一个劲地拍马屁,说大师啊泰斗啊,可没具体介绍一下。名片上也只印个名字和电话,真是的,装什么深沉!

何果儿很诧异叶彤突然的不友好,但她还是回答,荆夫,香港FAIR公司的总裁,业界很著名的,我以为你知道。叶彤提高了音调,哟,FAIR啊,怪不得你那副样子!我怎么会知道他?我一向孤陋寡闻的!又没有你用功,出差之前背一大堆书!

何果儿再也忍不住了,我什么样子?我给公司丢脸了吗?我出发之前做一点功课,做到知彼知己,我错了吗?你平时不就是这样要求大家的吗?这阵子吃错什么药了,突然这样阴阳怪气!

哪里!公司全靠你长脸呢!叶彤傲然抛下这句话,便扭着腰肢去给旁边的同事敬酒。她和每一个人笑语吟吟,却不再看何果儿一眼。何果儿气得想冲过去和她理论,但放眼四周,又感觉到一种莫名的无聊。理论什么?再重复一个字都是荒谬。一直到行程结束,回到广州,她俩都没有搭一句话。

公司的总结交流会上,叶彤侃侃而谈诸多的心得体会,既有感性的见闻,又有理性的提炼。她思路清晰,见解新颖,和以往一样博得了老总的高度肯定。轮到何果儿发言了,她幽默地说,我能想到、能说的,叶经理都说了;我想不到、说不了的,叶经理也都说了。以后开会,叶经理的发言尽量放在后边吧,不然她一开口,就没大家什么事了。

全场笑。叶彤把狐疑的目光投向何果儿。何果儿坦然地迎住她。是的,她当然听到叶彤把那天她和荆夫先生的对话内容当成自己发现说出来,甚至,她把几个年轻人在路上聊起来的一些创意也据为己有了。可何果儿的发言不是讽刺叶彤的,她真的不在意。叶彤并不坏,她不过有点急功近利,像大家在背后议论的那样,不容许别人抢她的风头而已。任何人出头露面,她都觉得是抢她的风头。何果儿是欣赏她的才干的,所以更为她的这种性格感到悲凉。香港之行,她与何果儿交恶,但何果儿想开之后,觉得没必要恨她。从官场到商界,何果儿也见过一些听过一些了,哪里都有这样的人,让人习以为常了。

只是何果儿放下了,叶彤倒放不下。她时不时给何果儿设个绊儿,使个小坏。因为她的捣乱,何果儿的规划遭到三番五次的搁浅,陷入了很被动的境地。终于,企划部的两个年轻人不干了,他们把事情捅到老总那里。老总调查了问题,只两天时间,便来了新经理。叶彤降了一级,调去营销部了。

叶彤收拾办公室离去的时候,何果儿从自己的玻璃窗里看着她。看不见她脸上的表情,但她的身影依然那么袅娜,那么挺拔——正是因为她知道有许多双眼睛从背后偷偷打量着她,她才把肩背挺得比以往更直、更骄傲。这个好强的女孩!何果儿的心里一阵阵难过。何果儿一点都不想看着她灰暗地离开。如果可以,何果儿依然愿意做她的下属,和她一起上班,吃夜宵,吹牛皮说大话。她热情的笑容,是何果儿愿意留在这个公司的最初的理由。本来,她们可以成为朋友的。她们甚至于已经成了朋友。

转眼到了农历年年底,春节放假前,大家领到了薪水和奖金,有人喜有人怨。何果儿的数字却是她完全没有预料到的,厚厚一大沓钱,拿在手里简直有一种不真实的感觉。参加工作也好几年了,她真的没挣过这么多钱。

可惜不能回江城过年,不然这么多钱可以买好多衣服,像姐姐说的一样衣锦还乡。何果儿想着,不禁笑出来。今年二哥、二嫂要她回深圳,趁寒假辅导一下欢欢的学习。妈妈在电话里说,也好,去南方的第一个年,就和你二哥、二嫂过吧,别来回折腾了,累人。

给爸、妈、姐姐、姐夫、茜茜买了衣服、鞋子、帽子,几大包,寄回了江城,也给大哥、大嫂、乐乐寄去了礼物,几天时间里何果儿出入广州的各大商场,心里是满满的成就感。长这么大了,这是第一个不能和父母在一起过的春节,她急着用各种东西排遣对他们的思念。寄走衣物回到宿舍刚喘口气,又想起该给爸妈再买点好茶,便又起身跑到街头。

路过一家品牌男装店,塑模身上的黑风衣吸引了何果儿的目光。毫无来由地,她突然想起常翔东。她无法遏制突然涌到脑海里的念头:这种风衣穿在常翔东身上肯定好看,肯定和这个高大的模特一样好看、有型。她甚至清楚地看到了一幅画面:玫州,那座雄伟的铁桥上,常翔东阔步走来,一阵黄河风吹乱了他的头发,长风衣向两边扬起,向天空的方向鼓荡着,像是扇动着翅膀的大鸟。

她走进店铺,径直去寻那件衣服。她是那么强烈地想要它穿在常翔东的身上。导购笑眯眯地问,小姐好眼力,这件风衣是今年的热卖款,又流行又经典,你是买给男朋友的吧?他穿什么号?

热切的冲动慢慢冷却下来,她呆呆地凝视着大镜子里的自己,眼底隐藏着火苗,腮上突起红晕。为什么给他买衣服?他收到她寄去的衣服会是什么情景?不是自己说的吗,天高水远的就不牵扯了？不是自己亲口劝人家珍惜身边的机会吗？那么，这么久了，她音讯断绝，他难道不该有身边的机会？也许，他在玫州已经安定了。若是这样，她为什么要心血来潮巴巴地寄衣服给他，破坏他新的开始？

她走到马路上。迎面走来的，擦肩而过的，到处都是人。人多得好像已经开始过年了似的热闹。泪水模糊了视线，她停住脚步，把脸仰向天空。她无法忍受这么多人，这么多咫尺陌路人。她只想在这一刻，看见常翔东沉静的、温煦的笑容。

一步，一步，再迈开腿向前走时，每一步都仿佛踩回到了过去，踩住了自己已然觉悟的心事。

一步，一步，每一步都踩在音乐上。城市里，从早到晚都有音乐，每一个街角都有音乐。无处不在的音乐里，何果儿不能不想起，就是在这个城市里，或许，就是在这条街道上，曾经，有一个人，想念着远在玫州的她。他在心里为她唱着歌，他写着一封封寄不出去的信。他也曾为她买下帽子、围巾，在单调乏味的南方之冬，想念玫州的雪。

难道，生而为人都注定要经历这样的阴差阳错？也许，这样就公平了？

深圳的天比广州的蓝得多。回到哥嫂家里，何果儿心头积郁的阴霾慢慢消散了。家里经过了重新装修，显得高档又舒适，每个房间都换了新的家具、窗帘。何果儿好喜欢自己房间的色彩，温馨得不得了。二嫂说，多少年只想着一个劲在外面挣钱，也顾不上打理自己的窝，现在算是想通了，钱多少是个够呢？现挣现享受吧。

何果儿高兴得依在二嫂肩上,好嫂子,早该这样了,你和我哥这些年太辛苦了。我现在到这边,才真正感受到南北生活的差异,想想江城,想想玫州,广东这边的人真的太拼了。我这么年轻,没有负担,一时都适应不了这么快的工作节奏。你带着欢欢,还要自己做公司,真不知道是怎么过来的。现在功成名就,就歇歇吧。二嫂说,商场比战场更残酷呢,永远都在厮杀,一不留神就被人灭了,哪里有什么功成名就?眼下不过是顺一点,能喘口气罢了。算了,今年过年,彻底不谈生意,咱们一家人去新马泰度假。何果儿小心发问,你和我哥再没什么事吧?你们和好如初了吧?听了这话,二嫂盯着何果儿,呆呆的,好像一时不知从何说起。好半天,她抬手一挥,没事了,我们现在很好。小妹,你就别操心我们了,汇报一下你自己的事吧。

晚饭后,二哥陪果儿散步。他说,果果,我在电话里没骗你,我真的再没和那个女孩联系过,我当时就和她说清楚了。这都过去多长时间了,你还不放心我?果儿又问,那你和二嫂没事了,和好如初了?二哥说,没事了,早就和好了,你嫂子她原谅我了。果儿说,哥,我嫂子她可能脾气急,有时也独断专行一点,让你受委屈,可是她心眼不坏,她多少年顾念着你,忠心耿耿。你是男人,不要在小节上对她心存芥蒂。

二哥凝视着夜色迷蒙的前方,默默无言。夜风送来一阵一阵的清凉,带着海水的潮腥味。海在哪边?何果儿急切地向远处打量,脑海中却蓦地浮现出一条绕城而过的奔腾逶迤的大河。她看到小小的自己,被高大的二哥牵着,一蹦一跳欢喜地走在江堤上,江水打在岸边的礁石上,浪花像雨花溅到她的花裙子上,于是二哥把她抱起来,高高地架到了脖子上。

从家乡那条美丽的河流出发,他们走了多久,走了多远?记忆中的二哥,永远是那么潇洒挺拔,那么英俊健朗,可此刻走在身边的他,分明是微微地驼了背,眼角眉心有了抚不平的皱褶。哥,你想江城吗?想爸妈吗?果儿心里万千感慨,不禁轻声问二哥。二哥转过脸,眼里满是关切,怎么了果果,想家了吗?果儿鼻子酸酸的,不是,是我突然发现你有点老了。你怎么会变老呢?二哥一愣,随即哈哈笑起来,傻丫头,我怎么就不会变老呢?我离开江城去当兵时,卫红初中还没毕业,你才学会走路呢,现在卫红的茜茜都那么高了,你也是二十大几的人了,我还能不老?果儿说,老是正常的,我知道。这几年,我觉着自己都变老了。可在我心里,你和二嫂是不一样的。二哥还是笑,我们啥样?永远金童玉女的那种,永远年轻?你们搞文学的人啊,就是喜欢生活在想象中。笑罢,二哥长长地叹了口气,停下脚步,别说年轻,很多事情都回不去了,都回不到过去的样子了。你不是问我们是否和好如初了吗?没错,我们是和好了,可我告诉你,我都不知道如初是什么感觉了。我倒没事,关键是你嫂子,她变了,变得很小心,很客气,大小事好像都要听我的意见。可我不喜欢她这样,我不要她照着那些破女性读物上的什么指南、方法,装温柔,装宽容,学撒娇,笼络老公。我要的是她本来的样子,天不怕地不怕的那种真性情。

都怪我!经过了这件事,丽媛她变得不快乐了。二哥的眸子在闪烁变幻的夜灯下流露出深深的迷惘和苦恼,也或者,从更早的时候,我们就都不快乐了。

可是,你没发现吗?经过了这件事,你和嫂子再一次确认了彼此的重要性,你们这么在乎对方。果儿热切地鼓励二哥,而且,你们现在都对生活、对自己有了新的认识、新的省思。这很重要,哥,我嫂子今天对我说的话,和你的意思方向完全一致。你们都警醒着,你们都没浑浑噩噩,所以,一切都会好起来的,美好如初,不,比过去更好!

但愿如此。二哥说。他笑了,果果,我发现你口才了得,很会教育人,蛮像一个老师。

云裳公司的市场营业额在几起几伏之后,终于稳稳地居于广东省的前十强。入驻全国各省会城市的大商场之后,更有加盟扩展的好消息从四方传来。老板在庆功酒会上高举酒杯,兴奋地宣布,我们的品牌已经打出去了!已经在国内打响了!在欢呼声、鼓掌声中,他走到了舞台的最中心,在灿烂灯火中深深地向台下鞠躬,我感谢每一位云裳员工为此目标所做的努力,但我要说的是,这不是我们的终极目标,我们云裳人要上下一心,励精图治,实现中国民族服装品牌走向世界的梦想!我们要改变中国是制造大国、品牌小国的现状,我们要靠自己的双手,完成云裳的国际化!

听上去特励志,让人热血沸腾,是不是,何部长?叶彤对何果儿说。她俩已经一年多不接触了,酒会上人头攒动,何果儿都没注意到她是什么时候站到自己身边的。她冷不丁来了这么一句,何果儿不知如何作答。叶彤却目光灼灼,怎么不说话?你是老总跟前的红人,说不定他这些伟大的宣言都是出自你的构想呢。厉害啊,你们!才糊了个口解决了温饱问题,就做走向国际的大头梦了。何果儿听不得这满嘴的冷嘲热讽,却又不想和她理论,便淡淡说一句,有理想,眼光放长远一点,总归不是坏事。叶彤立即反唇相讥,是啊,远大理想,那当然是好事!可有一样,得看清自己踩在多大一块地上,能蹦跶多高、多远。她见何果儿对自己的话不作应答,又以挑衅的口气说,怎么,不屑于和你的手下败将对话?

何果儿想扭头离开,但内心一种强烈的情绪使她严正地盯住了叶彤,手下败将?你确定你和我之间有过战争?你确定我对你做过什么?拜托告诉我!叶彤眼里咄咄逼人的火苗在何果儿的逼视下,渐渐弱了,灭了。她四顾左右,要抽身而走的样子。果儿伸手扳住了她的肩,叶彤,今天你必须回答我,虽说清者自清,但我不能一直忍受你的倒打一耙。我再问一遍,什么叫手下败将?你我之间有过战争吗?如果有,那也是你发起的,你一个人的战争。你很清楚,我从没应过你的战,你排挤我、打压我,而我什么都没对你做过。叶彤不开口,只是狠狠地抖开了何果儿的手。但何果儿决心穷追不舍,你今天一定要说话!不是你逼我对话吗?怎么自己却不开口了?叶彤,这就是你的真面目,你还不算坏透顶,你做不到黑白颠倒,做不到当着我的面昧良心抹杀事实。既如此,你为什么要给自己套上一副玩世不恭、刀枪不入的假面具?叶彤一副漫不经心的样子,靠到了椅子上,哟,谢谢你看清了我的真面目,我自己都不知道自己的嘴脸呢!我自然不是好人,你当自己就是冰清玉洁了?说什么良心?咱待的这地儿是讲良心的地儿吗?一个个乌眼鸡似的,只盯着业绩,谁顾着良心了!何果儿坚定地摇头,不,不是这样的！你知道,你心里很清楚,在你突然开始和我作对,各种捣乱之后,我还是从没做过拆你台的事情,一次也没有。为什么？因为你是带我上路的人,你在我起步阶段给过我很大帮助。我相信你对我使坏不是出自本意,而误会迟早会解除。

叶彤怔怔地听着何果儿的话,她失神的眼睛里渐渐有了泪意。她突然急急地说,其实,我对你也没什么误会。何果儿看着她的样子,也难过起来。她握住了叶彤的手,是没什么误会,只不过是你太好强了一些,并且,你太看好我了,你以为我就要胜过你了。其实,哪能呢？在我心里,你不光是我来广州后的第一个朋友,也是第一个师父,我向你学习的地方还多着呢。四目相对,好久,叶彤终于释然地笑了,瞧你这张嘴,说得人无地自容啊！明明是我嫉妒你,你还要说成是我看好你。说实话,果儿,我知道我自己心眼小,我吃亏就吃亏在这点上。对你,我心里一直愧疚。何果儿真诚地说,说不上吃亏,都过去了。当时你那样调离,我其实也挺难过。好在后来你在营销部也做得非常好。叶彤,你有热情,有能力,在哪里都会出彩的。叶彤调皮地捏了下何果儿的手心,还有一条,喜欢和假想敌作战！何果儿凑到她耳边喊,这条,改！

和叶彤的重归于好发生得突如其来,就像之前莫名其妙地交恶一样。一切都在叶彤的把控中,她始终是主动出击的那一方。可是,管他的呢！这些事情,好多事情,何果儿都觉得没必要费心一较高低。工作已够辛苦了,何必再额外给自己添堵？而叶彤,经过这次反复,确实是对何果儿极好的了。她约何果儿一起吃饭,买衣服,一起去舞厅跳舞,去卡拉OK唱歌。她以尖叫欢呼为何果儿唱的每一首歌喝彩,她每听完一首歌都要说,何果儿你不去做歌星天理难容。她自己更喜欢跳舞,舞姿妖娆狂野。有几次何果儿看着她,恍惚间好像看见了李菲菲。何果儿喜欢和叶彤结伴的日子,热闹,鲜明,放松。

但突然地,叶彤辞职了。而且,是在公司任命她为华东区的市场总监,要派往上海之后不几天。

何果儿听到消息,立即打电话。叶彤还是一贯的轻松声调,找我干吗,要开欢送会啊?何果儿悻悻道,我是想欢送,可是不知道往哪儿送呢。你可真有城府啊!一点消息都不透露,连华东大区的市场总监都不要了,这是要到哪里高就呢?叶彤的声音低下来,不是瞒你,是知道你一定会反对,怕你的反对动摇我自己,所以打算临走时再告诉你。何果儿纳闷,你去什么地方?你怎么知道我一定会反对?叶彤答,你真没听到人说我要结婚的话吗?这就是我的辞职理由。可是,果儿,跟你我不想说假话。结什么婚?连嫁人都算不上!我是要去做二奶了。

何果儿震惊。她当然反对,她一定要反对,可是反对有什么用呢?三天后,叶彤就要离开广州,住进东莞樟木镇的一座花园别墅。她的男人是一个四十五六岁的香港老板,不算太老,也不算太难看,就是有点黑。他承诺两年时间内和香港的太太离婚,然后和叶彤结婚。叶彤告诉何果儿她不是那些傻女人,她从一开始就没相信过他要离婚的鬼话。他说过一段时间,就把叶彤搬到美国去,他在那里有钱,有带游泳池的大房子。叶彤说这个她倒愿意信。

为什么要走这条路?面对何果儿的逼问,叶彤还是嬉笑怒骂的老样子,为什么？当然是为钱啊！莫非你以为是为了爱情？那玩意儿,我只在小说、电影里见过,只在卡拉OK里听你唱过。看好友痛心至极的样子,她安慰说,你不要这样,我这当然不是什么美好的结局,但也不至于是跳火坑吧？这男人好歹是个出手大方的,走到这一步,他在我身上也花了近百万了。你放心,我会给自己打算的。何果儿问,钱,有这么重要吗？再说了,你不是没钱的人,你做大区总监的收入,比一般社会上人的工资要多太多,难道还不够？你为什么要这么多钱？叶彤听这话直摇头,果儿,你一张嘴人就知道你是个从不缺钱不缺爱的小公主,你想象不到我们这些人的成长背景和生活环境。如果你知道我中学、大学是怎么读下来的,如果你知道我为什么放弃公职来广州找工作,如果你知道我家里一个哥哥、一个弟弟都要靠我才能娶上媳妇,你就不会问这样的问题。如果你知道我有一个常年泡在医院的父亲,你就知道我挣的这点薪水是多是少了。

　　果儿,你根本想不到这世界上另一种人的生活。这样的话,以前,李菲菲说过,康楠说过,现在,又听叶彤说了。何果儿心里五味杂陈,这世间到底还有多少种人生是她想象不到的？漫漫长路,她要成就怎样的广阔和深刻,才能穷尽这世间百态的种种真相？她要培植怎样的信心和勇气,才能深谙这苦乐人生深藏的秘密和答案？

　　叶彤说,说起来我勾搭上这男人,还是你牵的线呢。还记得那个荆夫先生吗？他不是当时给咱们送了名片吗？我后来时不时联系一下他,就是想从他那里获得一点前沿信息什么的。可他显然对我没什么兴趣,这我当时就看出来了。他关注的是你。但去年年底他突然主动联系我,说是要来广州一趟,希望能一起吃个饭。他邀请的是你我两个人。他其实就是想让我带你去。可那时候,咱俩不是还没和好嘛,我就自己一个人去赴宴,骗他说你正好出差了。那席上一帮香港的大老板,做什么生意的都有。荆夫先生对我脸色寡淡,但管不住别人色眯眯地贴上来啊!

叶彤说,好了,就这样吧。就此别过。何果儿,你知道我的心性,我受不了被人同情、怜悯,我喜欢压人一头,耀武扬威,哈哈!所以,你从此以后不必再惦记我了。如果你得不到我的消息,那就是我混得惨了,自生自灭!记着,但凡我翻身了,有钱有自由了,那我是一定要回来找你显摆的。

一条幽长的人行道,一边是盘踞在整面围墙上的一望无际的三角梅,那热烈恣肆的绽放,像是要把那浓重的玫红色一簇一簇泼洒出去;一边是成排的木棉树把熙熙攘攘的车流、人流阻隔开去,这花前树下俨然是另一个静美的世界。正是春天,高大的木棉树全身披挂着花朵,千朵万朵硕大的花密密麻麻地挺立在枝头,像火焰一样映红了天空。木棉树实在是太高大了,何果儿抬头往树上看,却只看到厚实坚挺的花托。她看不清那花瓣的形状,只是久久地沉醉在一树一树凛然的壮美中。是的,似乎只能用这样的词形容盛开的木棉。这高大,这挺拔,这繁盛,这颜色,不仅仅让人喜欢、感动,更有一种让人油然而生肃穆、崇拜之情的力量。何果儿流连忘返,仿若行走在长长的赤红色的花冠伞幕下。"却道南中春色别,满城尽是木棉花",想起小时候背诵过的古诗,心中又添一种感慨。那时候,怎么会想到自己有一天真的会置身在诗句所吟哦的波澜壮阔中呢?人的一生,到底要走过多少不曾料到的安排?前路还有多少未知的风景?

"啪!"突然,一朵花落在何果儿面前的石板上。她蹲下身,轻轻捡起。这下,她看清了它的模样。她爱极了它的模样。可它为什么会离开母枝、离开同伴云蒸霞蔚的簇拥,走向坠落?明明,它在她的指尖,依然像一朵红莲傲然挺立着,花瓣没有颓靡,也不见凋萎,它为什么在形容姣好的时候,选择从云端坠入人间,如此决绝,如飞蛾扑火?

何果儿久久地端详着手中的木棉,思绪却一下子飞到很远。她想起了另一个花季,另一朵在最美的时候飘然落地的花朵。她想起了许多个花季,许多花一般的面容。那些永远不会复返的曾经如画的青春。脑海中,再一次浮现出诗句,"像沉重的叹息,又像英勇的火炬"。没错,这是写木棉的。置身此境此情,何果儿比以往哪一次都更叹服这修辞的精妙,她一遍遍吟诵着,心想,再不会有人比舒婷更懂得木棉的盛开与坠落了。她感觉自己立在一树火炬下,手捧着一朵沉重的掷地有声的叹息。

"一百年前我眼睁睁地看你离去,一百年后我期待着你回到我这里。沧海变桑田抹不去我对你的思念。一次次呼唤你,我的一九九七年……"

满世界铺天盖地的激荡旋律中,终于迎来了香港回归的大日子。大街小巷,红灯高挂,国旗飘飘,比过年更要热闹。每个人都有一种身处重大历史现场的兴奋和庄严。在公司的欢庆晚会上，何果儿和自己部门两个爱唱歌的小伙子合唱了这首由歌星谢津、林萍、韩磊他们唱火爆了的歌曲《公元1997》。他们的节目赢得全场的欢呼。何果儿站在台上，真是无比感慨。最后一次上台唱歌，还是在大学的时候，不到十年光景，却似乎走过了千山万水，连自己的音乐爱好都渐渐模糊了。现在别说上台唱歌，就连平时都想不起唱歌。每一天的神经都绷得紧紧的，高跟鞋一路哐哐哐地敲过去，那清脆轻捷的声音所承载着的身体却有着最内里的疲累。再想起在玫州市文化局那几年从早到晚翻报纸喝水的情景，何果儿有一种恍如隔世的感觉，真不敢相信自己曾有过那么悠闲到百无聊赖的生活。她甚至带着点羡慕的心情回忆起当年斜倚在窗口的苦闷的自己，现在，她再也没有空闲打量窗外的景色了。从一个会议到另一个会议，从一座大楼到另一座大楼，从一个城市到另一个城市，她走路，总像在奔跑。

你不会是后悔自己的选择了吧？常翔东问。

不会。没有后悔。何果儿说，我挺好。有时，工作完成了，看到自己的想法得到实施，也很有成就感。不过，生活确实越来越让人认清一个事实，那就是，没有一种人生不是残缺不全的。

常翔东笑，嗯，很有哲理！看来在海里扑腾得很有长进嘛！

常翔东说他是来广州出差的。他从机场出来就给何果儿打了电话。她听到他的声音，心一阵狂跳，简直起了一种痉挛似的疼痛。她忙不迭地答应了他一起吃晚饭。放下电话，她再也无法专注到工作中去。她在脑海中回放着通话的全过程。她简直恨极了他平静的声音,恨极了他平和的态度。

在酒店的小包间,当她站起身迎向他时,她知道自己的笑容也是平静的、平和的。

聊完了工作,聊完了玫州一些共同的熟人,终于聊到了绕不过去的话题,你现在在广州有男朋友了吧?

何果儿感觉到了常翔东的变化。他的气质依然是笃定的、沉静的,笑容里有一种让人舒服的安全感。他自己却在某一个地方悄悄包紧了,收回了,他的样子有一种陌生的矜持。他好像是穿着一件隐形的防护衣和她谈话。她真的是很深地伤害过他吗?那伤害如今还在蜇痛着他吗?他为什么以这么疏离的口气打探本是最急切的问题,是欲盖弥彰,还是他确已让她的伤害成了过去时?

何果儿慢慢喝下一口红酒,然后又喝了一口绿茶。她的嘴唇还是干。但他在等着她的回答。他貌似不经意的表情里有着呼之欲出的忐忑。她慢慢看透了他,她不再轻声慢语假装是和一个老朋友温暖叙旧。常翔东,还是你先说你的情况吧!有没有结婚?有没有女朋友?如果你已经结婚了,有女朋友了,我的回答就没意义,就可以省下了。

我没有,什么都没有。我那套房子是为向你求婚买下的,这几年,它还在空荡荡地等待着女主人。常翔东说。他尽力想让自己的口气有玩笑的轻松,但他的声音微微地颤抖了,果儿,为什么先让我说?难道你现在还在乎我的情况?

不是在乎,是你的情况根本就决定着我的情况。常翔东,如果你已经有了家有了女朋友,我绝对不会再说半个字。可是,你刚才说你还单着,那我想坦诚地请求你,你现在可以重新考虑一下我吗?何果儿勇敢地盯着常翔东,可她的声音不争气地哽住了。我说过我离开玫州是想确证一下自己到底想要怎样的生活,但到现在我还是迷茫的,我不知道怎样的选择才是唯一正确的。可这几年,我终究明白了一件事,那就是如果你不先谈恋爱先结婚,我就没办法接受任何人。

你为什么不早点告诉我!为什么?常翔东呼地从座位上站起来,他几乎是愤怒地朝她吼出这句话。他无法安顿自己巨大的惊喜,他的双眼升腾起烈焰一般的光芒。他就那么久久地凝视着她,直到她的脸颊滑下一串串泪。

你还请求我!你还用"请求"这个词!何果儿,你这个折磨人的魔鬼!终于,他一步跨到了她这边,他伸出双臂,一把将她揽到了怀里,他紧紧地不容抗拒地将她搂到了自己的怀里。你到底是天使还是魔鬼,你让我吃尽了苦头,你让我等得没有了一点自信,你让我进退两难,不知道如何坚持下去,也不知道如何放弃坚持。如果我今天不来广州,你还要这个样子多久啊!你还要害我多久啊!

我不是害你,我是对自己有点苛求。何果儿哽咽着,流下了幸福的泪。她靠在常翔东的胸口上,她听到他怦怦的心跳声鼓动着她的脸颊,搅乱了她的声音。自从相识,她还没有这么贴近过他,这是第一次亲密接触。却原来,他们是如此适合拥抱的两个人。他们在黑暗中、在迷茫中摸索了太久,渴盼了太久,现在,他们终于紧紧地抱到了一起,就像成了一个人。何果儿感觉不到自己的心跳,她的身体,她的灵魂,全部地、无条件地,被淹没在他的心跳、他的体温中。她静静地蜷伏在他怀里,像是从一个沉睡千年的迷梦中一点点醒过来,又像是跌进了一个更大、更幽深的陷阱,四处都是细细的禁锢,无数甜蜜的飞虫嗡嗡地围上身来,让人想哭。感觉好委屈,倦极了,乏透了,一动都不想动。是的,她不要再动,不要再孤独了。海水无边无际,每一叶漂流的风帆却都寻觅停靠的理由。他就是她的港湾,她驶进他,岸上所有的好风景暖暖地向她敞开。从此,暮色初降时,万家灯火中有一格小小窗户,里面那温暖的橘红色的灯光,是为她亮起的。

给爸妈打电话,第一时间告知他们最牵挂的事尘埃落定了。妈妈几乎喜极而泣,爸爸却严厉发问,为什么突然做这个决定?之前不是说你俩没再联系吗?何果儿,你在很多事情上都表现出了任性的毛病,这次是不是故技重演?果儿答,没有任性,不是突然。虽然中断过联系,但我们越来越确定了。爸爸,我向你保证,尽管眼下也有许多实际困难,但我们的感情已经经过了考验。这次真的不会再惹你们生气了。爸爸沉默好半响才开口说,惹我们生气的事,你做得还少吗?唉,过去的事就不提了,有则改之,无则加勉。现在既然心意定了,我们也就放心了。女儿,你一个女孩子孤身一人在外面闯荡,你妈是没有一天不抹眼泪啊!

何果儿的眼泪随着爸爸的话喷涌而出,她忍受不了爸爸突然流露的思念和软弱,她忍受不了他的声音变得苍老无奈。她习惯了他的严厉、古板,习惯了他高高在上讲"有则改之,无则加勉"的腔调,可当他紧握着电话,和妈妈一样哽咽着嗓子喊出"女儿"时,何果儿的心被深深地刺痛了。她想扔下电话立即回家,她想不顾一切地只朝着江城的方向飞去。

任何时候,只有父母的那个家是你想回就可以回的,永远的家。只要父母在,这个世界上便有一个叫家的地方。可是,何果儿从没有如此痛切地认识到,成长的路上,每走一步,就又离家远了一步。家还在老地方,而渐行渐远的自己却不是那个想回就能回的人了。

常翔东拭掉果儿的泪,接过电话说,叔叔、阿姨,等我忙过这一阵,我随果儿回江城来看你们。后面的事主要听二老的意见。

四十天后,常翔东辞掉玫州的工作,卖了房子,把全部家当搬到了广州。何果儿见到他时,他已在一家广告公司上班了。

何果儿很吃惊。当然,她不可能对他的行动一无所知,他们之前有过规划,也确认了玫州是她不会回去的,那么,他自然一定要离开。可是,他们还未做过具体的方案。何果儿希望慢慢来,想好了再落脚。常翔东也答应听听爸妈哥嫂的意见。可是,他为什么这么雷厉风行?他在广州找工作根本就瞒着她,他甚至开始搜罗楼盘信息,准备买房子了。

怎么?你不高兴我瞒着你做这些?哎呀,还不就是为了给你制造一点惊喜嘛!电影、电视剧不都是这样演的吗?女孩子都喜欢惊喜。常翔东跑前跑后,忙不迭地给果儿展示他买的新物件,脸上宠溺的笑好像她真的是一个看见礼物就要惊喜地跳起来的小女孩。见果儿不为所动,他才慢慢坐回到她跟前,正色说,制造惊喜当然是一说,主要是不想让你为我的事劳神分心。你忙成这个样子,我是根本不忍心再拿自己工作的事给你添负担的。而且,我在房地产广告公司也混了些年头了,到底不是初出茅庐的打工仔,我在这边找个合适的公司合适的职位用不着费太大劲。我把一切弄得停停当当,为你解除后顾之忧,这有什么不对吗果儿?

我看你现在虽然喊忙喊累,但与此同时你很专注于这个工作,它挖掘出了你的价值。照这么干下去,你做到大区经理,做到首席执行官,你做到自己之前根本想都不会想的位置上去,也是完全有可能的,我说的是真的。所以短期内你不该离开云裳,离开广州,那么,只能我毫不犹豫放下在玫州打下的一点点家业,千里而来,与你会合,我这样做,难道有错吗?

他当然没有错。他为她制造惊喜,他给她减负,他规划未来时把她的事业放在首位考虑。他让她坐享其成。他从来都是这样,一心一意,大包大揽。他第一次出现在她面前,就是替她解围。他永远都是抢在前面买了她想看的电影票,提早送来她想吃的东西。他不但能做,还会说。她从来挑不出他的错,可永远正确就是唯一的好吗?何果儿想不通为什么自己有这样怅然若失的感觉,不快乐。

常翔东看何果儿依旧闷闷的,他急得一把抓住她的肩膀,你不要这样好不好!我承认我有点虚荣心,想证明给你看我在广州也能行,我应该和你商量着做这些事,我错了!可我这么心急火燎的,也是因为想赶紧和你在一起,我们都不小了,我们得有个家。果儿,你知道吗?想到你像个机器一样高速运转,好不容易停止运转了,却连口称心的饭菜都吃不上,还要去街头小店找吃的,我在玫州就一天也待不下去了。

果儿不再生气,她把脸伏到他的臂弯里。她当然是懂得他的心思的。她的心思和他的心思现在合二为一,那就是,他们需要一个家,两个人的家。

我不能忍受你一个人在夜晚的街头草草充饥,可我更不能忍受,你盛装红唇,被一个男人的车接到一家豪华酒楼的包厢里。常翔东简直像一个诗人慷慨激昂起来了。何果儿笑着推开他,他佯装愤怒地逼问,你有没有?你坐过几次车,赴过几次宴?听说有一种说法,在广州、深圳这种地方,不请女人吃饭的男人,是可耻的。

何果儿叫停了常翔东的购房计划。她理解他的诚心,几年前他在玫州向她求婚时,也是先购置了婚房。他从来都让自己显得稳妥、有力,生活的窘境他不让女人看到。现在,移地重来,他依然有这个能力。可是,为什么一定要这样做?两个人的相爱难道必须得用房子、车子来证明?不,何果儿这样说绝不是因为她还停留在不可救药的理想主义和爱情至上阶段,恰恰相反,她的想法很实际。两个人在一起就是家,不一定非得拥有一套产权房才叫生活,而钱才是重要的,或许随时就能派上别的用场。至于到底要做什么,她心里没底,也不知和常翔东怎么讲。但有一点很清楚,那就是她为什么生气他这么着急来广州,这么匆忙谋新职。她的心里一直希望他做回画家的本行。她喜欢他画画。她知道他能画。他曾经画出过镶在她的记忆里从不褪色的画。她不想让他一头扎进无数架高速运转的商业机器中,成为其中的一架。他心疼她的劳累,可他不知道她也一样心疼他,怕他荒废了才华。她原设想借他离开玫州之机,尽力寻一个全新的机遇。可他又一次走在她的心愿前面。她简直恨他的行动力。

你看不起我做广告设计？你在玫州时为什么从没提过？常翔东的脸色眼见着阴下去了,果儿赶紧说,你不要误会好不好？什么叫看不起？我只是觉得你不应该放弃画画。以前没说是因为没想好咱们的事,不好随便干涉你。还有,广东不比玫州,在这里你一旦进入这个商海职场,就像有一根鞭子在耳边呼呼生风抽着你,你根本就慢不下来,你会越来越抽不出时间做自己喜欢的事。就算有时间了,你也会发现自己没感觉了,没心力了。我们做的这些事,服装销售啊,广告啊,对搞艺术绝对有害无益,时间越长越没法回头。

那你的意思是不用我上班,你赚钱养着我,让我在家里搞艺术？你想牺牲自己成全我？

果儿被常翔东的语气激得不舒服了。什么叫我养着你？你手里不是有积蓄吗？我想让你拿这个钱做一份可以让你不放弃画画的事。虽然具体怎么做还没有着落,但这就是我的心愿。再说了,就算你暂时不去拼死拼活地赚钱,也犯不着说牺牲我吧？我认为两个人之间,不存在"牺牲"这个词。

何果儿,你还真是天真啊！你以为我手里这点钱能供我高枕无忧搞艺术？生活要是你说得这么简单,我当年就不会离开堂堂正正的事业单位去民营房地产公司打工！我——何果儿不等他说完,愤然起身,那你说说生活应该怎样复杂,你说说你还要挣多少钱才够搞艺术。艺术生于忧患,死于安乐,只怕你将来成富翁了,却根本提不起画笔了！咱俩刚认识时你告诉我你是为了支撑艺术梦想才去做房地产设计的,难不成这两年你让钱迷了双眼,本末倒置,忘了初衷？

常翔东看着何果儿凶凶的样子,有点吃惊。这是他们俩第一次发生争执,第一次便这样剑拔弩张了。眼神对峙,何果儿丝毫不肯退缩。终于,常翔东伸出手,把她摁回到座位上,息怒,老婆大人息怒！不才小生这厢给您赔罪了。何果儿气恼地推开他,去,谁是你老婆！常翔东嬉皮笑脸地说,幸好还不是老婆,不然我今天死定了！人常说嘛,这女孩子啊,个个会装,谈恋爱时娇声细语、温柔顺从,一变成老婆立马骄横专断,做河东狮吼。可问题是,咱俩这还没谈几天恋爱呢,你就毫无过渡地如此这般凶将起来了。何果儿说,你想要温柔顺从型的,那趁早走开,免得将来后悔！常翔东还是笑,本人多少年自由散漫,一事无成,何故？就因缺少一个凶悍的老婆,如今终于等到了,赶紧受管教走正道才是,哪里顾得上将来后不后悔？

常翔东哄笑了何果儿,两人言归于好,相挽着徜徉在长长的街上。常翔东说,我买房就是想咱俩赶紧安顿下来,在自己的家里给你做可口的饭菜,再不这样满大街乱找吃的。何果儿说,租房一样的。租一套比公司分给我的更好一些的,按咱的心意收拾,不就是家吗？常翔东俯身吻何果儿的脸颊,听你的,明天就去办。果儿说,到时你可得天天给我做好吃的,别光说嘴哦！牛肉面、炸酱面、椒香鱼、卤凤爪、麻辣蹄筋、百合银耳粥、土豆饼,算了,不数了,反正一样一样做给我吃。常翔东笑,好个小馋虫！最想吃什么？果儿答,最想吃江城的酸辣面片,我妈做的那种味儿。

吃饭时,常翔东说,果儿,今天咱俩看似吵架,其实我心里挺感动的。一般都是女孩要房要车的,你倒反过来,不让我花钱,一切为我盘算。何果儿说,翔东,你这人什么都好,就是有点大男子主义。你是不是认为结婚的事都是应该你去做,我只等着依靠你?常翔东叹气,我能做什么,这不明摆着让你失望嘛。果儿,我是给你说过到龙腾公司是为了更好地画画,这么多年,我也尽可能努力地画着,可现如今,是搞艺术的时代吗?我就不说了,算我早早地向这个市侩的社会缴械投降了吧!可我的一些哥儿们,发誓要坚持艺术坚持前卫探索什么的,最后还不是满世界碰壁?果儿你知道吗?我们美院同学一半从事着完全与美术绝缘的行当,另一半要么沦落到去给人家画瓶瓶罐罐上的花鸟虫鱼,画那些所谓的现代装饰画,要么就在北京漂着,圆明园,宋庄,798,住地下室,烧蜂窝煤,自命为艺术家,其实就是盲流。

果儿,还记得我在玫州的那个画展吧?你知道我为此花了多少心血,投入了多少精力?可是最后,我只卖出去一幅画!哈哈,一幅画,连我打点展厅工作人员的烟钱都没赚回来!

果儿拉住常翔东的双手,捂住了自己的脸。她不想看到他受伤的表情。也许,她对他的了解还不够。他一贯明朗的外表下,竟也掩藏着悲怆的心境。

翔东,你先上你的班,咱们从长计议。你不要怪我干涉你的事业发展,那是因为我认定你是一个有艺术创造力的人。艺术是无价的,你画展上的画卖得不好,可《玫州晚报》和电视台都做了报道,行内评价不是很好吗? 这已经够了。

何果儿和荆夫先生见面了。当然不是偶然相遇,是荆夫先生到广州办事,参加业界一些往来关系组织的聚会。他和几年前一样,对何果儿表现出浓厚的专业讨论兴趣。见面没有寒暄,一开口就交流有关服装品牌的问题,惹得其他人纷纷抗议,荆总,你不要独霸美女好不好? 吃饭就吃饭,不要谈工作的啦! 荆夫儒雅地微笑,这个何小姐我先是惊鸿一瞥,然后慕名多年,如此千辛万苦才得以重逢,自然要多谈几句的。何果儿听他这样说,便想起叶彤。席间八九个人,有说广东话的、一口京腔的、东北口音的,还有说新疆普通话的,看来会集了东西南北人。她悄悄问荆夫,您记得叶彤吗? 您以前和她吃过饭的。您现在还有她那个、那个男的的消息吗? 荆夫说,记得。她那时候常联系我,后来就没有了。她跟的那个黑仔,我也没见过几次,没联系。何果儿看他脸上的表情,是洞悉一切的淡然,稍带一份不值多提的鄙夷。她原想通过他打听到叶彤的下落,见此只好忍下。

吃完饭送何果儿回家时,荆夫直截了当地挑明了此行的目的: FAIR 要在深圳开分公司,他想请何果儿做他的副总。他的态度极为热诚。他说,年薪、待遇这些根本用不着考虑,自然是最上限的。关键是她会有一个更高的发展平台,更好的做事环境。何果儿相信他,FAIR 的实力是有目共睹的。问题是,云裳待她不薄,她在这里一步步成长,现如今一见高枝就攀上去,弃它而去,真的合适吗? 还有,常翔东落脚广东不久,自己去深圳,他难道又要随她而迁?

何小姐,我为你的这种想法感到吃惊。我这两年虽没见你,但其实一直关注你。你有很敏锐的市场感觉,有前卫的企划理念,偏偏在跳槽这件事上,却让思想意识停留在前现代的道德制约中。中国改革开放二十多年了,你来广州打拼也好几年了,你难道不知道人才流动是一件极其平常的事吗?你离开云裳,不是因为它对不起你,而是FAIR更适合你。

没错,是这样。尽管如此,何果儿还是一时难以决断。荆夫先生说,也许这要怪你的文学情结。咱俩都是学文学的,我知道这个。文学重农轻商,不主张朝前看,而是让人沉溺于虚幻的田园时代。他开导她,一直耐心地等着她的回复。两周后,他再来广州。他问何果儿到底还有什么顾虑,她只好坦陈了常翔东的情况。荆夫先生听了,出乎意料地高兴,哦?何小姐男朋友是画油画出身?好啊,你这么卓尔不群的女子,正好和艺术家相配哦。看来咱们真的蛮有缘,没跟你说过,我太太正在法国读电影学博士学位。这么一来呢,咱们是身在商潮心系艺苑,文学、电影、美术全都有了。

何果儿没想到会这样。多少天来困扰得她睡不着觉的事到了荆夫先生这里,根本就不成问题,几个电话就解决了。他不仅认为常翔东应该去深圳,小两口再不能分居两地,而且他极为欣赏何果儿想让常翔东专事画画的想法。事情基本谈妥后,他轻描淡写地对何果儿说,在房地产公司,做到什么好位置也就是个挣钱的差使,让他去画院吧。我有一些关系正好用上了,先做合约画家,然后需要的话把人事关系也调过来,事业单位嘛,总要走一些程序。

何果儿迫不及待地把喜讯告诉常翔东,并且兴奋地提议,晚上两个人好好吃一顿,以示庆祝。常翔东细细了解了何果儿替他做简历、复印画作、发传真这些事,很是感动地说,老婆,你为我真是操尽了心啊!你公司里的事那么忙,怎么不让我自己做,还瞒着我?果儿说,我怕事情万一办不成,打击你,所以先做了再说。没想到荆夫先生这么有能量!常翔东随声附和着,脸上却并无何果儿期待的那种欣喜。他说,晚上就不出去吃了,我说好了和你爸通电话,下午他想和我聊聊南斯拉夫大使馆被炸的事,我那会没空。你想想,这么大的事,你不让老爷子骂骂美国出出气,不得憋坏他?

何果儿倚在窗前听常翔东和爸爸煲电话粥。国内新闻、国际风云,话题重大,内容庞杂,常翔东一会儿做慷慨陈词状,一会儿嗯嗯啊啊洗耳恭听。何果儿看着他的样子,不禁想到电话那一头爸爸的兴奋样。爸爸声讨美国定然义愤填膺。能和一个人专门专题交流,他肯定兴奋。老人太孤独了,两个儿子都不在江城,姐夫从二中调整到一中当校长,公务更加多起来,应酬也不少,周末才能抽空去陪爸爸聊聊天。常翔东是一个细心的人,常记得问候老人。爸爸也喜欢和他聊天。从带他回去见爸妈开始,他们就好像离不得他了,有什么事总是先和他商量。他们几乎在没见他之前就认可了他。

在大家眼里,常翔东是一个靠谱的人。可是、可是现在果儿办妥了两个人一起去深圳的事,他为什么不积极响应?和爸爸通完电话,他没再提起这个话头。甚至,几天过去了,他都像没事人一样。而深圳那边,荆夫先生已经等着她了。何果儿好郁闷。

去深圳,你当然是去做老总,那我去做什么?到不得不摊牌时,常翔东说出了这样的话。何果儿简直要爆发了,你这是什么意思！你难道不知道自己去做什么？上班,画画呀！莫非你以为深圳画院是养老院,让你去光吃光喝光睡觉吗？常翔东回击,恰恰相反,我太以为深圳画院是个高贵神圣的地方了,我就不明白我怎么稀里糊涂就能进那样的艺术殿堂？

何果儿蒙了,她不知道常翔东的口气怎么就变成了这个样子。她读不懂他的表情。她强忍着性子说,怎么稀里糊涂了？我不是跟你反复说过了,是荆夫先生托了好些重要关系才把你调进去的,先签约,下一步再办正式编制。

我就不明白了,堂堂的国家画院,竟然让一个香港商人支使得团团转！我一个早辞职下海了的人,他们竟然还能正式调过来,邪了门了,这地方果真是有钱能使鬼推磨啊！常翔东说,果儿,你想想看,如果我自己抱着我那些伟大的画作去求职,结果又会怎样？

果儿纳闷,你一向通达,并不是愤世嫉俗的人,怎么现在说这种幼稚的话！人情社会,做事自然需要打通一些关节,你平时不是常这样说吗？现在倒纠结起来了？荆夫先生,他不是一个纯粹的商人,他也是做品牌的文化人,懂艺术,所以才帮咱俩。

帮咱俩什么？常翔东的目光不再飘忽,他重重地发问。果儿答,帮咱俩在一起啊,在一个城市生活。常翔东冷冷地说,咱俩不是已经在一起了吗？为了和你在一个城市生活,我抛下玫州的一切来广州,这刚安顿下来,他又要把你弄到深圳去,这是帮咱俩吗？

他好像破釜沉舟,决意要不管不顾了,何果儿,你不要打断我。是,我知道,我去深圳比在广州这儿做打工仔更好,我这是要做画家,做艺术家了！是你功德无量非要成全我的艺术事业,可是,为

400

什么这世上那么多怀才不遇的艺术家,天上掉个大馅饼偏就砸我头上了?你的荆夫先生,又腰缠万贯,又精通艺术,这么高端的人士就全世界物色不了一个副总?何果儿,你的商业才能果真就那么无可替代?

这事我考虑好多天了,我咽不下这口气!对你的感情上,我眼里揉不得沙子。那个香港佬,他的狼子野心昭然若揭,为了把你安顿在他身边,他殚精竭虑啊!从头到尾,他只是在帮自己。难道我要和你一样傻,或者装傻,真以为他是在帮我?帮我什么?帮我戴绿帽?

所以,何果儿,我明确告诉你,我拒绝接受你对我的安排。而且,我也不同意你去那个香港佬手下做事。你如果非去不可,那我宁愿分手。

原来如此!

何果儿毅然辞掉了云裳的工作,也放弃了FAIR。对荆夫先生,她心里好愧疚。她根本不知道怎么解释自己的不守信,她只是无限挫败地站在他面前。倒是荆夫先生洞悉一切的样子,反过来安慰她,没关系,何小姐,以后还有合作机会嘛。你和你男朋友这边有什么事,随时都可以联系我的。他关心地问起她赴京后的打算。何果儿回答,上个月遇到当年玫大时文学社的同学,他在北京的一家刊物工作,我现在准备接受他的聘请。

哦,办文学刊物?荆夫先生沉吟着,这个,自然不会比你现在的收入更高吧?不过,也好,蛮好!何小姐,文学应该是你多年的理想吧?

理想？从荆夫先生的港味发音里吐出的这个词，有着一种久违的别样的意味。何果儿不思量这个词已有很久了，但此刻，它真真切切地就在她心里。它似乎依旧有着不曾减重的分量。她突然平静下来了，多日来的痛楚、怨尤仿佛终于云开月明，渐渐消散了。她抬起头，愉快地回答，也许是的。最近这些风波，让人倦怠得很，我不想再重复在商界的生活了。也许，彻底远离文学，在经历了这一切之后，依然是不能够的。

你这叫逃避！何果儿，你是一个逃兵！章蕙的声音是史无前例的凶。何果儿的耳膜被电话震得轰轰地响。常翔东做错什么了？你告诉我！他不应该吃醋吗？那个香港人那么全力以赴地帮你，常翔东起点疑心吃点醋有什么错？除非他心如死灰，除非他不爱你！你跟他好好解释，然后两个人去深圳发展呀！你倒好，这么点小误会无限放大，最后竟连人带工作都不要了！何果儿，我疑心你脑子严重进水。

章蕙，我瞒着家人只跟你一个人说这事，是因为作为朋友，你更能理解我，可你为什么只看事情的结果、得失，而不顾我的内心感受呢？我怎么跟常翔东解释？解释得清吗？我如果去了 FAIR，那我和荆夫先生就是长期的紧密的工作关系，长年累月，我如何担保常翔东不吃醋、不猜疑？他甚至为这件事提出分手！就算他这次承认是自己误会了，可将来必定有更多的机会让他不断产生误会。这种意识一旦在他脑子里生出来，会彻底消除吗？难道以后我要无穷无尽为工作和家庭拎不清？

章蕙，我当年和彭歆分手，你是帮他说话的，这次你又是站在常翔东这边。我理解你,你帮他就是帮我,你希望我赶紧嫁出去。你和我妈一样,怕我嫁不出去。没错,现在我自己也觉得我可能嫁不出去了。果儿凄然地笑了。可是就算这样,我也不想眼睁睁地走进没有信任基础的婚姻里去。

谁担心你嫁不出去了?胡扯!我不过是觉得常翔东待你那么好,为你付出了很多,我不想让你们俩没结果。章蕙的声音低下去了,果儿,老总不去当也就罢了,你难道不能留在云裳,留在广州,和常翔东好好过?唉,这眼看着就要领证了,又闹了这一出!果儿,你就让一步留在那儿吧!你想想,现在是搞文学的时代吗?

何果儿说,也许你是对的。可是章蕙,我突然发现,我早就应该离开了。我真的不是和常翔东置气,要那样的话我就去FAIR。我之所以彻底告别这里,是因为,我还是不能违背自己。

到北京的当天晚上,何果儿被接到了专门的欢迎宴上。大家都热情得像是久别重逢。其实,十多个人里,何果儿只认识当年在玫大"黄河诗社"的刘晓晨,和中文系高一届的同学卢敏,卢敏现在已是社科出版社文学部主任。刘晓晨说,玫大人遍天下,不说别的系,光中文系的校友京城里就有好几个,散布在广电媒体、编辑出版等文化行业,他办杂志一直有各界校友的各方面鼎力相助。他说,千呼万唤,终于把咱们的大才女盼来了,这下咱们的杂志如虎添翼,必能声振文坛!

豪言壮语耳边振荡,唱歌、吟诗、敬酒此起彼落,充满激情的场面,纷纷的话题,一触即发的争议。何果儿听着、看着,有一种今夕何夕的感觉。这样的情景,她曾那样熟悉,却又是如此陌生。在玫州的那几年机关生活,在广州的商场拼搏,她几乎都忘记了她的生活中有过这样的内容。先锋诗歌、实验话剧、中美关系、台海局势……书生意气,指点江山。有多久,她未曾这样美好地虚度过光阴?业绩,报表,选题,策划,就是在梦里,摆脱不掉的都是诸如此类坚硬的词语。她以为她已经习惯了,她以为她已经忘记了。可现在,当她置身于这久违的一切,水乳交融的感觉一波一波包围着她。她忆起了那遥远的诗歌之夜,黄河的波涛在星空下、在灯火中、在那些闪亮如星的眸子中,荡漾出无与伦比的璀璨。她忆起了落雁滩的日出和雪景,每年春天所有的花木一起开放,把靠岸的河水都染成了彩色。

突然地,她忆起了所有。隔着十年浩荡的岁月,黄河温柔地流进了她心里。在离玫州千山万水的京城,她再一次如此真切地听到了它流淌的声音,看到了它变幻无穷的美丽霞光。她从未如此贴近过它,从未如此贴近过遗留在玫州的,她的青春年华。她从未如此贴近过自己真实的想望。

何果儿喝醉了。第一次,她来者不拒,喝干了每个人的敬酒。她和将要共事的新朋友们频频举杯。她说,我可以,我还能喝。刘晓晨说,你旅途劳累,还是早点去休息。他送她回去,车过霓虹闪烁的街头,他看到前一阵还笑语吟吟的她在汽车后座静静地看着窗外,满脸是泪。

生活开始了新一轮辛苦:挤公交,坐地铁,从一个出租屋搬到另一个。在北京,没有了让人日夜绷紧神经的高强度劳作,却多了一地鸡毛的日常烦恼。那些死死盯着她盯到让她窒息的老板和同事,渐渐从记忆里淡去了,眼前却横着一个个斜眼看人的房东,鼻腔里喷出来的京片子响亮得像一记记嘲讽的耳光。世情淡薄又芜杂,何果儿一天天地更加隐忍而坚强,她坦然面对一个单身北漂女无可避免的遭遇。有时,她突然停下忙碌的步子,像打量别人一样打量自己,内心五味杂陈。今天的自己,真的是承欢父母膝下,在哥姐面前哭鼻子撒娇的那个何果儿吗?

唯工作可以安慰人心。刊物的诗歌编辑,这是一件自己心甘情愿做的事。她兢兢业业地审阅诗稿,选发精品。她不时想出一些新点子,期望在自己的手中办出一点栏目特色。杂志社给她的工资超出了她的预期,但刘晓晨还是满怀歉意地说,跟你在广州的薪水没法比啊,只能维持温饱。当然,以后会好些。何果儿对他说,别跟我见外,工资可以不按月准时发,也可以再低点。我这几年虽然没捞着什么金,但积蓄还是有点,不至于挨饿。刘晓晨直笑,果儿,你这一路北上时,是不是心里特悲壮,打算用自己的老本反哺文学梦?你放心,杂志虽然不赚钱,但好歹也是中直机关主管的,不会发不出工资。你的工资,也有聘任标准,不是我说了算。咱们只要把刊物办好,我相信将来的路一定会越来越宽。纯文学虽然没有二十世纪八十年代的繁荣,但绝对不会死,像有人危言耸听说的那样。

每个周末,何果儿都抽空去看乐乐,一起吃饭。乐乐马上要升大四了,大学的最后一年,面临着考研还是就业的选择。之前,他征询过小姑的意见,他说他自己是想继续考研读书的,但他谈了一个女朋友,女朋友要求两个人毕了业就去南方工作。事关前途、婚姻,还牵涉到双方家庭,何果儿不能轻易地说出自己的想法。她只是好心疼乐乐。在她心里,他还是那个好看得不得了的小男孩,长一声短一声地叫着小姑,成天黏在她身边,像一个甜蜜的小肉蛋蛋。可现在,他成了一个高大沉稳的小伙子,走在马路上总是有意无意地保护着小姑。果儿看着乐乐的样子,看着他眉宇间的忧思,只能在心里唏嘘,时间真的是走得好快啊!它们去哪儿了?

临放假时乐乐说,因为他最终决定还是要考研,女朋友和他分手了。他情绪低落得很,也没有胃口。果儿也很不好受,刚来北京上班的第一个周末,她就见过他的女朋友朱珊。太湖边长大的姑娘,长得细巧清秀,脑子也伶俐得很,一见面就跟着乐乐叫果儿"小姑",声音里沁着一种甜而不腻的味道。果儿挺喜欢她,私心里觉得她是配得上自己优秀的大侄子的。谁知他们就这样分手了。

果儿问乐乐,要不要小姑再见一次朱珊谈谈?也许你俩的问题不是不可以解决。乐乐摇头,算了,我和她之间又不存在误会什么的需要小姑去澄清。果儿劝慰乐乐,那就先这样,你俩各自回家,好好冷静一段日子。你们是中国第一代独生子女,彼此包容,学会妥协,也是成长的课题。乐乐沉吟不语,临别时却盯着果儿的眼睛说,小姑,那你和常叔叔呢?你们真的分手了吗?包容、妥协,你说的这些,你们之间也是需要的吧?

难熬的北京桑拿天。但乐乐的暑假还是转眼就完了,新学期开始,他给小姑带来了他妈妈亲手做的芝麻馅饼。他好像已从失恋的坏情绪里走出来了。他说,小姑,你天天看稿烦不烦?何果儿摇头。真的,不烦。又是新一期刊物,新一轮看稿,选稿,发稿,改稿。日子就这么周而复始地流淌着,何果儿感觉到自己真的静下来了。一种彻底的安静。

那些曾经过的事,流过的泪,那些痛,那些爱,它们都还在。但记忆不再椎心泣血,它们就像熟悉的食物、熨帖的旧衣服,浸润着她,包裹着她。每天清晨、黄昏,她一个人穿过北京城陌生的人群、无数条街道、无数座立交桥,无论她走向哪里,它们都如影随形。无论风从哪个方向吹来,她感受到的唯有它们。它们是空气本身。

这天不是周末,乐乐却来了。连电话也不打,他直接找到了编辑部。待开口,却嗫嚅着,根本不敢看小姑的眼。他的额头上渗出了汗,脸色直发白。出什么事了?果儿看他这样子,急坏了。

原来是朱珊怀孕了。

果儿不知道说什么好。他俩不是闹分手了吗?这学期开学时果儿没听到和好的消息,也就劝他放下,安心备考。谁知这阵子却又出了这种事,唉!这些孩子,貌似成熟、独立,到底还是孩子,做事不计后果,临到头上却慌了。乐乐说,朱珊不让我告诉你,明早她要自己去医院。我怕万一有个什么闪失,对她造成伤害,所以,还是来跟小姑说。

你已经对她造成伤害了。果儿忍不住责备,但看乐乐一脸的羞愧,便说,你来告诉我是对的,我带她去正规的大医院。放心,没事的。

没想到,带朱珊去医院,却促成了何果儿与近二十年没见过面的儿时伙伴的重逢。燕子,红星镇的燕子,何果儿在人民医院排队挂号的妇产科专家竟然是她!

俩人几乎是在照面的第一时间同时认出对方的。俩人都惊喜不已,俩人都高兴得留下了泪水。但燕子正在诊台上,来不及叙旧。一直到她下午在手术室亲自给朱珊做了无痛人流,才抽空和何果儿匆匆到医院门外的一家麦当劳要了杯饮料坐下来说话。

初中毕业后就没了你的消息,我后来一点都不知道你考到哪里,又在哪里上班,谁知道你学了医,在北京这么厉害的三甲医院工作。燕子,你真了不起!何果儿啧啧赞叹。

燕子裹在白大褂里的身形微微显得胖,齐耳的短发,烫着微鬈的小波浪。戴着近视眼镜,目光朝向人时,带着询问、置疑又安抚的神情,是一副标准的医生派头,沉稳、知性。果儿想起小时候在红星镇的种种趣事,燕子那时候就有超出同龄人的耳聪目明,煞有介事的小大人样。不过那时候她似乎比较邋遢,出去玩总是先弄脏了衣服鞋子。感觉当医生的人总是比别人更讲究整洁,那她现在肯定和过去不一样了。老友相逢让人激动,就连想起这些不起眼的小事,也感到无比亲切。

我有时会梦到红星镇。我想说不定哪天就能见到你,果然是这样。燕子说。咱们互相汇报一下彼此的情况吧。

燕子说话还像小时候的风格,能抓住要害,不拖泥带水。她三言两语就勾勒了别后二十年的人生轨迹,在外省上医科大学,又考到北京读研,毕业留京工作,结婚生子,继续深造,因儿子患有先天性心脏病,丈夫与她离婚,现在单身。刚获副主任职称。

知道果儿还没结婚,燕子并未表现出大惊小怪,她笑着说,你还记得你姐结婚那天你跟我说的话吗?等你结婚时,就该我拿主意做事,嘻嘻!这么多年,我以为早错过了,谁知你还没结婚,敢情是等着我主持呢。

长话难短叙,俩人约定燕子休息日再见面,果儿去她家看孩子和李阿姨。燕子的父亲前几年去世了,她妈妈来北京陪女儿和外孙。

何果儿给章蕙打电话,说起和燕子意料不到的重聚。她儿子那么可爱,但生来带病,好让人不忍心!燕子很倔强,不能接受丈夫对儿子的嫌恶,毅然离了婚,一人抚养孩子。果儿赞叹,燕子真是太辛苦,太努力,太优秀了!小时候只知道她比我更懂事,但她学习还没我好呢!谁知后来人家这么厉害,一路读到了博士,啧啧!章蕙说,你在北京遇到了咱老家人,又是小时候的玩伴,那太好了,总算有个照应。果儿说,初中时,你因为李菲菲冷落我,我受不了你不和我好,就给燕子写信诉苦,还记得她回信说了一大通真正的友谊应该经受考验之类的话安慰我。哈哈,她现在说话还是那种有板有眼的样子!

章蕙在电话那头嗯嗯地应着。何果儿这才觉出,章蕙的语气不像平时打电话那么热情、兴奋。她赶紧问,章蕙你好不好?玥玥好不好?你好像有什么事。章蕙说,我和孩子都好,没啥事。何果儿追问,可你的声气不对,我听得出来!你无论有什么事,都不该瞒着我吧?

长长的沉默。然后,话筒里传来章蕙抑制不住的啜泣声,果儿,唐嘉中,他在接受检察院的调查,我好怕,我觉得自己撑不住了。

唐嘉中被捕了，半年后，因受贿被判刑五年。

章蕙带着玥玥来北京，何果儿陪她们去了故宫、颐和园和长城。北京真是太大了，一天只能逛一个地方。章蕙不想耽误果儿上班，说，我自个儿带玥玥玩，晚上咱俩再说话。果儿说，我一年四季都看稿子呢！可你在北京只待一周，我怎么能够做到不陪你而去看稿子？刘晓晨听说玫大的老校友来了，给何果儿放假不说，还张罗了一次饭局请章蕙。新朋旧友，喝酒吟诗，章蕙一直笑吟吟，周旋在人群中。她还是那个大气、笃定的章蕙。何果儿打量着她，心里满满的疼惜和骄傲。这半年，章蕙经历了什么？感受着什么？她的痛苦是何果儿能理解的，但她一个人走过的黑暗是何果儿永远无法触摸的。章蕙已不是过去的那个章蕙了。她比半年前何果儿去看她时减了十五斤体重，她的眼窝陷进去致使眉骨凸出，倒有了一种清冽的风情。她的头发里已藏伏着一根两根的白发。但在人前，她的肩背始终优雅地挺直着。

深夜，孩子在熟睡中轻轻地磨牙，而后呻吟般地喊，妈妈！爸爸……章蕙和何果儿久久地凝视着孩子粉嫩的脸蛋，相顾无言。

她们，曾经历过多少个长夜谈心的时刻。从懵懂少年到大学校园到涉足社会，从江城那条美丽的河流边到玫州到齐齐哈尔到哈尔滨到广州到北京，走了这么久这么远，她们牵在一起的手从来没有松开过。是果儿陪着章蕙迎来大婚吉日的晨曦，亲手为她穿上嫁衣，是果儿彻夜守在章蕙分娩的产床边，一遍遍为她拭去汗滴。章蕙为人妇、为人母的前夜，人生中最重要的夜晚，果儿都在她身边。此刻，又是一个夜晚，却是如此静谧又暗潮涌动，如此安恬又万般酸楚。她们中间,躺着一个孩子,一个在睡梦中喊着爸爸的孩子,一切便都不同。

章蕙说,果儿你不要太担心,虽然目前确实家徒四壁,但毕竟我有工资,孩子的爷爷、奶奶都有退休工资,生活不会受太大影响。没错,这些年我养尊处优,可苦日子我也能过的,这大半年我不是挺过来了吗? 果儿点头,我当然相信你,你肯定能挺过这个难关,而且能活出自己的人生。可是,你现在在东北,那儿的环境对你太不利了,从单位到社会,哪里不是墙倒众人推? 我还是想让你出来。章蕙说,出来哪有那么容易! 现如今这形势,我一个学历史出身的人离开研究院这种单位,还能有多少闯荡的空间? 再说了,玥玥还这么小,她爷爷、奶奶的身体也不好,我能丢下他们吗? 果儿叹气,唉,唐嘉中害苦了你了! 替他还款补漏,为他四处花钱托人求情,这一场闹下来你不家徒四壁才怪呢。又是上有老下有小的,手脚都被缚住了。章蕙流下泪来,凄然发笑,不缚住又能怎样呢? 果儿,我是飞不起来了。我得替唐嘉中守住这个家,我得在家里等着他回来。以后,他连公职都没有了,他只剩下我了。果儿,你不要怪他,他是被牵连的。城门失火,殃及池鱼。果儿说,我懂,仕途险恶,从来如此。至于以后的事,你不要多虑,等他出来,凭他的本事,他一定会找到新的事做。你想想他当年读研时的那个毅力,有什么困难克服不了? 章蕙说,但愿如此吧。只怕这些年日子太安逸,又太糟心,把他曾经的斗志都磨掉了。我又何尝不是呢? 我享过他的福,现在该是偿还的时候了。不管怎样,果儿,唐嘉中这个人,我只能对他不离不弃,我愿意不离不弃。

果儿含泪点头,两双手紧握在一起。章蕙说,果儿,我这阵子突然想起以前康楠给我们唱的一首歌,也是咱俩第一次见他时他在舞台上唱的那首歌:没有人能挽回时间的狂流,没有人能了解聚散之间的定义。这些歌词,我现在好像才真正懂得了。是啊,谁能挽回时间的狂流呢?

何果儿开始写作了,一个月的时间,写下了五首诗歌、两篇散文。突然地,几乎是无法抑制的灵感和激情冲击着她,使她欲罢不能。她已有好些年不写作了,到广州后基本连那种零散的随笔也停止了。做职业编辑的这两年,看别人的稿子时有触动,也想重新拾起笔,但每每写下三五段便作罢,很是失望。她只得承认自己手生了,文思也已枯竭。她没想到有这么一天,文字就像一群挥着翅膀的天使,呼啦啦不期而至地降临到她面前,她只需要在稿纸上记录下这些美妙的文字,她只需要在键盘上敲出这些宝贵的文字。它们跳跃着、啁啾着,争先恐后,相互争辉。这一群来历不明的发光的事物,突然彻底地照亮了她沉寂的生活。

当她整理出整整一大摞稿子时,当她一遍又一遍细读这些稿子时,她不禁喜极而泣。原来,没有一种才华真的会被荒废掉,而所有走过的路,都不会被辜负。

她确信这些稿子是好的,相比自己多年前的文字,它们有了不一样的质地和呈现。她把诗投给了《诗刊》,散文署了个笔名拿给散文栏目的同事审阅。同事看了,立即回话,这个作者是谁呀?你把联系方式给我,稿子非常好,立意、构思、文字都好,可以发头条!

诗在几个诗刊登出来了。几篇散文也陆续问世。稿费汇款单接二连三地飞向编辑部。现在,同事们都知道了何果儿是作家,刘晓晨倒是一点不吃惊,他说,本来嘛,本来就是。

何果儿有了写小说的计划。七月在北戴河参加笔会她认识了女作家林汐,俩人感觉很投缘,每天饭后都去海边散步。林汐讲了许多文坛的人和事,让何果儿一下子有了走进现场的感觉。最让何果儿受到启发的是,林汐讲自己如何走上写作之路。林汐大何果儿近三十岁,是经历了大时代的人,那是个虽非遥远但听上去究竟有几许隔膜的时代,人世动荡,浮生如寄,而一个女人活命之余,还想找寻一份自己独有的人生价值,是多么难以想象的艰难。何果儿听着林汐的讲述,看着她的银发在夕阳下、在海风中飘动,像一面旗帜,内心泛起一波一波的感动和钦佩。何果儿情不自禁地也把自己的故事讲给她听。爸妈的往事,姐姐一波三折的婚恋,随着自己南下北上的那条红纱巾,自己的初恋,常翔东的画,最后的伤害,以及康楠、李菲菲、章蕙、燕子、叶彤,甚至朱珊走进妇产科手术室时回眸的泪光,何果儿都讲给她听。林汐挽着何果儿,静静地倾听着她的诉说。风一浪一浪抚平了她们在沙滩上踩出的脚印,然后,她们在风走过的地方又走出了新的脚印。

暮色苍茫,万物皆显温柔。林汐抓着何果儿的手说,姑娘,写下自己的故事吧。对文学来说,时代从来没有大小、好坏之分,每个时代的生命境遇、每个生命的心灵秘语都是值得书写的。何果儿含泪点头。是的,这段时间,她一天比一天更强烈地意识到,在经历过许多的感动和疼痛、坚守和终于放手后,不能被诉说的生活,依然是无法想象的。

但她不想一直焚心似火投身于诗歌,她必须挣脱散文的拘囿,她写的是自己,但又不是。她想写下身边这些亲爱的女友,却从她们身上看到了更广阔的人群。就好像之前突然重燃了创作的激情一样,她的内里,莫名地生出了叙事的需要,虚构的渴盼。小说,就这样来了,自然而然,水到渠成。先是一个中篇,然后是一个短篇,马上又开始另一篇。

刘晓晨说,我得打报告给你加薪,不然这里眼看着留不住你了,这说话就成名作家了。何果儿说,什么名作家?不过就是被你从水深火热的商海中拯救出来,重新捡起了爱好,回到了自己该待的地方,这还得感谢你!刘晓晨一拍脑门,对了,说起爱好,我想起你是爱好唱歌的,当初一进玫大就一曲成名,把我们社长苗尘迷得神魂颠倒啊!谈兴正浓的他看见何果儿责备的神情,便笑着摆手说,好,好,不提当年的事了!其实我是想问你,后天晚上齐秦的演唱会,你知道吧?有没有票?我之前答应我媳妇一起去,结果临时有事,她跟我赌气把票让人了,我这会子又想办法给她搞票呢。唉,你们女人啊,一冲动就要做后悔事,如果还能找到票,你俩搭伴去吧,正好缓和一下关系,哈哈!不过,她生你气这要怪你哦,她好心给你介绍对象,你是一点面子都不给呢。

齐秦!当然!我有票,我老早就把票买上了。何果儿兴奋得几乎跳起来,你快点,你必须给她搞到票!意识到自己手舞足蹈,她羞赧地坐下去,我俩搭伴去,我保证哄好嫂夫人,让她不再生我气!

正逢春天,夜色中氤氲着初春特有的气息,一树一树的玉兰慵懒地舒卷着白鸟般的花蕾。微凉的街风吹过,成群结队的人却像沸腾的潮水一样源源不断地涌向一个方向——首都体育馆。那里,一场艺术盛典将要开场,近两万名观众的欢呼声分分钟要燃爆空气。

何果儿不能欢呼,她早早地坐到了看台,屏着声息,凝望着有雕像、有天顶甚至四角还搭建了水池的大舞台,一个梦幻般的舞台。她不能相信齐秦真的会出现在那里。她的右手边,一个女孩隔一会儿就站起来兴奋地大喊"齐秦!齐秦!",她的左手边,一群人打出了"小哥,我们爱你"的大红横幅。但她,只是死死地盯着灯光交错的舞台,仿佛连呼吸都困难了。

而齐秦,真的就出来了。随着《爱情宣言》高亢的旋律响起,齐秦真的站到了万众瞩目中。他就那么不可思议地站到了何果儿的视线中。一件红色的夹克外套、一条旧的牛仔裤,齐秦就那样简简单单、清清爽爽地站到了舞台上。他一口气唱了四首歌,每一首都是何果儿熟悉的。然后,他向观众问好,他追溯往事,他知道观众席上有很多人都不是第一次听他的演唱会。一九九一年,他的"狂飙"演唱会在北京连演三场。而一九九七年的演唱会就在同样的日期、同一个地方。无数人的掌声和欢呼,响应着他的怀旧。

何果儿无缘曾经的盛典了,但她又何必曾经来过这里呢?甚至今天,何必与这里的舞台、灯光和万众欢呼发生关联呢?在她的生命中,齐秦从来不都是一个强大的存在吗?他一直在那儿,一直在。

齐秦唱了一首又一首。齐秦脱掉了外套,黑色短T恤被换成了白色的。这是多么奇怪的事情啊！多少年来，齐秦就好像一个天大的秘密，一个难以触碰的伤口，一个不可言喻的隐喻和象征。但此刻，他只是一个亲爱的老友，唱着让人百听不厌的旧歌。灯光打在他的脸上，依然和曾经的磁带封面上的一样清俊，但分明已有细微的褶皱印在他的笑容里，甚至，他的身形也有了中年人的样子。

何果儿终于慢慢地流出了泪，慢慢地张开了口，和全场观众一起跟着齐秦合唱："让我轻轻地告诉你，我的 Remance，我坠入深深的哀伤，柔情是我们的主张，我们说着千篇一律的地久天长……"

一切堪称完美。尤其，因为苏芮的出场，快乐更像是四处喷溅的水花，像大家手里的荧光棒熠熠闪亮。苏芮唱《一样的月光》，声音高亢、明亮，不仅震撼了全场，更点亮了体育场之外的无边黑夜。她和齐秦对唱《请跟我来》，却是风情万种的梦幻气声。当齐秦说苏芮是他"一生的偶像"时，何果儿再次流下了幸福的泪水。她最喜爱的两个歌手手牵着手站在舞台上，他们像最亮的星星，彼此增辉，还有比这更幸福的事吗？还有比音乐的洗礼，更强大、更深刻的感动吗？

慢慢走过深夜的街道，无边无际的北京城，在这个夜晚仿佛变成了一座小小的故城。前进一步，后退一步，每一步都踩在过往的心事上。每一处深巷小弄，都像是通向一个旧时地。岁月啊，何以让人如此忧伤、如此寂寞，却又如此地拥有满怀的莫名之感？

天空空无一物，为何给我安慰？这是海子的诗，恰如此情此景。

这天,何果儿正在参加发稿会,燕子来电话。何果儿先是摁掉,打算会后回过去。结果又响,再响,这不是燕子一贯的风格,莫非有什么急事?何果儿只好到外面去接。燕子一张口就说了一大串,果儿,听好了,最近不要到外面吃饭,不要去人流密集的地方,不要坐公交、地铁,不要看电影,尤其不要随便去医院。坚决不能来我们医院找我。何果儿吃惊,急问缘由。燕子的语速这才慢下来,你们没听到一点风声吗?最近北京有流行病,也说不好确切的病因,反正可以肯定是肺炎,传染。何果儿急急叮嘱燕子小心,燕子说,我还好,我在妇产科接触发烧病人少,关键是急诊科一线的医生护士。好了,不跟你说这些了,你听我的,不要外出就是了!另外,再去药房买上医用防护口罩备着,非要出门时一定戴口罩,一定。

何果儿赶紧去给刘晓晨说这事,刘晓晨说,听是听说了,有几个媒体的朋友这两天提到过。但目前情况比较复杂,咱们也只能静观其变吧。何果儿说,人命关天的大事,不可静观啊!你最好在编辑部开会讲一下,让大家趁早防护。刘晓晨沉吟半晌说,好,会上就不讲了,我保证让每个人都知道。

何果儿到药房买口罩,发现药店内外人特别多,而且步履匆匆,互相保持距离。除了买口罩,好多人还在买板蓝根,几大包几大包地买。有些人手里还拎着醋,说是杀菌防病。何果儿也买了两大包板蓝根。她听到旁边人议论,说是口罩昨天还一元钱,今天就五元了。这么说,其实消息早就传开了?

但大街上,一如平常:公交车驶过,满载,乘客们前胸贴后背地挤着，并没有人戴口罩。路过往日散步的花园广场，锻炼的人们看上去似乎有点稀松，却照旧热闹。一所小学门口，熙熙攘攘的车流人流，家长在接放学的孩子们，一片欢声笑语。

想起燕子沉痛的话语，何果儿没法被眼前祥和的街景感染，她直觉到这个春天的非同寻常。楼下的迎春花，本应早开的，却迟迟按兵不动，然后一下子炸裂似的，绽开了铺天盖地的炫目的金黄。

何果儿写了几万字的小说，被焦虑和茫然打断。读书，也是分神。天气已经热起来了，并不见风，却时刻感觉着山雨欲来的惶恐。然而，电视新闻上，从早到晚只是长篇累牍地报道着美军打入伊拉克的种种战况。专家们轮番上阵，各种分析，达成了伊拉克将会开展一场人民战争的共识。

然后，突然间，一夜之间，不说伊拉克了，一切曝光。流行病被称为"非典型肺炎"，英文名"SARS"。北京的确诊人数、死亡人数、疑似人数、党和政府的重要指示、医护人员的浴血奋战、央视新闻《面对面》《钟南山说"非典"》……

广东！广东的形势比北京还要严峻。何果儿按着怦怦跳的心，打通了二哥的电话。二哥说，我们都好，你嫂子和欢欢都好，正要给你打电话呢！果果，你可要小心啊，千万别出门，哪怕吃方便面、啃干馒头也不要出门。果儿说，你们也是，保护好自己！二哥说，你放心，深圳基本上正常，广东省主要是广州那边严重。二哥话音未落，果儿冲口而出，哥，你知道常翔东的情况吗？常翔东，他在广州不会染上病毒吧？

她哽咽失声，她突然被自己吓到。这些话，根本没经过她的脑子,自动地就蹦出了她的口。一种剧烈的疼痛,毫无预兆地来到了她的肋下、她的胸口,并且揪住了她。当她喊出那个名字时,泪水已堵住了双眼。

二哥沉默,然后电话里换成了二嫂的声音,果儿,你知道吗?就在前一阵,常翔东也给你二哥打电话了,担心你在北京会不会有危险。你放心,他没事。只是,你们俩,这不明摆着放不下彼此吗?所以,又何必如此!小妹,该说的话我和你哥当时劝得你耳朵都起茧子了,现在也就不重复了。这人啊,有时候,自己的心也是要反复思量才会懂,你说呢?反正、反正我和你哥是把你目前还单身的真实情况告诉了他,还有你北京的联系方式。

接电话接到手机发烫,没电。四面八方的问候电话,章蕙的、大哥的、上海读研的乐乐的、姐姐的,甚至还有大李哥和苗尘的,让人感慨万端。最后是爸妈的。爸爸按说是最关心时事新闻的,可年初左眼白内障手术,妈妈就剥夺了他的看电视、看报权。消息滞后,爸爸埋怨不已,妈妈忧心如焚。果儿安慰爸妈,你们早一刻知道干吗呀!我好好地待在家里看书写字呢!你俩倒是又吵又哭的,让我放心不下。我向你们保证,一定不去外面,好不好?妈妈又哭,那怎么买菜?怎么倒垃圾?现在还能出北京吧?干脆你就回来,赶紧坐飞机回来!还是爸爸觉悟高,清了清嗓子,恢复了以往的腔调,女儿,我刚也有点急躁,其实,咱们一定要相信党和政府,你看,部队的医生也上了,北京的形势一定会得到控制。这个时候,不能胡走乱撞。你就待在北京,保护好自己的安全之外,要好好地沉下心工作,一个搞创作的人,更应该经受些人世的大风大浪,对不对? 果儿频频点头,像小时候一样用手背拭去眼角的泪。她不能对爸爸说,她好想听妈妈的话,回家。

晚上,燕子说他们医院要被封了,停业了,但医护人员暂时都不能回家,要隔离。好在家里有妈妈照顾儿子,不然真不知道怎么面对。她说给果儿寄了口罩、消毒液和医院中医配置的中草药。只是,目前这样的情况,包裹会不会送达? 果儿叮嘱燕子要注意自己,她还是那句话,我在妇产科,不在最前线。再说了,我们当医生的,关键时候只能考虑病人,顾不了太多。

长夜无眠,街上的人流车流眼见着少了,霓虹灯交错的夜色眼见着暗了,只有树木在暮春的湿润里恣意地生长着,葱茏的绿在路灯下是深不见底的黑。想起两周前就和燕子约好,等她轮休时去玉潭渊公园看樱花。现在,那里的樱花全开了吧? 或者,已经开始簌簌地落了? 还有北海公园的海棠,还有植物园漫山遍野的姹紫嫣红。满满一城一春的草木深啊,人们却像受惊的鸟雀,把翅羽埋进了自己的巢,不敢打量外面的风景。

一簇一簇的野草,像火,在胸口疯长。

大清早,刘晓晨来电话,果儿,我一会儿给你送些菜、肉,你还需要什么告诉我。咱们编辑部暂时也不上班了,大家在家待命,稿件就在电脑上处理。看来,学校放假、饭馆商场关门,也就这两天的事。咱们要做好打持久战的准备。何果儿赶紧说,谢谢你,我什么都有,我已经备下了好多。这个时候,你千万别出来,千万别为我跑一趟! 需要帮忙,我会跟你说的。

何果儿确实已买了足够多的米、面、油,小冰箱里也塞满了菜,但她还是不由自主地又一次来到超市。大街已经空旷了,但超市里人头攒动,每个人都戴着口罩,闷声不响,听不到一声平日里惯有的高声亮嗓侃大山,沉默中堆积着令人窒息的紧张感。大家都在抢购,吃的、用的,看见什么买什么,看见别人买也跟着买,一掷千金的豪迈架势,好像要把超市里的各种物品都屯到自己家里。一个胖男人,一个瘦老太,推着堆得山样高的购物车走过来,看见何果儿正在装馒头,便轰地围上来,把剩下的半柜子全包了。

方便面货柜已是空空的了。何果儿站在空柜前,站在无可名状的、巨大的空虚里。

手机响,陌生号码,广东的。果儿,我是常翔东。一如往日的明亮的沉稳的声音。

常翔东。终于是常翔东。何果儿胸口抽搐,嘴巴发干,张不开口。喂,你在干什么?常翔东喊,何果儿你说话呀!

何果儿尽力稳着自己的声音,我在外面买点东西。但常翔东一听急了,怎么!这种时候你还在外面跑?你在买什么?你缺什么东西?果儿愣怔了半晌,茫然作答,我不知道我缺什么东西。

常翔东沉默了,再开口时音调低沉,果儿,我已经耽误了昨天一整天时间,要再犹豫下去怕是想来也来不成了,万一北京封城呢?我现在问你,我想来北京陪着你,你需不需要?

需要。何果儿什么也没想,什么也来不及想,她张口就说出这两个简单的字,张口在来来往往的人群里哭出来。她哭着说,万一你走不开,我也可以去你那里。

坐当晚的航班,常翔东赶到北京,到何果儿租住的小区时,已是晚上十一点半了。何果儿一直候在楼下,她一看见他就飞奔过去,她一靠近他就疯了似的扑到他身上。两个人当着门卫的面就紧紧地拥抱在一起。两个人隔着两副捂着口鼻的口罩,忘我地吻在一起。

形势一日比一日严峻。住宅小区也开始测体温,日报告了。也开始发出入证,不让外面的人进入了。社区大妈戴着红袖章,严阵以待轮班巡逻。她们威风凛凛的样子,好像要凭一己之力阻挡住那万恶的病毒,吓跑无时无刻不在头顶盘旋的死神。

是的,死神就在面前。冷冰冰的数字报告着一个个鲜活的生命的逝去。死神扇动着巨大的黑影,徘徊在整个城市的上空。但常翔东在身边,何果儿不再怕。她内心充满了力量。她第一次如此痛彻心扉地懂得,世间也许从来都不存在完美的爱情,但拒绝爱,比死更枯寂。没有谁能在没有爱、没有恨的路上走到尽头。

万众一心,众志成城。满世界铺天盖地的坚强誓言,满荧屏白衣天使的勇敢守护。小汤山医院,一个七天七夜拔地而起的"非典"专门医院。

这个天杀的春天!这个满心满眼装满感动的春天。这个盛不下汹涌泪水的春天啊!

这个今生今世不说分离的、在一起的春天。

尾　声

　　江城地震的消息传来时,何果儿正在上海参加小说集的新书发布会。上台交流,读者互动,接受媒体采访,相关的环节快要进行完时,已是聚餐时间。她掏出手机,才发现有几个常翔东的未接来电。他肯定是急不可待地想知道发布会的情况吧。果儿高兴地发短信:这阵跟前有人,回酒店再跟你细细汇报。发布会很成功,明天是读者见面签售会。今年,你的画卖得不错,我的书也出版了,要大大庆祝!下月就去吴哥窟。

　　常翔东的回信迅忽而来:告诉主办方,你不能参加明天的签售会。我已来上海接你,刚落地,然后我们直接飞玫州,回江城。

　　为什么?为什么!

　　你不要慌。我马上到。

　　世界突然天塌地陷,江城,一片废墟。

　　姐姐死了。周末下午放学,她陪一个山乡的小女孩回村做家访时,突遇地震,山体滑坡。姐姐和她的学生都死了。她们的遗体,抱在一起,几乎不能分开。最后的时刻,姐姐也是有力量的,她把她的学生紧紧地护在自己的臂膀里。

　　然而,她倾尽全力,终究未能抵挡一场从天而降的大灾难。她败了。

姐姐没有了。何果儿不能接受一个没有姐姐的世界。她根本无法去想象她的生活里会没有姐姐。但她甚至不能哭泣,不能喊叫,不能疯狂。

江城,那么多的人都没有了。

她不能崩溃。爸爸、妈妈一夜间成了两座老得万劫不复的雕像,何果儿能做的,唯有让自己不崩溃。

大哥、大嫂、二哥、二嫂都赶来了,但爸妈的眼睛看不见这团团围着他俩的一群儿女,他俩只是盯着他们之外的、不存在的那一个——盯着无穷的虚空。

大家一致认定应该赶紧接走两位老人,只有换个环境,他们才能慢慢缓过来。大哥说深圳气候可能不太适合老人,而且二哥生意忙,所以爸妈应该去他家。二哥反驳,说现在的条件比以前好得多,他们没有那么忙了,况且家里肯定要雇保姆。最后还是常翔东调停说,不用一下子定下,最好轮流走走,冬天去深圳,天气热了就回我们北方。这样咱们轻省,爸妈也可以趁着还能走动,四处散散心。

谁知,爸妈根本不肯离开。爸爸听完儿女们的决定,很坚定地摇头说,我们不同意,我们不走。而后任凭谁劝,再也不吭一声了。妈妈嘴里不停念叨,大丫在江城,我得陪着她,我不能走。

姐夫伏在妈妈膝上哭,爸,妈,你们走!现在江城这样子,你们多待一天就多伤心一天,有我陪着卫红呢!你们走!妈妈说,一鸣,你是你,你替不了我们。要是我们当爹娘的都拍屁股走了,你和大丫就没娘家回了。我大丫打小没离过娘家门。

最后,二哥、二嫂犟不过爸妈,抹着泪回深圳了。大哥、大嫂又等了一周,也走了。常翔东一直陪着果儿待到了姐姐的七七忌日,才一个人回了北京。

现在,只剩果儿陪着两个老人了。只剩下果儿,日夜面对满目疮痍的江城。这是她的父母,这是她的故乡。可自从中学毕业考了大学,她便没有这么长久地陪在他们身边,这样安稳地待在这个小城里了。似乎每一次回来都是行色匆匆地离去,似乎,父母和小城都习惯了站她身后,看她越走越远。

每天照顾爸妈吃喝的间隙,她总是一个人出去走走,去姐姐的墓前坐坐。时间久了,巨大的哀恸慢慢消退,成了一种怀念。就像往日,什么也不说,静静地蜷伏在姐姐身上。或者,给她唱一首慢悠悠的老歌:"从此我就天天天天地想,阿姐呀,一直想到阿姐那样大,我突然间懂得了她……"

风轻轻地拂过山坡,抚慰着绿草深处相依相伴的姐妹俩。

这天,何果儿在墓地上遇到了姐夫。他血红着眼,头发凌乱,挓挲着胡子,完全不是过去那个人了。果儿流着泪责怪姐夫,你这副样子,怎么能见姐姐!姐几时见过你这样子!你再这样颓靡下去,她是死不瞑目啊!姐夫,在外你是一校之长,在家老人们指着你,茜茜更要靠你,求你振作起来!

姐夫低头沉吟。许久,他点头,他使劲地点着头,扶着墓碑站直了身子,慢慢走下山去。

灾后重建已经启动,满街道尘土飞扬,废料遍地,各种机器混杂的轰鸣声,各种外地口音的喧哗声。一方有难,八方支援。人间有爱,风雨同舟。感动人心的话语在江城上空飞扬着,也在江城人们的心中激荡着。

何果儿走着,看着,从学校到医院,从临时菜市场到重建指挥部。那些蓝色,起初灼痛着她的眼。那些救灾帐篷的蓝,那些活动板房的蓝,它们是一大片一大片令人躲之不及的伤人的蓝,凝结着血一般的黑。慢慢地,它们在她的心里一座座拔地而起,是无限宽阔的暖人的蓝,铺染着朝阳一般重生的金色。

何果儿走着,看着。这是爸妈生儿育女、工作生活了一辈子的小城,这是姐姐长眠的小城,这也是她一路欢笑着、忧愁着长大了的小城,每个角落里都曾留有她的足迹。曾经的县委大院如今成了中心花园,章蕙家门前的那眼清泉,地震时堵死了,但李菲菲江边看月亮的那棵大合欢树还在,那块被浪花喷溅的大礁石还在。它们还好好地待在老地方。它们凝视着一个远归的游子,那亲切的神情,仿佛她未曾片刻从它们的记忆里离去。

月华如水,洒在穿城而过的河流上,江城依然是这样的美丽。何果儿久久徜徉在历尽劫难的万家灯火中,感知着内心执着的热爱和信念。她知道自己又一次面临着人生新的课题,又一次淬心沥骨的抉择。

常翔东来电话,老婆,在干什么?还在审稿?果儿说,不审了,跟刘晓晨正式提出辞职了。我离岗还占位,编辑部许多工作耽误不起。常翔东哦了一声,似乎并不感到诧异。那接下来怎么打算?果儿很踌躇,她不知道怎么说,她觉得怎么说都对不起他。翔东,接下来怎么做,肯定要你同意才行的。我个人的想法是,我只能留在江城了。爸妈这样子,离不了人。不能把他们推给姐夫吧,尽管他催着我走,可我知道他自顾不暇。再说了,现在还让他一个人照顾爸妈,情理上也说不过去。

翔东,我希望你能理解。这段时间,我算是真正明白了,姐姐不光在学校里是受人尊敬的好老师,而且,她对我们这个家也付出了太多。没有她,我和哥哥们哪能安心在外?

所以,你想要牺牲自己照顾爸妈,报答姐姐?常翔东说,你思量一下我说的"牺牲"这个词,你觉得是这样吗?

不是。我是为了照顾爸妈,但不觉得是牺牲自己。我有一种奇怪的感觉,这场灾难似乎也是一次契机,让我的人生发生重大转折。我觉得是我到了该回来的时候了。回来,就是更高意义上的出发。

好,说得好,作家!我特别强调"牺牲",就是不愿你违背自己的内心。你能理清自己就好。那么,回去做什么?在家专职写作?

不,写作不用专职。我已经想好了,也去县教育局打听过了,我可以受聘去江城一中教语文课。我想和姐姐一样,当一个老师。翔东,你不知道,基层的师资力量还是欠缺的。

好,那我再问你,你回江城工作,我怎么办?咱们怎么办?又开始两地分居?

果儿艰难地、急切地作答,翔东,对不起,只能……只能又两地分居了。不过、不过我当老师有寒暑假,一放假我就去北京,爸妈让哥嫂管。一年两个假期有七八十天,再加上五一、十一,翔东,其实咱们还有好多时间在一起的。

常翔东不说话,果儿听不见他的声音,只听得见自己的心跳声和呼吸声。她的呼吸越来越急促。终于,他开口了,却是一如往日的四平八稳,甚至带着点促狭的腔调,果儿,我觉得你缺乏一个作家该有的观察力,你不觉得在基层学校,比语文老师更缺乏的师资应该是美术老师吗?美院科班出身的,办过画展的,卖过画、获过奖的专业画家教美术课的,在你们江城一中很多吗?

什么意思,常翔东!何果儿惊呼。

意思很明白呀,通过姐夫走走关系,也给我谋个江城一中的教职呗!咱俩之前似乎还没做过同事。常翔东悠然作答,当然,你要想来点距离美,我去二中也行。

泪水潸然落下。无与伦比的感动和爱意,化成眼泪滚滚而落。多少天的痛苦思虑、担忧、愧疚,变成幸福的洪水决堤而出。翔东,你太好了!常翔东说,老婆,别哭,你别哭嘛,搞得我好像做了什么惊天地泣鬼神的事!你想想,这些年咱们经历了这么多事,我还能像当年一样轻易放你走吗?你我心里都很清楚,咱俩在一起才是家。我父母走得早,你在哪里,哪里就是我的家。咱俩要天天在一起,你的那个什么寒暑假相聚的计划,怎么能满足我?

行了,别这样甜言蜜语的!果儿破涕为笑。翔东,你为我付出太多了。我觉得你这才叫牺牲。可是,这合适吗?咱们还是再考虑一下。

不用了,昨晚我和姐夫通过话了。我也已经着手卖咱们的房子了。常翔东说。

卖房子?你总是这么大男子主义,总是这么独断专行,说风就是雨！多少年总是改不掉这个臭毛病！何果儿的声音大起来。常翔东哈哈大笑，老婆大人，这是咋的啦？刚表扬我的牺牲精神呢，话说一半成严厉批评了。

你为我做的实在是……太多了。翔东，我有压力。房子还是留着吧，江城是个小地方，万一待腻了，将来还想回北京呢？果儿真诚地劝。

我以前说过我是一定要待在大地方的吗？常翔东也认真起来了。果儿，你想想，这么大的事，我肯定不会是一时冲动。这些天揣摩到你的心思后，我反反复复考虑过了。我承认我没有你那么纯粹，我有功利心、虚荣心，我渴望更大的世俗意义上的被认可，但问题是，这些年，热闹、浮华、名利，我们也算是经历过一些了，但又能怎样？我很清楚留在北京也许会使我们看上去更成功，但外在的光鲜不会使我们更幸福。江城很宁静，很美丽，我相信它以后会更美丽。你不觉得它是个很适合教书，很适合写小说、画画的地方吗？果儿，我希望我们能在你的故乡安稳下来，找到长久以来追求的那种心灵的归宿。我相信，将来我们会拥有可以称之为事业的东西。

所以，来江城，不仅仅是为你。当然，就算只为了你，也是值得的。

常翔东的话，一个字一个字地走进何果儿的心里。何果儿再也说不出什么。江城的夜色溶溶地包围着她，一片浴火重生的土地以前所未有的天长地久拥抱着她。她无语，仰望星空，星空湛蓝到剔透。

你别在外面晃悠了,回家吧,爸妈会着急的。常翔东提醒,睡前我再打给你。

翔东,我们……我们也要做爸妈了。

什么意思?何果儿!这次是常翔东惊呼起来了。

已经快三个月了。果儿羞赧地说。我一直以为是姐姐的事我受了刺激,生理失调,以前也出过这种状况。谁知、谁知……还是妈发现了问题,我昨天才去的医院。

上帝啊,这世上怎么会有你这样笨的女人!常翔东好像要哭出来了,我明天开始加紧处理这边的事,老婆,我争取一周后就回江城。

妈妈知道我怀孕后,一下子变精神了。今早她开始收拾屋子,还找出了茜茜以前穿过的小衣服。你知道的,她有多久没动过一下了。果儿的泪又下来了,妈妈说她想咱们生个女儿。翔东,你是喜欢男孩还是女孩?

一江温柔,随着这幸福的呢喃,在灯火辉映中荡开了静静的涟漪。